研究叢書22

ウィーン　その知られざる諸相

もうひとつのオーストリア

中央大学人文科学研究所 編

中央大学出版部

まえがき

私たちは、一九九〇年中央大学人文科学研究所内に「オーストリア文化研究」チームを結成し、以来研究員相互の研究発表や学外の研究者を招いて研究を重ねてきた。一部は毎年発刊される中大人文研紀要に逐次発表してきたが、一九九四年にはそれまでの成果を一冊の書に纏め、中大人文研叢書『陽気な黙示録』として刊行した。さらにその後五年間研究期間を延長して、研究を積み重ね、このたびその成果を一冊の叢書にまとめ、『ウィーン その知られざる諸相――もうひとつのオーストリア』として出版することにした。

今度の叢書では前回の『陽気な黙示録』とは別な視点からオーストリア、あるいはウィーン文化を見てみようと、副題として掲げた「もうひとつのオーストリア」の「もうひとつ」に拘って論じて見ようということになった。ウィーンと言えば、豪華絢爛たるホーフブルク宮殿を思い浮かべたり、あるいは国立歌劇場の華麗なるオペラ、ウィーン楽友協会での演奏会、十九世紀末のウィーンを代表するクリムトの甘美な絵画を思い浮かべるかもしれない。あるいは観光客として買い物をした事のある人なら、ケルントナー通りやグラーベン通りの華やかな店の数々を思い浮かべることであろう。こうした表向きのウィーンについてはもうすでに数多く書かれたり、詳しく紹介されている。この叢書では、敢えてそのような表向きのウィーンを避けて、その裏面にあるもの、あるいは表を支えているもの、表を表たらしめているものを探って見ようと考えた。賑やかで華やいでいるケルントナー通りを真直ぐ東に行き、スウェーデン広場からスウェーデン橋を渡っていくと、一変して全く人通りのない、閑散とした、物淋しいタボーァ通りに出る。まるでそこがウィーンとは思えないほどうらぶれた店が続いている。ここは戦前ユダヤ人が多く住んでいた街であり、その昔ユダヤ人のゲットーのあったウィーン二区、レオポルトシュタットである。かつてここは十九世紀後半ウィーンの繁栄を支える労働力の提供の場であっただけでなく、ウィーン文化の担い手たちである幾多の知性を輩出した場所でもあった。このような、世紀末文化の華麗なるウィーンのイメージとは全く異なる、しかし、その文化を支えてきたレオポルトシュタットに象徴されるような「もうひとつ」の顔を、この叢書で論じて見ようと言うわけである。

第一部ではまず世紀末ウィーン文化を代表する作家ホーフマンスタールを取り上げる。だが、ここで取り上げられるホーフマンスタールは、かつての、現実生活と無関係な美、エロス、死の入り混じる魔術的な夢幻空間に遊ぶ抒情詩人ではない。第一次世界大戦の敗北とそれに次ぐハープスブルク帝国の崩壊は、五世紀に及ぶ社会秩序を根本から崩壊させ、政治的にも社会的にも大混乱を惹き起こした。ホーフマンスタールもこのような時代の激しい流れに曝され、否応なくこの流れと向き合わざるを得なかった。このような社会秩序の崩壊や価値観の崩壊、人間性喪失の時代と対決しようと試みて書かれたのが、彼の戯曲の最大の傑作と言われる『塔』であった。この作品のなかで彼は、秩序や倫理や価値が崩壊していくにつれて出現するヒトラーのごとき権力亡者を描出し、権力獲得のためなら殺人も厭わない、権力に狂奔する現代人の姿を浮かび上がらせている。ここには、美しい世紀末ウィーンの姿はもはやない。まるで数年後のヒトラーの台頭とその後の惨禍を予感していたかのようである。ホーフマンスタールは、ユダヤ人の血を引いていた。そうでなくとも繊細な詩人の神経は、時代の過酷な現実に苦しめられ、鋭敏に反応した。同じようにユダヤ人であったシュニッツラーも晩年になると、現実に対して直截に反応するようになる。彼の作品『フィンクとフリーダーブッシュ』は当時のウィーン・ジャーナリズム界のスノビスムと腐敗を批判したものである。ジャーナリズムの反ユダヤ主義の卑しさに腹を据えかねていた作者は、すでに世紀末にその着想を得ていたが、作品化するまでに十七年の年月を要した。慎重さを求められたせいであろうか。同一人物が、相対立する二つの新聞社の論説を書いて、それぞれの読者の心を煽り、とうとう決闘せざるをえなくなって、同一人物であることが判明する、というもので、当時かなり物議をかもした作品であった。ホーフマンスタールもシュニッツラーもウィーンのユダヤ系の裕福な家庭に生まれ、恵まれた青春時代を送っていたが、時代が経つにつれて、現実と向き合わざるを得なくなっていた。それだけ現実が過酷な相貌を顕わしてきていたのかもしれない。その厳しい現実は、すでに一八八二年カイザーリングの作品『三番階段』に描かれていた。カイザーリングは、バルト沿岸の貴族の家に生まれ、後半生の殆どをミュンヒェンで過ごしたが、青年時代二年間ウィーンに滞在した事があった。その滞在経験を基に、自然主義的な鋭い観察眼で書かれたのが、この作品であった。この中で彼は、余所者だからこそよく見える、一見華やかに見える大都会の繁栄の裏に隠されている現実を余すところなく描き出している。搾取される貧しい労働者、生活苦にあえぐ小市民、逼迫する中産階級、腐敗しきった上流階級、大都会の病弊を作者は鋭く抉り出すのである。疑いもなくここには、「もうひとつの」ウィーンがある。

第二部では、カフカとヴィトゲンシュタイン、ムシルを取り上げる。最初にカフカの謎めいた小品『プロメーテウス』や『都市の紋章』、『ポセイドン』など十一篇が取り上げられ、論者の見事な解釈によってその謎が解明され、カフカ独特の世界が開示されている。小品『新弁護士』では、アレキサンダー大王の愛馬が現代では弁護士に姿を変えて登場しているし、また小品『ポセイドン』では、ギリシャ神話の海神ポセイドンが、海を管理する官僚として活躍している。これらは、現実には有り得ない不条理なイメージだが、しかし古代の神話や歴史に現れる人物と、彼らが擬せられている現代の役割を較べると、そこに共通した構造がうかびあがってくる。アレキサンダー大王の愛馬は、大王の世界征服という大きな使命にどこまでも忠実に付き従っていく。現代では大企業の世界征服に忠実にその手助けをしているのが弁護士である。表層的な外観は変わったが、卓越した人物を補佐するその役割と言う点では変わらない。海神ポセイドンは、現代では果てしない書類の海のなかを飽くことなく泳ぎまわり、仕事をこなしていく高級官僚である。さらに小品『家長の心配』には、オドラデクという奇妙な、何の役に立つか皆目見当のつかないものが登場する。これは、かつては何かの役に立ったものらしい。だが、現在は全く役に立っていない。将来役に立つとも思えない。世の中が進歩していくと、このような置き去りにされるものが続出する。使用目的からものを作り出していけば、かつての物は役に立たないものとして忘れ去られ、捨てられる運命にある。そしてこれはもちろん物だけではなく、人間そのものにも当てはまる。なぜこのような寓話が作られたのか。十九世紀以降の科学技術の急速な進歩にともなって、社会も生活も余りにも急激に変化して、時代の表層の急激な流れと人間の意識の深層との間にズレが生じ、今までの言葉が現実から遊離しはじめ、人間の実存そのものが歪められてしまっている。文明の進歩を私たちは、天国のようなところへ導く上昇直線だと思い込んでいるが、カフカはそれを、実存の歪みをさらに一層大きくし、果てしない虚無の深淵へ落下させる下降直線だと考えている。このような文明への懐疑、歴史の急激な変化と軋轢が、風景としてイメージされたらどうなるか。カフカはそれを『新しい弁護士』、『村医者』、さらに『雑種』その他の小品のなかで表わしたのだった。その歪んだ滑稽な形姿こそ、現代の私たちの真の姿に他ならないであろう。カフカは、ウィーンではなくプラハ生まれのユダヤ人であったが、まだプラハがオーストリア帝国の領土だった頃で、ウィーンをたびたび訪れ、ウィーン近郊のキーアリングのサナトリウムで亡くなっている。彼はユダヤ人でありながら、ユダヤ教徒でもなく、ゲットーに住んでいるわけでもなく、ドイツ語で話しているにもかかわらず、ドイツ人でもオーストリア人でもチェコ人でもない。公務員でありながら、作家であろうとし、それをまた専制的な父に禁止され、いつも中途半端な、寄辺ない存在と感じていた。実存の歪みの思想の一端はそこから導き出されたものかもしれない。

次ぎに取り上げたウィーン生まれの哲学者ヴィトゲンシュタインもまた同じようにユダヤ人であった。彼の父はしかしカトリックに改宗していて、幼年時代彼は、鉄鋼業で成功した裕福な家庭のなかで、ウィーンのカトリック的な市民生活にすっかり溶け込んでいた。だが、自分たちがユダヤ人の血をひいていることが、家族のなかでは隠然と意識されていたらしい。十代半ばから学業のためウィーンを去り、主にイギリスで研究活動を続けていたが、戦争中を除けば、毎年のようにオーストリアに長期間帰省している。ここでは主にヴィトゲンシュタインの有名な『論理哲学論考』の倫理について論じられているが、論者はオーストリアやウィーン、さらには彼の家庭環境に引き寄せて論じている。彼が十四歳の時、オットー・ヴァイニンガーの自殺事件が起こった。ヴァイニンガーはユダヤ人でありながら、反ユダヤ主義をテーマとする『性と性格』を書き、自らのユダヤ性に絶望して、自殺して果てるのである。ヴィトゲンシュタインは、若い頃からヴァイニンガーの著作を読み、ユダヤ性に関して強い影響を受けていた。ヴァイニンガーは、ユダヤ性には天才の創造的行為が欠如している、と主張したが、ヴィトゲンシュタインも、自らを含めたユダヤ人の創造性の欠如を容認し、これを再生産性と言う言葉で言い表している。しかし、この言葉は、彼の謙譲から出た言葉のように思えてならない。さらにカフカとの関連で言えば、ヴィトゲンシュタインも、カフカと同じように、文明への懐疑を抱いていた。彼は当時出版されたシュペングラーの主著『西洋の没落』に強い影響を受けたとは言え、当時の欧米の文明を「非文化の時代」あるいは「文化消失の時代」と呼んで、それとは異なる彼自身の哲学的思考を導く価値観「自己目的としての明晰性」をひとつの文化的理想として掲げている。この、ヴィトゲンシュタインの哲学的思考を支えた価値観が、ドイツ語圏、とりわけ故郷ウィーンでの彼の生い立ちと、深くむすびついていたのは、疑いない。

次ぎに取り上げるのは、世紀転換期のウィーン文化を支えた人々のなかでも傑出した作家であったローベルト・ムシルである。彼は、長編小説『特性のない男』のなかで、第一次大戦前夜のオーストリアの退廃した精神状況を戯画的に描きながら、可能性感覚によって現実を眺め、別な感じ方を模索する男を描いている。この『モラヴィアのムシルたち』では、ムシル研究者の論者がムシルの祖先を訪ねて実に丹念に調べ上げたその成果が報告されている。ウィーン文化を支えた人々は、実に多様、多彩であり、十三民族を抱えたハープスブルク帝国の各地から、その多くは開放を求めて、ウィーンへの憧憬から寄り集まってきた人々によって、独特のウィーン文化、あるいはオーストリア文化が形成されたのである。たとえウィーン生まれの作家でも、その祖先を探れば、その多くは辺境の地の出身であった。ムシルの祖先も、今のチェコ共和国、モラヴィア地方の寒村の出であった。トーマス・マンの言うように、「オーストリア文化の特徴のひとつは、西欧、東欧、南欧の混合した文化である」とも言えるし、ヨーゼフ・ロートの言うように、「オーストリアの本質は、中心ではなく、周縁である」とも言える。

第三部では、日本ではほとんど知られていない、いずれもハンガリーのブタペスト生まれで、現在めざましく活躍を続けている二人の作家を取り上げる。ひとりは、一九一四年生まれのユダヤ人劇作家ジョージ・タボーリ、もうひとりは、一九二三年生まれのセルビア人ミロ・ドールである。タボーリは、日本では全く知られていないが、ドイツ語圏では最も人気のある劇作家のひとりである。彼は、一九三六年ナチスを逃れて、ロンドンに亡命し、戦後は主にアメリカで活躍し、ブレヒトやトーマス・マン、チャップリンなどの有名人と知り合った。六九年にヨーロッパに帰り、ベルリンをはじめドイツ各地で、さらに八九年にはウィーンで劇場監督を務め、驚くべき非伝統的演出を行なって、一躍注目を浴びた。また、ブレヒトとフロイトの影響を受けた戯曲を幾つか書いていて、現代の非人間化過程を描き出している。そのひとつが、ここで論者が取り上げている『ホロコースト三部作』であり、もうひとつは、反ヴェトナム戦争をテーマにした『ピンクヴィレ』である。タボーリの父はアウシュヴィッツで殺害され、母も強制移送されるところを辛くも逃れることが出来たが、この彼の家族の運命を題材に、六八年に『人食いたち』、七九年『母の勇気』、八二年に『記念日』をそれぞれ出版した。これがホロコースト三部作といわれるものである。『人食いたち』は、アウシュヴィッツ強制収容所において飢餓状態に陥った囚人たちが人肉を食べるという悲惨なドラマであり、『母の勇気』は、強制移送される途中、母が思いがけない機会をえて、勇気ある一歩を踏み出して、ブダペストへの帰還を許されるというドラマである。『記念日』では、ヒトラー政権獲得五十周年記念日にユダヤ人などの死者たちが蘇えり、ホロコーストの意味や、ネオ・ナチという形で戦後も生き残っている反ユダヤ主義の意味を問うドラマである。このようにタボーリのホロコースト三部作は、彼の両親の体験が核になっている。そのため感情過多に陥りそうだが、ブレヒトの「異化効果」を用いることで、個人的体験の枠を超えて普遍化されたものになっていて、却って強く印象づけるものになっている。

ところで、もうひとりの作家ミロ・ドールは、ブダペスト生れだが、生後ほどなく医師の父親の勤務に従ってブダペストからセルビアに移住した。その地は、セルビア人、ルーマニア人、マジャール人など十数民族が混住した地域で、様々な言語の飛び交うなかで成長した。三三年首都ベオグラードに移り、ギムナジウムに通うが、いつも自分を「よそ者」と感じていた。三九年、十六歳の折突然熱烈なマルクス主義者となり、政治少年に転身、四一年パルチザンの抵抗運動に加わって、翌年逮捕され、四三年ウィーンに移送されて、強制労働の抑留生活を送り、翌年再度保護拘禁された。死を免れたのが全く偶然としか言いようのない状況であった。戦後はユーゴスラヴィアに帰らず、現在に至るまで、ウィーン八区、ヨーゼフシュタットに居を構えて、ドイツ語による文筆活動を続けている。この論稿では、彼の代表作である長編三部作〈ライコウ・サガ〉が取り上げられる。第一部の

『休暇中の死者たち』は、一九五二年に出版された。抵抗運動、逮捕、拷問といった作者の実体験が露わに描出されている。拷問による瀕死の状態を何度も潜り抜け、奇蹟的に処刑を免れ、自殺すら企てる獄中にありながら、同志と信じていた側から、裏切り者の烙印を押され、「トロキスト」として共産党を除名され、パルチザンから締め出される。ナチの敗北は、彼にとっても、彼の恋人にとっても、開放を意味しない。恋人が、かつて同じ陣営で戦っていた人々に捕えられるのである。五九年第二部『ただ思い出ばかり』を出版。主人公ムラデン・ライコウ一家の生活と歴史が物語られている。六九年第三部『白い都市』を出版。再び主人公を中心にした物語に戻っているが、その語り手は一定していない。語り手は、一人称の場合もあれば三人称の場合もあって、複数の視点が導入されている。戦後主人公は恋人や両親のいるベオグラード（「白い都市」の意）には帰らずに、ウィーンに住み骨董品商を営みながら、作家活動を続けている。彼は、戦後の醜悪な光景に嘔吐を催しながら、戦争を生き延びた者として死者たちに罪を感じざるを得ず、生きていることの意味、「書くこと」の意味を考え続けている。この三つの作品は、七九年に纏められて、〈ライコウ・サガ三部作〉として出版された。ミロ・ドール文学の核心であり、「書く」ことの一貫した動機となっている「私は別な者」という意識についても論じている。

ところで、ウィーンと言えば、「音楽の都」というイメージが日本だけではなく、世界的に確立しているが、この場合の音楽とは、無論クラシック音楽のことである。ウィーンのポピュラー音楽が取り上げられることはほとんどない。第四部、『リーダーマッハー・シーンの展開』では、このほとんど取り上げられることのないシンガー・ソング・ライターたちの活動を紹介し、その展開を追う。さらに、戦後はほとんど話題にならなくなったオーストリア映画だが、現代映画界を代表する監督ミヒャエル・ハネケを得て、急速に蘇えっている。『感情の氷河化ミヒャエル・ハネケ』では、彼の三部作「感情の氷河化」を取り上げ、その映画の秘密に迫る。

一九六〇年代、旧東独の反体制的シンガー・ソング・ライター、ヴォルフ・ビーアマンは、メッセージソングを自作自演する歌手をドイツ語でリーダーマッハー（Liedermacher）と名付けたが、この名称は、七〇年代にドイツ語圏全体に流布するようになり、八〇年代後半にリーダーマッハーの人気が低落するにつれて、次第に口にされなくなり、現在に至っている。この論稿では、オーストリアのリーダーマッハー・シーンの展開を新たな国民文化形成運動として捉えて論じている。すなわち、七〇年代初頭、オーストリアはポピュラー音楽の分野では英語圏や旧西独と較べると、五年か十年遅れていた。それは、オーストリアの主権回復が一九五五年であったこと、人口や経済力の点で英米はもとより旧西独に較べても圧倒的に弱かったことに起因していたからである。リーダーマッハー・シーンが形成されるのは、ベビー・ブーマーと呼ばれる青年層が、大衆化した高等教育を受け、大量の社会批判層を形成し、復古的な社会体制や保守的な思想を批判する音楽文化を求めたことにあった。これが、新しい国民文化を形成することになったのである。論者は、リーダーマッハー・シーンの展開の推移を追い、そのオーストリア的特性を追究しながら、オーストリア独自の新しい社会批判的国民文化の形成を跡付けている。

オーストリア映画界にも大きな変化が生まれつつある。戦前のオーストリア映画は、ミュージカル風の恋愛物語やメロドラマが多く、軽い雰囲気で、美しい景色と素晴らしい音楽と言ったオーストリアのイメージ作りに一役かっていた。戦後の一九六五年に作られたアメリカ映画『サウンド・オブ・ミュージック』もこの意味では同じようなものであった。オーストリア劇映画で現代社会がテーマになるのは、ようやく一九八〇年代になってからである。更にその社会批判的なテーマを、個人を越えた社会全体の問題にしたのは、一九四二年生まれの、現代オーストリア映画界を代表するミヒャエル・ハネケ監督である。ここで論者は、彼の代表作と言われる、いわゆる「感情の氷河化」三部作を取り上げ、分析している。一九八九年に制作された劇映画第一作『第七の大陸』では、ごく平凡な家族がごく平凡な生活を送っている。この家族の間での会話は日常の範囲を越えることはない。

突然、ちょっとしたことを契機に夫婦は心中を思いつき、とうとうこの家族は、この世に存在しない第七の大陸へ旅立ってしまうのである。第二作は一九九二年制作の『ベンニ君のビデオ』である。十四歳の少年が家に遊びにきた少女を誤って銃で撃ち殺してしまう。少年は両親に告白する。すると、両親は事件を隠そうとして、死体を処理する。一家に平和が戻ったかのように見えた時、少年が自首して出るのである。この少年は、いわゆる、かぎっ子で、家族の間に会話が成り立たない。殺人の告白もビデオを見せることで行われ、自首する時もビデオの提出で済むと考えている。第三作は、一九九四年制作の『偶然の時間序列における七一個の断片』である。ある日、ウィーンの銀行内で、十九歳の学生が店内の三人を殺害し、しばらくして自分で自分の頭部を撃って自殺した。物語は、その日銀行に居合わせた四人を含む八人の登場人物の生活が遡って物語られ、全く偶然その日銀行に来て、殺人事件に巻き込まれてしまうのである。どの映画でも、事件の因果関係の描写は避けられているので、登場人物が何故暴力を振るうに至ったのか、説明されない。非情な物語が静かに、記録的に描写されている。ハネケは、このような映画を通して、現代社会が抱える問題を静かに問いかけているのである。このなかに描かれたオーストリアは、従来慣れ親しんできた古き良きイメージからは随分とかけ離れたものになっている、これが、論者の感慨である。

第五部、『ワタリガラスとイラクサ』では、長年オーストリアで伝承民話を収集し、童話について研究してきた論者が、グリム童話『子どもと家庭の昔話』の二五番、「七羽のワタリガラス」の話を取り上げる。この話は、一八一〇年の初稿でも翌々年の初版でも『三羽のワタリガラス』となっていた。ところが一八一九年の第二版から突然『七羽のワタリガラス』になった。変わったのは数だけではない。初稿や初版では、「昔、ある母親に息子が三人いた。」と始まっていたのだが、二版では、「ある男に息子が七人いた。」と変わっていた。

更に、息子たちを変身させたのが、初版では母親だったが、二版では父親に変わっている。これらの書き替えは、どうやらヤーコプ・グリムがこの頃ウィーンへ行ったことと関係がある、と論者は推測する。というのも、この話はニーダーエスターライヒにもあるからである。しかも十九世紀の話だけではなく現代でも「ワタリガラスの妹」という話がある。これらのことから、論者はグリム童話とオーストリアに伝わる民話を比較し、グリム兄弟は、書きとめた昔話を忠実に文字化せずに、文学至上主義から、子供を強く意識して、慎重に、しかし自由に手を加えて、洗練された文章で書き、読者を拡大したが、しかしその昔話は土着性を失い、肉声の聞こえてこない、遠い存在の文学になった、と批判し、オーストリアの昔話の方が本来の健康さを持ちつづけている、と結論付けている。

最後は、『ユダヤ小史のなかのウィーン』である。十九世紀末から二十世紀初頭にかけてのウィーン文化にあって、ユダヤ人の活躍が顕著だったことは、改めて言うまでもない。だが、それにしてはオーストリア史を繙いても、十九世紀以前はユダヤ人についての記述は殆ど見当たらない。歴史の表舞台に登場するほどの彼らにかかわる事件が少なかったからかもしれない。しかし十九世紀以降のウィーン文化や精神史のなかでのかれらの存在の大きさを考えると、ウィーンにおけるユダヤ人の歴史を辿りたくなる。紙面も限られているので、全くの年表代わりの概観が書かれているに過ぎないが、それでも彼らの歴史が、いかに権力者側の一方的迫害とユダヤ人たちの一方的な受難と苦難の歴史であったかが、読み取れるように思われる。オーストリア史、あるいはハープスブルク帝国史から抜け落ちた、あるいは黙殺された歴史であり、歴史の裏面、あるいは暗部であり、これに光を当てることによって、より正確な歴史像が刻まれることになるかもしれない。

本書はもともと個別論文の集成であり、研究会の成果であって、纏まりを欠いている面もあるかもしれないが、しかし、この度は第二次大戦後のオーストリア文化を論じた論稿も多く、更に研究分野もいくらか多彩となり、叢書全体としても、また個々の論文でも、今までとは違ったオーストリア文化の「もうひとつ」の姿が伝えられたのではなかろうか。

本書の刊行にあたって、中央大学人文科学研究所と出版部の皆さん、特に、出版部の平山勝基氏と人文研の石塚さとみ氏には多大のご尽力を頂いた。この場をかりて心から厚くお礼を申し上げたい。

二〇〇〇年一月

共同研究チーム『オーストリア文化研究』

（文責・入野田　眞右）

目次

第二部　文明への懐疑

第四部　新たな展開

目　次

第五部　民話と歴史

第一部　夢幻と現実と

ホーフマンスタールの『塔』
――美しき世紀末をこえて

戸口　日出夫

斧は木の根元に置かれている

はじめに――美しき世紀末の詩人

フランツ・ブライの『文学動物大百科』のなかで美しいカモシカにたとえられた詩人フーゴー・フォン・ホーフマンスタール（1874-1929）は、神童とか早熟の天才とか呼ばれた文壇登場の初めからつねにウィーン世紀末文学の中心にあった。『昨日』や『痴人と死』を始めとする彼の初期抒情詩劇の世界は、美、芸術、エロス、死が深く相互に浸透しあい、ロマン主義的夢幻の諧調にやわらかく包まれている。その劇空間そのものがひとつの詩であって、その奏でる響きは無限に繊細で、言いようもなく蠱惑的である。

『痴人と死』の主人公クラウディオが第一幕冒頭で登場する部屋は、絵画、調度、家具など古今の芸術品に埋めつくされ、美の香りにむせかえるような芸術空間である。彼はこのような世俗的現実の生活から完全に分離された芸術空間のなかで唯美主義者として生き、他者といかなる本質的な関わりも持たずにきた来し方を想起する。その彼に突然死神が現れ、彼の生命がまもなく終わると宣告する。驚愕し絶望するなかで、彼は初めて自身のそれまでの生の空しさを知る。他者不在の生の空しさ、いかなる社会的関係性もない不毛さ、その知のなかに彼は一瞬真の生についての啓示を得る。この最初にして最後の啓示を心におさめたまま彼は死神とともに死出の旅に出る。

ホーフマンスタール自身に深く横たわっている唯美主義を厳しく価値相対化したこの初期作品はすでに美と生の根源的な対立という生涯のテーマをうかがわせるが、ただこの優美な抒情詩劇の表現様式はなおきわめてロマン主義的夢幻性を漂わせている。まるで、うすぎぬを隔てて舞台を眺めるような感触といえるだろうか。われわれはその詩的言語の洗練度に驚くばかりであるが、その劇的世界の現実性についていえば、この舞台そのもの、そして現実世界との関係性不在についての主人公の認識そのものもまた夢幻空間のなかの出来事なのではないか、これもまた実体なくたちまち過ぎ去る一場の夢なのではないか、という印象を抱かざるをえないのだ。初期ホーフマンスタールにとってすべての存在は大きな魔術の圏内にある。詩「テルツィーネンⅣ」の後半はこうだ。

わたしたちの魂はすべてのひそやかな言葉や
夕暮れの風の漂いや最初の星のきらめきと
姉妹のように結ばれて深く打ちふるえ
悲哀を宿しつつも勝利の輝きに充ちていた、

大きな生とその壮麗さ厳しさを
理解する深い予感によって。(1)

ウィーン世紀末の芸術・文学は——芸術家や詩人によって特異性はあるにせよ——皆このような夢幻性、あるいは独特の美しき非現実性のフィルターを通して世界を伝えている。ムージルはこうした世界感覚を可能性感覚と呼んだ。彼らの認識そのものは鋭く深い。だがその認識の光はソリプシズム的な内面の深い闇に包まれている。クリムト、マーラー、シュニッツラー、アルテンベルク、ムージル……あるいはこれはウィーン・ユーゲントシュティールの特性なのかもしれない。

もはやキッチュとなった表現を使えば、「美しき世紀末」。クリムトたちが分離派の機関紙「聖なる春《ヴェル・サクルム》」創刊号で宣言した「裸の真実」の仮借なき認識をも含む意味で、なお夢として流れる世界、夢の生。同時代の社会的・政治的現実との直接的な向かい合い、切り結びの希薄さ。それがこの時代のウィーン精神を特徴づけている。いやこうした性格は第一次世界大戦後の混乱期においても変わらなかった。その時のウィーンについてJ・アメリーは言った。「しかしながら、なんとも奇妙なことに、このような現実はほとんどカフェに入りこんでこなかった。カフェ・ラントマン、カフェ・ヘレンホーフ、カフェ・ムゼウムなどのウィーンに知られたカフェでは、むろん、息も絶えだえな祖国の現状について、議論がないではなかった。しかし、大抵は抽象的な、現実とは遠い虚空のなかの空論であった。……それよりもオペラ座が気がかりで、配役について国家の一大事であるかのように激論をかわすのだった。」(2)

自己の内的夢空間のみに生きる孤独な傍観者クラウディオの生は砂時計のように無為のうちに流れ去る。彼から発せられた言葉は現実の生活から遊離して虚ろに響き消えてゆく。美しきウィーン世紀末、それはいわば他者と歴史的現実にたいする能動的な関係性を欠いた死の耽美主義であった。

一　変　容

こうした、いわば世紀転換期ウィーンの文学的象徴であったホーフマンスタールが、一九〇〇年代からいくつかの個人的ならびに社会的な出来事を経て変容していった過程のひとつびとつについては本論では省略したい。ただ、彼はもはや魔術的統合の世界、夢幻的な全一世界を詩学的に維持できなくなったという事実だけは記しておこう。現実の鋭いトゲがその調和的な詩的世界にいく筋もの亀裂を走らせる。夢と覚醒のあわいを限りなく漂う無時間的な情緒的な時間感覚が、現実の歴史的・社会的な外的時間によって覚醒へと強いられる。第一次世界大戦の勃発、未曾有の規模の近代的戦争における無数の悲惨な光景、さらにその結果としてのオーストリア帝国の崩壊。この現実は、繊細な詩人の神経を苦しめ、その知的世界のみならず彼の経済的生活基盤をも直撃したのだった。

古きヨーロッパが轟音をあげて崩れてゆくこのような歴史的な地滑りのなかに、すでにホーフマンスタールの初期からあったテーマ、自己にのみ関わるソリプシズム的な主観主義の限界性の意識は明確になってゆく。「社会的なもの」という彼のキーワードはこの頃の、新たに展開され深められてゆく、社会的現象の本質の認識とそれへの対応を表すものであり、その認識と対応は具体的には『クリスティーネの帰郷』に始まり、『イェーダーマン』、『ザルツブルク大世界劇場』、『影のない女』で一応、詩的表現上の完成を見る。だがホーフマンスタールはさらに最晩年の『塔』においてその最終的な詩的表現、そして最も深く厳しい洞察にいたるのである。

以下、五幕の戯曲『塔』をテクストにして、晩年のホーフマンスタールの世界を考察する。このテクストを眺めるとき、ウィーン世紀末の優雅典麗な文学世界、その夢空間が、時代の侵食作用によっていかに変貌したか、はっきりわかるだろう。

二　成立そしてあらすじ

ここに簡単に『塔』の成立過程とあらすじを書いておこう。ホーフマンスタールは一九〇一年から一九〇四年にかけてカルデロンの戯曲『生は夢』（一六三六年作。改作にあたって使用されたのはヨーハン・ディーデリヒ・グリースによる独訳版）をトロヘーウスの韻律により改作するが、中断し、敗戦の一九一八年ふたたび改作にとりかかるものの、けっきょく未完のまま放置された（トロヘーウス改作稿）。一九二〇年に今度は『生は夢』を題材にして自由な創作にかかる。それが『塔』である。その成果は一九二三年、一九二五年の二回にわけて雑誌 Neue Deutsche Beiträge に掲載された。ただし初演はずっと遅れて一九四八年六月十日（ウィーンのブルクテアーター）であった。

ところでこの第一稿の完成後ほどなくして、ホーフマンスタールは第二稿（舞台稿）を書く。それは一九二六年に完成し、翌年出版され、一九二八年二月四日に初演となる（ミュンヒェンのプリンツレゲンテンテアーター）。

あらすじ（第二稿）を記そう。

ポーランドの王子ジギスムントは王である父バジリウス（神聖ローマ皇帝カール五世のおい）によってすでに二十二年間塔に閉じ込められている。四年前からは王子にたいする扱いはさらにひどくなり、雨ざらしの檻のなかに入れられ、足首には重い鉄鎖がつけられるようになった。彼は悪臭をはなつ野獣の皮を身につけ、むかでやひき蛙を友としている。彼の世話をするアントンが仕える城代ユーリアンは王の臣下であるが、彼はジギスムントを王として自分が権力を手中にしようともくろみ、配下の兵士オリヴィエを使って民衆一揆を起こさせ、国は騒然となる。

第三幕はジギスムントとバジリウスが対面する緊張した場面であるが、ユーリアンの反逆に気づいた王がジギスムントにユーリアンの殺害を指示したとき、ジギスムントは王を殴って取り押さえられ処刑されそうになる。しかし直後に起こった貴族たちの反逆によってバジリウスは廃位され、ジギスムントが王位につく。だが事態はめまぐるしく変わる。反逆した貴族たちをユーリアンが追放し、そのユーリアンも、民衆一揆を指揮するオリヴィエによって倒される。オリヴィエはジギスムントをかいらいに利用しようとするが拒否され、ジギスムントの利用価値はなくなったとしてジギスムントを射殺させる。オリヴィエは、ジギスムントにそっくりの別人を捜して民衆の目を欺けと腹心に命じる。ジギスムントは王室専属の医師に最期の言葉を託して静かに息を引き取る。

三　権力に狂う者たち

ホーフマンスタールは『塔』において現実世界を直接動かす力学を主題とした。政治と権力である。とくに第二稿執筆中、彼は一九一九年出版のカール・シュミットの『政治神学』を読み、そこからホッブスの「真理ではなく権威が法を作る」という言葉を抜粋していた。

バジリウスもユーリアンもオリヴィエも、すべてその主題を、すなわち権力の徹底した自己目的性を体現している。

バジリウスが唯一の息子ジギスムントのいっさいの自由を奪ったのも、憎しみの感情からではない。息子が王位を簒奪するという予言と悪夢におびえ、それを阻止して王国の支配圏を独占するためであった。父王と息子のこの対立にはオイディプス王のモチーフが見られるが、ただ権力保持のためだけで、王は、医師の言うように、無垢の幼児にたいして「人類全体にたいする未曾有の犯罪」(371)を犯す。ちなみにこの筋書きはカルデロンを受け継いでいるが、すでにトロヘーウス改作稿においてホーフマンスタールはジギスムントの状況の惨めさをカルデロンよりもずっとリアルな表現で語らせている。

権力を奪われることにたいする病的なまでの不安と恐れから、王は息子のみならず誰をも信じない。極度の不信が彼の心を荒涼としたものにする。「だが今や日ごと年ごと地獄が余に襲いかかる。余の幸いを憎む陰謀が企まれ、足元を、頭上を窺い、余の髪は逆立つ。……余の道はもはや歩みいることもできぬ道になってしまった。」(405)しかし彼が紋切り型の悪役ではないことに注意しよう。ジギスムントと対面する直前、王の心は万感の思いに激しく揺れ動く。不信と不安となお唯一の肉親への捨て切れぬ近親感情が交錯する。部屋の外からジギスムントを見た王は思わず「在天の主よ、奇蹟を起こしてください！　そして彼をその運命と和解させてください。わたしはその罪なき道具だったのです。アーメン」(429)と祈り、その目には涙があふれる。だが彼のそのような人間的な一面にもかかわらず人間性を簒奪するのが権力なのだ。「余にもまわりに友などひとりもいたことがない」(425)という王の言葉は、友もなく息子も失った孤独さを浮き彫りにする。そしてその孤独は何も生まない。いかなる未来も開かない。その意味で彼は深く人間の絶望を表す人物である。絶望という罪を。

彼は老廷臣のふたりの姪を夜の慰めのために差し出すよう命じる。それがこの廷臣を含めた貴族たちの反逆の契機にもなる。こうした王の専横ぶりは無制限に肥大した権力の姿を示し、ジギスムントに「どこからそのような権力が」(431)と二度も鋭く問わせることになる。これにたいして王は「神自身から」と応えるが、バロック時代の思想に従って王権神授説を疑わないカルデロンの王と違い、『塔』のバジリウスは彼の権力の正当性（ないし乱用）の問題を現代政治の価値相対化の視野においてまさに否定的に具体化するのである。この権力の正当性ないし不当性こそ、二十世紀の権力構造の実際を知るホーフマンスタールによって厳しくテーマ化されたのだった。そして何よりも権力が人間の心をどこまで激しく蝕み人間性を歪めていくか、それをホーフマンスタールは『塔』の数人の登場人物において表現したのだった。

政治的権力をめぐるこの一見バロック的な戯曲をカルデロンから区別する点で、王よりさらに大きな働きをするものは、ユーリアンとオリヴィエの存在だろう。両者とも、もはやカルデロンにおいて反乱を起こし王権を奪おうとする「兵士」のような古典的な謀反人ではない。たしかに、その力なしにはジギスムント自身が生存できなかったユーリアンこそ真の主人公ではないか、彼こそ政治的権力の簒奪を主題とするこの作品の中心ではないか、という見方もなりたつかもしれない。(3) ただし注意しなければならないのは、ジギスムントの存在を、その生死をおのが権力への野望のために利用しようとする点でこのユーリアンもオリヴィエも同一の意識を持つということだ。そしてまさにこのマキャヴェリスト、ユーリアンからまむしの子のように生まれたのがオリヴィエなのである。

とくにオリヴィエはいかなる手段に訴えてもみずからの権力奪取を妨げるものを根絶していく。彼は、ユーリアンの知謀に加え、人をもはや「石ころ」(358) としか見ない、冷たくさめきった心をもつ。彼はいっさいを利用価値だけで見、信頼や忠誠といった道徳的価値を「坊主や役者のたわごと」(467) として嘲笑する。すなわち真や善といった本質的な文化の精神を。彼はもはや本能と暴力しか信じない。その意味で二十世紀的なファシストあるいはテロリストといえるかもしれない。そして力以外何も信じられないという点で彼は現代的なニヒリストである。その心はバジリウスとともに絶望に捕らえられている。彼には野心と周到な計画はあっても未来へのいかなる希望もないからだ。彼の心はバジリウスよりさらに荒涼とし、寒々としている。

第二稿でオリヴィエは部下に命じてバジリウスを殺害させたうえ、まるで射撃演習のように、いかなる心の迷いもなく平然とジギスムントを射殺させる。こうしてホーフマンスタールは、オリヴィェが没価値的な「テクノクラート的なせん滅機械」(4)であることを示したのだった。

ホーフマンスタールは大戦後の政治的・社会的混乱にたいして無関心ではいられなかった。次に引用するのは、敗戦直後の一九一八年十一月二十六日にデーゲンフェルト伯爵夫人あてに彼が書いた手紙の一部である。「全世界が崩壊しました。……ウィーンでは一週間に二千八百人が流感で死にました。わたしたちは七人のうち四人が床に就きました。加えてこの辺りでたえず略奪の警告が発せられ、銃撃があります。……何千人もの飢えた帰還兵の集団があたりをうろつき、小さな村では何百人もの脱走した犯罪者がいます。……すべてがこうなのです。飢えて、寒さに苦しみ、威嚇的になり、それでも心底では驚くばかりの善意をもっています。さもなければとてもこんな程度ではおさまらないでしょう。」(5)

一九二〇年代後半、彼が『塔』最終稿を書いたときの状況も、これと同様にけっして静穏ではなかった。ドイツでは一九二五年二月に党を再建し合法的な政治戦略を選んだナチスが着々と力を得ていたし、オーストリアでは二四年イグナツ・ザイペル首相の暗殺未遂事件があり、左翼の防衛同盟（Schutzbund）と反社会主義の護国団（Heimwehr）の流血の対立がエスカレートしていた。それはやがて、八九人の死者を出した一九二七年の裁判所焼き討ち事件に見られるような市街戦にいたるほどの緊迫した情勢に向うのである。注目したいのは劇中のオリヴィエの軍旗である。それは“Blutfahn”（血の旗）といわれる。最後の一文字だけ多い“Blutfahne”は一九二三年十一月九日、ミュンヒェンでの行進と一揆のさいナチ党が掲げた旗であった。ナチのプロパガンダは一九二三年以降、オーストリアにも共鳴者を見出し、新しいオーストリアの混乱要因となっていた。一九二五年八月にはウィーンで開催された世界シオニズム会議をめぐり、ユダヤ人作家殺害や数々の暴力事件が発生した。ドイツでもロシアでも全体主義の時代が始まっていた。『塔』第一稿はちょうどこの頃に書かれていた。静かな落日に比せられる古きよき世紀末は遠く去り、耳を裂くような響きが人々を襲っていた。その響きはこのテクストのすみずみに刻印されている。

ユーリアンはオリヴィエの命で討たれ、死の直前に「無だ」（461）と叫ぶ。王とともに彼も最後は絶望のうちに倒れる。このマキャヴェリスト自身さらに新たな暴力機構の歯車にひきつぶされていく。彼はみずから画策した反乱がオリヴィエに操られるようになり、もはやコントロールできなくなったのを見て言う。「わたしは地獄を解き放した。そしていま地獄が荒れ狂っている」（457）と。

権力に狂う傲慢な者たち、「アケロンタ・モウェーボ」（我、地獄に助けを求めん）（440）というウェルギリウスの言葉そのままを遂行する者たちによるこうした大衆操作の実体をホーフマンスタールはつぶさに描いた。彼は、一九二五年十二月のある青年にあてた手紙が示すように、この戯曲で「永遠の衆愚政治の要素」(6)に操られる現代人の運命を示したのだった。

四　イグナツィウス――バロック的無常性

このような権力に狂奔する人物たちにたいしてホーフマンスタールはジギスムントを対置させるのだが、もうひとりそれにたいする対立原理を表す人物がいる。かつて王の最高顧問、枢機卿宰相であったが、王の戦争遂行に反対してその高位聖職者の位を去り一介の修道士となっているイグナツィウスである。ジギスムントとの再会を前にして助言を求めに来たバジリウスに、彼は王がこれまで考え為してきたことすべてが空しかったと言って突き放す。そして神は虚栄に生き、強権により悪を為した王を知り尽くし、彼を罰するために待ちうけている、と告げる。イグナツィウスは王を一顧だにせず、そこに居合わせたひとりのみすぼらしい乞食を大事な客人として迎える。イグナツィウスは乞食の心に無限の謙虚さを見て、傲慢に固まった王に謙遜の徳を指し示すのだ。

身分関係に縛られた社会的な価値思考を逆転させるこのイグナツィウスの行動は、中世的・バロック的な無常性のイデーより派生するものだ。『塔』第一稿において彼のまえで若い修道士によって朗読される十六世紀スペインの哲学者ゲヴァラの書からの引用はまさしくそのイデーを示す。(なお第二稿では一部を除いて引用個所が異なっている)「世界よ去れ! おまえに信を置くことなどできず、おまえに頼ることなどできぬからだ。おまえの家には過ぎ去った過去が亡霊のように漂うのみ。現在あるものは我らの手のもとで朽ちた毒きのこのごとく溶け、未来のものは夜中押し入る強盗のこぶしのごとく不断に戸を叩く。そして百年してもおまえは我々に真の生の時などほとんど与えてはくれぬのだ。」(290) この地上の生ははかない。地上の栄華は一瞬で、きらびやかな権力の華はたちまち朽ち果てる。その洞察が人を謙虚にし、地上の十重二十重の物質的な欲望から解放し、より高い次元に目を向けさせる。イグナツィウスはこの次元に生きるために王の宰相を辞したのだった。

イグナツィウスはこの意味で、のちに述べる中心的な主題に深く関わっている。ジギスムントの幽閉されている塔とならんで、彼の住む修道院もひとつの塔である。それは、地上の政治的権力の絶対性と永続性を信じるバジリウスの王座と明確な対立原理をなしている。

ただし、イグナツィウスについてはもうひとつの側面を指摘しなければならない。彼は地上のすべての虚栄や栄華を厳しく否定するが、その峻厳きわまりない倣岸な存在によって彼もまた権力そのものを体現しているということを。彼にはキリスト教的なミゼリコルド、憐れみの心がない。彼が説くのは神の恩寵ではなく、ひたすら神の罰であり、さらにみずからがその宣告者となり、神に代わる裁き人、ドストエフスキーの大審問官のような存在となっている。彼の身振りや若い修道士に歌わせるラテン語の聖歌も、彼がその存在そのものにおいて権力であることを示す威嚇的な表現機能である。彼の住む修道院は、その点でジギスムントの塔、無限の貧しさと非権力を象徴する塔とは対極的な裁きの場と化している。ホーフマンスタールはこのイグナツィウスと王の場面の導入によって、政治的権力に関するバロック的な無常観を観客にむけて可視化するとともに、イグナツィウスとの対比をとおしてジギスムントがやがて指し示すであろうイデーをより鮮明に浮き上がらせるのである。

五　生と夢――カルデロンの影響下に

一九〇一年にカルデロンの『生は夢』の改作にとりかかったとき、ホーフマンスタールはいわゆるチャンドス危機の渦中にあった。それまでの抒情詩や劇作を特徴づける華麗な詩的言語の限界に突き当たり、もはや詩作が続けられなくなっていた。一九〇三年の『エレクトラ』に代表されるようなソポクレス改作にしても、『ザルツブルク大世界劇場』や『塔』といったカルデロン改作にしても、古典作品にたいする詩人の主題的な関心とは別に、古典の強力な劇的言語によって世紀末の繊細で夢幻的な詩的言語に強力なインパクトを吹き入れようとする試みと見ることもできるだろう。彼は、知的・感覚的な洗練のきわみ、あるいはデカダンスに達した世紀末の文学言語にふたたび根源的なダイナミックな生命力を得させ、観客をとおして現実の生活の場あるいは社会にむけて作用しうる文学言語の回復を目指したのだった。

ホーフマンスタールをカルデロンに導いた主題的な動機についてエゴン・シュヴァルツは次のように述べている。若い頃のホーフマンスタールは「ロマン主義的な世界感情の最後の代表者のひとり」だった。バロックへの彼の転向はロマン主義特有の尺度のなさ、感情過多、地上の生活をまじめに考えないこと、といった点を乗り越えたいという願望にもとづいている。カルデロンにホーフマンスタールが見たバロック的なものは、夢と演技というふたつのメタファーによって表される。地上の生のみが唯一の生の空間と考えてそれにのみ関わるというのではなく、それを包むより広い連関のなかで人生の探求に心を向けるのである。こうした生にたいするありかたが夢と演技である。すなわち人生を夢ととらえるとともに、超越者の前での真剣な演技ととらえるわけである。ホーフマンスタールはこうした複眼的な思考に引かれた。そして前者が『塔』、後者が『ザルツブルク大世界劇場』によって劇化されたのだった。[7]

シュヴァルツの見解を続けよう。彼はフランス人の強い地上への志向性とドイツ人のロマン主義的な彼岸志向性を対照させて、スペイン・バロック期のカルデロンはまさにその中間にある、という。地上の生こそカルデロンのドラマが故郷とするところであり、「生のすべての喜びがここで味われ、生のすべての苦悩がここで耐え忍ばれる。同時に人間存在はより強力で、より壮大な枠のなかにはめ込まれている。人間存在はその力をそれ自体の中心から受け取るのではない。そうではなくて、それに対してはいっさいのものが周辺と感じられる万象の中心から受け取るのである。この美しいメタファーをホーフマンスタールは『世界劇場』で応用したのだった。[8]」このシュヴァルツの言葉こそ、『塔』の中心的主題を照射するといえよう。

人間は地上のものの法則によって生きつつも、「彼の内部、外部のすべてのものは無数の関係、関連によって永遠不変のひとつの秩序と結ばれている。ホーフマンスタールの認識の課題、それは彼自身が同様にとらえられ高められているこの大きな網を知覚することであった。[9]」ホーフマンスタール文学を特徴づける、万象を包括するこの偉大な関連・連鎖、このバロック的宇宙像は――とくに晩年には――たんなる詩的メタファーではなく、人間がそのなかに生きる現実として、実体となった秩序として表現されている。たとえば『影のない女』はそのような視界を示している。

カルデロンの世界像のなかでは人の生は一場の夢である。たくさんの起伏と悲喜こもごもの出来事に充ちた夢、やがてより高次の真の生へと目覚めてゆくべき夢である。それ自体重要な過程として真剣に演じなければならない夢なのだ。カルデロンの『生は夢』では、反乱軍によって王は退位するが、最後に王は彼の前にひざまずく息子ジギスムントを祝福して王冠を委譲する。ジギスムントの命令で反乱の首謀者は秩序攪乱の罪により永遠に塔に監禁される。こうして国に宥和と秩序が再建され、地上の出来事すべてが最終的には天上の秩序を反映することになる。この人生は、人が魂と行いを浄化し、永遠の生にむけて準備すべき場なのである。

この点に関してもう少しシュヴァルツの言葉を記すことを許していただきたい。「この世界像はホーフマンスタールをきわめて深く感動させた。……(しかし) 彼の悲劇は、彼が苦悩し動揺した思いをカルデロンの完全な秩序のうちに溶解できなかったことだった」。[10] シュヴァルツは、やはりカルデロンにもとづく『ザルツブルク大世界劇場』についても、現代演劇がカルデロン的世界秩序を表現する困難さを指摘するが、とりわけ『塔』第二稿にそれを見る。[11] カルデロン的な慰めに充ちた宇宙のなかにオリヴィエのような秩序なき暴力機構をどう位置づけられるのか。これこそ『塔』の最大の主題的・詩学的課題である。

六　トロヘーウス改作稿から第二稿へ——人物像を中心に

以上ホーフマンスタールをカルデロンに導いたものを眺めてきた。たしかに基本的には『塔』においても、カルデロンのように、すべてが「永遠の相のもとに」眺められている。それは疑いえないことなのだが、しかしこの劇作は困難をきわめた。作者はこの作品を三度にわたって手がけなければならなかった。

すでに未完のトロヘーウス改作稿において、カルデロンに多い長く装飾的なモノローグは消滅し、ストーリーはより速やかに運ばれるようになった。利口な格言、気の効いた言葉遊びがせりふを飾ることもなくなり、イメージもより具体的・即物的になった。アストルフとエストレラの恋をめぐる筋もばっさり削られた。こうして本質的なものの表現へ集中したリアリズムが支配するようになった。登場人物の心理的な深まりが増し、人物たちの多層性が造形された。

トロヘーウス改作稿のこうした傾向は一九二〇年に書き始められた『塔』第一稿、そして第二稿と稿が進むごとにますます顕著になる。トロヘーウス改作稿は未完のため劇の結末の処理はわからない。しかし第一稿では、ジギスムントと王との和解はない。逆上したジギスムントを廷臣が牢に閉じ込めたあと、王は言う。「予言どおりになってしまった。民の面前でやつは余を踏みつけた。今やつは死ぬしかない」（331）と。しかし城になだれこんだ反乱軍によってたちまち王は捕らえられ廃位される。今や王権など何の権威もなく、無用の長物になってしまった。まさに大戦直後のオーストリア皇帝の退位と帝国消滅の状況そのままに。カルデロン的な神聖な王権の不可侵性、その劇を支配する静止的な世界秩序、出来事の非歴史性に代わって、時代の生々しい混乱した現実が劇空間に押し寄せる。このような時にホーフマンスタールはどうしてなお装飾的な演劇言語を語ることができようか。かつての優美な詩人になじまぬと批評された[12]劇様式（第二稿）、飾り気ないリアリズムの言語をどうして放棄できるだろうか。

改作にあたり、とりわけ強い印象を与えるのがオリヴィエ像である。ジギスムントと王の対面とともに、いやそれ以上にジギスムントとこのオリヴィエとの対決が『塔』の核心となる。オリヴィエ像を鮮明にする個所をやや長いがあえて第一稿第四幕から抜粋しよう。（引用中の……は、中略の意）

オリヴィエ：槍を構えろ！　斧の用意はいいな！　これ（ジギスムントのこと）が例のやつか？

……………

オリヴィエ：やつを明るいところへ連れてこい！　やつにわからせてやれ、自分をおれたちの仲間とみなさなければならないことを！　やつにむかって二歩進むんだ。やつがおれたちのことを知って、自分の救済者として敬意を表するようにな！

……………

（オリヴィエは火酒を飲んでジギスムントに言う）

オリヴィエ：前に出てこい、おまえ！　おまえは落ち着いて、自分の父親の血を銀のジョッキで飲むつもりがあるか？

（ジギスムントは答えない）

オリヴィエ：あいつらはおまえの脳を頭蓋骨から抜き取ってしまったのか？　おまえは自分に差し出されているものがわかっているのか？（手下にむかって）武器を抜いてやつに突きつけろ！（彼らはそうする）

ジギスムント：鉄の甘い匂いだ。まるで豆の花から空中に漂う匂いのようだ。この匂いはおまえたちが彼らを漬けた血の海から来る。

オリヴィエ：するとおまえは自分の役目がわかっているのだな。

ジギスムント：畑を耕す道具はその役をせず、今や世界を清めねばならない。それはわかっている。そしてまた、おまえが血なまぐさい仕事にうってつけだということも。なぜならおまえは猪首と犬の歯をもっているからだ。

オリヴィエ：ヘッ！　おれの顔つきがおまえにしゃべるのか？　それでいいさ。おれにはおまえが必要だし、おまえはおれのものになるんだからな。

……………

ジギスムント：聞け！　いまカラスたちが塔のまわりを飛んでいる。ひなが焼け死んだ巣の上で鳴き叫んでいる。――しかし十時間もかかって高い峠をこえてゆく旅人はただわずかな炎のきらめきを見るにすぎない。すべてはそれほどささいなことだ。
オリヴィエ：耳の穴をほじって聞け！　いいか、おまえは誰の血を受けた子なんだ？
ジギスムント：わたしはそれをとうとう知った。
オリヴィエ：じゃあ、十分に知っているな。おまえは口をでかく開けて叫ぶんだ、死、死、死！　人殺し！　裁き！　裁き！　わたしを殺す者に死と永劫の罰を！　と。
ジギスムント：わたしはかつて悪夢にうなされた者のように叫んだ。しかしわたしは自分のために助けを呼び求めたことはない。おまえたちは焼き尽くされたものや殺戮されたものの臭気、そして大地の臭気をかいでいる。おまえたちのむっとする臭いのためにわたしはのどが乾いた。
…………
(瀕死の重傷を負わされたユーリアンを前に)
ジギスムント：わたしは証言しよう。この人がわたしに真理を教えてくれたと。たったひとつの真理、それによってわたしの魂が生きる真理を。なぜならわたしの魂には真理が必要なのだ。ちょうど空気がなくなると消えてしまう炎のように。
オリヴィエ：それで、どんなたぐいの真理なんだ？　この大馬鹿者めが！
…………
(ユーリアンの死を看取って)
ジギスムント：彼は死んだ。(アントンにむかって) そしておまえはわたしの傍らで恐れずにいてほしい。犬も時にはなでてもらいたがる、まして人間は。（オリヴィエの手下にむかって）ではおまえたちはこの男を安らかに行かせてやってくれ。
オリヴィエ：悪魔の翼をもったうすぎたない死屍食い鳥め！　おまえはおれの眼前でおれに対する不服従を見せつけているのがわかってるのか？
ジギスムント：おまえはわたしを自分のものにはできない。わたしはわたしのためにだけ存在するのだから。おまえはわたしを見ることさえない。おまえはそもそも見ることができないからだ。
オリヴィエ：おまえはおれ様にさからってものを言うのか？　それならおれはおまえを犬の毛皮に縫い込んでゴミだめにほうり込んでやるぞ！

（345–352）

このふたりの言葉にはどれほど大きな質の相違があることか。オリヴィエの徹底した命令口調、罵倒、居丈高さ、下品さ。ジギスムントに「例のやつ」（Kreatur）と呼びかけるが、このKreaturは蔑称であって、部下にもジギスムントの処遇について伝えるなかでこう語っている。「やつが自分の舌を抑えられないなら、口輪をはめてやれ。いいか、おまえたち二人はあいつ（Kreatur）が役に立ち、害にならないようにするんだぞ。やつはおれの許可なしには一歩も歩いてはならない。」（354）
こうした言葉のテロリズムは行動のそれと一致している。自分の目的のために完全なかいらいとしてジギスムントを、そしてすべてのものを徹底的に利用するオリヴィエは、相手が彼の党派に属さぬ者とわかった瞬間にただちに憎悪の牙をむけて相手を抹殺する。最初からオリヴィエの心には敵愾心と憎悪が渦巻いている。彼は憎悪をとおして世界を見るのだ。

それにたいしてジギスムントはどうだろう。いささかの躊躇も不明瞭さもないオリヴィエの目的志向の発言と比較して、ジギスムントの言葉はいかにもとりとめのない印象を与える。オリヴィエのせりふと全然かみあっていないのだ。劇的対話が成立していない。ジギスムントの省察的な言葉は風のようにオリヴィエの頭上をこえて流れるのみだ。語る次元がまったく別なのだ。だがジギスムントが非現実の世界にいると考えるのは誤りである。オリヴィエは徹底してものの外面しか見ない男だ。外面的現象の最たるものが政治的権力であって彼はそれしか見ない。それから外れた言葉はすべて理解できない。しかしジギスムントは逆だ。彼にとって「真理」という曖昧な言葉でしか言えぬものが何よりも重要なのだ。これについては後に取り上げるが、ジギスムントのせりふはこの一点に向けて集中するのである。

ジギスムントの心は同時に詩的な心でもある。それは引用したカラスの比喩にも見られるだろう。しかしそういう文学的な表現だけが詩的というわけではない。本質的に世界の現象を美と真と善の価値尺度によって受け止める精神である。それはけっして感傷的な詩心ではない。人間の根源的な価値判断の問題である。世界と人間を根源的に肯定するすこやかな精神といってもいい。オリヴィエにはまさにこれが失われている。彼とともに「さめた時代がこの世に始まった」(467) のである。すべての価値から自由な、すべての価値から見放された時代が。

以上、オリヴィエとジギスムントのせりふによって人物像を対照するために第一稿から引用した。第二稿になると対話のテンポはスタッカートのように速まっていく。ジギスムントとオリヴィエの対決のせりふがずっと短くなる。第一稿のせりふのいくつかを残して多くが削られ、書き換えられる。とくにジギスムントの詩的・内省的なせりふはほとんど削除され、それとのコントラストでオリヴィエの威圧的な語りがいっそう露骨に感じられるようになる。

このような第二稿のどこに、もはやあのホーフマンスタールらしい美しい言葉が残っているだろうか。初期の抒情詩劇はもとより、『薔薇の騎士』にも充ちていた言葉の優美繊細なニュアンスや艶やかさはどこへ行ってしまったのだろうか。

とりわけ第二稿では、最終幕が第一稿のそれとまったく異なっている。

第一稿ではジギスムントとオリヴィエのあいだの対決は第四幕にあり、第五幕にはオリヴィエの情婦とジギスムントの対決が置かれていた。このジプシー女の毒でジギスムントは死ぬことになるが、しかしオリヴィエも戦いで倒れて死んでいく。そして劇の最後、瀕死のジギスムントのまえに純白の衣装に身を包んだ輝くばかりの無垢な小児王（Kinderkönig）が出現し、兄弟としてジギスムントによって祝福されて次の王になるべく迎えられる。こうして混乱した国に秩序をもたらす無垢なる王を迎えた民衆のあいだに千年王国的な希望の光がさすなかに劇は幕となる。ここには観客の心を慰めるものがある。ユートピア的な展望をおびた、未来へむけて開かれた終り方である。

ところが第二稿では、すでに述べたように、ジギスムントは射殺され、オリヴィエは生き残る。最後にジギスムントは誠実な医師に遺言のように言い残す。「わたしがいたことを証言してください。たとえ誰ひとりわたしを知るものがいなかったとしても。」（469）第一稿のメールヒェン的な出来事などどこにも起こらない。最後のト書きは「ジギスムントはのけぞって倒れ、深い息をして死ぬ」となっている。（469）オリヴィエの歯車はすべてを引き裂いていく。善なるものが滅びる悲劇が完結するのである。

七　他者に限りなく開かれた心

父バジリウスとの対面の場面でジギスムントは父に恭順の姿勢を示す。それは恨みをひた隠しにした表面的な恭順ではない。彼の事情からみれば怨念を抱くのが当然のジギスムントであろうが、彼には一片の怨念や憎悪の影も見られないことを指摘しなければならない。彼にあるのは恐れだ。他人の、実子のさえも、運命を恣意的に操ることができる強大な権力へのおののきである。だが彼は生まれて初めて言葉を交わしたに等しい父を父として認めたい、父との親しい関係を回復したい。彼の恭順の姿勢はこの思いの表現以外の何ものでもない。

ジギスムント：もうあなたの秘密を明かしてください。もうあなたの本当の顔をわたしの前に表してください……わたしは人間に口づけしたことがまだ一度もありません。平和の口づけをわたしにお与えください、父よ！

バジリウス：もう十分だ。余はそういう言葉を好まない。おまえ自身に立ち返るのだ、ポーランドの王子よ。王たる余がどこからおまえを呼び出し、どこへおまえを高めたか、とくと考えよ。

ジギスムント：高めたですって！　あなたはわたしを今あなたのもとへ、わたし以上の位置に高めたのですか？　そうなのですか？——あなたのお顔を見せてください。わたしを迎えてくださったような仕方でわたしに接してください。母よ、父よ、わたしを受け入れてください。(431)

このジギスムントの願いにたいして王は「おまえを権力への欲望がむしばんでいる。それがおまえの顔つきから読める。——しかしおまえは心のこもった言葉で他人の心を得るすべを教わったな」と冷たく言って皮肉な微笑を浮かべ、「そういう才能が余の死後におまえの役に立つこともあろう」(431) と言う。息子への不安と猜疑心がジギスムントの訴えの声を遮断する。

そしてバジリウスは狡猾にも、ジギスムントに自分の後継者の地位を約束しつつ、反乱の首謀者と彼がにらむユーリアンの殺害を命じる。ここでジギスムントの従順さは切れる。彼は態度を一変させ、父に襲いかかって殴打する。言うまでもなくそれは父への憎悪からではない。いわんや権力奪取の計画からではない。彼をこの突発的な行動に走らせたのは悲しみと怒りである。ジギスムントのおそらく唯一の理解者である医師は檻のなかに初めて彼を見たときに言った。「まことに、人を殺すような者の目ではない。ただ測りがたい深淵だ。無限の魂、無限の苦悩だ」（391）と。この苦悩と悲哀がジギスムントの全存在を特徴づけている。

人生はすべて夢、彼にとってそれは最初から自明の理であった。ものごころが育ったときから塔の生活しか知らぬ彼は無限の諦念に生き、みずからの運命と和解してきたのだった。しかしついに彼は忍耐の限界を越えた。尊敬したいと願う父から、自分をこれまで世話してくれた「恩師」の殺害を命じられたときに。彼の怒りはこの父の狡猾さと不条理なまでの権力行使にたいしてであった。自分に加えられた権力行使にではなく、いわゆる王権の絶対性という虚構から他者に加えられる暴力にたいして彼は激しい怒りを抑えられなかった。

塔という狭い世界しか知らぬジギスムントがつねに本質的に他者にたいする感受性から行動することは注目に値しよう。他者の運命にたいする彼のこまやかな感性、また彼に示されたやさしさへの敏感な反応。これがジギスムントを特徴づけるもうひとつの要素だ。檻のなかのジギスムントの悲惨な状態に心を動かされ、その額に手を当てた医師に、「あなたの手はやさしい。わたしを今助けてください」（391）というジギスムントの言葉は悲痛である。普通なら青春と呼ぶべき甘美な時を極限的な孤独のうちに過ごさざるをえなかったジギスムントにとって、心を許せる人間の存在こそ唯一の慰めであった。

ユーリアンの臣下でジギスムントの日常を世話してきたアントンはおそらくたったひとりの友であった。彼にたいする信頼は劇のあちこちで見られる。第二幕の終わり、父との面会をまえにユーリアンがジギスムントを眠り薬で眠らせる場面。ジギスムントとアントンはそれが死の薬と思う。ジギスムントは「アントン、わたしを助けてくれ」と叫び、アントンはユーリアンに「生かしてやってください」と懇願する。だがついにジギスムントはその盃を飲み干す。そして「おまえがいつまでもしゃべっている間にわたしはすっかり飲んでしまった。おまえのためにね」(419) と言う。この「おまえのために um deinetwillen」といういともささやかなせりふに注意しよう。このせりふの意味は多義的、曖昧だ。ジギスムントはこのまま死ぬと思っている。彼は薬を拒むことによってアントンに苦労をかけたくないのだろうか。いずれにせよ、彼は目の前のアントンのために死ぬ決心をするのだ。このようにジギスムントの行動はつねに目の前の人間との関係性のなかで決定されていく。『影のない女』で明確な形となった「アロマーティッシュなものの勝利」[13]、すなわち現代人の不毛な孤独を克服する力としての他者との根源的な関係性。これがアントンにたいするジギスムントの信頼に見られるだろう。そしてもうひとり、よき心根の医師にたいする彼の信頼にも。

人間らしい親しい交わりを必死に求めるジギスムントの心の熱い思いが彼のせりふのはしばしに表出する。彼の内面風景は、バジリウスの心の猜疑心でただれ荒涼とした原野風景と対照的だ。また世俗世界のすべてを愚かで空しいものとして捨て去るイグナツィウスの氷のように冷たい心とも。世の栄華をむさぼる父王や、悩める他者の低みにおり立つことをけっしてしないイグナツィウスに対し、極貧の世界に生きるジギスムントは他者にたいする人間的な関係の濃密さにおいて彼らにはるかにまさるのである。

民衆にたいしてもジギスムントは心を開いて向かい合う。民衆を利用して反乱を起こすオリヴィエがじつは彼らを軽蔑し、ただの操作すべき烏合の衆としか見ないのにたいし、ジギスムントは彼らに身分の相違をこえた素朴な共感をいだく。彼は民衆を利用価値ではなく、その人間としての存在価値によって見るのだ。「わたしは広々と開かれた土地を感じる。大地と塩の香りがする。わたしはそこへ行こう。」(461) このファウスト的なせりふとともに、彼はそのような自由の地に生きたいと切望する。彼が民衆によってカリスマ的な指導者とみなされているのは事実だ。しかし彼自身にはカリスマ性はない。ただ彼ら「飾らない人々」(462) を友としたいという無限の思いがあるだけだ。この思いからジギスムントは、それまでユーリアンやオリヴィエにたいして拒絶していた王座を受諾したのだった。

最後の場面、ジギスムントは「ジギスムント！　おれたちのところにとどまってくれ！　おれたちを見捨てないでくれ！」（468）という民衆の声に応えて部屋からバルコニーに向う。しかしそこに集まった者たちは、オリヴィエによって外へ追い出されていた素朴な民衆ではなく、オリヴィエが配置した者たちだった。悪い予感に不安になったアントンが「あの連中はいやに芝居がかった身振りをしています。まっとうな人たちではありませんよ」（468）と警告するが、ジギスムントは答える。「わたしは窓辺に行って親しい者たちと語りあうのだ。彼らがわたしを呼んでいるのだから。」（469）オリヴィエはジギスムントが民衆の呼び声に応えて必ずバルコニーに来るのを知っていた。外には熟練した狙撃兵が待っていた。だが、それにもかかわらず、ジギスムントにとって、「わたしはひとりなのだ。だから人々と結びつきたいのだ」（469）という願いのほうが強かった。

こうして明確な決断によって民衆にむかって進み出るジギスムントの姿は、間近の死を知りながらエルサレムに入城したイエスのそれと重なり合う。しばしば指摘されてきたことだが、この作品にはあちこちに福音書のイエスとジギスムントとのイメージ連関が見られる。またジギスムントは聖人の面影を与えられている。彼にたいする民衆の聖人崇拝の言葉、そして眠り薬を差し出されたジギスムントを見てアントンがユーリアンに言う言葉（「ごらんください、閣下。彼の頭に聖者の円光がさしています！　おお、あなたは聖なる浄められた受難者だ！」）などが示すように。（419）眠り薬を飲んで意識を失う直前にジギスムントは叫ぶ。「主なる神よ、わたしたちはあなたを賛美します。み顔をじかに仰いで！　選ばれて！　（そして手を高くのばして）父よ――今まいります――」（419）と言ってくずおれる。ここには十字架上のイエスの姿とのアナロジーを見ることができるだろう。

オリヴィエとの最終幕での対決もただちに福音書を連想させる。「どんなたぐいの真理なんだ？」という彼の詰問は沈黙するイエスにたいするピラトの「真理とは何か」を思わせるし、全体に最終幕のジギスムントの言葉はオリヴ山に向う直前の最後の晩餐におけるイエスのそれを想起させるに足るアナロジーをそなえている。

さらにジギスムントは、こうした受難のイエスとともに、荒野で悪魔と対決したイエスとも重なり合うだろう。悪魔は山の上から世のすべての国々の栄華を見せて、自分にひざまずくならそれをみなやろうと言ってイエスを誘惑しようとした。物質的な富や力によって人間の精神的な自由を奪おうとするこの悪魔の甘言をイエスは拒否した。大酒も飲める、女も抱けると言ってジギスムントをかいらい王の座に誘うオリヴィエはこの悪魔の象徴性を刻まれている。そのオリヴィエにジギスムントは「おまえはわたしを見ることとさえない。おまえはそもそも見ることができないからだ」と言って、突き放す。

八　精神性と純粋性――ジギスムントの〈聖性〉

目に見えるもののみに頼り、翻弄され、そのために他者を利用しつくす生きかたをジギスムントは退ける。ひとりびとりの人間の精神的な現実の重さを否定しようとするすべての誘惑を峻拒する。われわれがジギスムントに見るものはこれ以外の何ものでもない。民衆も含めて登場人物に対する彼の関わり方はすべてこの視座から決定される。

ユーリアンを最後まで師と仰ぎ、信頼によってアントンや医師に、さらに民衆に結びつくジギスムントは、人間の内的世界を何よりも重視した。プラトン的な善と正義、さらに真実、信頼、友情、知恵など精神的な諸力から構成される内的世界を。そしてその実現のために、人間の心の最奥部、魂の純粋性を彼はほとんど無意識のうちに追求する。

この魂の浄化こそ人間が人間になってゆくために辿らねばならぬ道であることをジギスムントは次第にはっきりと知ってゆく。すでに初対面の時点で、医師は幽閉されているジギスムントのうちにそうした深い内面的志向性を洞察した。このおとしめられた状態にいるジギスムントに「威厳以上のもの」、真の王侯の高貴さを見た医師は、「くるぶしまで汚れのなかにありながら、地上の諸力のうち最高のものの精髄だ」(394)と驚く。しかしこの認識がジギスムントにおいて鮮明になるのは第四幕、王座につくことを求めるユーリアンを拒絶したところからである。「あなたはわたしを林檎のようにわらのなかに寝かしておいた。そしてわたしは熟して今自分がいるべき場を心得ている。だがそれは、あなたがわたしを導こうと望む場所ではない。」(455)

観客にむけて客観的にジギスムントの意味を伝達するのがこの医師の役割である。それはそのままホーフマンスタール自身のメッセージと見てもよい。劇の最後、医師はジギスムントを殺そうともくろむオリヴィエにむかってもう一度ジギスムントの存在意義を訴える。「世界は武器によっては支配されません。彼のうちにある精神によってこそ支配されるのです。彼は大変な力をもつお方なのですよ」(467)と。ジギスムントを動かすこの精神的なものへの純粋な求心性こそオリヴィエがもっとも恐れたものであった。それを持たないオリヴィエは、だからこそ純粋な心の計り知れぬカリスマ的影響力を知っていた。そのため彼はジギスムントを殺さなければならなかった。

医師が言うように、精神的な諸力こそが人を動かし、歴史を動かす根本的な力である、そしてその力の派生する人間の魂こそ人格の核心であり、犯してはならぬ至高の聖所である。ジギスムントや医師のこうした認識は、古代プラトン以来長きにわたってプラトニズムの伝統のうちに維持されてきた。それは西洋がどのような危機にあっても守り抜いてきた確信である。そして物質と科学が万能視されるこの時代、多大なエネルギーを要する困難な「価値転換」は、むしろこの内なる世界の自立性を信じることの困難さについてこそいえるだろう。

ホーフマンスタールはその最初期からプラトニズムに関心をいだいていた。彼はネオ・プラトニズムの教父ニュッサのグレゴリウスを読み、彼についてこう記した。「最高の美を愛する者である彼は、彼がすでに見たものを、いまだ見ぬものの模像にしかすぎぬものとし、このいまだ見ぬ原像そのものを享受したいと願ったのだった。」(14)

初期のホーフマンスタールに顕著な詩的プラトニズムは、目に見える現象をひたすら超えて美しい夢の世界に遊ぶという魔術的性格をおびていた。しかし今や『塔』に横たわるイデーはそれではない。歴史的現実にたいする詩人の責任意識ゆえに、「原像」あるいはイデア的なものが現実世界にどのように作用しうるのか、という点にこそ思索は集中されたのである。まさにこの点から、作品の題名も、カルデロンをそのまま受け継いだトロへーウス改作稿の『生は夢』から『塔』に変えられた。カルデロンの原作や『塔』第一稿では、ジギスムントが生は夢と語るせりふがあちこち散見されたが、『塔』第二稿ではそれも消えたのだった。

生はプラトン的な夢か、それともアリストテレス的な現実か。この歴史的世界は、プラトンの洞窟のように、超越的な世界をおぼろげに反映する影にすぎないか、あるいはそれ自体で重要な意味をもつ無数の事象にみちた実在か。こうした二者択一自体が、『塔』第二稿では無意味になっている。すでに述べたように、地上の生は最終的には夢であり、しかしまた人が最後まで生きざるをえない場なのだから。ジギスムントは権力闘争の現実のなかに投げ出され、最後までそれに翻弄された。ホーフマンスタールが「われわれの現実の根本的な無慈悲さ」(15)と語った現実のなかに。そこでは医師が願った精神的なものによる政治はついに実現しなかった。プラトンが理想とした賢人政治が至難な状況であることをジギムント、そしてホーフマンスタールは認識させられたのである。

最後にジギスムントの「わたしがいたことを証言してください。たとえ誰ひとりわたしを知るものがいなかったとしても」の一言だけが医師に託された。肉体を診断することによってアリストテレス主義を象徴する彼は、同時に人間の「精神のみが人類の意味の担い手」[16]と知るプラトニストである。彼はジギスムントを抹殺しようとするオリヴィエに「純粋さを裁ける者などいるでしょうか。けがれを知らぬ魂を裁くことができるでしょうか」(467)と抗議した。「純粋さ、けがれを知らぬ魂」。これは現代世界でもはや愚かさと同一視され、冷笑される最たるものではないだろうか。この純粋さに生き、魂の浄化の道を歩むジギスムントは権力の奴隷オリヴィエやユーリアンの目には愚かさのきわみだった。ただ劇中ひとりこの医師にジギスムントから本質的なものが伝達されるのである。精神から精神へと。無慈悲な殺戮機械と化した西洋において人を進行する機械化から救う最後のもの、ホーフマンスタールはそれがこの「純粋さ、けがれを知らぬ魂」であると信じ、この医師とともに人間の内的世界の浄化に希望を託し、そのメッセージをさらに観客に伝えようとするのである。

「あらゆる根源的な本性の純粋さへの信……その背後に人類全体にたいする信が横たわっている」[17]というホーフマンスタールの言葉は晩年のベートーヴェンについて語られたものだが、これをコーベルがジギスムントに適用するのは正しいだろう。[18]

ジギスムントが医師とこの人間性への信頼をわかち、人々とそれをわかち合おうとバルコニーへ歩み出るとき、混乱した世界を切断する人間的なものが走る。人をぼろきれのように破り去る歴史の不条理な力、無の力に抵抗するもうひとつの不条理な声。それはある光かもしれない。たしかにバロック的な殉教者を包む目もくらむような光輝ではない。だがそれでもそれは光であろう。たとえそれが周囲の闇をいっそう強調する結果になったとしても。

絶命の直前、ジギスムントは「あまり心地よくて希望することもないほどだ」(469)の一言をつぶやく。このひとことの何という象徴性だろう。彼の短い生涯がこの一瞬に凝縮される重い人間的時間、その現在を彼は生きている。そしてこの劇が構想された「永遠の相のもと」、永遠の視座にあって、この濃密な内的時間はカイロス的な現在であるように思われる。閃光のようにイデアの光を放射する瞬間であるように思われる。それは、砂のように流れ去る地上の時間のただなかに訪れる、しずかな聖性をやどした、そしてコーベルが読むように、超越的な次元にむけて開かれた瞬間といえないだろうか。(19)

おわりに

第一次世界大戦後の西洋は終末論的ペシミズムに覆われていた。シュペングラー、ハイデガー、カール・バルトなど、文明の未曾有の危機を主題とする思想が流行した。ホーフマンスタールと同年生のウィーンの作曲家フランツ・シュミットはオラトリオ「七つの封印の書」(一九三七年完成)で、戦争、飢餓、天変地異の恐怖を歌い、この死神におびやかされた世界で救いを祈った。いかにも象徴的なことに、敗戦の一九一八年、クリムト、オットー・ヴァーグナー、アレクサンダー・ジラルディ、コロ・モーザー、シーレなど世紀転換期を彩ったウィーンの芸術家たちがあいついで没した。美しいウィーン世紀末はもはやノスタルジーの対象となってしまったのである。

ホーフマンスタールはバルトの思想に関して、「この暗いパウロ的なユダヤ精神に接ぎ木された暗いドイツ的プロテスタンティズム。ふたつのデーモン、ひとつは他の背のうえに乗っている」と書いたことがある。これはバルトにたいする友人カール・ブルクハルトの無理解な論争に触発されたときの言葉だ。(20)しかしこの『塔』じたい、まさにバルト的な深さで人間の罪性を摘出し、啓蒙主義からドイツ・イデアリスムスを支配した人間中心主義の挫折を洞察していることを見落としてはならない。甘美なユートピア主義をすべて棄てて、もう一歩でニヒリズムと絶望に陥るばかりのところに詩人は立って『塔』を書いた。彼自身が「歴史的でかつ超歴史的」と呼んだこの劇では、「すべてはただ圧倒的な現代の出来事を克服することをのみ目的とする。」[21] この作品によってホーフマンスタールはもはや世紀末の詩人ではなく、伝統的な秩序が崩壊してゆく終末的な時代の劇作家であることを示した。疑いもなくこの作品のもっともすぐれた批評家のひとりであるウィリアム・レイが言うように、「たとえまだ地平線に曙光が見えなくても、あけそめる世界の夜のなかで光をさらに伝えてゆく、そうした証言をすることこそ、そのなかで主人公と詩人の声が一致する委託」[22] なのであろう。受苦と浄化の道を終わりまで辿るジギスムントの姿において人間性の高貴を信じたホーフマンスタールは、この委託のメッセージを残して数年後に没したのだった。

テクスト（引用個所はカッコ内にページ番号を記した）

Hugo von Hofmannsthal, *Gesammelte Werke in zehn Einzelausgaben*, hrsg. v. Bernd Schoeller, Frankfurt a. M.: Fischer Taschenbuch Vlg., *Dramen III*, 1979.

（1） Hugo von Hofmannsthal, *Gesammelte Werke in zehn Einzelausgaben*, hrsg. v. Bernd Schoeller, Frankfurt a. M.: Fischer Taschenbuch Vlg.,（以下 *GW*）, *Gedichte Dramen I*, 1979, S. 163.

（2） ジャン・アメリー『さまざまな場所』（『ウィーン――聖なる春』所収）、池内紀訳。国書刊行会、一九八六年、S. 274f.

（3） Gerhard Austin, *Politik, Theater, Geist. Überlegungen zu Hofmannsthals "Turm"* in *Wir sind aus solchem Zeug wie das zu Träumen... Kritische Beiträge zum Werk Hugo von Hofmannsthals*, hrsg. v. Joseph P. Strelka, Bern u. a.: Peter Lang, 1992, S. 123. なおこの見解はここでオースティンも指摘するように、すでにヴァルター・ベンヤミンが述べている（一九四〇年五月七日の手紙）。

(4) Wolfgang Nehring, *Religiosität und Religion im Werk Hugo von Hofmannsthals* in *Numinoses und Heiliges in der österreichischen Literatur*, hrsg. v. Karlheinz F. Auckenthaler, Bern u. a.: Peter Lang, 1995, S. 96.

(5) Hofmannsthal, *Briefwechsel mit Ottonie Gräfin Degenfeld und Julie Freifrau von Wendelstadt*, hrsg. v. Marie Therese Miller-Degenfeld, Frankfurt a. M.: S. Fischer, 1986, S. 391.

(6) *GW. Dramen III*, S. 474.

(7) Egon Schwarz, *Hofmannsthal und Calderon*, S-Gravenhage: Mouton & Co., 1962, S. 30.

(8) a. a. O. S. 31.

(9) a. a. O. S. 31f.

(10) a. a. O. S. 32.

(11) a. a. O. S. 33.

(12) とくにホーフマンスタールの友人エーリカ・ブレヒトやカール・J・ブルクハルト、さらにホーフマンスタール研究者ヴァルター・ナウマンやベルリンの演出家のハインツ・ヒルペルト。第一稿を書き直すように薦めたのはマックス・ラインハルトであったが、それはブレヒトが考えたようにラインハルトの圧力からではなく、詩人自身の自発的な判断からであった。

(13) *GW. Reden und Aufsätze III*, S. 603.

(14) a. a. O. S. 600.

(15) a. a. O. S. 625.

(16) William H. Rey, *Tragik und Verklärung des Geistes in Hofmannsthals*>*Der Turm*<in *Hugo von Hofmannsthal*, hrsg. v. Sibylle Bauer, Darmstadt: Wissenschaftliche Buchgesellschaft, 1968, S. 463.

(17) *GW. Reden und Aufsätze II*, S. 71.

(18) Erwin Kobel, *Hugo von Hofmannsthal*, Berlin: Walter de Gruyter, 1970, S. 329.

(19) a. a. O. S. 328f.

(20) Hugo von Hofmannsthal/Carl J. Burckhardt, *Briefwechsel*, Frankfurt a. M. : S. Fischer, 1966, S. 467. zit. v. Nehring. a. a. O. S. 79f.

(21) Hugo von Hofmannsthal, *Sämtliche Werke, Kritische Ausgabe*, Bd. 16, Frankfurt a. M. : S. Fischer, S. 1490.

(22) Rey, a. a. O. S. 464.

シュニッツラーのジャーナリズム批判
――『フィンクとフリーダーブッシュ』

棗田光行

一　世紀末の新聞界

シュニッツラーの作品には一気呵成に書き上げられたものと、以前に紹介したことのある『誘惑の喜劇』や『沼への道』などと同様に、完成までに驚くほどの歳月をかけたものとがあるが、この一種の決闘作品も着手されたのが一九〇一年、完成を見るのはなんと十七年後の一九一七年である。シュニッツラーはこの作品の筆を起こす二年前の一八九九年一月十二日に、当時病床にあったデンマークの著名な文芸評論家で、彼と親交のあったブランデスに見舞状を出しているが、そこには『フィンクとフリーダーブッシュ』執筆の動機はこれではなかったかと窺わせる次のような箇所がある。

あなたとドイツ側との争い、あなたが《ベルリーン・プレス協会》での御講演を《政治的理由》からお取消しになった由のことを新聞で知りました。プロイセンやフランスに対するあなたの御反感に、どうぞ何のお気遣いもなくオーストリーに対するあなたの反感のお気持ちもお付け加えなさってください。ウィーンの諸新聞や国会や市議会に関する報道記事をお読みになることがございますか？　私どもがここでどんな卑しい者たちのもとで生きているかは、呆れるばかりです。そこで私はいつもこう思っております。どんなユダヤ主義者にだって目につかないはずはなかろうに。反ユダヤ主義には——他のことはひとまず一切おきまして——ともかく妙な力があること、人間本性の大嘘つきの卑しい根性にあからさまに手を貸しこれを甚だしく育成する力のあることが。何とも妙な話ですが、世間で一般にこれこそユダヤに特有だといいふらされているユダヤ系新聞のまぎれもない各種欠陥や過ち、なんなら犯罪すらさえも、反ユダヤ系の新聞によって膨大な量でつくり出されております。（B三六六）

作品『フィンクとフリーダーブッシュ』に登場するのもシュニッツラーがここで述べているようなユダヤ系の新聞《現代》の編集部と、これに真っ向から対抗する国粋的な新聞《エレガントな世界》の編集部である。と言っても規模はかなり小さく共にローカル紙であるが。劇は三幕で構成され、第一幕と第二幕がそれぞれ《現代》社と《エレガントな世界》社の各編集部内の活動風景の描写に当てられ、葛藤終結の第三幕は《エレガントな世界》社の方を後援するウェンドリーン-ラッチェブルク侯爵夫人の美しいバロック風の居城庭園での経緯、決闘場での様子の描写に当てられている。第一幕と第二幕の各冒頭にはト書きで各新聞社の室内特徴が一目で彷彿とする実に詳細な部室の見取図が掲げられている。編集スタッフは《現代》が、編集長ロイヒターを筆頭に、ローカル、政治、文芸、演劇、議会報道とそれぞれ明確な担当部門を持つ七名の記者、加えて植字の責任者一名、これに対し《エレガントな世界》の記者数は五名と少数なうえに、明確な担当部門分けもなく、おまけに編集長のザータン以外の四名の出社、活動ぶりときたら「なにもかも一人でしなくちゃならん」（五八六）と編集長がぼやくていたらくである。そして《現代》にはフリーダーブッシュなる議会報道記者が、《エレガントな世界》にはフィンクなる記者がいるが、実はこれが同一人物で、内容の完全に対立する記事を両社に、日付けを多少ずらしては交互に書き送っているのである。この何とも奇怪で危険な人物現象の発生する根っ子をシュニッツラーは長い年月にわたって観察し、それを、ウィーン社会にはびこっているスノビスムスの蔓延にあると見てこの作品を書いている様子なので、その観点を土台に据えて、紹介も兼ねて作品内容を検討してみよう。

二　多様な登場人物

この作品に登場するのは、内容そのものにはほとんど無関係と言ってよい下僕、侍女の四名を別にすれば、前記した《現代》社側の八名、《エレガントな世界》社側の五名の他には、決闘場での医師クンツと、《エレガントな世界》社を後援している代議士のニーダーホーフ伯と、その従妹のウェンドリーン-ラッチェブルク侯爵夫人プリスカの計十六名である。もっともフィンクとフリーダーブッシュは同一人物だから現実には十五名であるが。シュニッツラーは侯爵夫人を唯一の例外として、この登場人物全員のそれぞれのスノブぶりを会話のやりとり、その内容、その間の仕種を通じて巧みに摘出している。まず本家本元のフィンクにしてフリーダーブッシュなる人物から見てゆこう。彼は二十三歳の、身に着けているものは質素ではあるが、なかなかダンディな美男子である。しかし出身地はドナウ運河の川向こうの細民街プラーター地区で、「いつでもかみさん連中がヘットでベトついた寝巻き姿のまま廊下に立ち、階段中がキャベツの臭いだらけ」（五六八）の窮屈な所に、一番末っ子がまだ三歳の、弟妹六人の長兄として暮らしている。彼の言動には、ジキルとハイド氏、あるいはE・T・A・ホフマンがよく描くような、人間誰しもが抱え持っているドッペルゲンガーとなる可能性、自己分裂の危険な徴候が現れているが、この特性を彼は、《現代》側と《エレガントな世界》側と、うまく二つに使い分けることで自己栄達のために利用しようとする。順調に運ぶかに見えたこの目論見が一挙にして逆転、ついに正体露顕の羽目を迎えることになるが、それはつね日頃彼に羨望の念を持って接していた二歳年少の二十一歳になるザータンの息子エーゴンのせいである。
エーゴンは国粋主義的な思想の持ち主で、彼がフィンクに心酔しているのは、《エレガントな世界》紙に掲載されたフィンク筆の次のようなニーダーホーフ伯等貴族礼讃の議会報道記事の故であった。

我々はひとつすぱっと腹を割って言っておきましょう。国家なる理念が、その最も純粋にして、最も高貴な形をとって現れているのは、先祖代々連綿と続いている我が国の古い家系、その高貴なる末裔の中においてであって、財界や産業界の成り上がり者達においてでもなければ、インテリ達の中においてでもありません、常に沢山に分枝した封建貴族達の中においてであったこと、彼らこそは民主・リベラルを標榜している我等の新聞が従来把握しえた以上に、はるかに高度な意味で、進歩の問題を、もちろん反抗のそれではありません、つまり発展の問題を、決して革命のそれではありません、要するに自由の問題を、ありがたいことにデモクラシーのそれではありませんが、促進してきたのであります。(五七三)

ところがフィンクはその一方ではフリーダーブッシュの名で、《現代》紙の方にはニーダーホーフ伯の議会発言を非難し、伯の取り巻き連中をスノブとけなす次のような記事を書くのである。当時現チェコ領のストラコニチェで炭鉱争議が発生し、官憲が発砲し、その弾に当たって一人の罪のない子供が死亡するという事件が起こっていた。ニーダーホーフ伯の発言はこれに関連するもので、官憲側の措置は、国家の安寧秩序を守るためには止むを得なかったとするものであった。

我々は新しく議員に選出されましたニーダーホーフ伯が、オーストリーにおける純血育成の推進やバレーに別して目を掛けられての美芸術の促進のために尽力なさっています御功績を認めるのに、いささかもやぶさかではありませんが、それでもやはり何の罪もなくして犠牲となった一人のプロレタリアの子供の柩の傍らでは、一頭のくずおれた競馬馬の傍らにおけるほどにはその心が高鳴らないニーダーホーフ伯のような現象にたいしましては私どもの最内奥の感情が逆らいます。しかしながら私どものもっと深い、政治的と言うよりもむしろ人間としての嫌悪感はニーダーホーフ家のような人達に対してではなく、自ら進んでその取り巻きとなっている連中に向けられています。（中略）私どもの嫌悪感、さよう、私どもの反感はあのスノブに向けられているのです。自分の探すような物はそこには何一つ無いのに、まるで自分もそこの一員であるかのように振る舞っている、あのお馬鹿さんで下品なスノブ、身分の高い者から見下したように微笑みかけられようとして、自分の父母をいつだって否認しようとてぐすね引いて待ち構え、その当然の報いとして、自分がその前ではいつくばっている者たちから嘲笑され、軽蔑されるあのスノブに向けられているものです。（五八三）

エーゴンはこの紛れもなく自分たちを狙い撃ちしている非難攻撃にひどく憤慨し、それ相応の返礼措置をフィンクに求める。この要求をフィンクは反論記事を書くことで躱わそうとするが、エーゴンは人をスノブ呼ばわりするこんな名誉侮辱にはそれでは生温い、記事の執筆者に決闘を要求し、汚された名誉をそれによって回復するしかないと決闘せざるを得ない事態に追い込む。決闘場所に選ばれたプラーターの草地に出向いたフィンクはフリーダーブッシュ側、フィンク側双方それぞれの立会人が立っている位置からは顔が即座にはそう定かに判別しがたい、両者のほぼ中央に姿を現して、フリーダーブッシュと呼ばれれば《現代》の立会人の方に向かって、フィンクと呼ばれれば《エレガントな世界》の立会人の方に向かって挨拶し、こうして結局は一人二役の正体がばれるのである。
ところでスノブという言葉からすぐ連想されるのはシュテルンハイムの「市民のヒーローの生活から」とタイトルに上書きの付された、いわゆる《マスケ物》と呼ばれている連作物である。これらの作品はシュテルンハイム言うところの市民階級のいわゆる「日よりみ主義」が夢想しているもの、すなわち厚かましく身の安全だけを求める幻想、つまりスノビスムスを痛烈に風刺しているが、そこにはタイトルをずばり『スノブ』と銘うった作品がある。これは今は億万長者に成り上がっている一人の息子が、ある貧乏貴族の令嬢と結婚し身分に箔をつけようとして、たまたま令嬢と一緒にいるところで、しがない下級公務員だった自分の親と出会っても金の力で他人の親にしてしまい、自分の親とは認めないスノブぶりを描いたものである。シュニッツラーはシュテルンハイムとほぼ同年齢で共にユダヤ系であったということも関係したと思われるが、日記によると作品執筆と平行しながらシュテルンハイムのものはほぼ全作品を読んでいる。彼が高く評価しているのは『下穿き』で、『スノブ』については「わざとらしく技巧がすぎる」と観てはいるが。(T一〇三)
しかしこれはジャーナリズムを扱ったものではない。ジャーナリズムのスノブ性を摘出する批判作品は、十九世紀にはフライタークの『ジャーナリストたち』、バルザックの『人間喜劇』中の『幻滅』、イプセンの『民衆の敵』と国を限らず沢山作られ、多数の上演をみている。従って芝居好きのシュニッツラーはこれらに精通していたわけだが、エルンスト・エル・オファーマンスの指摘(1)によれば、わけてもフライタークの『ジャーナリストたち』や「貸し借り」、またフライタークが自作の下敷きとして利用したヨーハン・シュテファン・シュッチェ作の『ジャーナリストたち』から多大の刺激を受けていて、これらの作品にはフリーダーブッシュやフィンクという名前や決闘場面も出てくるようである。
次に編集長のロイヒターとザータンに目を移そう。風刺作品には題名そのもの、人名や事物名そのものに既に風喩的意味と機能が持たされているのが一般的だが、〈フィンク〉と〈フリーダーブッシュ〉に〈ウソ〉と〈ライラック〉の対比の意味と機能が持たされていると同様、〈ロイヒター〉と〈ザータン〉にも〈光〉と〈悪魔〉が対比されている。しかしここでの〈光〉は啓蒙的な意味のそれではなく、物事が自己の経営戦略に叶っているかどうかを吟味してみるそれである。ロイヒターは「我々は対立を高めるためにいるのではない、我々は対立を調整するためにいるのである」（五七五）と言ったかと思うと、そのすぐ後で「時には対立が調整されなくちゃならん、時には対立が強調されなくちゃならん、大事なのは常に形なんだ」（五八四）とうそぶいて、誰憚ることなく、その時々の情勢でどうとも転ぶ人物である。

《現代》社には他に演劇担当のアーベントシュテルン、政治面担当のフュルマン、ローカル担当で編集上の責任者であるフリューベックなどがいるが、全員がおしなべて編集長同様確たる定見がなく、現実をスノブ的に狂わせ、捩じ曲げてしまう社会機構の加担者としてシュニッツラーは描いている。なかでもとりわけその言動のグロテスクさがフィンク＝フリーダーブッシュに匹敵するジャーナリストは三十歳になるカイェターンという社外協力者である。彼は何かせかせかと落ち着きなく、人と話す時は相手の最後の台詞をまるでおしゃべり人形のように機械的に反復し、見聞の仕方や書き方にしてもお仕着せの型通りで、その情報収集ときたらお手軽で信頼できず、報告だろうが、ドラマだろうが、散文詩、韻文詩、祝典劇だろうが、何でもござれの便利屋である。また彼は「現代の勝利は現代の没落かも。死と生、悪行と善行、英知と無知、芸術と自然はどことなく一致する。新たな発見だ。それとも昔からの真理だ。まあお好きなように。今に皆の共有財だ。目下、対立の一致と言う哲学作品を執筆中なんだ」（五六三）と同僚のオーベンドルファーに言っているように、最も対立しあうものの一切を等価に、つまりは無価値なものにしてしまい、有力者で発作の徴候でも見せる者があるや、早速その追悼記事を用意し、現在それをすでに三十通も書き溜めて持っているような人物で、まさにジャーナリズム・システムのと言うか、ジャーナリズム精神のと言うか、その申し子的な存在である。

三　多様なモティーフ

すでにこれまでの記述で、この作品の最中核をなしているドッペルゲンガーや自己分裂の問題、ジャーナリズムやスノブの問題には触れてきたので、ここではそれ以外の付随モティーフについて述べる。その幾つかを列挙してみよう。

一　人間を歴史の中での役割演技者と見る、シュニッツラーに特有の人間観
二　親子の関係、あるいはジェネレーションの違いの問題
三　人名とはいったい何かと言う問題
四　ファナティズムと確信の問題、あるいはその関係
五　決闘の問題

一についてはすでに別稿で何度か扱っているので、二のモティーフから始める。親子の関係、そのジェネレーションの乖離が最も明瞭に示されているのはザータンとエーゴンの場合である。エーゴンは自分の父親ほどの年齢の、何かいわくありげな自社記者のシュティックスを嫌っているが、ある時彼とやりあうことになる。シュティックスはフィンクと親友関係を結んでいるエーゴンに向かって、調べてみるとウィーン市の戸籍簿には三名のフィンク姓が登録されているが、皆該当者がいる。従ってフィンクを名乗っている当社の人間は人名詐称のおそ

れ濃厚だ、そんな者とよく調べもしないで軽々しく付き合ってはいけないとたしなめる。するとエーゴンは、「あなたはその調査能力をどこか余所で使った方がずっと成功するでしょうに」（五九一）とやりかえし、シュティックスが「この馬鹿餓鬼が」（五九一）と冷たく吐き捨て、あわや決闘かという事態になるが、シュティックスがなんとか自分を抑えて、その場は収まる。ザータンはこの険悪なやりとりの間その場にいるが、ただ一回「エーゴン」と言うだけで、全く口をさし挟まない。シュティックスが去ってようやく、すでに完全に失墜している親の権威を、それでもなんとか挽回しようと、先輩に対する息子の態度を弱々しく非難する。途端に息子から「でもパパ、彼なんかとっととお払い箱にしたほうが一番いいでしょうに、ただそうすると、うちの社の昔の黒い部分が……と怖がっているだけじゃないか」（五九一）と簡単に一蹴されてしまう。ここには親と子の力関係の逆転ぶり、現代社会のそれにも通ずるものが鮮やかに捉えられている。

三の人名の問題は、一人の人間を歴史の中での役割演技者と見るシュニッツラーの基本的な人間観と密接に繋がっている。もしもフィンクにこの世での自分の役割を生得のもの、天与のものと感ずる自覚があったら二つの人名を使っての、一種の人名詐称の詐欺行為とも取れる行動には出なかったであろう。ところが彼には名は体を現すという自覚が欠けていて、自分が勝手に選び取った二役を一人で演じようとする。フィンクのこうした正体を、これまた詐欺師的傾向を多分に抱えたシュティックスは、これを種にフィンクからその給料の半額をせしめた上に、フィンクの後釜に据えるよう推薦状を書けと強要してこう言う。

名前って何だね？　俺たちは二人共それがどんなに意味のないものか知っているよなあ、フィンクにしてフリーダーブッシュの君よ――違うかね？　僕がかつてそうであったもの、そして今日もまだ今のところは多分そうだろうものは――外見上の事だが――でも内面上の事だって、僕の身に何か人間的な事でも起きないかぎり、問題になりゃしないんだよ。今日僕はシュティックスだ、そしてそれでおしまいさ。でももちろん――いろんな回想物を抱えたシュティックス、《現代》社の連中には当然のことながら授けられておらんような知識や洞察をしこたま抱えこんだシュティックスということになれば、彼らが自分たちの新しいラジカルな方向取りを真面目に考えているんだったら、何物にも代えがたいものなんだぜ。（六一五）

ここにはジャーナリズムの世界に巣くう詐欺師が、もう一方の許欺師を脅して利を得ようとするその遣り口があますところなく暴露されていると言えよう。

四のファナティズムと確信の問題については、もうこれまでに十二分にそのいかさま三昧ぶりを発揮してきたフィンクとニーダーホーフ伯が、最終の第三幕目に入ってもウェドリーン-ラッチェブルク公夫人の庭園で、自分達の関係を巡ってこのテーマで、よく耳にする決まり文句を並べたてた議論を戦わすのである。フィンクは伯への心酔の理由をこう告白する。

伯爵様、あなたご自身そのご演説によってご自分をシンボルに高められました。（中略）あなたがあのような人を熱狂させるような、あるいは腹立たしく思う者があるやもしれませんほどの激しい力でもって群衆に投げつけられましたお言葉が私を、あなたのお仕事の熱狂的な賛同者にしました。あなたご自身の――ファナティズムでした、私を捉え、私の心を奪ったものは。（六二八）

伯はこれに対して、自分は君の思っているようなファナティカーではない。何かを信ずる確信なるものは政治家である自分に取ってはセンチメンタルな副次的な目的にすぎない。そんなものは確信と言うよりは「固定観念」と呼んだほうがよい、自分に取って演説は政治上の信条告白ではなくて、言ってみれば一種のフェンシング芸みたいなものだと言って、一転自分の態度を否定するような豹変ぶりを示す。

確信なんて——！　ごめんだ——人は何処かで生まれ、何かに向かって努める、共感、反感、虚栄心、名誉心、要するに偶然の作りなす諸関係——こうしたあらゆる諸要素から、更に幾つかのものが加わって、多寡に多少の違いはあるが全くの混合物、なんなら君が党派心——あるいはパセチックな志操とか独りよがりな志操と呼ぶかもしれないものが発展してくる——でも、確信となるとなあ——？　現実に確信が存在しているということを厳密に証明できるような個々の例がいったい何処に存在しているかね——よく似たその無数の代用物の一つじゃなくて。（六二九）

シュニッツラー自身は『箴言と管見』の中で《信念》と《確信》についてほぼ似たようなことを述べている。

信念とは、様々な判りがたいこと、ぞっとすることや不可思議なことをいっぱい抱えた人生そのものに一つの意味があるとする確信以外の何物も意味しない。いずれにしても信念は精神とは絶対に関係のないもので、ただ心情に関係する事柄にすぎない、そしてこの心情なるものは性格とは確かに近親関係にあるが、やはりそれとは違うものである。この信念は万般の人生に一つの意味を与えはするが、決して人生そのものに意味を与えるものではない、しかし信じている者の人生には意味を与えるものである。（A二六〇）

五の決闘の抱える問題性についてはシュニッツラーは他の作品でもしばしば、人が決闘にいたる状況や動機、その時の人間の心理状態などを微細に描いているが、ここでは角度を変えて一人の人間の自己分裂が自己との格闘、更には自己との決闘というのっぴきならない事態を招く経緯に照明をあてながら同時に、およそ決闘なる風習一般の無意味さを訴えている。作者はそれを決闘のかつての当事者であったニーダーホーフ伯に口にさせることで効果を一層たかめている。伯はフィンクがフリーダーブッシュとの立場の違いとか、敵意とかを口にするのに対して、なんとか決闘を思い止まらせようとして、思わず本心を吐露し、自分の過去の苦い体験についてこう述べる。

そんなことはしかしこうした場合には問題じゃないんだよ、フィンク君。ほとんどこう言えるだろう、その逆だと。わしは結局のところナパドール男爵にたいして何の敵意感情も抱いていなかったんだよ。――そう、彼は――ほとんど――わしの友人だった、――なのに彼と決闘せざるを得ない羽目に追い込まれたんだよ――で向かい合って立つことになると、相手よりも腕のたつ撃ち手であろうとする。これは敵意とは何の関係もありはしないことなんだ。だって人の狙っている的の円板に対しては個人的には何の敵意も持っていないんだからね――ただ的に命中させたいというその一念だけだ。（六三一／六三二）

四　結末、対立の一致

作品の結末ではニーダーホーフ伯がフィンクとフリーダーブッシュの決闘に立ち会うために集まっている全員を、和解を予見してあらかじめ予約していた朝食の席に招待し、ここでこれまで対立しあっていたグループが仲良く二人の組になって、ロイヒターはザータンと、エーゴンはフュルマンと、というふうに連れ立って退場し、ここにカイエターンの持論通りの対立の一致、価値の無価値化が見事に最終的仕上げを見せて幕となる。

ジャーナリストを対象にしジャーナリズムが内包するスノブ性の問題を扱ったこの作品は、まさに図星を指されたと感じた人も何人かは居たようで、当時ジャーナリストの間ではかなり物議をかもしたようである。シュニッツラーの書簡集にはそうした賛成、反論、異論に対するシュニッツラーの返答文も幾つか収められているが、ここではその中の一つ、歴史家のリヒャルト・シャルマッツに関するものを紹介しておこう。シャルマッツはシュニッツラーが自作の下敷きにしているのは、かつてウィーンで永い間あくどい活動を見せたグートマン記者のことではないか、と訊いていた。シュニッツラーはそれに対し「その人物のことは存じませんでした。それよりも理念の面で私のフリーダーブッシュにより近いのは、インゼル版の、ウィト・フォン・デリング記者が自分のことを回想して書いた、その回想小説です」（B一五三）と答えて、この回想記の次のような一節を引用している。

私の（革命的な）論説は世間の刮目を集めたが、それはただ単に英国とフランスにおいてだけではなかった……当時の法務大臣ド・レセ伯は英国からの私の退去を迫った……その一方では私は英国の急進派の振る舞い全体によって内心の奥深くでは面白くなく思っていた、彼らの中のかなり良い部分の者たちも厚顔無恥な無神論をひけらかし、嘲弄的言辞を操って私のいと神聖な感情を傷つけたからである。かくして私は革命的栄光のわずか数カ月後には既に、自己自身との葛藤に落ち込み、勿論匿名で秘密裡にではあったが、政府系《クリアー》紙で、《モーニング・クロニクル》紙に掲載された私の革命的論説に反対の論陣を張ったのである。（B一五三）

更にシュニッツラーはビスマルクがこのデリング記者に関して言及した次のような言葉も引用している。

彼はある保守紙には「我々は深い満足感をもって政府の意図を歓迎する」と書き、リベラル派の機関紙には「政府の意図は我々を危惧の念でふさぐ」と書き、更にある民主派の新聞には「政府は今日までその顔を隠していた仮面を今や何の恥じらいもなくひきはがす」と書く。（B一五三）

そしてこの件りの最後をシュニッツラーは「これがあなたのおっしゃっていたグートマンのひょっとすると先駆けではないのでしょうか」（B一五四）とシャルマッツに訊ねて結んでいる。

使用テキスト

Schnitzler, Arthur : Fink und Fliederbusch, in : Die dramatischen Werke, Band II, Frankfurt a. M., 1962.
: Aphorismen und Betrachtungen ; hrsg. von Robert O. Weiss, Frankfurt a. M., 1967.
: Tagebuch 1913-1916 ; hrsg. von der Kommision für literarische Gebrauchsformen der österreichischen Akademie der Wissenschaften, Wien, 1983.
: Briefe 1875-1912 ; hrsg. von Therese Nickl und Heinrich Schnitzler, Frankfurt a. M., 1981.
: Briefe 1913-1931 ; hrsg. von Peter Michael Braunwarth, Richard Miklin, Susanne Pertlik und Heinrich Schnitzler, Frankfurt a. M., 1984.

なお上記テキストからの引用には、作品以外は、引用頁数の上方にそのテキスト・タイトルの先頭の頭文字を付することでどのテキストであるかを表示した。

（1）Offermanns, Ernst L. : Arthur Schnitzler. Das Komödienwerk als Kritik des Impressionismus, München, 1973, S. 215.

カイザーリングのウィーン
――『三番階段』をめぐって

小泉淳二

序

エドゥアルト・フォン・カイザーリング伯爵（一八五五―一九一八）は、バルト地方の出身で、ふるさとのドイツ人土地貴族の没落を淡々と描いた一連の小説によって知られている。四十歳のときミュンヘンのシュヴァービングに移り住んでからは、その後まもなくイタリアへ旅行した一年余りの期間を別にして、最期までミュンヘンの地を離れなかった。

バイエルンに身をおいて、心ははるか故郷をのぞむ。このような距離のとりかたが、物語作者としてのカイザーリングに、憧憬と諦念の絶妙な均衡をもたらしていることはまちがいない。失われた郷土に向けられる愛惜のまなざしが、冷静な批評者的観点と結びついて離れない理由も、おそらくはそのあたりに求められるだろう。

しかしながら彼の一連の代表作には、郷土文学の一変種というだけでは片付けることのできない魅力が含まれているのも事実である。現在ではむしろ、郷土文学というよりは、印象主義文学を代表する作家のひとりとして位置づけられており、シュニッツラーやアルテンベルクなどと並べて論じられることも少なくない。いわゆるウィーン世紀末に「一脈通ずるところのある」(1)作家と見なされているのである。

実際、カイザーリングの主要作品に登場する人物たちに目を向けると、彼らの身のこなしの軽やかさには、単なる貴族階級の育ちのよさとは次元を異にする、どこか都会的なものが感じられる。辺境の地に暮らす彼らにとって都会とは、まずはベルリンであり、ハンブルク、ドレスデン、あるいはペテルブルクといったところなのだが、そういった都市のイメージにもそぐわない、もっと南の大都会を思わせるような、独特なしなやかさが感じられるのである。

彼らはみな上流社会の一員であるから、そこで交わされる会話がニュアンスに富み、洗練されたものであることは言うまでもない。けれども、だからといって彼らは、たとえばフォンターネの作中人物に見られるような饒舌家ではないのである。カイザーリングが描き出す人間たちは、会話そのものよりもむしろ沈黙のなかに表現を託している。いわば黙るために話しているのであって、ふと生じる間合いのなかに、言葉をもってしては伝えることのできないあこがれや官能が封じこめられている。それらは決して解き放たれることなく、かといって消え去ることもなく、彼らを包みこむ雰囲気となって、いつまでも行間に漂いつづけるのである。

バルト地方の豊かな自然が描かれる場面についても、同じようなことが言えるだろう。主役を演じているのは自然界の事物ではない。それらを包みこんでいる、あるいは、それらのあいだの空間を満たしている、光であり、風であり、色、音、そして匂いなのである。そのようにして描かれる感覚の洪水ともいうべき自然のなかへ、登場人物たちもまた呑みこまれていく。感覚に訴える文体、官能性を秘めた行間、こうしたものを作者はいったいどこから手に入れたのだろう。

このようなことがらを考え合わせると、カイザーリングがウィーンですごしたといわれる青春のひとときが、一種決定的な意義を帯びて検討を迫ってくるように思われる。彼はウィーンで何かをつかんだのだろうか。作家としての自己形成になんらかの影響があったのだろうか。およそこうした観点からこの稿はおこされている。以下につづく文章のなかでは、まずカイザーリングのウィーン滞在をめぐって伝えられている事実を整理しておいた。そののちに伝記的資料の欠落を埋めるかたちで、彼の作家活動のごく初期に属する長編小説『三番階段』に触れている。結論は憶測の域を出るものではない。ウィーンという都市の宿帳にカイザーリングの名前を確かめられたかどうか、これはやはり読み手の判断にゆだねるほかないだろう。

一　思い出の地

カイザーリングのウィーン滞在については、作家コルフィッツ・ホルム（一八七二―一九四二）の証言が手がかりとして残されている。それによると、ウィーンですごした青春のひとときを、カイザーリングは後年しきりに懐かしんでいたという。

「なかでも彼がことのほか懐かしく思い起こしていたのは、ウィーンですごした数学期にわたる日々であった。彼にとってはまさに太陽の光に包まれた時期だったにちがいない。彼の口を突いて出る《グリュス・ゴット《こんにちは》》あるいは《キュス・ディ・ハント《ありがとう》》といった言い回しも、おそらくウィーンから持ち帰ったものだろう。生粋のクーアラントなまりまるだしで話しているさなかに、ときおりウィーン言葉が顔をのぞかせる。聞いている方は実に不思議な気分にさせられたものである」[2]

ミュンヘンのアルベルト・ランゲン書店で編集や経営にたずさわっていたホルムは、同じバルト地方の出身ということもあって、カイザーリングのよき理解者であった。「太陽の光に包まれた時期」という表現には、五十歳を過ぎてまもなく完全に失明したカイザーリングに向けられた、年下の友人のやさしいいたわりが感じられる。「生粋のクールラントなまり」云々についても、蔑むような様子はまったくない。活字の上のことではあり、ましてやこの場で再現することもできないが、カイザーリングのどこか間延びしたようなところのあるお国なまりを、ホルムは共感をこめて生き生きと伝えている。

「彼はしばしばウィーンの春をほめたたえ、ウィーンの女性たちを絶賛した。ある市民階級出身の学友が別の友人に対して激怒した話などはよく聞かされたものである。どういう話かというと、あるときその市民階級出身の友人とカイザーリングが二人でいるところへ、もうひとり別の友人がやってきた。そいつは、やってくるなり、わざとらしい口調で、その市民階級出身の友人にこう言ったそうである。《やあ、こりゃ奇遇だ。ついさっきもリングシュトラーセで、君のクライネ《こいびと》と伯爵のメトレッセ《あいじん》がいっしょにいるところに出くわしたばかりだよ》――《いやあ、もう、それを聞いたときの彼の怒りようといったら。そいつに決闘を申し込まんばかりの勢いでね》と、ここまで語るとカイザーリングは笑いながら話を結んだものだ。《自分の恋人にもメトレッセの称号をつけてもらいたかったんですな》」[3]

シュヴァービングの芸術家仲間のあいだで、カイザーリングは単に「伯爵」と呼ばれていた。[4] おそらくウィーンの青春時代においても事情は同じだったのだろう。肩書きを種にした、たわいのない座興の一節にすぎないとはいえ、彼がウィーンで青春を謳歌したことを偲ばせる貴重なエピソードである。

　それはそれとして、ここでは特に「ウィーンの春をほめたたえ」という言葉に注目したい。これは先に触れた「太陽の光に包まれた時期」という言葉にしてもそうなのだが、ミュンヘンに移り住んでからのカイザーリングは、ウィーンの春、そしてウィーンの太陽の光に格別の思いを抱きつづけたらしいからである。やはりホルムが書き残していることであるが、一九〇一年五月のある晩、ミュンヘンのワインレストランで、カイザーリングは同席していたペーター・アルテンベルク（一八五九―一九一九）に次のように語ったという。

「私だってウィーンにいたことがありますからね。ほんとうに美しい青春の二年間でした。いまでもあの街を愛してますよ。ちょうど今ごろの季節、五月になると、いつも目の前に浮かんでくるんですが、あそこだと、ほら、たそがれがゆっくり忍び寄ってくるでしょう。白い花をいっぱいにつけたカスターニエンが赤く輝きはじめる。いや、あれこそウィーンというものですよ」(5)

ホルムの証言をつなぎ合わせると、カイザーリングがウィーンに二年のあいだ滞在し、ウィーン大学で何学期か学んだことが分かってくる。五月の夕陽を浴びて赤く燃え上がる満開のカスターニエン、これはカイザーリングの記憶のなかで美しき日々の思い出として結晶化した光景であろう。あるいはまた、ウィーンを訪れた当初のあざやかな第一印象であったかもしれない。だとすれば、春にやってきて二年間、学期にして数えれば四学期。友人たちと思う存分青春を謳歌し、ウィーン言葉も身についた。かたわらにはウィーン生まれの「愛人」も寄り添っていたことだろう。およそこのような若き日のカイザーリングの姿が目に浮かんでくるのだが、それはもちろん想像にとどまらざるをえない。以下に述べるとおり、彼のウィーン滞在を具体的に裏付ける資料がほとんど見当たらないからである。

二　失われた痕跡

若き日のウィーン滞在について、カイザーリング自身はなにも書き残していない。たったひとつ例外があるとすれば、晩年、同時代の研究者の問い合わせに応じた一通の手紙であろう。カイザーリングが自己の来歴について語った唯一の文章で、しばしば引き合いに出されるものである。

「わたくしは父方の領地で大家族に囲まれて育ちました。ドイツ人向けのギムナジウムを出てから、いくつかの大学で学びましたが、健康状態が不安定だったので、ウィーンやグラーツのような南方がよろしかろうということでした。そういった場所で美術史と哲学を学び、いろいろと旅行をしたあと、何年か故郷の領地を管理いたしました。九〇年代の末に移ってきてからは、イタリアにいた一年間を除き、ずっとミュンヘンに住み着いています。ここでわたくしは著述に専念するようになりました。美術関連の文章をいくつか発表し、九九年には、自然主義的傾向がきわめて強い初期の二冊の長編以来ずっと遠ざかっていたのですが、ふたたび創作の筆をとるようになりました」(6)

手紙の原本は失われているらしい。たとえ現存したとしても、時期的にみて本人の直筆ではないだろう。いかにも素っ気ない文面のなかに「ウィーンやグラーツのような南方」で学生生活を送ったことがほのめかされている。けれども実際は、いずれの大学当局の記録にもカイザーリングの名前は見当たらない。(7)在学記録を手がかりにしてウィーン滞在の時期を確定することはできないのである。

これはなにも滞在の時期に限ったことではない。市内のどこに住んだのか、本当に大学に通ったのか、誰と会い、何を話し、そもそも何をしていたのか、具体的な事実がまったくといっていいくらい伝えられていないのである。一説によれば、ウィーンで「アルテンベルクと親交を結び」(8)、「アンツェングルーバーのもとに出入りした」(9)というが、これも単なる推測にとどまっていて、そうした事実を裏付ける資料は見つかっていない。

また、ホルムが伝えているとおり、ウィーンに二年間住んだことはまちがいないとしても、それだけだったのかどうか、訪れた回数についても疑問の余地がある。考えれば考えるほど奇妙なことなのだが、二年間、場合によってはそれ以上の期間にわたって滞在しているはずなのに、確たる痕跡がすべて失われているのである。

痕跡が見当たらないということで言えば、およそカイザーリングの経歴には厚いヴェールに覆われている部分が多い。ミュンヘンに移ってからは交友の範囲も広く、座談の名手として知られ、証言や目撃談も少なくないが、こと自分の過去についてとなると、ごく親しい友人に対してさえほとんど語らなかった。前節に引用したホルムの文章は例外中の例外である。

草稿やノート、メモのたぐいも遺言にしたがって灰にされている。友人や親類に宛てた手紙が残っているが、彼の前半生を知る手がかりとなりうるものはほとんどない。研究者泣かせといったらよかろうか。まるで、地上における自己の痕跡を抹消し、いっさいを作品のなかに封印したかのような観がある。

したがって、彼のウィーン滞在についても、次の節で述べるように、一八七八年から九二年までのあいだに数年間滞在した、と推定することができるばかりで、それ以上のことはすべて憶測にたよらざるをえない。この期間は、謎の多い彼の生涯のなかでも、とりわけ濃い霧に包まれている。そのあたりのことを含めて、この節の冒頭に引いた手紙の内容を補足しておこう。

三　年譜の空白

カイザーリングが生まれ育った「父方の領地」は、クーアラント（現ラトヴィア）のハーゼンポート（現アイシュプーテ）近郊に広がる伯爵領であった。十二人兄弟の十番目、四男だった彼がいう「大家族」とは、一家の者たちばかりでなく、従僕、女中、家庭教師その他、数多くの使用人をも含んでのことだろう。ちなみに彼の国籍はロシアであり、これは亡くなるときまで変わっていない。

カイザーリング家は名門貴族として知られていた。ここに詳しく述べる余裕はないが、たとえば、プロイセンの外交官でピョートル大帝の愛妾アンナ・モンスと結婚したゲオルク（一六七九―一七一一）、ロシアの外交官でバッハに『ゴルトベルク変奏曲』を作曲してもらったヘルマン（一六九六―一七六四）、フリードリヒ大王の寵臣「セザリオン」ことディートリヒ（一六九八―一七四五）、若きカントの肖像を描いたカロリーネ（一七二七―九一）など、政治、外交、文化の面で歴史に名をとどめている人物が少なくない。『哲学者の旅日記』で知られるヘルマン（一八八〇―一九四六）は、カイザーリングの従兄の息子にあたる。(10)

さて、隣町ゴルディンゲン（現クルディガ）の「ドイツ人向けのギムナジウム」を修了後、カイザーリングは、一八七五年八月からリーフラント（現エストニア）のドルパト（現タルトゥ）で法律を学びはじめる。ここまではバルト地方のドイツ人土地貴族の子弟がたどる典型的な道筋である。ドルパト大学はロシア化される以前であり、講義もドイツ語で行なわれていた。問題はその先であろう。

一八七七年、カイザーリングはドルパト大学の学生組合「クロニア」から除名され、同年五月に退学、帰郷を余儀なくされている。理由は判然としない。学生組合から預かった金を返さなかったから、あるいは、返すには返したが別の紙幣で返したから、などという説があるが、[11]事は単なる金銭上の問題にとどまるものではなかったようにも思われる。いずれにせよ、学生組合の一員として「名誉にかけて約束した」[12]ことを彼が実行に移さなかったことは確からしい。

オットー・フォン・タウベ男爵（一八七九―一九七三）は、やはりカイザーリングの従姉妹の息子にあたる親類で、ビスマルクの孫娘と結婚した作家だが、この退学の理由を「ささいなこと」[13]と不問に付している。ところがその舌の根の乾かぬうちに、「この一件によって彼は故郷においても忌避されることになり、何年も、いや何十年も郷里の社交界から遠ざけられた」[14]と述べている。「ささいなこと」がそれほどの重大な結果を引き起こすとは思えない。世間から隠すべき不名誉なできごとだったのでは、と考えたくなるところであろう。研究者のあいだでは、ウィーン滞在の真相と同様、大きな疑問符が付けられたままになっている。

この一件で故郷に戻ったカイザーリングは、その後まもなく学業を再開する機会を与えられ、「南方がよろしかろうということで」長い遊学の旅にでる。ほとぼりをさます、とまでは言わないが、名門貴族の一員として見聞を広める目的があったろうことは想像に難くない。出発は翌七八年と推定されている。再び帰郷した時期については九〇年前後、遅くとも九二年ではなかったかと考えられている。[15]この七八年から九二年までの期間が年譜上の大きな空白となっていて、例外的に彼の所在が確認されているのは、八〇年九月にオーストリア領内にいたことと、九一年夏にシュヴァルツヴァルトの保養地バート・ヘレンアルプで長兄オットー（一八四八―一九一九）に会ったこと、[16]この二点だけである。

八〇年九月のことは、カイザーリングが詩集の出版をもちかけたシュトゥットガルトのコッタ書店宛ての書簡から明らかになっている。審査の結果は不採用で、詩集の出版は実現しなかった。同封された詩篇も行方知れずであり、差出人の連絡先も、たぶん封筒には記されていたのだろうが、分からないままになっている。[17]それでもこの書簡は、当時二十五歳だったカイザーリングがすでに創作に手を染めていたことを示す点で重要であろう。そして、文面にかろうじてオーストリア領内と記されている彼の滞在地が、あるいは二重帝国の首都だったのではないか、と思わせる余地を生んでいる。

カイザーリングのウィーン滞在をめぐって伝えられている事実は、およそ以上のようなものである。年譜上の大きな空白は埋めようがない。ここから先は推測ないし憶測によるほかないのだが、故郷をあとにした彼は、ドイツのいくつかの都市を見て回りながらオーストリアに至ったのであろう。ウィーンに到着したのは、右に触れたコッタ書店宛ての書簡を頼りにすれば、一八八〇年ではなかったかと思われる。そして、アルテンベルクに語ったとおり二年間とどまり、おそらくはその後グラーツにまで足を延ばしたのだろう。名門貴族の御曹司であるから資金に不足はなかったろうし、見聞を広める目的であってみれば正規の学生になる必要もない。その後「いろいろと旅行をした」なかで、再度ウィーンを訪れたこともあったろう。まずはこのように考えられるのである。

この空白の期間、カイザーリングは「自然主義的傾向がきわめて強い」長編小説を二冊書き上げている。ドレスデンとライプツィヒに拠点をもつハインリヒ・ミンデン書店から出版された処女作『ローザ・ヘルツ嬢』(一八八七)、そしてライプツィヒのヴィルヘルム・フリードリヒ書店から出版された『三番階段』(一八九二)である。これ以外の文章を発表した形跡はない。興味深いことに、短編やエッセイなどを新聞、雑誌に掲載しながら腕を磨くというような過程が見られないのである。いずれもいわゆる書き下ろしで、年譜の空白期間にこの二作だけが置き去りにされている。

処女作の『ローザ・ヘルツ嬢』はウィーン滞在中に書かれたものではないか、と推測する研究者もいるが、(18)「小さな町の恋」という副題からも想像されるように、内容的にはウィーンとまったく関係がない。バルト地方もしくは東プロイセンの小都市が舞台になっていて、町の人びとの冷たい視線を浴びながら生きていく旅芸人の娘の不幸な半生が、ゾラやモーパッサンを思わせるような筆致で描かれている。処女作とは思えない堂々たる力作だが、この場では脇におかざるをえない。ウィーンとのかかわりで重要な位置を占めているのは、二重帝国の首都を舞台に選んだ二作目の『三番階段』である。まずは物語の内容に目を向けることにしよう。

四　三番階段

第二作というのはとかく野心的なものになりがちだが、カイザーリングの場合も例外ではないようだ。処女作では視点をローザという女性ひとりにしぼりこみ、彼女を取り巻く狭隘な市民社会の告発に徹したが、『三番階段』においては大都市ウィーンを正面から取り上げ、重層的な社会小説を構築している。上は大物政治家から下は失業労働者にいたるまで、多数の登場人物が動員され、語り手の視点は目まぐるしく交替する。もちろん、全体が散漫な印象を与えないように作者は工夫をこらしている。

物語の軸になる主人公として、ロータル・フォン・ブリュックマンという三十歳の青年貴族が登場する。彼は東プロイセンの土地貴族の御曹司で、作者の分身と見なすことができるだろう。ボン、ゲッティンゲン、そしてライプツィヒで学生生活をすごしたロータルは、社会民主主義運動が掲げる未来社会の理念に共鳴し、ジュネーヴの党本部で一定期間の教育を受けたあと、ウィーン支部へ送り込まれる。党の方針に従って同地の運動を支援する、これが彼に課せられた任務である。

物語は、前の晩遅くにウィーン西駅に到着したロータルが、ケルントナー・リングのホテルに一泊して目を覚ますところから始まっている。季節は初夏。ホテルから出た彼は、陽射しを浴びてきらきらと輝くカスターニエンの並木道を通って指定されたアパートへ向かう。(19)

「ナッシュマルクトの雑踏を抜け、いくらか静かなマルガレーテ通りに出ると、探していた家が見つかった。奥行きの深い四角形の建物で、門が二つあり、ヴィーデンの大通りにも面している。広々とした中庭に入って進んでいくと、奥の入口に掲げられている《三番階段》という金文字が見えてきた」(7)

マルガレーテ通り二番地「三番階段」の四階の一室に旅装をといたロータルは、ただちにウィーンの同志たちと接触する。現地のメンバーは彼とほぼ同年配の五人の青年たちで、闘志あふれるリーダーのもと、元大学講師の理論家や弁護士、建築家などがそろっている。仲間に迎え入れられたロータルは、新米オルグとして彼らと行動を共にする。読者はまず、ロータルの目を通して運動のゆくえを追うことになる。

しかしながら、ここでカイザーリングは「三番階段」という立体的な空間を巧みに活用している。主人公が投宿しているこのアパートを大都会ウィーンの縮図に仕立て上げ、語り手の視点をしばしば各階の住人に移動させながら、主人公の動きにアパートの住人がからんでいくような包括的な作品構造を作り出しているのである。

五階の屋根裏部屋は、ロータルたちの事務所であり、創刊されてまもない彼らの機関紙『未来』の編集部がおかれている。メンバーが絶えず出入りする一方、職を失った労働者たちが次々と相談にやって来る。来訪者の取り次ぎなど、なにかにつけて世話を焼いてくれるのは、隣に住む未亡人とその娘である。五階にはもう一世帯、電報局員の五人家族が住んでいて、そこの息子で十九歳になる青年が、次に述べる四階の娘の恋人という設定になっている。

四階にはロータル、そして彼に部屋を又貸ししている一人暮らしの老婦人が住んでいる。その隣に官庁の臨時職員の五人世帯が入居していて、この一家の末娘が五階の息子の相手である。彼女は貧乏でうだつの上がらない五階の息子に愛想を尽かし、アン・デア・ウィーン劇場の端役になって金持ちのパトロンに身を任せてしまう。

彼女を自分のもとに引きとめようとする五階の息子は、見習いとして自分が勤めていた絹織物商店の品物を盗み出し、窃盗罪で逮捕される。

三階の広いフロアは裕福な代議士一家が独占し、政界や財界のお歴々が出入りする。そのなかにプラハ出身の若手弁護士がいる。彼は代議士一家の一人娘の婚約者で、物語の主人公ロータルと同じくよそ者の立場にある。代議士一家は公金横領が発覚して破滅し、娘との婚約もご破算となるが、政界の腐敗をつぶさに目撃した若手弁護士は、五階の息子の弁護人を務める巡り合わせになった法廷で、ウィーンという病んだ大都市そのものを糾弾することになる。

三階にはもう一世帯、落ちぶれた元公証人が三十歳になる娘とひっそり暮らしている。ピアノ教師を務めるこの女性は、ロータルたち『未来』のグループのシンパで、メンバーのなかの理論家である元大学講師に心を寄せている。自分の恋の邪魔立てをしているのは四階の末娘にちがいない、そう思い込んだ彼女は、四階の末娘が囲われている高級娼家を訪れ、元大学講師から手を引くよう訴える。それがまったくの見当違いであり、元大学講師にとって自分が単なる協力者にすぎないことを思い知らされると、運動それ自体に対する情熱も冷めてしまい、自分自身の将来になんの希望も見いだせなくなる。

二階は「三番階段」の女家主とその義理の娘が占めている。女家主は寝たきりの病人だが、元は料理女で、奉公先の主人の寵愛を受けて全財産を相続した。義理の娘というのは亡くなった主人夫婦の一人娘で、自分が相続するはずだった財産を吝嗇な女家主に握られたまま、屈辱的な歳月をすごしている。ある晩、女家主は強盗殺人事件の犠牲となる。難を逃れた娘はようやく自由を得るが、すでに四十歳に手が届きかけている彼女にとって、財産目当てに結婚を迫る老管財人に承諾の返事を与える以外の道は閉ざされている。

二階に忍び込み、女家主を殺害して金品を奪った犯人は、五階の事務所に出入りしていた失業労働者である。

彼は一階に住んでいる管理人の娘の元恋人で、彼女に鍵を開けさせて侵入した。そんな恐ろしいことになると思っていなかった管理人の娘は、事の次第をロータルに打ち明けて助けを求めようとするが、犯行の露見を恐れた犯人によって絞殺される。

このようにアパートの住人がことごとく不幸な運命に見舞われる一方で、物語の中核を成しているロータルたちの運動にも壊滅的な結末が用意されている。パン焼き職人のストライキを支援する彼らの努力は、当局が送り込んだスト破りによって潰されてしまう。地下に潜っている無政府主義者グループと連携し、帝都の全左翼勢力を結集しようとする試みも、当局が仕組んだ材木置場の炎上事件を機に挫折する。無政府主義者たちは放火の罪を着せられて検挙され、ロータルたちも労働者の支持を失って解散に追い込まれていく。

これは仲間のなかに内通者がいたためで、当局と密かに通じていた人物は、ロータルの同志である建築家だった。いろいろと世話を焼いてくれた五階の未亡人も、『未来』のメンバーの動向を監視して報告する役割を担っていた。つまり警察当局は、穏健左翼であるロータルたちを泳がせて、過激派の無政府主義者たちを地下からおびき出し、ころあいを見計らって両者を一網打尽にしたのである。

物語はロータルたちがウィーンを去る場面で終わっている。季節は初雪のころ。主人公がウィーンにやってきたときから半年余りが経っている。仲間たちはそれぞれ別の土地で政治活動を続けるつもりだが、未来社会の理念そのものに疑いを抱くようになったロータルは別の人生を歩む決意を固めている。

「《君は、どうするんだい》」と「元大学講師で理論家の」クルンプは言い、立ち止まった。

《遠いところへ――》とロータルは答えた。

《うん、遠いところか。もっともだな。この街の民衆はぼくらに用がないようだし、ぼくらにしたところで彼らに

は用がない。――ぼくらは、知識人だからね》

《知識人！》ロータルの胸のなかに大きな苦いものがこみあげてきた。《知識人こそ、なにも分かっていなかったんじゃないだろうか。連中の方こそ学び直す必要があると思う。人間の生活というものは、ぼくたちが考えていたようなものではないよ。それを学ぶためのささやかな場所が、まだどこかにあるような気がするんだ》

クルンプは肩をすくめて言った。《好きにするがいいさ！》」(232)

五　大都会の肖像

『三番階段』をウィーンにおける社会民主主義運動の一局面として読むことはたやすいだろう。実際にウィーンでは、その名も同じ『未来』という月二回発行の機関紙が一八七九年十月に創刊され、八一年一月以降は正式に「オーストリア社会民主主義労働者党中央機関紙」と銘打たれている。[20]また、八三年四月にはパン焼き職人のストライキが鎮圧されており、同年八月初旬には材木置場の炎上事件が起こっている。翌八四年一月、政府が発した非常事態宣言の混乱のさなかで『未来』は発行禁止となり、編集局員は国外へ逃亡。メンバーのなかには警察のスパイだったと噂されている人物が何名か含まれている。[21]

こうした同時代の現実をカイザーリングがほぼそのまま素材として用いていることは明らかである。七九年から八四年にかけてのできごとを半年余りに圧縮し、運動の展開と破綻を、春の盛りから冬の訪れまでの季節の移り変わりのなかに手際よく描いてみせた。その限りにおいては、若き社会主義者たちの苦い挫折の物語として受けとめることができるだろう。ヴィクトル・アードラーがオーストリアの社会民主主義諸勢力の統合に成功し、新しい局面を切り開くのは八九年になってからのことである。

しかしながら、カイザーリング自身が現実の政治活動に深く関与していたかどうかとなると、首を傾けざるをえないところがあるのも確かである。まず、ウィーンに滞在した期間が二年間だったとすると、これらのできごとすべてに当事者として立ち会うことはできなかったことになる。仮に滞在期間がもっと長かったとしても、あるいはまた、滞在期間の長短にかかわりなく当事者でありつづけることができたとしても、運動そのものが表面的にしか描かれていない点が気にかかってくるのである。

これは『三番階段』の評価につながる問題でもあるが、この作品全体を通じて、社会主義の理論や戦略面、つまり「大いなる教えと大いなる行為」(7)についての踏み込んだ叙述がまったく見られないのはどういうことだろうか。主人公は新人とはいえ、党本部で本格的な教育を受けた活動家という設定になっている。それなのに、実際は受動的な観察者に終始していて、運動に対する当初の熱狂も、そしてまたやがて抱くようになる懐疑も、もっぱら彼の心情面に端を発しているのである。政治的な文脈にのみ注目して、社会主義運動の挫折ないしは主人公の転向の物語として読もうとすると、やや浅薄な印象を禁じえない。

おそらくカイザーリングは、社会主義に多大な関心は寄せていたが、実際の運動そのものには深く関与していなかったのではなかろうか。たとえ関与していたとしても、心情的な同調者の域を出なかったのではないか。主人公たちの政治活動を描いた部分の多くは、直接的な体験ではなく、間接的な伝聞に基づくものではなかったか。おおよそこのように推測したほうが妥当であるように思われるのである。そして作者の狙いも、社会主義運動それ自体とは別のもの、つまり前節で触れたように重層的な社会小説を描くことにあったと見るべきであろう。

「三番階段」の住人やそこに出入りする人物それぞれの運命を眺めると、その背後に、登場人物全員を呑みこんでいる大都会の肖像が浮かび上がってくる。搾取される労働者、生活苦にあえぐ小市民、逼塞する中産階級、腐敗した上流階級。欲望の坩堝と化したこの街で、若者たちは盗み、奪い、殺し、殺され、娼婦に身を落としていく。若き社会主義者たちが掲げる未来社会の理念は空回りするばかりであり、彼らをも蝕んでいる大都会の病弊が内通者というかたちをとって現われる。

場面のすばやい転換は大都会のテンポに即しており、登場人物たちとともに読者は市内をくまなく歩かされる。通りから通りへ、広場から公園へ、居酒屋、カフェ、レストラン、連れ込み宿から裁判所、貧民街、ユダヤ人街、閑静な高級住宅街。ある意味では、のちのワイマル時代に見られる都市小説の先駆けと受けとめることもできるだろう。一八八〇年代のウィーンはヨーロッパでも一、二を争う大都市であり、はるばる辺境からやってきた作者に強烈な印象を与えたであろうことは十分想像できる。

そして、訪れた当初の感激が大きければ大きいほど、やがて味わう幻滅も深かったにちがいない。繁栄の裏に隠されている病弊を、カイザーリングは、登場人物の口を借りて次のように総括している。恋人の気を引くために窃盗の罪を犯した五階の息子を、プラハ出身の若手弁護士が法廷で弁護する場面である。

「さて、陪審員のみなさん、よくお考えください。この若者には善良な素質が備わっています。しかし彼は、この街の人びとに特有の、落ち着きのない熱い血と、陽気な人生観をも合わせもっているのです。そんな若者を、だれもが享楽だけを追い求めている大都会の官能的な空気のなかへ放り込んだらどうなるでしょうか。彼は自分の周りの人たちを見るでしょう。両親、同僚、隣人、みんな人生の目的をひたすら享楽のなかに見いだしているではありませんか。真面目にこつこつ義務を果たしても、だれも褒めてくれないし、だれもそんなことをしろとは言いません。仕事も、職業も、つかのまの楽しみを手に入れるための手段でしかない、と教えられるのです。しかもその手段は、手っ取り早ければ早いほどよろしい、と言われるのです。では、自分にとってお手本となるような、畏敬と驚嘆の気持ちを呼び覚ます、もっと上の階層の人たちはどうだろう、そう思って仰ぎ見ると、そこにおいてもまた、人生の理想は享楽なのです。いかがでしょう、陪審員のみなさん、このような熱に浮かされた世間から身を守ることができるとお考えになりますか。彼だけは除け者で、ほかのだれも信じていないような真面目で慎ましい人生を考えるべきだと言えますか。どんな犠牲を払ってでも人生を素敵なものに、快適で享楽的なものに仕立て上げる、これこそが唯一ウィーン市民にふさわしい生涯の仕事なのです。それは教養として、街頭で、家庭で、学校で、幼いころから教え込まれているのです。貧しい人、みすぼらしい人、真面目な人、そういう人間はみな軽蔑され、笑い物にされてしまうのです」(218f.)

ここで弁護人が採っている戦術は、「人間は環境の産物である」(219)という立場から環境主因説を唱え、ウィーンという名の大都市を、隠れた真の被告として糾弾しようとするものである。しかしながら、いわゆるウィーン気質のこのようなとらえかたは、たとえそれがいかに的を射るものではあっても、やはり類型的な見かたであると言わざるをえないだろう。さらにまた、こうした大都市一般に特有の犯罪は、なにもウィーンだけに限られるものではない。

検事はそのあたりを巧みに突いて、ウィーンが享楽的な大都会であることを認めながらも、この一件をウィーンと切り離し、単純な窃盗事件として扱うことを要求する。検事はもちろん陪審員もみなウィーン市民であるから、プラハからやってきた若手弁護士に勝ち目はない。勝利を確信した検事は、よそ者である彼を指して、とどめの一撃となる辛辣な言葉を投げつける。

「わたくしには思えてならないのですが、弁護人はウィーンを、まだよく理解していらっしゃらないのではないでしょうか」(221)

法廷で検事が勝ち誇ったように語るこの言葉は、直接的には若手弁護士に向けられたものであるが、同時にまた、やはりよそ者である主人公にも当てはまる。さらに、これはまた、作者であるカイザーリングが自分自身に突きつけている言葉でもあるにちがいない。「検事の言ったことは正しかった。彼はこの、無秩序な柔らかさをもつウィーンという街を分かってはいなかった」(223) という語り手の言葉についても、まったく同じことが言えるだろう。

ウィーンにあこがれ、この街に活躍の場を求めた青年たちは、いっとき巨大な都市の懐に抱かれるかに見えながら、最後にはやんわりと、しかし同時にきっぱりとはねつけられ、苦い思いをかみしめつつ立ち去っていくのである。「無秩序な柔らかさ」という表現は、入り込むことができそうでいて結局は入り込めなかった部外者が、この大都市に対して感じる一種独特な触感を表わしているのだろう。『三番階段』というウィーンの肖像画の表題に、作者がそっと書き添えた副題のようにも思われる。

六　封印された青春

いわゆる自然主義文学の枠内でとらえようとすれば物足りなさが残るし、のちに書かれる印象主義的な一連の代表作を知る者から見れば違和感が感じられる。一八九二年に刊行されて以来、九十年以上にわたってこの作品が再刊されなかった理由は、そのあたりの文学史上のとらえかたのちがいや、出版者側の一方的な思い入れに求められるかもしれない。しかしながら、これまでに述べたように、ウィーンという大都市の肖像を局外者の観点から描いた長編であると受けとめれば、『三番階段』は今なお読むに値する作品だろう。

作品の素材に用いたできごとが起こってから、出版されるまでのあいだに横たわっている八年間という比較的長い期間も、作者の意図が左翼運動そのものの時事的な叙述にではなく、ウィーンの肖像を描くこと、ひいてはみずからのウィーン滞在の総決算にあったことをうかがわせる。年譜上のこととなると確定的なことは言いにくいが、九二年からカイザーリングは故郷で母方の領地を管理し、九五年にミュンヘンに移り住む。再び創作に向かうのは九九年になってからのことである。つまり『三番階段』は、これをもっていったん創作の筆を折った作品であり、およそ十四年間にわたる放浪時代を総括する意味合いを帯びているとも考えられるのである。

そのような前提に立って『三番階段』を見直してみると、この作品に封じこめられている青年時代のカイザーリングの姿がおぼろげながら像を結んでくる。作品に描かれている主人公に作者を重ね合わせることは、本来ならば避けるべきであろうが、伝記的資料の欠落には如何ともしがたいところがあるだろう。推測の域を越えた憶測にならざるをえない部分が含まれると断ったうえで、いましばらく掘り下げてみたい。

まず、ロータル・フォン・ブリュックマンという主人公の名前が示唆的であろう。ロータルという名には「民衆」の意味がある。[22] フォンは言うまでもなく貴族を表わし、ブリュックマンは「橋の男」、つまり民衆とのあいだに橋を架ける青年貴族である。ウィーンを訪れた当初、カイザーリングもまた理想的な共同社会を夢想していたであろうことは十分想定できる。

では、どうしてそのような思いを抱くようになったのだろう。主人公と同じように、「自分の人生において何をなすべきか分からなくなってしまっていた」(19) 時期に、未来社会の理念を知り、心の空虚さを埋めてくれるものとして信奉するようになったのだろうと考えられるが、ここで目を引くのは、主人公が社会主義に興味をもつようになったそもそものきっかけが決闘だったということである。

ライプツィヒで学んでいたころ、ロータルは居酒屋で見知らぬ青年と口論になり、介添人を立てて決闘を申し入れる。けれども相手は決闘に応じなかった。名誉を守るための決闘という旧態依然たる慣習を認めないのである。平均的な青年貴族であれば、名誉を失った相手を軽蔑し、以後いっさい無視するところだが、「自分の人生に新しい指針を与えてくれるものなら、どんな小さなきっかけでも欲しかった」（13）ロータルは、好奇心をかきたてられ、逆に相手の魅力に引き込まれていく。まもなく、この見知らぬ青年がフランクフルトからライプツィヒに送り込まれた活動家であることを知り、自分もまた社会主義運動に身を投ずるようになるのである。

すでに述べたように、カイザーリングが現実に活動家であった可能性は薄いのだが、ドルパト大学を退学した理由が、名誉にからんだことがらだったことを思い起こすと、そこにも決闘がなんらかのかたちで関係していたのではないか、と考えられなくもない。たとえば仮に、名誉を失いかけた貴族の子弟が、名誉を回復するための手段、つまり決闘に訴えなかった、あるいは応じなかったというようなことはなかったろうか。もちろん、事の真相は闇のなかに隠されたままであることには変わりはない。

ただ、ここでさらにひとこと付け加えておくと、カイザーリングにとって決闘は、後年の作品でしばしば用いられている重要なモチーフであり、[23]冒頭近くに紹介した座興の一節のなかでも、伯爵という貴族の称号とともに決闘がキーワードになっている。彼が生涯、決闘というものに深いこだわりを見せていたことは指摘しておく価値があるだろう。

退学ののち、生家に戻されたカイザーリングは、名誉ばかりを重んじる貴族という階級に疑問をもったにちがいない。みずからが属する階級に対する疑いや嫌悪は、それまで信じていた人生の指針を見失わせたであろう。自己の存在基盤を否定せざるをえない状況に追い込まれたときに、階級社会そのものを排し、共同社会を建設しようという呼びかけに救われる思いで応じるのは、ごく当然のなりゆきである。

ただし、主人公の志は政治に向けられたが、カイザーリングの志はもちろん文芸にあった。一八八〇年までにどのような詩を書きためていたのかは分からないが、彼がウィーンにやってきた当初、自然主義に向かったのは時代の文学状況からみて必然であろう。八七年に出版された処女作は、あえて意地の悪い言いかたをするならば、市民階級を批判せよという宿題を出された生徒が、猛勉強の末に書き上げた立派な模範解答とみなすこともできるのである。

そのあいだにアンツェングルーバーのもとに出入りしていたのが事実であれば、ウィーンの社会主義運動についての詳しい知識は、その周辺から聞き及んだ可能性が高いだろう。けれども『三番階段』が出版される九二年には、すでに自然主義の時代は過ぎ去りつつあり、カイザーリングの内面においても、処女作から第二作までの五年間に、なんらかのかたちで自然主義からの離脱が試みられたに相違ない。そのように考えると、『三番階段』において主人公が社会主義に見切りをつけていく過程が、作者の自然主義に対する姿勢と重なり合うようにも見えてくる。

「ロータルは悲しみと無力感に襲われてしまった。自分がしなければならないことはよく分かっている。教えを広めるのだ。けれども、その肝心の教えが、今ここに存在する不幸の圧倒的な猛威の前では、うすら寒い虚ろなものに思われてならないのであった」(98)

貧民街を訪れたロータルは、労働者がおかれている悲惨な生活状況を目の当たりにして、理念が現実に対していかに無力であるかを思い知らされる。深遠な思想をいくら説いて回っても、現実の生を変革することはできないのではないか。いや、それどころか、現実の生そのものに触れることすらできないのではないか。こうした疑念は、やがて確信に近いものとなっていく。

「ぼくたちには、もう、なくなってしまっているんだよ。本能の命ずるまま、あたりかまわず情熱的に生きる力がね。ぼくたちを動かしているのは、こわれかけた機械なんだ。ああでもない、こうでもないと、ひねくりだされる思想を動力源にして、どうにかこうにか、のろのろと動いてる。民衆の心のなかには燃えているものがある。ぼくらに理解できない途方もない行為へ彼らを駆り立てているものがある。そのせいで彼らは人を殺すこともあるし、荒れ狂ったり、苦しんだりもしているんだが、彼らの血管のなかで沸き立っているあの力は、ぼくたちには決して分かりっこないよ。それなのに、ぼくたちときたら、連中のために原理を見つけてやろうとしてるんだ」(161)

現実の生に触れるにはどうしたらいいだろう。そのような思いに悩んでいるロータルのもとに、故郷から便りが届く。両親を早くに失った彼を育ててくれた伯母が他界した知らせである。ロータルは、自分にとっての本来の生が故郷にあることを悟る。

「伯母はまちがっていなかったのだ。あの年老いた未亡人が、ひっそりとした片田舎の領地で、世間から遠ざかり、みずからの日々の仕事に淡々と励んだのは正しいことだったのだ。賢明で健全な心をもちつづけ、最期まで生活を、人生を愛したのだから。女手ひとつで土地を管理しながら、一度として困ったそぶりを見せなかった。これこそ偉大な、そして見事な生きかたではないだろうか」(200)

こうして主人公ロータルは、理念が現実の変革に寄与しないことを悟り、本来の生を「学び直す」(232) ために生まれ故郷へ帰っていく。おそらくはカイザーリングもまた、自然主義文学が現実社会の変革に寄与することができるかどうか自問しつづけたにちがいない。そして、作家として本来書くべきものを求めて暗中模索するなかで、自分にとってふさわしい場所が故郷でしかないことを悟ったはずである。ウィーンという「この見知らぬ土地が新しい故郷になるかもしれない」(10) と思っていた当初の期待は裏切られたであろうが、自分自身の根を下ろすべき土地をはっきり自覚したということでは、カイザーリングにとってウィーン滞在の意義は限りなく大きいものだったと言わなければならない。『三番階段』以後、彼の作品の舞台はもっぱら故郷のバルト地方に限られるようになる。

結び

カイザーリング自身のウィーン滞在の具体的な中身については、なにも確かめることができないが、彼がこの都市で見いだしたものは、生まれ故郷であったということになるだろう。作家としての自己形成ということに関しては、自然主義からの離脱があげられる。しかしながら、生まれ故郷の再認識も、自然主義からの離脱も、ウィーンで一挙に行なわれたと決めつけるわけにはいかない。むしろ、ウィーン滞在期をはじめとする遊学期間全体のなかで行なわれたと見なすべきであろう。そして、この二つの作業は、故郷に帰って創作の筆を休めているあいだも、生を学び直すというかたちで、さらに継続されたにちがいない。

おそらくカイザーリングにとってウィーンという都市は、遊学のあいだに訪れた数多くの都市すべてを代表するものであり、青春時代全体の象徴だったのであろう。『三番階段』は彼がウィーンに建てた青春の記念碑である。ほかの作家はいざ知らず、カイザーリングの場合、これほど自伝的要素を盛り込んだ作品は例がない。

では、のちに記憶のなかで美しき日々の思い出として結晶化した光景、つまり、五月の夕陽を浴びて赤く燃え上がる満開のカスターニエンについてはどうだろう。この作品の冒頭にカスターニエンの並木道が描き込まれているが、その木立を「さっと金色の粉をふりかけたように」(6) きらめかせているのは、正午少し前の強い陽射しであり、季節は同じく初夏であっても、アルテンベルクに語ったような、たそがれどきの夕陽ではない。細部の描写における光の扱いかたには、処女作に比べると格段の進展が見られるが、後年の代表作に顕著な落日の光に対する偏愛はいまだに影を潜めている。ウィーンの世紀末文学に通ずる要素についても同じようなことが言えるだろう。

これはやはり、生まれ故郷の再認識や自然主義からの離脱と同様、作家として円熟期を迎えるには、いましばらくの時を彼が必要としていることを示すものだろう。カイザーリングの作品が独特な輝きを放つようになってくるのは一九〇三年以降のことである。皮肉なことに、脊髄炎の発症とそれに伴う視力の減退、一九〇五年の革命による生家の没落、こうした不幸に見舞われてからようやく、一連の代表作が生み出されることになる。脊髄炎の最初の徴候は一八九三年に現われている。世紀が改まってからは松葉杖を必要とするようになり、一九〇六年には完全に失明した。[24] カイザーリングの代表作のほとんどは口述によるものである。

徐々に視力を失っていく過程で、光に対するあこがれは限りなく強いものとなったであろう。また、疼痛に耐える日々は、残されたすべての感覚を異常なまでに研ぎ澄ますことを要求したにちがいない。肉体の崩壊に抗しながら、滅びゆく故郷を繊細な文体で描く彼の晩年の作品が、ウィーン世紀末の香りを漂わせるものであるとしたら、それは満開のカスターニエンを照らしていた青春時代の灼熱の太陽が時の経過とともに傾いて、まさに沈もうとしているからであろう。

(1) 藤本淳雄、神品芳夫ほか『ドイツ文学史・第2版』東京大学出版会、一九九五年、二〇七頁。
(2) Holm, Korfiz : Eduard von Keyserling. In : dsbe. : ich-kleingeschrieben. Heitere Erlebnisse eines Verlegers.

München 1932. S. 199f.

(3) Ebd., S. 200.

(4) Vgl. Salten, Felix : Graf Keyserling. In : dsbe. : Geister der Zeiten. Erlebnisse. Wien 1924. S. 276.

(5) Holm : Peter Altenbergs münchner Gastspiel. In : ich-kleingeschrieben. S. 176.

(6) Glock, Eduard : Eduard von Keyserling. In : Eckart, Bd. 10 (1911/12), S. 628. Zitiert aus : Gutmann, Hannelore : Die erzählte Welt Eduard von Keyserlings. Untersuchung zum ironischen Erzählverfahren. Frankfurt a. M. 1995. S. 23.

(7) Vgl. Kirsten, Wulf : Nachwort. In : Keyserling, Eduard : Abendliche Häuser. Ausgewählte Erzählungen. 2. Aufl. Berlin 1986. S. 678.

(8) Ebd.

(9) Halbe, Max : Jahrhundertwende. Zur Geschichte meines Lebens 1893-1914. In : dsbe : Sämtliche Werke. Bd. 2. Salzburg 1945. S. 325. Zitiert aus : Gutmann, a. a. O., S. 24.

(10) Vgl. z. B. Taube, Otto Freiherr von : Einführung. In : Keyserling, Gräfin Henriette : Frühe Vollendung. Das Leben der Gräfin Marie Keyserling in den Erinnerungen ihrer Schwester. Bamberg 1949. S. 5-32. Vgl. auch : Neue deutsche Biographie. Hrsg. v. der Historischen Kommission bei der Bayerischen Akademie der Wissenschaften. Bd. 11. Berlin 1977. S. 563.

(11) Vgl. Gutmann, a. a. O., S. 24, Anm. 5.

(12) Gräbner, Klaus : Nachwort. In : Keyserling, Eduard Graf : Sommergeschichten. Frankfurt a. M. 1991. S. 142.

(13) Taube : Eduard Keyserling. In : dsbe. : Ausgewählte Werke. 2. Aufl. Hamburg 1959. S. 303.

(14) Ebd., S. 304.

(15) Vgl. Steinhilber, Rudolf : Eduard von Keyserling. Sprachskepsis und Zeitkritik in seinem Werk. Darmstadt

1977. S. 199, Anm. 4.

(16) Vgl. Taube: Daten zur Biographie Eduard von Keyserlings. In: Euphorion, Bd. 48(1954), Heft 1, S. 97.

(17) Vgl. Martini, Fritz: Nachwort. In: Keyserling, Eduard Graf von: Die dritte Stiege. Heidelberg 1985. S. 302f.

(18) Vgl. ebd., S. 304.

(19) 以下『三番階段』からの引用は本文中にページ数を示すことにする。テクストにはKeyserling, Eduard von: Die dritte Stiege. Roman. Frankfurt a. M. 1986. を用いる。

(20) Vgl. Czeike, Felix: Historisches Lexikon Wien. Bd. 5. Wien 1997. S. 714.

(21) Vgl. Martini, a. a. O., S. 307.

(22) Vgl. Mackensen, Lutz: Das große Buch der Vornamen. Herkunft, Ableitungen und Verbindung, Koseformen, berühmte Namensträger, Gedenk- und Namenstage, verklungene Vornamen. Frankfurt a. M. 1988. S. 115.

(23) Vgl. z. B. Keyserling, Eduard von: Beate und Mareile. Eine Schloßgeschichte. Frankfurt a. M. 1983. Vgl. auch dsbe.: Abendliche Häuser. Roman. Frankfurt a. M. 1982. 『ベアーテとマーライレ』（一九〇三年）には邦訳がある（『白い女――ある城の話』佐藤晃一訳、弘文堂書房、一九四一年）。

(24) Vgl. Gutmann, a. a. O., S. 33.

第二部　文明への懐疑

カフカの歴史感覚

喜多尾　道　冬

一　「プロメーテウス」

わたしたちがギリシア神話に登場するプロメーテウスについて知っているエピソードはつぎのようなものである。

人間と神々とが犠牲獣の分け前を取ることになった。そのときプロメーテウスは骨を脂肪で包んだものと、肉と内蔵を皮で包んだものとを用意し、ゼウスに選択させた。ゼウスはだまされて前者を取る。そのために人間はよい方の分け前を得ることができた。ゼウスはそれを恨みに思い、人間に火を与えなくなってしまう。そこでプロメーテウスはこっそり人間にそれを取り戻させてやる。怒ったゼウスは彼をカウカソス山の岩に鎖でつないで、大鷲に彼の肝を毎日啄ばませた。肝は夜のあいだにまたもとの大きさに戻るので、彼は毎日つつかれる激痛に耐えなければならなかった。

このエピソードをもとに、カフカは、プロメーテウスについて四つの話が伝えられている、という出だしでひとつの小品を書いた。

第一の話　ギリシア神話の伝説そのままの引用。

第二の話　プロメーテウスは大鷲に啄ばまれる痛みに耐えかねて岩のなかに入り込み、ついに岩と一体化した。
第三の話　それから数千年の歳月がたち、かつての彼の謀反は忘れられ、神も、鷲も、彼自身もそれを忘れてしまった。
第四の話　そのためこの出来事に、神も鷲も飽きてしまい、傷口も開きくたびれてしまったという。そして説明のつかない岩山だけが残ることになった。

もし本当にカウカソスの岩山にプロメーテウスが繋がれていたというなら、今ごろ名所旧跡ということで観光客が引きもきらないだろう。なにげない岩山が伝説化する例は、なにもカウカソスにかぎらない。いたるところにある。たとえば、わが国の北海道は摩周湖の真中に臍のように突き出た島があって、これはカムイシュ島と呼ばれており、アイヌ語で「神になった老婆」を意味する。老婆の孫が戦いに出かけ、行方がわからなくなる。老婆は待ちつづけているうちに疲れはて、座り込んでそのままこの島になったという。神秘的な水をたたえたこの湖独特の雰囲気から、そんな伝説が生まれたと考えられる。

北海道のアイヌの伝説ばかりではない。わが国のいたるところにそんな伝説が無数にあって、枚挙にいとまがないほどだ。たとえば、たまの休日に小旅行を試み、田舎道を歩いていると、村ごとにいわくありげな岩や山に出くわすことになる。たとえば飛騨街道沿いに歩いていると、目の前にちっぽけな池があらわれ、そこに「孝水の碑」なるものが建っていたりする。それにはつぎのようなことが記されている。むかし門原村に孝子がいて、母に孝養をつくしていたが、母が病に臥し、介護の日々を送っていた。しかし病は悪くなるばかり。なにかほしいものはないかと問うと、生まれ故郷の近江の琵琶湖の水が飲みたいという。さっそく母の介護を叔母に頼んで近江へゆき、湖水の水をもって急いで帰ってきた。しかしその途上母の死を知り、嘆き悲しんで、もってきた水をこぼした。この水が流れ落ちてできたのがこの池。その水は澄んで、洪水のときも濁ることはない。そこから孝子池と呼ばれるようになる。

そんな思わせぶりな岩や池、あるいは滝や老木なら、わが国にかぎらず全世界どこへ行っても、いたるところにこと欠かない。

人類はまだ澄んだ夜空に恵まれていた時代に、星々の描く偶然のコレオグラフィーから、熊やさそり、蛇や白鳥などのイメージを生み出し、独自の想像の世界を繰り広げていた。それとおなじように、娯楽に乏しい田舎では、思わせぶりな形の岩が土地の風土と結びついた伝説を育み、それがエンタテインメントのひとつとなって残る。ギリシア神話の一環であるプロメーテウスの伝説も、そうした想像力の産物のひとつと理解できる。

ところでカフカはこの小品を、ギリシア神話の記述からはじめ、第二、第三、第四話と、項目別に整理し、時の流れに沿って展開する。そしてこの伝説はしだいに忘れられてゆくという不思議な経過をたどる。これはもちろんカフカ独自のプロメーテウス伝説の解釈なのだが、それは神話のテキスト自体の解釈というよりは、そこから神話の起源をさぐろうとする意図が読み取れる。

だからこの小品は、第一～第四話へと発展してゆく形をとりながら、実は逆に、第四～第一話へと遡って展開すると見た方が理解しやすい。目の前になにかに似た、思わせぶりな形をした岩があると、それになにか説明をつけずにはいられなくなるのが人情だ。単純には松の木の形をしているとか、もう少し想像力を働かせれば、帆かけ船の形をしているとか。

そのような想像からはじまり、長い時間をかけて少しずつ物語が展開してゆく。岩のなかから人間の形が浮かび、その脇腹に傷口のようなものが見え、さらに鷲がそれをつついている姿が形を取りはじめる。堅い岩に閉じこめられた人間というイメージは、はてしなく長い苦悶と忍耐を想像させやすい。そこからプロメーテウスの苦難の物語が生まれる。ちょうど摩周湖のカムイシュ島が長い苦悶と忍耐のイメージを喚起させるように。

ところがカフカはこの物語を第四から第一へ、つまり思わせぶりな岩をなんとか説明しようとする大昔の人々の試みからはじめ、それが時のたつうちにプロメーテウスの神話に発展してゆくという、ごくふつうの形になかった。そして神話が残り、そのもとになった岩山の存在が忘れられてしまうのがものの順序であるはずが、神話が忘れられ、説明のつかぬ岩山が残ったと、話は逆転させられてしまう。

いったい伝説と現実とはいかなる相関関係にあるのか。カフカにとって伝説と現実とは、時間的に「↑↓」という入れ替え可能な記号的関係にあるらしい。事実、彼はこの小品の最後で、「伝説は説明のつかぬものを説明しようとする。だが伝説は真実を根底として生まれるものだから、またもやわからずじまいになりそうだ」と述べているからである。そうすると、その相関関係は時間的なだけでなく、内容的にも「↑↓」の記号で示せるらしい。それと似た構造は「都市の紋章」にも見られる。

二 「都市の紋章」

この小品は都市の発展を主題としている。はじめはバビロンの塔を建立するのが目的だった。なにしろ天にまでとどく塔を造るという高い理想を掲げたのだから、資材運搬のための道路や作業員の飯場など、インフラ施設の整備からしっかりはじめなければならない。そのためには拙速を戒め、慎重にことを運ばなければならない。となると「工事は捗らなければ捗らないほどけっこう」という心理がはびこってくる。また人知の向上につれて、建築技術も進歩する。そうするとなにも自分たちの代で塔を完成せねばならぬといったものではなく、後の世代にまかせた方がよいという考えも出てくる。

それなら目下のところ、これだけの人々が集まったのだから、塔の建立よりも、だれもが快適に暮らせる都市の整備に力を注ぐべき、という風になってきた。そうなると今度はだれもが自分たちの住む住居を立派にしたいと欲をかきはじめる。建築技術の進歩は都市の美化に転用され、人々はいちばん美しい住居を求めて争い、そのために流血騒ぎさえ起こる始末となった。その結果、都市が美しくなればなるほど、争いも増してゆく。そんなありさまを見て、天にまでとどく塔を建てても仕方ないとわかってくる。しかし、発展した都市の人間関係があまりにも複雑になり、もつれすぎてしまったため、もうこの都市を放棄することができなくなっていた。

この都市は「握り拳」を紋章にしている。またこの都市に生まれた伝説や民謡はどれもみな、「巨人が拳をふるって五度叩けば、この都市はたちどころに崩壊するだろう」という、憧れに満ちた予言を含んでいるという。

この小品は「プロメーテウス」とちがい、出来事は過去から現在へと時間を追って展開する。しかしここには未来への予測も含まれる。高い理想を掲げた過去、もつれすぎた人間関係に悩む現在、そしてそれからの解放を夢見る未来が俯瞰されている。人間はあまりにも高い理念を掲げすぎると、それに位負けして、逆に理念とはまったく正反対のことをしかねない。そんな教訓をここから読みとることは可能だ。

しかし、ここで重要なことは、題名にもある通り都市の紋章のもつ意味である。「握り拳」がこの都市の紋章になっている。この紋章を制定したころ、人々はそのもつ意味をよく認識して「握り拳」を選んだはずだ。しかし歳月の経つうちに、しだいに本来の意味が忘れられてゆく。たとえば、東京都の紋章を見て、本来の意味のわかる人はほとんどいないはずだ。それはわが国のほとんどの市章についても、また屋号や商標についても同断だろう。事実、カフカはプラハ市が握り拳を紋章としていることから、この小品のヒントを得ている。

カフカの父が経営していた商社も、この種の紋章をもっていた。それは小枝にとまっている小さなカラスをあしらったもので、「カフカ」というチェコ語が「小ガラス」を意味することに由来する。チェコ語を知らないものにとって、「カフカ」↑↓「小ガラス」を推測することは不可能だ。またカフカ商会と商取り引きのない人々が、この図柄だけを目にしたところで、カフカ家との関連に思いは至らないだろう。「カフカ」から独立して存在する「小ガラス」は、見るものにとって謎でしかない。

それとおなじ関連が「都市」と「紋章」のあいだに、また「プロメーテウス」と「岩山」のあいだに介在する。前者では都市の住民の願望をあらわした紋章の意味が、歳月の経つうちに忘れられてゆき、謎となりはてる。後者ではプロメーテウスの伝説は残ったものの、そのもとになった岩山の意味は忘れられ、岩山は謎めいた存在として残っているにすぎない。

たしかにはじめは「都市」↑↓「紋章」、「岩山」↑↓「プロメーテウス」という関係が成立していた。しかし何百年、何千年と経つうちに、本来の関連が、それこそプロメーテウスが岩山のなかに深く引っ込んでいって、姿が見えなくなったように、いつのまにか見失われてしまったわけだ。小品「プロメーテウス」では、その関連の忘れられてゆく過程があらわされている。そのためにとられたのが物語展開の時間的な遡行だった。

つまり岩山のもつイメージからひとつの物語がしだいに発展してゆき、それがついにプロメーテウスの神話になる。ところが今度はこの神話がひとり歩きをはじめると、もとの岩山はしだいに忘却の淵に沈んでゆく。それとおなじようにバビロンの塔を建立しようという理念の土台として都市の建設がはじまったが、都市の発展が逆に理念の実現を妨げる要因になる。そして理念と現実との軋轢の苦悩が都市の紋章にあしらわれることになる。ところが都市がさらに繁栄をつづけ、ひとり歩きするにつれて、しだいに理念は忘れられてゆく。

「岩山」↑↓「プロメーテウス」、「都市」↑↓「紋章」の均衡が成立したのは、いわばほんの一瞬にしかすぎない。その後神話と図柄は本来の母胎から独立し、それと切り離された別の運命をたどることになる。そして岩山のようにもとの母胎が、また紋章のように母胎から派生した意味が忘れられてしまうこともある。しかしその母胎も、またそこから派生した意味も失われたわけではなく、残りつづけている。そうすると潜在的には↑↓の関係が、表層的には≠のように見えてしまう。そうではありながら、両者は時間的にも内容的にも↑↓の緊張関係を失ってない。

ここにカフカ特有の歴史意識が見てとれる。わたしたちは歴史というものを、（グリニッチ標準時に合わせ）時間的に順序よく集積したひとつひとつの事実の記述と認識している。しかしわたしたち自身の内的な時間は、グリニッチ標準時に従っているとは言いがたい。過去、現在、未来が混乱したり、前後したりしているはずだ。そして社会生活はグリニッチ標準時に合わせて送りつつも、内的な時間は別のルールに従っている。それを別の視点から見てみよう。

三 「ポセイドン」

カフカは「ポセイドン」という小品を書いている。ポセイドンはプロメーテウスとおなじようにギリシア神話に登場し、海を支配する海神の役を受け持っている。カフカの小品に登場するポセイドンは海底で世界中の海を管理する仕事に従事し、机に向かってはてしない計算をしている。激務のために助手を大勢使っているが、最後に自分で計算し直さなければ気がすまない。そのくせ好きでこの仕事をやっているわけではない、もっと楽な仕事はないかと不平をこぼす。ではこんなのはどうかと上司が別口の仕事をあてがおうとすると不機嫌になる。

つまりいつも不機嫌で不平を言う癖は、自分はいかにたいへんな仕事量をこなしているか、それに敬意を表してもらいたいという合図なのだろう。本来この仕事に詳しいものは自分ひとりしかいないと自負し、またこの仕事を気に入り、楽しんでいるのである。人々はそんな彼を三叉の鉾を手にし、戦車に乗って海のなかを駆けまわっていると想像している。彼にとっていちばん腹が立つのはそう思われるときだ。さらにまた、たまにゼウスのところへ出かけたりすると、戻ってきたときは「たいていかんかんに腹を立てていた」という具合。

そして激務のあまり自分の管理する海をろくに見る機会もない。ゼウスに会うために海底を出て、オリュンポス山に登るとき、海をチラッと眺められるくらいのもの。彼の心づもりでは、この世の終わりが来たとき、海の計算もやっと終わりとなり、その後ならなんとかかんたんな一周ぐらいできるだろうということである。

海というものははてしない。また刻々に変化している。そのため計算などしつくせるものではない。それでもポセイドンは管理を全うしようと最大限の努力をしている。この巨大な仕事は彼の手にしか負えないし、人に任せられるものではない。彼はこの道のベテランであり、ボスであり、余人をもって代えがたい地位にいる。

その彼は三叉の鉾を手にし、戦車に乗って海の底を駆けまわっていると思われるのにいちばん腹を立てる。それでは彼はどのように見られたいのか。ポセイドン↕海神だとは、だれもが認めるところだし、それ以外に考えようはない。

しかしこの小品に登場するポセイドンの仕事ぶりを見てゆくと、彼は机に向かって計算し、助手を使い、仕事に果てというものがなく、たまにゼウスのところに出かけるとしても、自分の管理する海をろくに見たこともないという特徴が浮かんでくる。

ここでポセイドンという名前を伏せて、これらの特徴からのみ彼の役割を推測すると、高級官僚というイメージが浮かんでくるはずだ。役所は書類の山で、仕事に果てというものがない。そして後から後からあらわれる海の波のような書類の山を、机に向かって飽くことなくこなして行くのが能吏である。わが国で言えば本省の課長といったところか。彼は書類の山に埋もれて、書類のもとになる現実の世界などに触れる暇もない。まあ、退官して暇になったら、妻と一緒に旅行がてら、自分の仕事に関係した土地を見てまわろうかなどと想像をめぐらすのが精一杯。

ゼウスはここでは部長か局長、また大臣に読み替えられよう。仕事の実務に精通したポセイドンは上司に色々進言しても、それに対して場当たり的な思いつきや判断しか返ってこないとすれば、腹を立てるのは当然だ。あるいは仕事はできるかもしれないが、馬車馬みたいに視野狭窄の部下を、上司が大所高所からちょっぴり揶揄した可能性もある。そんな対応にむかっときても、それをあからさまに顔に出すことはできず、自分の部署に戻ってからその腹いせをまわりにぶちかます。

彼はどこから見ても、時代の最先端をゆく官僚である。膨大な情報をくまなく収集するだけでなく、それを精緻に分析し、最新の知識を独占して、それを思いのままに操作できる地位にいる。そんな彼がこともあろうに、だれからも三叉の鉾を手にし、海底を戦車で駆けまわっていると思われている。彼自身はそんな古色蒼然たるイメージとは対極のところにいると自負しているのだが。

たしかに官僚というと、杓子定規で融通の効かない堅物というイメージが一般にある。どぶねずみ色のスーツを着て、眼鏡をかけ、頭を七三に分け、背中をまるめ、まえかがみに歩く姿が浮かんでくる。それが古色蒼然と映り、さらにそのイメージをふくらませてゆくと、カフカのポセイドンの姿に近寄ってくることもないとは言えない。

しかし、ここで重要なことは外観の類似ではない。役割のもつ歴史的な意味である。ギリシア神話では、ポセイドンはゼウスから海の管理をまかされ、それを所管として職務にはげんでいた。もし現代でそれにあたる職はなにかとなると、農水省のいわば海洋課といった部署が思い浮かぶ。その意味では「ポセイドン」↔「海洋課の課長」という等式が成り立つ。

現代の海洋課の課長が古代のポセイドンになぞらえられると怒り心頭に発するように、もし三叉の鉾をもつポセイドンが眼鏡をかけた課長に擬せられたなら、自分の威厳が損なわれたように感じて、そんな比較を絶対に許せないと思うにちがいない。当事者たちには腑に落ちないものがあっても、しかしカフカの目から見れば、おなじ役割という点で、二人のあいだには↑↓の関係が成り立つ。時代に即応して外観は変わったけれども、役割にはまったく変化はない。

わたしたちは「海神」＝「ポセイドン」という古代的なイメージの固定観念にとらわれ、現代の海洋管理官がかつてのポセイドンの役割を引き受けていることに思いおよばない。カフカがここで洞察しているのは、歴史の表層と深層のズレである。つまり歴史では↑↓と≠とは対立するのではなく、共存するという不思議な関係である。

四 「新弁護士」

ポセイドンと海洋管理官との関係は、これもやはり小品の「新弁護士」にも当てはまる。ある都市の弁護士会に新しい弁護士が入会する。彼の名はブツェファルスと言う。この名はかつてのアレクサンダー大王の愛馬とおなじ。しかし彼には当時のことを思い出させる特徴はほとんどない。あるとすれば、裁判所の玄関前の大理石の階段を大きく脚をあげ、カッカッとひびかせながら上がっていく足音や、また裁判所の競馬好きの廷吏が驚嘆しつつ彼をなめるように眺める目つきで、それが推測されるにすぎない。

ブツェファルスの入会は好意をもって迎えられはする。しかし、現代ではアレクサンダー大王のような偉大な軍人はもはや存在しない。そしてインドへの到達を目指した大王の目標も、今日では別のより遠く、より高いところへ移動してしまっている。そのためブツェファルスにとって現代の社会は適応困難なものとなりかかっている。それでも彼の入会は世界史ではたした彼の役割からして、歓迎に値すると判断される。彼は腹の両脇を乗り手の脚でもはや締めつけられることもなく、かつての戦の怒号から遠く離れ、ランプの光のもと、静かに古い法典を読むことに没頭している。そしてそれが現代の彼にお似合いの姿だろうと推測される。

「ポセイドン」では、現代の官僚の役割が古代の海神のそれに重ね合わされていた。しかし、現代のポセイドンは古代のポセイドンに擬せられることを極度に嫌う。両者のはたす役割は基本的におなじであるにもかかわらず、彼は三叉の鉾をたずさえた古色蒼然とした出で立ちではなく、時代の最先端をゆく、頭の切れるエリートとして見られたがっている。

しかし、「新弁護士」では、古代のブツェファルスが、馬から人間に姿を変え、現代の弁護士会に入会を求め、裁判所に出入りするようになっている。かつて馬であったことを恥じる様子は見られない。弁護士会の面々もかつての馬の入会に異議を申し立てることなく、むしろ歓迎一色に染まっている風だ。しかもその入会の承認は「おどろくべき洞察力」にもとづいてなされたらしい。その理由は何に由来するのだろうか。

古代のブツェファルスは偉大なアレクサンダー大王につき従って、というよりも大王をその背に乗せ、マケドニアからギリシアを経て、ボスポラス海峡を渡り、世界制覇へと行動をともにした。彼はつねに大王に仕え、大王の意のままに動き、あるいはその期待に応える以上の働きを示し、それによって大王の信頼と深い愛を得ることにさえなった。そしてついには彼なくしては大王の野望の実現は不可能と思われるほどになりもした。

つまり世界制覇といった巨大な目的を実現するためには、それを補佐する忠実かつ有能な部下がいなければならない。アレクサンダー大王にとって、そのような筆頭的な存在は名馬ブツェファルスだったと言える。

今日でも「大王の剣が指し示した」世界制覇という目標設定はなくなっていない。かつてはインドへの到達がその目標だったが、現代ではそれは「より遠く、より高いところへ」移動してしまっている。つまり領土拡大による地理的制覇といった野望は時代遅れのものとなっているらしい。たしかにそのような野心を抱いている古典的な野心家は、今もこと欠かないだろう。しかし「今日の社会構造からすると」、そんな戦術家は「困難な位置におかれている」と言わざるを得ない。

世界制覇という野望は、今日では、新たに企業の市場制覇に形を変えてあらわれている。市場を独占するためには他社を出しぬき、法を自分に都合よく解釈し、その網の目をくぐりぬけてゆくことが不可欠だ。そのためには受動的であろうと能動的であろうと、裁判沙汰さえあえて辞さない。そしてそのために必要とされるのが弁護士である。超有能な弁護士を抱えられるか否かは企業にとって死活問題となる。

こうしてカフカの言わんとすることが明らかになる。世界制覇という野望は古代でも現代でも変わりなく存在する。しかし歴史の発展の結果、社会の内的構造に変化が生じた。それにしたがって現代では、野望の対象は「より遠い、より高いところ」へ移動し、市場の独占という形となってあらわれている。こうしてそのために必要かつ有能な補佐役は、軍馬から弁護士へと変化する。表層の変化はともかく、内的な構造としては、「ブツェファルス」⇅「弁護士」という等式はけっして消えてなくならない。

ブツェファルスと弁護士という取り合せはいかに奇異に見えても、両者のあいだになんの異和もない。弁護士たち自身彼の弁護士会への入会を承認し、歓迎しているという事実が、それを物語っている。「ポセイドン」のいわば海洋課の課長が、古代の海神に擬せられて逆上するのに比べ、現代の弁護士たちの頭の方がはるかにやわらかい。頑迷固陋な官僚と世故にたけた弁護士とでは、現実に対する対応の仕方に相違があるのは言うまでもないが、もちろんそれがこれらの小品の主題ではない。

五　「村　医　者」

「ポセイドン」⇅「海洋課課長」、ないしは「ブツェファルス」⇅「弁護士」という等式に抵抗ある向きも、「村医者」で示されている等式ならすんなりと受け入れられるだろう。もっともこの小品はそれに留まらず、もっと複雑で奥行の深い内的構造を秘めた、カフカのなかでももっともすぐれた作品のひとつだが、ここではこの等式にのみ限定して話を進めよう。

この小品では、真冬の夜中、猛烈な吹雪が吹き荒れているさなかに、十マイルも離れた村に急患を診察に行かねばならない医師の絶望的な労苦が叙述されている。さまざまな苦痛に満ちた犠牲を払いながら、その一方で不思議な幸運に恵まれたりもして、彼はやっとのことで患者の家にたどりつく。すると患者は彼の首にすがりついて、「先生、ぼくを死なせてください」とささやく。それにかまわず医師は診察を開始し、患者の脇腹に大きな傷口が開いているのを見つける。致命的な傷であり、患者は助からないことがわかる。一方、自分の傷口に気づいた患者は動転して、医師に「助けてくれますか」と泣きだす始末。医師は思う、「この土地の人はみなこうなのだ。できないことを医師に求める」。

患者は気持ちに余裕のあるうちは、死なせてくれなどと口走るが、いざ死に直面するとおろおろして、なんとしても生きたいと懸命になり、命を助けてほしいと懇願する。医師がまだ助けられるときは、自分の命を粗末にあつかい、助からないとわかったとき、なんとかしてくれとすがってくるやっかいな存在だ。医師はつねにこうした患者の身勝手さに身をさらし、絶対矛盾のなかで仕事をしなければならない。

医師は「きゃしゃな手ひとつで、外科的になにもかもなしとげなければならない」、いわば機械技術者なのであって、壊れた機器はもはやどうしようもないように、助からぬ命は救うことなどできない。しかし、患者はそんなことは眼中になく、そこをなんとかと必死にすがってくる。医者にはそれは自分の手に負えぬ過重な役割だということはわかっている。彼の目から見ると、「人々は古い信仰をなくしてしまい、牧師は自分の家に座ったきりで、ミサ服を一着また一着とむしり破っているだけ」と映る。

ここではかつての牧師の役割は、医師に受け渡されてきているのがわかる。牧師は生と死にかかわる言説を独占し、人々の死の不安や恐怖をなだめ、人々を死の世界へ安らかに送り込む役割を担っていた。しかし、いつからか生と死の言説をつかさどる役目は医師が引き受けるようになる。というよりも無理やりそれを押しつけられるようになった。医師の職掌は命をたんに技術的にあつかうことにすぎないのだが、いつのまにかそれに倫理的な意味が付加されてきた。牧師は暇をかこつようになり、医師は逆に、吹雪の夜中でも、死にかかった患者の魂を救済するために馬車を走らせねばならない。こうしてここでは「牧師」↑↓「医師」という等式が成り立つ。

この等式は「ブツェファルス」↑↓「弁護士」よりも明快でわかりやすい。わたしたち自身の日々の体験からして、魂の救済術は宗教から医学に移行していると実感されるからである。医師の診察を受け、薬をもらえば、さしあたり死の不安から免れる。医師に身体の不都合を訴え、触診を受け、言葉をかけてもらえれば、治ったような気になる。それはかつて牧師が引き受けていた役割だ。牧師から聖餅とぶどう酒を拝受したり、告解室で悩みごとを打ち明け、なだめられたりすることで、人々は心の平安を得ていた。牧師から医師へという役割の変遷の過程で、聖餅も薬剤へと移行する。

人はだれもいずれは死ぬという厳粛な事実からすれば、医師は真の意味でわたしたちの生命を救うことはできない。それにもかかわらず、医師は魂の救済者として、また死の不安を慰撫する聖職者として遇され、その職務を全うするよう要請されているのが現在のあり方だ。その意味で現代の精神科医こそ、まさにかつての牧師の職務をそのまま受け継いだ職業と言える。夜中に患者に呼び出された村医者は、患者の傷口を治す外科医であると同時に、死の不安をなだめる牧師、また精神科医であることも求められ、そんな二重三重の役割を背負わされてへとへとにならざるを得ない。

六　「家長の心配」

　こうした役割の変遷は人間だけにかぎらない。「もの」にも当てはまるようだ。「家長の心配」という小品にオドラデクという「もの」が登場する。これがきわめて奇妙きてれつなしろもの。一見したところ平べったい星形の糸巻きで、実際糸が巻きつけられている。糸は古い切れ切れの、さまざまな色と品種のより糸がつなぎ合わされ、からみ合っている。では糸巻きかというとそうは断定できない。星形のまんなかから一本の小さな棒が飛び出し、その棒からまた直角にもう一本の棒が突き出ており、これと星形のひとつのとんがりとが両足をなし、このもの全体は直立することができているからだ。

　ところでこの「もの」は以前はなにか道具として役立っていたが、壊れてしまってこうなったと想像される。しかしそうでもないらしい。どこにも折れた部分とか、はずれた箇所が見当らないからである。またもの全体は意味のない外観を示しているものの、独立したまとまりを失っていない。

　これはとてもすばしこくて、つかまえることのできにくいしろものである。そして屋根裏部屋、階段、廊下、玄関などを住みかとしている。数か月姿を見せないこともあり、特定の居場所はない。だからよその家に寄っていることもある。しかしだれにも迷惑をかけたりはせず、人畜無害だ。言葉をかけてもたまに返事をするだけで、木のように黙っていることが多い。

　この「もの」はオドラデクと呼ばれている。その名はスラヴ語に由来すると主張するものがいる一方、いや本来はドイツ語系であって、スラヴ語の影響を受けたにすぎないと論ずるものもいる。どちらの論拠もあやふやで、当たっているようには見えない。どんな説明もこのもののありようの的を突いていないからだ。

オドラデクは、この家の家長が生まれる前から存在し、家長が死んだ後にもこの家に残りつづけるだろう。オドラデクに死はないらしい。死ぬものはすべて生きているあいだは一種の目的をもち、一種の活動をし、それで身をすりへらして死ぬ。だがそのことはオドラデクに当てはまらない。家長は自分が死んだ後にも、このものが生きつづけるかと思うと切ない気持ちになる。

この「もの」はどう理解したらよいのか。その名の意味は失われ、また用途もわからなくなってしまっている。しかし家長の生まれる前から存在し、彼の死後もずっと生きつづけると思われる。死ぬものは生きているあいだ目的をもって活動する。もしオドラデクが死なないとすれば、目的をもった生活をしていないことになる。

彼の居場所が、屋根裏部屋とか階段、廊下などというのも象徴的である。とくに屋根裏部屋は、日常生活でさしあたって不要になった「もの」をしまい込む場所だ。つまり用途にかなった目的からはずれた品物の引退場所と言ってよい。階段や廊下もそれに準ずる。かつては役に立ったが、時のたつうちに新しい品物に取って代われ、台所や居間、寝室から追放された古い「もの」は、まず廊下や階段の隅に置かれる。そしてさらに時がたつうちに、そこが「もの」であふれかえってくる。すると古いものから順に屋根裏部屋へ引き取られ、そこがついの住みかとなってゆく。

それらが世代から世代へと受け継がれてゆくうちに、かつての用途は見失われ、名は残ったもののその意味がわからなくなってしまうこともありうる。オドラデクは奇妙な形をしているが、本来はなにかの役に立ったこともあるのだろう。しかしその用途を知るものはもういない。

この「もの」の形体はカフカがこの小品を書いた当時、フランスの画家デュシャンの描いた「花嫁」という題の絵画を思い出させる。この絵は題名がなければとても花嫁には見えず（たとえ題名を知ったところで事態に変わりはなく）、むしろオドラデクだと言われた方がずっと納得しやすい。デュシャンの花嫁は物体化し、なんの役に立つのか皆目見当のつかぬ込み入ったものの部品の集積からなっている。それと同時期に、彼は「階段を下るヌード」という題の絵画も描いている。これはあの花嫁が動くとそんな歩みを示すかもしれぬと推測させるしろもので、これもいかにもオドラデクが階段を下りてくるときの様子を彷彿とさせる。

デュシャンでは人間がもの化しているが、カフカではものが人間化しており、そこから「人間」↑↓「もの」という等号が立ちあらわれてきている。それは当時の人間とものありように、画家と作家がそれぞれ別の視点からアプローチし、おなじ結果にたどりついたように見える。花嫁とはオドラデクのようにもう過去の遺物で、用途のわかりにくい存在になってしまったのだろうか。

生活の変化につれて、そのようなものや人間は後から後から出てくる。それは現代のような変化のはげしい時代ではとくに顕著だ。そんなものをため込んで屋根裏部屋などにほうり込んでおくうちに、使った当事者ならともかく、後につづく世代にとっては、その意味がさっぱりわからなくなってしまうという例も出てくるだろう。しかしそれをわざわざ捨てねばならぬ理由もなく、そのまま世代から世代へと残されてゆく。

オドラデクの場合は、糸巻きのようなものがその一部に見られることから、糸紡ぎかなにかの用をなす器具だったと考えられもする。しかし糸紡ぎそれ自体、今では紡績工場の複雑な製糸工程の一部に組み込まれ、完全に機械化されて、日常生活から消えてしまい、名を知るのみ。それを実際見たり、手でふれたりすることはできない。それはかつての脱穀機や纏などについても言えるだろう。

糸紡ぎと、紡績工場の工程に組み込まれた紡績機とは、本来イコールの関係でも、前者の独立的で一般家庭的な用途に対し、後者は巨大な製造工程の一部に化けてしまい、それとどこがイコールかは具体的に指摘できなくなっている。しかしそれでも根本においては「ポセイドン」↑↓「海洋課課長」とおなじ構造をそなえているとは言える。

ところがたとえば江戸時代の纏となると、これは現代ではなんの役にも立たないしろものであるだけでなく、時代の変化に相当する対応物を見いだすこともできない。わたしたちは伝統芸能の披露や、「時代物」のドラマを観るなかで、そのはたす役割を知るにすぎない。纏などはその点まだ幸運な方である。糸巻きのように、比較できないほどの変化をとげたり、一方纏のように現代の社会から消えてしまっている、名のない「もの」は無数にあるだろう。オドラデクはそれと似た運命をたどっているように思われる。

その点で、これまたデュシャンのオブジェ「コップ乾燥器」や「帽子掛け」などが、オドラデクと関連してくる。コップ乾燥器や帽子掛けにはもちろん用途がある。というよりも本来の用をなすようもっとも合理にかなった形で造られる。しかし、それらが本来有用とされる場所からズレたところに置かれると、一挙に使用目的を失い、非合理化する。そのときものはシュールレアリスティックで、異様な外観をおびる。また場所のみならず、時間的にもズレた時代に置かれると、それは意味不明な謎の物体とならざるを得ない。デュシャンは一見確固としたものが、場所と時間のあり方しだいで、頼りなく浮遊しはじめる、そんな仮像と実態のズレを、これらのオブジェを通して鮮かに浮かび上らせている。

七 「雑種」

それはものだけではない、動物にまで感染してくるらしい。カフカの小品「雑種」にもあらわれる。ここには猫とも羊ともつかぬ奇妙なペットが登場する。猫と思われる特徴は、頭と爪の形、鶏小屋の横でじっと待ち伏せする忍耐力、羊を見ると襲いかかろうとする獰猛さ、といった性質にある。一方羊に見えるのは、大きな体つき、野原へ出るとぴょんぴょん跳ねまわり、猫やねずみを見ると逃げだす、といった性《さが》だ。両方に共通するのは、野性的なきらめきをもつ眼、やわらかくてぴったり身についた毛などである。ところがさらに犬の性質もあるらしい。飼い主のそばを離れず、くんくん鼻を鳴らしながらそのまわりを嗅ぎまわったり、股のあいだをくぐったりもするからである。

この動物は心のなかに二種類の不安を抱えているらしい。それは肉食動物と草食動物との食い違いに由来するだろう。ふたつの矛盾した性質がひとつの身体に無理やり詰め込まれているため、この動物の行動は当然不安定にならざるを得ない。そして不安定な肉体的条件がこの動物の神経を過敏にする要因ともなっている。この不安定な過敏さは、「肉食動物」⇅「草食動物」という等号を容易に成り立たせる。

この雑種はこの世に多くの血族を有しているものの、直接血のつながった祖先はないらしい。どんな動物にも似ているようでいながら、まったく孤立した存在である。そういった中途半端さもまたこの雑種の生存条件の不安定要因となっているのだろう。

飼い主は商売のことや、それと関連することどもに行き詰まって思案に暮れながら、揺り椅子に座っていると、膝に抱いているこの雑種がりっぱなひげから涙をたらしているのに気づくことがある。「わたしの涙か、こいつの涙か――この猫は小羊の心のほかに、人間の野心ももっている」らしい。

言うまでもなく、この雑種は雑食動物人間そのものの鏡像だ。飼い主と雑種とは涙で結ばれている。ふたつの相反する性質の矛盾と葛藤に苦しむという点で、「雑種」⇅「人間」というほかはない。人間は外的な刺激に対してどう対応するか、深層ではつねにポジティヴな覇気とネガティヴな従順さとの争い合いに苦しんでいる。それが肉食動物と草食動物との相違に換喩され、人間の心のなかの矛盾が具体的なイメージで曝け出され、抽象的な思考の過程が生まなましい彩りをおびる。いや、これは換喩とは言えない。本来は雑食動物の本能的な反応として理解されるべきもので、人間はそれを表層では抽象的にしか表現できないのかもしれない。

ともあれ、このような中途半端で不安定な生き方に苦しむ「雑種」↑↓「人間」には、肉屋の包丁しか救いを与えられないという考えが示される。不安定な生き方で神経をすり減らして苦しむくらいなら、死によって救われた方がましというわけだ。しかし、この動物は他に類例のない貴重な遺産であるから、そんな早まった判断を下してはならないとも自戒される。そうすればそれは一種生殺しの状態に近づいてゆく。

八 「狩人グラフス」

そうした生殺し状態は、「狩人グラフス」にも見られる。グラフスはシュヴァルツヴァルトを住みかとし、この森の偉大な狩人と呼ばれ、尊敬されていた。その彼はある日かもしかを追っているとき、崖から墜落して死んでしまう。彼は当然黄泉の国へ行くと信じ、経帷子を身にまとった。ところが彼を乗せた（カロンの）舟は、いつまでたっても彼を死者の国へ運んではくれず、何百年ものあいだ、生きているわけでもなく、また死んだとも言えぬ中途半端な状態で、波のまにまに漂いつづけている。

彼はどうしてこんな運命に陥ったのかわからない。船頭が進路を誤ったのか、舵の取り方を間違えたのか、それともグラフスの故郷の絶景に見とれたせいなのか、彼はそれを船頭のせいにしている。実はこの舟には舵がなく、そのために黄泉の国の底から吹いてくる風のまにまに漂っているらしい。そして彼がこんな生死の中途半端な状況に置かれていることを知るものはだれもいない。またそれを伝えるすべもわからない。

しかし彼の消息を知るものはまったくいないというわけでもないらしい。リヴァの市長は鳩の知らせで、彼がこの市に漂い着くことを知る。そしてサルヴァトーレ（救世主）という名の彼はグラフスを救おうとするが、とても手に負えないとわかる。救世主ですら彼の病気をいかんともすることができない。グラフスは止むを得ず、また舟に乗ってこの市を去ってゆく。

彼はこの運命を船頭のせいにしているが、ほんとうの原因は別のところにあるのではないか。そもそも狩人がかもしかを追っている最中に崖から落ちるなど、基本のキを忘れた、狩人の名にもとる失態というほかはない。しかもシュヴァルツヴァルトの偉大な狩人と呼ばれた彼がである。彼にとってそれは悔やんでも悔やみきれない屈辱であり恥辱であるはずだ。そんな生き恥をさらすことは、生きたまま死んでいるのと変わりない。それは『審判』の最後で、Kが処刑されるとき、「恥辱が生き残っていく」ように感ずるのと通底し合う感覚だ。

死んだ後も残るように思える、こういった恥の感覚を救えるものはない。生きながら死んでいるグラフスは、オドラデクとそう遠いところにはいない。オドラデクにはもちろん恥の感情はない。しかし彼はなにかの役に立つことはなく、邪魔者あつかいされながら、屋根裏とか廊下の片隅でひっそりと生息してるばかりだ。

「オドラデク」では、「死ぬものはすべて、生きているあいだは一定の目的をもち、一定の活動をする」と述べられている。その意味からすると、グラフスは目的意識を失ったまま生きていることになる。目的をもたずに生きるということは、前述の定義からすると死なないということでもある。といって、目的がなければほんとうの意味で生きているとは言えない。つまり彼は生と死の中途半端な状況に置かれている。

オドラデクは家長の生まれる前から存在し、また彼の死後も生き残りつづけると述べられているが、それは中途半端な生を刻印されたものがたどる特有の運命だと言える。グラフスの恥の感覚もKと同様、それに似た生き方を印象づける。つまり彼の恥は自分の生まれる前から存在し、死後も生き残ってゆく。自分が死んでも恥だけは残る。となると、自分のなかにフィジカルな死とメンタルな生とが共存しているように感じられるはずだ。

グラフス（Gracchus）はイタリア語のグラッキオ（gracchio）に由来し、カラスを意味する。「都市の紋章」で述べたように、カラスはチェコ語のカフカに相当する。だからここでは「グラフス」↑↓「カフカ」という等式が成り立つ。また『審判』のKはカフカと見なせるから、「Kの恥」⇅「グラフスの恥」と敷衍することもできる。

たしかにカフカは自分の中途半端な生き方に、つねに「恥」のようなものを感じていた。父との関係にしろ、婚約者との関係にしろ、また文学にかかわりをもつこと自体にも、中途半端さがつきまとった。友人のマックス・ブロートに、自分の書いたものを焼却するように依頼して手渡してはいるが、それを自分の手で抹殺することはしなかった。そして彼自身は死んだけれども、焼却に値するもの（恥）は死後も永遠に残ってゆく。

しかしここでは彼自身の「恥」そのものを掘り下げてゆくのがテーマではなく、このような外的な時間と、内的な時間の流れのズレがどこに由来するのか、それを見てゆくことにある。

九　「ファントマ、ダンテ、ジュール・ヴェルヌ」

カフカの時間的なズレの意識は、「ポセイドン」でのポセイドンと海洋課課長、「新弁護士」でのブツェファルスと新任弁護士、という表層での役割の違いと、内的な構造でのイコールという関係の認識にもっとも端的にあらわれている。というよりもわたしたち読み手はそれを鮮明なイメージとして思い浮かべやすい。ここでは古代と現代のイメージが、一見唐突な形で重ね合わされ、強烈な違和感を与えながらも、よく見てゆくと密接な関連をもたされているのがわかってくる。

カフカがこれらの小品を書いた二十世紀のはじめに、デュシャンとおなじように革新的な画法を試みた画家エルンストがいた。彼はコラージュというこれまでにないまったく新しい画面構成法を編み出す。彼はあるひとつの画面、たとえば雑誌や絵本の挿し絵の上に、まったく別の挿し絵の切り抜きを貼り合わせる。するとこの重ね合わせから現実に存在しない風景が生ずる。その違和感はまったく衝撃的で、シュールレアリスティックな印象を与えずにはおかない。

たとえばエルンストは、フランスの科学者ゲイ＝リュサックとビオが科学調査の目的で気球に搭乗したときの報道図を下敷きに、ダンテの肖像画の切り抜きを加え、そのコラージュに「ファントマ、ダンテ、ジュール・ヴェルヌ」という題をつけた。その瞬間にゲイ＝リュサックとビオは、ファントマとヴェルヌに変身し、また気球というものが存在しなかったルネサンス時代のダンテが、なに喰わぬ顔で、十九世紀から二十世紀の転換期に位置を占めることとなった。

このコラージュは見るものに強い違和感を抱かせながらも、なにか時代の真実にふれていると思わせずにはおかぬものがある。ヴェルヌは十九世紀の終わりに活躍したＳＦの元祖であるのは言うまでもない。ファントマはフランスのスーヴェストル＆アランの共著によるＳＦシリーズ「ファントマ」のプロタゴニストで、最新の科学技術を駆使して世界制覇を目論む怪盗。このシリーズは二十世紀のはじめに登場し、フレミングの「００７」シリーズの先駆をなす。

つまりこのコラージュは、科学技術の急速な進歩を背景としている。ヴェルヌは科学の進歩に信頼を寄せ、それが人類を幸せにすると信じている。ところがファントマの時代になると、科学技術が悪用され、人類を破滅の危機にさらす懸念が強まってきた。これは西欧の人文主義的な理念から言って、憂慮すべき傾向と言わねばならない。理念と現実のズレが見えはじめたこの事態を、人文主義の元祖ダンテならどう考えるだろうか。エルンストのコラージュにこめられているのは、そのようなメッセージと思われる。

カフカの「ポセイドン」や「新弁護士」にもそれと似た構造が認められる。ヴェルヌ、ダンテ、ファントマが一堂に会する奇妙な光景は、ポセイドンと海洋課課長、ブツェファルスと新弁護士が重なる奇異なイメージと共通する。エルンストのコラージュの技法は、時代の急速な進歩、ないしは変化のイメージを、どう表現するのがもっともふさわしいかを突き詰めていった果てに生まれた。カフカのポセイドンや新弁護士の奇異なイメージは、この文脈を背景としてはじめて理解される。

逆に言えば、当時の科学技術の進歩はいかに急速だったか、またそれにともなう社会の変化がいかにドラスティックなものだったかが、これらの歪んだイメージ構成から推測できる。ろうそくやランプの生活に馴染んでいたのが、ある日突然電灯にかわったり、馬車がいきなり市街電車になったり、あるいはそれらがたがいに併存し合っていたりという、断絶と混在の社会状況は、まさにエルンストやカフカの生み出した、これまでにない新しいイメージと対応する。映画という新しい見せ物が発明され、それが急速にエンタテインメントに、芸術に変貌して行ったのもこの時代のことである。

音楽においても急激な革新が進行しはじめていた。シェーンベルクらが主導する十二音技法にのっとった、いわゆる新ウィーン楽派の音楽創造が、すさまじい破壊力でこれまでの伝統的な作法を異化し、これまでだれも想像だにしなかった新しいひびきで人々を驚倒させた。それはあまりにも進みすぎた最先端の科学技術や理論、とくにアインシュタインらの理論物理学への芸術側からの対応と言うことができるだろう。

芸術ばかりではない。フロイトが心理学という新しい研究分野を開拓したのもこの時期のことである。科学技術のイノヴェーションが、人間のこれまでの生活を急速に歪めはじめており、その対処法が早急にもとめられていた。だれもがこれまでに馴染んできた古いものと、つぎつぎに襲ってくる新しいものとの調整に苦しみ、困惑しはじめていた。そうしたラディカルな革新や、それにともなう現実のねじれは、文学的な世界のイメージにも波紋を広げてくるのは当然のことだ。そうした古いものと新しいものとの混在と混乱がもたらす、心理の歪みはカフカの『ある戦いの手記』に反映している。ここではパリという都会についてこう語られる。

パリには飾り立てた洋服だけでできている人間がいるそうですね。玄関だけの家もあるという話。夏の日のパリの空は軽やかな青一色で、小さな白い雲はただ飾りに押しあてているだけで、しかも雲という雲はみなハートの形をしているって、ほんとなのだろうか……　事故が起こったとき、群衆が詰めかけてくるときの歩き方たるや、舗道にはほとんど足をつけないという大都会風のもの……　街路はすさまじい騒音で、煙突の煙が家々のあいだに降りそそいでくる……　目抜き通りに停まった車からシェパードがおどり出て、吠えながら車道を踊り狂って走る。ところがなんと、この犬は粋なパリの青年たちの変装だという話。

ここでは「現実」↑↓「仮像」という等式が成り立っている。等式というよりも両者のあいだに混乱が見られる。この混乱が錯乱を生み、錯乱そのものが流行と消費文化の最先端をゆく大都市パリの表象として機能しはじめる。それはリルケが『マルテの手記』のなかで、この大都市についてつぎのように記しているのと対応するだろう。

窓を開けたまま眠るのが、ぼくのやめられない習慣だ。電車がチンチンと鈴を鳴らしながらぼくの部屋を走りぬけてゆく。車がぼくを轢きながら走り去る……　正面から電車がひどく興奮して突進してくる。そしてなにもかも平然と轢いてゆく。

窓を開けたまま眠れば、自然と一体化できる。ボヘミアの田舎から出てきたリルケにとって、パリのような大都会でも自然とのそうしたつながりをかんたんには捨てられない。その習慣を守ろうとすると、文明の利器である車や電車の騒音が遠慮会釈なく彼の部屋を襲う。彼ははげしい騒音によって、毎晩のように自分の身体が轢断されるように感ずる。このような錯乱はもはや仮像ではなく、フィジカルな痛みとして現実化されている。

カフカやエルンストの歪んだイメージは、こうしたフィジカルな痛みの悲鳴が生み出した錯乱にほかならない。時代の変化があまりにもはげしく急速だと、頭ではわかっていても、身体がついていけない場合もありうる。そのズレをひとつの図柄として表現したのが、カフカの小品や、エルンストのコラージュだと言える。エルンストがカフカの小品集のフランス語訳のフロンティスピースに、「雑種」を選び、その想像図を描いたのもけっして偶然ではない。

十　ポプラの樹とバベルの塔

そうした変化は心象風景だけでなく、言葉それ自体にもあらわれてくる。カフカは仮像と現実の錯乱状態を「陸の船酔い」と呼び、こう説明している。

陸の船酔いとはね、きみ、もののほんとうの名を忘れて、いざとなってあわてふためいて、手あたりしだいにものに名をつけることだ。だがその名さえ、すぐきみはもう忘れている始末だ。きみは野原のポプラの樹のことをバベルの塔と言う。だってそれがポプラの樹だということを知らなかったし、知ろうともしなかったから、またも名もなく風に揺れているわけで、それなら〈酔ったノア〉とでも言い換えられるわけだ。

ここではポプラ（ドイツ語のパペル）とバベルとの単語のひびきが似ていることから、両者はちょっとした「陸の船酔い」で、かんたんに混同されてしまいかねない。もはや言葉はそれ自身の内容をともなわず、表層の変化につれてどんどんズレてゆく。

そのきざしはすでにランボーの詩法にあらわれていた。彼は伝統的な意味ではたがいに結びつきの不可能な言葉を唐突に組み合せたり、ひとつのフレーズにいく重にも解釈できる意味を絡ませ、ひとつの錯乱、「陸の船酔い」と言える言葉の錬金術を編み出した。つぎの詩などはその一例だ。

星はおまえの耳の心でばら色に泣いた、
無限はおまえの頸から腰にかけ白色に滴った、
海はおまえの鮮紅色の乳房で茶色にきらめいた、
そして人の子はおまえの聖なる脇腹で黒色の血を流した。

この詩は一読して、ただちに意味の了解できるしろものではない。言葉のコラージュというべき手法に接近し、言葉同士の結びつきによるこれまでの論理的な構成は、ここではほとんど破綻しかかっている。

産業社会の進展につれて、大量の消費物資が出まわり、つぎからつぎへと商品があらわれては消えてゆく時代がはじまると、ついこのあいだまで新しかったものが、今日はもう陳腐になってしまいかねない。古いものと新しいものが混在し、ものだけでなく、それにともなう情報も洪水のように氾濫し入り乱れ、ハレーション状態が生ずる。それはもはや伝統的な語法で記述することは不可能だ。そんな現実はイメージの錯乱といった形で表現するほかはないだろう。だからランボーの詩法はたんに現実から遊離した言葉の遊びではなく、時代の表層と深層とのズレの認識を根底にしていたと言える。

こうしてかつてはもの自体とその名とが密接に結びついていた時代とはちがい、それらは取り替えのかんたんな記号のように、ついたり離れたりしはじめる。するとマグリットのように、パイプを描いた絵の下に、「これはパイプではない」と書きそえる事態にまで発展するのにさほど時間はかからない。ここでは変化のはげしい時代におけるものと言葉の関連の破綻が暴露されている。人々はもはやものにも言葉にも頼ることはできない。

その不安と恐怖が端的にあらわされているのが、ホーフマンスタールの「チャンドス卿の手紙」だろう。チャンドスは文学活動をある時期に一切停止してしまう。彼の文章を愛する友人（フランシス・ベイコン）が彼に文学活動の放棄を憂う手紙を出す。それへの返答という形で、チャンドスは自分を襲った内面の危機を打ち明ける。そのとき彼は弱冠二十六歳。彼は古代人が残した寓話や神話を、神秘かつ汲めどもつきぬ知恵の謎として解き明かしたいと念じていた。ところが彼はつぎのように感ずるようになる。

あらゆるものが部分に解体し、それらがまた部分に分解し、もはやひとつの概念で包括できるものはなにひとつなくなってしまった。個々の言葉は自分のまわりにただよい、凝結して自分をじっと見つめ、また自分もそれをじっと見入らざるを得ないものとなった。それらはまた、覗くとめまいのする渦となり、絶えずぐるぐる回転し、それを突き抜けると虚無にまで達する渦となる。

つまり彼はなにかを叙述しようとすれば、ものは解体して散り散りになり、言葉はそのまわりで浮遊するのみで、両者の結びつかない事態が生ずる。それを無理やり結びつけようとすると、たがいに脈絡を失った渦となり、空虚さを露呈する。この言葉とものとの遊離や断絶の空虚さに気づいた彼は沈黙に向かわざるを得ない。それは二十歳前後のときに文学を捨て、沈黙の世界に入っていったランボーの内面を思わすものがある。

しかしチャンドスはそれによって感動を失い、虚無に陥ったわけではない。たとえば彼はつぎのように語る。

ある日の夕暮れ、庭師がくるみの樹の下に置き忘れていった、半分水の入った如露を見つけたとき、そして樹の影に入っている如露の水と、その水面を暗い一方の岸から他の岸へと泳いでいる一匹のげんごろう、こうした些細なものの組み合せに、無限なものがあらわれたかのように感じて、わたしは頭の天辺から足の爪先まで戦慄した…… このような瞬間には、些細なもの、一匹の犬とか、ねずみとか、かぶと虫とか、ねじくれたりんごの樹とか、丘を曲がりくねって這う車道とか、苔むした岩とかが、わたしにはこの上なく幸せで美しい夜、身をゆだねきった恋人に感じた以上の深い意味をおびて見える。これらの無言の、いわば生命のないものが、充実し愛にあふれた形姿をとってあらわれてくるため、わたしの目にとまるまわりのすべてのものが、生命を宿しているように感じられ、幸せになる。

ものと言葉とはここでは完全に、幸せに結びついている。しかしチャンドスにはそれはことさら目新しいものとして表現するものとは思えない。それらは過去から存在し、現在もまた未来も変わりなく存在しつづける世界である。表現とは新たな発見を意味する。これまでに見慣れた世界のなかからまどろんでいたものを掘り起こし、それにこれまでにない意味を付与する行為だ。

自然の新しい利用法や解釈である発明や発見が、すさまじい規模とスピードで発展したのが、十九世紀から二十世紀にかけてだった。これまで慣れ親しんでいたものが刻々と解体され、変形されてゆくなかでは、言葉もおなじ運命をたどる。しかし、如露のなかで一方の岸から他の岸に泳いでいるげんごろうは、そんな変化とかかわりない永遠の小宇宙に属している。それは目的意識をもった社会から見れば、まったく無意味そのもの。表現に値する世界ではない。

しかし、ものの変化解体があまりにも急速すぎる場では、言葉がものについてゆくことができず、表現の崩壊が兆していた。表現の最先端にいたチャンドスはそのジレンマにぶつかり、伝統的な永遠の世界に還ろうとする。

しかし、それは変化発展する時代・社会ではもはや表現するに値しない、自足し孤立した小宇宙にすぎない。彼は前者につき従おうとすれば、言葉の空虚さに直面させられ、後者に目を向ければ、ものと一体化する至福を味わえるものの、それを言葉で言いあらわすことの無意味さを悟らされる。彼が陥っていたのは、このような二重の意味での崩壊・解体現象の体験だった。

十一　「狩人グラフス」異稿

カフカも似たようなジレンマにぶつかる。彼の「狩人グラフス」異稿にその経緯が見てとれる。狩人グラフスはかもしかを追っているうちに崖から転落し、死んだと思いきや、生死のさだかでない中途半端な状況で水の上を船に乗ってただよっている、というのはすでに見てきた。この異稿ではどうしてそんな目に会ったのかという問いに対し、グラフスはつぎのように答える。

ああ、どうしてこんな目に会ったかって。これは大昔から伝わる話だ。どの本もこの話でいっぱい。学校では先生がそれを黒板に書き散らす。母親は子供に乳をふくませながらそれを夢見、恋人同士はそれを睦言としてささやき合う。商人は客に、客は商人にこれを語る。兵士は行進しながらこれを歌い、僧侶は教会でそれを説教する。歴史家は書斎で口を開けたまま昔の出来事を眺め、それをはてしなく書きつづける。新聞がそのことを書き立て、群衆はそれを手から手へと渡し、それがもっと速く世界中に行き渡るよう電信が発明された。古代の埋もれた都市からもこれが発掘され、またエレベーターがこれを摩天楼の天辺に運び上げる。列車の乗客は窓からそれを地方に告げてまわるが、それよりも前に現地人たちが彼らにそれを吠え立てる。星にもそれが読みとれるし、湖はそれを湖面に映す。小川がそれを山から運びだし、雪がそれをふたたび山の天辺に降らせる。

ここで語られているのは、大昔から現代まで途切れることなくつづいている人間と自然の関連の環である。そしてこの環は、「小川がそれを山から運びだし、雪がそれをふたたび山の天辺に降らせる」とあるように、回帰的な循環に従っている一方、電信で世界中に素早く行き渡らせ、摩天楼の天辺まで運びあげるとも述べられているように、文明の進歩と関連をもってもいる。ところがグラフスはそのいずれからも疎外されたところに位置させられている。

グラフスがこんな状況に陥ったのは二十五歳のとき。チャンドス卿が筆を断った二十六歳とほぼ重なる年齢だ。おそらくこの年齢がそうした危機にもっとも敏感な年ごろなのかもしれない。前述したようにランボーが沈黙の世界へ入って行ったのが二十歳前後。カフカやホフマンスタールもちょうどそんな年齢のとき、革新と伝統との深刻な衝突の体験をしたのかもしれない。

ヤノーホは『カフカとの対話』で、言葉に関するつぎのようなカフカの言葉を記している。「言葉とは生と死とのあいだに決定を下すもの」、あるいは「言葉は生者にはただ差しあたり貸し与えられているにすぎない。われわれはそれを使うことができるだけで、ほんとうは、言葉は死者と未だ生まれぬものに属している」、さらに「言葉はわれわれの内部にある不壊なものの衣装であり、この衣装の方がわれわれよりも生きのびる」など。

このような言葉の定義から、ものの実態と外観の重構造との緊張関係が明らかになる。言葉は生者に仮に貸し与えられているにすぎない、そして衣装だけが生きのびるという点からすると、「ポセイドン」↑↓「海洋課課長」、「ブッェファルス」↑↓「新弁護士」といった等号の意味が理解される。カフカはチャンドス卿が沈黙に陥らざるを得なかった地点で、言葉とそれが内包するイメージのズレの認識と逆用によって、言葉とものの遊離を回避することができた。
カフカのこのような操作は、当時理論物理学の最先端を走っていたハイゼンベルクの言と不思議に共通する。

現代の物理学では、もはやすべての事象は、伝来の言語では正確に記述できない。しかし、われわれは原子と素粒子とはどういうものか説明できなければならない。というのは、そうしなければ、われわれは自分の実験を理解できないからである……物質の最小の部分を記述するには、さまざまな、相互に矛盾する視覚的なイメージを援用するところまできている。

ハイゼンベルクはこうした記述方法を「言語絵画」と名づけているが、物理的な現象を厳密に追究してゆくと、その正確な記述はもはや言語の手に負えなくなり、視覚的なイメージに頼らざるを得ない地点にまで行き着く。一方、カフカのこれらの小品は、まさに「相互に矛盾する視覚的なイメージ」を援用し、言葉では表現し切れない事象を説き明かすことに成功している。最先端の物理学が陥っていたアポリアと、やはりもっとも先鋭な文学が直面していた問題点とは、まったく同質のものだったことが理解される。

十二 「科学アカデミーでのある報告」

しかしカフカはそのような解決で満足したわけではない。彼は時代の変化による、言葉とものとの乖離を本質的な意味でつぎのように考えていた。これも『カフカとの対話』に見いだされる言葉である。

われわれは自分たちの狭い限定された世界を、無限の上に置こうとしている。そのためにわれわれはものの循環を妨げることになる。それがわたしたちの原罪だ。宇宙と地球のあらゆる現象は、天体のように円を描いている。つまり永劫の回帰である。人間だけが、人間という具体的な生物だけが、誕生と死のあいだを直線距離で疾駆する。人間にとって個人的な回帰というものはない。彼は落下する感覚だけを知っている。落下によって彼は宇宙の秩序を断つ。これが原罪だ。

ここでは循環する世界と直線を描く世界とが対比的に扱われている。循環する世界とは四季のめぐりそのものと言ってよく、円環的な場を形成している。われわれはそのなかにいるかぎり、自然と自分、言葉とものとの幸福な一致を享受できる。これは基本的に農耕社会の特徴だ。

それに対し、直線的な世界とは文明の進歩に従う産業社会を基本とする。ここでは円環的な四季のめぐりはさほど重要ではない。産業社会はイノヴェーションによる発展的な拡大を求め、未来に向かって突き進んでゆく世界である。かつての循環的な時間の流れから逸れ、人類が直線的な時間の流れに乗り変えたとき、真の意味での歴史がはじまったと言える。それはスタティックな世界からダイナミックな世界への変化でもある。

カフカの小品は、人類がつましくはあるが幸せに暮らしていた円環的な世界から、欲望をむき出しにしてはげしく相争う直線的な世界への移行の戸惑いを映してもいる。これらの小品の矛盾したイメージはそのジレンマの表現にほかならない。人類はさらなる幸せを求めて別の軌道に乗り変えたのだが、それははたしてわれわれをほんとうに幸せにする方向だったのかどうか。

エデンの園でエヴァは蛇に誘惑され、知恵のりんごを口にして、無垢の幸せを失ったが、われわれはその知恵を利用し、さらなる欲望を実現しようと、円環的な世界から飛び出し、未知の空間へと触手をのばしはじめた。

この行為は二度目の原罪であり堕罪に当たるのではなかろうか。カフカはそう理解している。われわれはこの直線を天国のようなところへ導く上昇直線だと思い込んでいるが、カフカはそれを下降直線と受けとっている。それははてしない虚無の深淵に墜落してゆく方向でしかない。

それは「科学アカデミーでのある報告」にも共通してくる問題だ。ここには人間に近づこうと懸命な努力を重ねている猿が登場する。この猿はアフリカの、いわばエデンの園に相当する「黄金海岸」の円環的な世界でのどかに暮らしていた。それが人間の手にとらえられ、直線的な世界へと生き方を転換させられる。ないしは自ら意思して軌道の修正を決意する。

人間になろうと努力しているこの猿は、目下人間であるわれわれが直線的な世界を未来へ向けてひた走っている将来像がどういうものかを想像させる。「ポセイドン」↑↓「海洋課課長」、「ブツェファルス」↑↓「弁護士」という等号は、つねに「猿」↑↓「人間」の関係を、または「猫」↑↓「羊」を深層に秘めている。猿が人間に歪んできたように、ポセイドンやブツェファルスも、直線的な歴史の発展途上で、その姿を海洋課課長や弁護士に変貌させてきた。

猿は気の遠くなる時間をかけて人間になってきた。そのことはすでにわれわれの常識となっている。しかし両者のあいだにあまりにも長い時間的な乖離があるために、われわれは元来猿であるという実感に乏しい。ところが十九世紀から二十世紀にかけての急激な社会像の転換は、その乖離をドラスティックに短縮して見せる。こうして「猿」→「人間」という発展は、「ポセイドン」→「海洋課課長」、「ブツェファルス」→「弁護士」という変化と構造的に重なり合う。それはまた村医者が「悲惨きわまりない時代の寒気にさらされ」ながら、超現実的な馬に引かれ、現世の馬車に乗っている姿とも重なる。彼は素裸のままで、毛皮のコートに手を届かせようとしながらそれができないでいる。

それはさらに、ユダヤ人としてのカフカ自身の出自ともかかわってくるだろう。カフカの父は当時発布されたユダヤ人解放令に呼応し、ボヘミアの片田舎のゲットーを脱出して、一旗挙げるべく大都市プラハで商活動を開始した。彼は当時富国強兵策で国家隆盛の気運にあったドイツに自分の努力を重ね合わせることが、商売だけでなく、なにごとにおいても成功を収める最善の方策だと直感し、息子をドイツ語で教育する。

そのためカフカはユダヤ人として生まれながら、民族の異なるチェコという国に住み、それにもかかわらずチェコ語ではなく、ドイツ語を使うという、いわば三重の股裂きのなかで生活を営まねばならなくなる。このようなねじれた実存状況は、「科学アカデミーでのある報告」で人間に近づこうとしている猿や、ポセイドン―海洋課課長、ブツェファルス―弁護士、さらに猫―羊のイメージと重なり合ってくる。

われわれは円環的な世界に片足を残したまま、直線的な世界にもう一方の足を掛け、そのあいだで股裂きになるような目に会いながら、それでも前進、いや落下をやめることができない。その不自然な姿はゲットーという牧歌的な「黄金海岸」から脱出し、ドイツ人になろうとしているカフカの父、さらにはその反自然性に気づきながらも、後戻りできなくなったその息子自身に凝縮されている。よりゆたかに、より幸せになろうと懸命に努力を重ねながら、その顔つきはむしろ余裕のない歪みに引き裂かれているように見える。

小品「夜」に接するとそれがわかる。われわれは夜になると、がっしりした家に守られ、あたたかいベッドに入り、毛布にくるまって眠る。しかしそれは自己欺瞞にすぎない。事実は大昔と変わらず、夜の冷たい荒野に投げ出されて眠っているのとおなじだ、とカフカは言う。それはかつてそうだったし、今も、また未来にも変わりない。かつての円環的な社会から、直線的な社会に変化し、われわれは文明の恩恵に与っていると思い込んでいるが、それはまやかしで、根本においては丸裸の存在にすぎない。

この冷たい荒野とあたたかいベッドのあいだにも↑↓記号が成立する。われわれはこの二重構造のなかで、そうした事実に気づかぬまま生を営んでいる。その一方、この夜を見張る番人がいる。この夜番こそわれわれの陥っている歴史的な重構造のジレンマに気づくものだ。そしてそれを解き明かすことによって、われわれがどこから来て、どこへ行くのかが見えてくる。

歴史とはたんに事実の羅列なのではない。変化するものとしないものとのあいだのズレにはさまれ、その軋轢で歪められざるを得ないわれわれの真の姿を映すはずのものだ。かつての牧歌的な世界へもはや戻ることもできず、さりとて未来に真の幸福が待っているとも思われぬわれわれの現実の姿、それが「ポセイドン」や「新弁護士」、さらにはオドラデクのシュールレアリスティックで、トロンプ・ルイユ的な、いわば歪んだ滑稽な形姿と重なり、現代のわれわれ自身の鏡像となっている。

しかしカフカはこの歪んだ滑稽さに嫌悪感を示したり、それを冷たく突きはなしたりしているわけではない。その滑稽さを人間存在の本質と理解し、かけがえのない面白味として受けとり、いとおしんでいるようにさえ見える。これらの小品のそこはかとないユーモラスな描写にそれが感じとれる。早まって肉屋の包丁を振るってはならないという「雑種」主人公の判断はそこから生まれる。そしてだれもがそのような雑種としての自分の滑稽な存在のありように気づいたとき、人間の欠点を咎め立てなどできなくなるはずだ。カフカの作品の基本にあるのは、つねにこのユーモアの目にほかならない。

ヴィトゲンシュタインの倫理についての考え方

古田裕清

ルートヴィヒ・ヴィトゲンシュタイン（一八八九―一九五一）は、ウィーンで生まれ育ち、主に英国で活動したユダヤ系の哲学者である。彼の哲学的思考は、英米系のいわゆる分析哲学の伝統内部で開花した。分析哲学は、言語と論理に着目して哲学の諸問題を考察しようとする流派で、ゴットロープ・フレーゲ（一八四八―一九二五）やバートランド・ラッセル（一八七二―一九七〇）に端を発し、今世紀の英語圏では一大勢力となっている。このため、ヴィトゲンシュタインが最もよく読まれ、最も広く受け入れられているのは、英語圏といえる。

他方、ヴィトゲンシュタイン自身は、精神的故郷をオーストリアに終生持ちつづけた人物である。彼は、鉄鋼業で成功したユダヤ系の富豪の家に生まれ、ハープスブルク王朝末期のウィーン文化の粋を家庭内で身近に感じながら成長した。十代半ば以降、彼は学業のためウィーンを去るが、死去に至るまで毎年のように（戦争中の時期を例外として）家族の住むオーストリアに長期間帰省している。また、彼は英語での叙述を好まず、死後遺された文書はほとんどがドイツ語で記されている。ヴィトゲンシュタインとウィーン文化の関係については、ジャニクとトゥールミンの共著『ウィトゲンシュタインのウィーン』[1]が出版されて以来、広く知られるようになった。この共著は、ヴィトゲンシュタインの哲学的考察のモティーフである「言語批判」が、既に（今世紀英語圏の分析哲学とは独立に）彼の育った世紀末ウィーンの文化に顕在していたことを詳説している。

本章の目的は、ヴィトゲンシュタインの倫理についての考え方に照準を当て、彼の故郷ドイツ語圏との結びつきを（伝記的に、ではなく、むしろ思想内容的に）紐解くことである。彼の哲学的考察は、通例、『論理哲学論考』（以下『論考』と略）[2]に代表される前期と、『哲学探究』（以下『探究』と略）[3]に代表される後期とに、区分されて受容されている。倫理とは、客観的世界に対する個人の主観的な態度の問題だとする考え方が、前期哲学には見て取れる。この考え方がショーペンハウアーやキルケゴールに連なる倫理思想の潮流、即ち「合理的な倫理把握（倫理学説の提出）へのアンチテーゼ」と形容できる潮流上にあることは、既にジャニクとトゥールミンにより指摘されている。ショーペンハウアーは、ヴィトゲンシュタインの育った時代にウィーンの知識人のあいだで知的流行となっていた。キルケゴールは、ヴィトゲンシュタイン家の生活態度や道徳を隠然と規定していたルター派のプロテスタンティズム（北ドイツ出身であるヴィトゲンシュタインの祖父の信仰した宗教）に根ざした思考を展開した。こうした前期哲学の倫理観は、その一方で、後期ヴィトゲンシュタインによって放棄された、とジャニクとトゥールミンは述べている[4]。これに対して、本稿では、前期哲学の倫理についての考え方が、後期哲学にも一貫していることを敷衍したい。その際、論理と意味という彼の哲学の中心問題が、倫理についての考え方と密接に結びついていることに注意を払う。また、こうしたヴィトゲンシュタインの哲学的考察が、彼のオーストリアでの生い立ちと深く関わる仕方でなされたものであることにも、末尾で触れたい。

一　『論考』の倫理についての考え方

命題の意味とは何か。そして、命題の意味を秩序づける論理とはどのようなものか。これを明晰化することに、『論考』はその大半を費やしている。だが、この書の最終目標は、倫理の位置づけにある。『論考』の主張は以下の二点にまとめられる。（一）意味のある命題とは、世界内部の事実を記述する命題のみである。（二）倫理は、世界内部の事実ではない。（一）と（二）から、次のような倫理の位置づけが帰結する。即ち、倫理は、有意味な命題で語り得る事柄ではない。これは、倫理が無意味で下らない事柄だ、ということではない。有意味な命題とは、我々の誰もが共有できる客観的な知識の媒体であり、そうした媒体では倫理は表現できない、というのが『論考』の真意だといえる。即ち、倫理は客観的知識の対象ではなく、個人の態度決定に委ねられる問題である。その限りで、倫理は個々人にとって避けて通れない重要な事柄となる。

上記（一）の点を、もう少し正確に述べよう。『論考』は、意味のある命題を、写像理論と論理的原子論という二つの考え方で捉えている。「机の上に時計がある」という例文で写像理論を説明しよう。[5] この文（有意味な命題の実例）は、時計が机の上にあるという事態、即ち、世界内部で実際に成立し得る一定の事態を、記述している。この事態が事実として成立していれば（本当に机の上に時計があれば）、この命題は真となる。実際には成立しなければ（実は机の上に時計がなかったとしたら）、この命題は偽である。こうした有意味な命題は、『論考』によれば、世界を写す像である。像は、実際に成立している事実と比較すれば、世界の真なる像であるか、或いは偽なる像であるか、が決定できる。次は論理的原子論だが、これは「有意味な命題であれば、どのように複雑な外見をしていても、一群の要素命題から成る一定の形の真理関数へと必ず論理分析できる」と要約できる考え方である。要素命題とは、それ以上分析できない最も基本的な世界の像である。論理的原子論と写像理論が組み合わされると、次のような主張になる。即ち、有意味な命題ならば、必ず一群の要素命題から成る真理関数の形に分析できるはずであり、それらの要素命題の真偽を決定すれば、当の命題全体の真偽も決定できる。

『論考』は、冒頭から始まる大部分を、写像理論と論理的原子論の解説に費やす。そして、最後の数頁（いわばクライマックス）を倫理の位置づけに充てる。上記（二）の点（倫理は世界内部の事実ではない、という点）を、もう少し詳しく見てみよう。『論考』によれば、世界内部の事実は、偶々そうであるだけの事柄であり、そうでないことも十分に可能である。つまり、偶然の所産である（TLP 6.41）。これに対して、倫理は「価値」（同節）に関わる問題である。価値は、我々のそれぞれにとって、偶然ならざるものであり、容易に動かし難い仕方で我々を拘束する。この点で、倫理は、世界内部の事実とは本質的に異なる性格を持つ。

（一）と（二）を総合すれば、次のように言える。即ち、有意味な命題とは、そうであることも、そうでないことも可能な事態を、記述するためのものである。それゆえ、倫理的な問題を記述するのに、有意味な命題は使えない（6.42）。

『論考』は、倫理を意志と結びつけて考える（6.423）。意志には「現象としての意志」と「倫理的なものの担い手としての意志」とが区別される（同節）。前者は、人々の行動の中に事実として見出せる意志、即ち、世界内部に事実的に存在する意志である。これは、有意味な命題で記述ができ、心理学や生理学の説明対象ともなり得る。他方、後者は、「価値」に関わる意志であり、有意味な命題では語り得ないもの、とされる。この意志は、世界内部に事実的に存在しない。それゆえ、世界内部の事実に作用を及ぼして世界を変えることはできず、世界から独立である（6.43, 6.373）。

一―一　ショーペンハウアーからの影響の射程

こうした『論考』の考え方は、ショーペンハウアーからの強い影響を示している。ショーペンハウアーは、主著『意志と表象としての世界』[6]等で、表象としての世界と、意志としての世界とを区別した。前者は現象の世界、後者は物自体の世界である。この区別は元々カントがライプニッツを批判する文脈で成したものだが、ショーペンハウアーは、カントの区別を引き継ぎながら、独自の教説を立てる。その教説の内容を要約しよう。現象の世界は、我々の目に映る世界、客観的事実の世界である。自然科学は、この世界を対象として理論的探究を行う。他方、物自体（意志）の世界は、現象の世界の背後にあり、現象の世界を現出させる源である。物自体である意志が最も如実に見て取れるのは、我々自身の身体においてである。自分の身体の動き（現象する限りの動き）を反省してみると、その動きの背後には、身体を突き動かしている意志が見て取れる。しかも、この意志は、それ自身が現象となることは決してない。意志は、様々な動きを現象の世界へと生み出しているが、自らはいつも現象の背後に留まったままである。しかも、意志は、身体の動き（現象）の原因である訳ではない。原因・結果という因果連鎖は、あくまで現象の世界で成立する関係だ、とショーペンハウアーは主張する。意志は、それ自身、現象の世界の中にはないので、因果関係の相関項とはならない。(7)

以上の教説は、『論考』の命題観と意志観に土台を提供している、と見なせる。第一に、ショーペンハウアーの言う現象の世界は、『論考』では（有意味な命題で記述可能な）事実世界に相当する。第二に、ショーペンハウアーの言う意志は、『論考』の「倫理的なものの担い手としての意志」に相当する。第一の点は別稿で取り上げたことがある(8)のでここでは略し、第二の点のみを敷衍したい。ショーペンハウアーにとって意志が現象の世界に属さないのと同じように、『論考』にとっての「倫理的なものの担い手としての意志」は、事実世界の住人ではない。

倫理的な文脈での意志とは、どのようなものか。これを考える際に、ショーペンハウアーはやはりカントの考え方を引き合いに出す。カントは、意志が実践理性に従い自らに道徳律を課す、と考えた。この道徳律の最も基本的なあり方が、定言命法（無条件の当為）である。意志は無条件の当為に従い行為を生み出す、というカントの考え方（実践理性の自律）を、ショーペンハウアーは否定する。後者によれば、意志は盲目であり、自らの欲求を充足しようとするだけのものである。盲目の意志を制御するところに、倫理道徳が条件つき当為として（社会契約や国家体制として）成立する。当為とは現実世界での賞罰を条件とする限りのもので、無条件な当為などあり得ない（Band 1, S. 475ff., S. 700f.）。

無条件な当為は存在せず、当為とは賞罰に関係する、というショーペンハウアーの考え方は、大筋で『論考』によって継承されている（6.422）。だが、賞罰が行為の結果得られる現実的なものだ、という考え方だけは、『論考』により否定されている（同節）。『論考』は、倫理的な賞罰が、行為そのものの中にある、と主張する（同節）。この主張は明快ではないが、「行為の背後にある『倫理的なものの担い手としての意志』こそに、賞罰が与えられる」ということと解せる（後段参照）。倫理的な文脈での意志は、世界内部の事実ではなく、有意味な命題では語り得ない。同様に、当為に関係する賞罰も、事実ならざるものであり、有意味な命題では語り得ない。この点で、『論考』は、ショーペンハウアーよりはるかに強い調子で、倫理的な事柄を事実世界の外部へと追いやる。倫理的な事柄は、有意味な命題で語られ得る事柄の領域から、完全に締め出されてしまう。

更に、『論考』とショーペンハウアーとの間には、意志が滅却されるべきか否か、という点で考え方の相違がある。認識が最高段階に達した者（例えば聖者）は、意志が滅却されるべきものだと考えるようになる、とショーペンハウアーは指摘する。世界は、我々の意志が思うままにはならない。意志を肯定して生きる者たちは、意志の欲求を満足させようと必死になり、そのために世界との葛藤に陥る。彼らは、結局は惨めさを味わうことになる。他方、聖者は、意志を完全に滅却し、純粋な認識主体となる。彼は、永遠の今を観想（観照）しつつ禁欲生活を送る（Band 1, § 68）。この今を生きることこそが永遠を生きることだ、とする『論考』の考え方（6.4311）は、ショーペンハウアーの聖者観を反映している。だが、意志が滅却されるべし、という主張を『論考』は掲げない。意志は、世界を変えることが抑もできない以上、世界内部の事実との葛藤に陥るはずはない。滅却される必要もない。そうした意志が、『論考』では「倫理的なものの担い手」とされている。

一―二　戦場での体験

意志が世界を変えることは出来ない、と『論考』が考える（6.43）のはなぜだろうか。我々は、通常ならば次のように考える。即ち、意志は行為を生み出す源泉である。そして、行為は事実世界の一部である。だから、意志は、行為を生み出すことを通して主体的に事実世界へと働きかけ、世界を変えることができる、と。この理由で、英語圏の論者の多く（例えばアンスコムやバレット）は、『論考』の意志についての見解は間違いだ、と言う。[9]では、なぜ『論考』はこうした「間違い」呼ばわりされる見解を取るのか。本稿では、その意味を考えてみたい。

『論考』は、ヴィトゲンシュタインが第一次大戦従軍中の一九一四年から一八年春にかけて記していた哲学日記（一部が発見され『草稿』として公刊されている）から、彼自身が一八年夏に抜粋して纏めた書である。『草稿』の中には、『論考』に採用されなかった記載が多数ある。その一つに、意志とは主体が世界に対して取る態度である、という内容の記載がある（NB S. 182）。これは、一九一六年十一月四日に記されている。ヴィトゲンシュタインは、同年四月から八月まで、自ら欲して危険な軍務に就いていた。それは、ロシア戦線の最前線で、砲火が飛び交う中、敵軍の位置を正確に把握する偵察の任務であった。[10]この時期の『草稿』（同年六月十一日から十一月十九日まで）には、主体と倫理について集中した記載がある。「私は世界で起こる出来事を私の意志の欲するままに変えることは出来ない、私は完全に無力だ」という記載（六月十一日、NB S. 167）が冒頭部分にある。「例え私の望むとおりのことがすべて実現したとしても、それはいわば運命の恩寵でしかないだろう。」（七月五日、NB S. 167）。砲撃に身を曝して危険な軍務に就く人の口から出る思いとしては、十分に理解できる言明である。仮に砲火に直撃されることなく生き残ったとしても、それは、私の意志の所産というよりは、運命の恩寵でしかない。ヴィトゲンシュタインは、砲弾の雨に身を晒すことで、自らの主体的な意志を捨て、運命の恩寵に身を委ねているようにも思われる[11]。

七月五日には、次のような記載内容が続く。意志には、世界を変えることは出来ないが、世界の限界（Grenze）に対して働きかけをすることはできる。即ち、世界に対してよき意志を持つか、悪しき意志を持つか、により、世界内部の事実は一切変わらなくとも、世界は全体として全く別物になる。よき意志を持てば、世界はいわば全体として膨らむ（zunehmen、いわば満月のごとくすっかり照らし出される）。悪しき意志を持てば、世界は全体として縮む（abnehmen、いわば新月のごとく闇に覆われる）。それは、世界に意味（Sinn）が見いだされたり、意味が無くなったりするようなものだ（以上七月五日の記載内容要約、NB S. 167f.）。この箇所では、よき意志を持つ主体は、世界の意味を見いだした主体である、と述べられている。他方、『論考』は、世界とは生きること（Leben）そのものに他ならないと述べている（5.621）ので、世界の意味とは生きることの意味と同義である。また、『論考』では、世界の意味は価値と等置されている（6.41）。つまり、よき意志を持つ主体、即ち世界の意味を見いだした主体は、生きる意味を見いだした主体であり、また価値を見いだした主体でもあることになる。ヴィトゲンシュタインの考え方では、世界の意味、生きることの意味、価値、そして意志は、いずれも事実世界の内部にはなく、事実から独立したものである。

七月八日には、次の内容の記載がある。神を信ずるとは、生きることの意味への問いを理解する、ということだ。神を信ずる、とは、生きることに意味がある、ということだ。世界が私に与えられる、とは、独立自存する世界に、全く外部から私の意志が向き合うことである。我々は、或る見知らぬ意志（ein fremder Wille）に依存しているような感じを持つ。この見知らぬ意志を、神と呼ぶことが出来る。神は、この意味では、私の意志から独立した世界そのものに等しい。神性（Gottheit）には二つある。それは世界と、世界から独立した私だ。幸せであるためには、私は世界と一致して在らねばならない。そうすれば、私は、かの見知らぬ意志と一致して在ることになる。これが「神の意志に従う」ということだ（以上七月八日の記載内容要約、NB S. 168f.）。この箇所は、生きる意味を見いだすとは、神を信ずることに他ならぬ、と言っている。よき意志を持つ主体は、神の意志と一致して、即ち、神の意志に従って、在る。[12] よき意志と神の意志との関係。これは、事実世界内部で成立する関係ではない。『論考』は、神が世界内部で自己を啓示することはない、という（6.432）。あらゆる理性的なものを絶した神と自己との対峙を説いたのは、キルケゴールであった。ヴィトゲンシュタインは、若い頃からキルケゴールの熱心な読者であったことが知られている。[13] こうしたキルケゴールに見られる要素が、『論考』の倫理をショーペンハウアーから分かっている。意志は、事実世界の背後へ完全に退きながら、世界と対峙し続ける。それは、神と対峙し続けることに等しい。『論考』の言及する「賞罰」（6.422）は、神とのかかわりの中で、意志が受けるものである。それは、ショーペンハウアーが考えたように世界内部で受ける現実的なものでは、決してない。

神との対峙は、一種の神秘体験である。「世界を永遠の相の下に見ることは、世界を限界付けられた全体として見ることである。世界を限界付けられた全体として感ずることが、神秘的なことである。」（6.45）この一節は、スピノザ的な観想の生活を賞賛している訳ではない。[14] 世界を限界付けられた全体として見ることは、神の意志（世界）が私の意志と対峙していることを目の当たりにすることである。だが、倫理的に重要なのは、この光景に目を奪われることではない。寧ろ、この対峙を続けながら、世界内部でそのつど行為を選択することである。[15] 当為に関係する賞罰は、行為そのものの中にある、と『論考』が述べている（前出）ことを想起したい。我々が行為を一つ選択するごとに、その行為の背後にある我々の意志は、対峙する神により賞罰を受ける（義とされる、あるいは不義とされる）。倫理的なものの担い手としての意志は、行為の原因ではなく、事実世界を変えることはできないが、以上のような仕方で行為につながっている。この意志と神との対峙は、決して純粋な観想の対象ではない。

一―三　形而上的主体

『論考』は、「意志は主体が世界に対して取る態度である」という一九一六年十一月四日の『草稿』記載を採用しなかった。その理由は、(16) 恐らくは「主体」という言葉にある。主体が世界に対して取る態度、と言ったとき、我々は通常、個々の主体がそれぞれの人生やその都度の生活の局面で取る態度のことだ、と連想するだろう。この場合の主体は、この世界に何十億と生存している主体である。これらの主体は、各々が物理的に個別化され、事実世界の一部を成している。他方、『論考』は、なるほど五・六節から五・六四一節にかけて「主体」に肯定的に言及しているが、その場合の「主体」は「形而上的主体」(或いは「哲学的自我」)である。形而上的主体は、世界に何十億と存在する主体ではない。両者の違いは、倫理的なものの担い手としての意志と、現象としての意志との違いに対応する。

形而上的主体が『論考』中で登場する文脈は、次の通りである。『論考』の目標(主題)は、意味ある命題の総体を明確化することで、記述可能な世界を限界付け、この限界の外にある事柄(例えば倫理)と区別することである。『論考』は、有意味な命題が必ず要素命題の真理関数の形をしている、と説いている(五節以下)ので、この目標は、要素命題の総体を限界づけることで達成されよう。だが、『論考』は、要素命題の実例を一つも挙げることができない。実例の提出は、様々な自然科学分野に課された将来的課題であり、『論理哲学論考』の課題ではない、とヴィトゲンシュタインは考えたのである。従って、要素命題の実例を挙げ尽くすことにより、有意味な命題の総体(世界の限界)を限界づけることはできない(5.5571)。その代わりに持ち出されるのが、「私」である(5.6-5.641)。即ち、有意味な命題で記述され得る世界の限界は、「私」であり、しかも、この「私」は形而上的主体だ、とされる。

『論考』が形而上的主体に言及する箇所（5.6–5.641）には、倫理の問題への言及はない。倫理を主題とする言明は、六・四節以降に集中している。しかし、『草稿』を見ると、形而上的主体は、ショーペンハウアーの語彙を使って主体と倫理の問題を吟味する過程（一九一六年六月から十一月）で登場する。この過程では、主体を形容する様々な比喩的な言い回しが使われる。まず「世界が実在するための前提」（八月二日、NB S. 174）としての主体、「倫理の担い手である世界の中心」（八月五日、NB S. 175）としての主体が吟味される。これは、世界が成立するための制約としての主体（理論哲学の文脈での主体、しかも観念論的に捉えられた主体[17]）と、倫理の担い手としての主体（実践哲学の文脈での主体）のことである。これを、『論考』は（ショーペンハウアーに擬して）それぞれ「表象する主体」と「意志する主体」と呼ぶが、前者の存在は八月五日に、後者の存在も十一月十九日に、それぞれ否定される。[18]だが、「表象する主体」と「意志する主体」は、観念論の生んだ妄想の産物だ、という訳ではない。存在しないものとしての主体、即ち形而上的主体は、重要な事柄として残るのである（八月十一日）。形而上的主体は、論理と命題（及び、世界の意味ある理解）の成立の制約であり、同時に倫理的なものの担い手としての役割も果たす。この二つの役割に光を当てるために、『草稿』は（そして『論考』も）、「世界の限界」という比喩を持ち出す（八月二日と九月二日、TLP 5.6–5.632, 5.641）。[19]更に、世界の意味ある理解が成立する制約、という役割を照射するために、「実在と対応付けられた広がりのない点」という比喩（十月十五日、TLP 5.64）も使う。本稿では、倫理的なものの担い手としての形而上的主体に、話を限定する。[20]

よき意志、悪しき意志は、世界内部の事実を変えることが出来ないが、世界の限界（即ち、形而上的主体）を変えることは出来る（一九一六年七月五日）。即ち、我々がどのような意志を持つか、により、我々の世界は全く別の限界を持ったものになり得る。それは、言いかえれば、我々が形而上的主体として変貌を遂げ得る、ということである。物理的に何ら変わらずとも、意志の持ち方ひとつで、我々の各々は形而上的主体としては変貌を遂げ得る。

　再度注意したいが、形而上的主体とは、人間が地球上に何十億も存在するのと同じ数だけ存在する、しかも形而上的に存在する、と考えてはならない。人間の頭数だけある形而上的な存在（いわば霊魂）が、各人にとって変貌を遂げる、と考えてはならない。形而上的主体とは、我々の誰もがそれであるところのもの、であり、その限りで、我々の誰にとっても同じ事柄である。この点で、形而上的主体は、ショーペンハウアーの意志と全く同様、複数形を持たない。(21) 論理と意味の成立の制約としての形而上的主体は、まさにこうした誰にとっても同じ形而上的主体である。他方、人間は、物理的に個別化されて存在している。形而上的主体であることは、我々のひとりひとりが我が身に引き受けねばならない。その引き受け方に、「よき意志」「悪しき意志」という違いが出てくる。よき意志をもって世界に臨むのか、悪しき意志からか（言い換えれば、世界の限界が膨らむのか、縮むのか）。この如何は、優れて個人的な問題であり、十人十色であり得る。また、全く同じ物理的状態にある人が、よき意志で世界に臨むこともあれば、悪しき意志で臨むこともあり得る。意志の持ち方は、その人の物理的状態とは全く独立である。

　『論考』期のヴィトゲンシュタインが提出したのは、倫理を考える以上のような枠組みである。この枠組みは、通常の意味での倫理学説ではない。『論考』は、我々が行為に際して従うべき規範や、その他の倫理学的原理を、吟味する書物ではない。どのような仕方で形而上的主体であるか、を各個人に委ねることで、『論考』の著者はいわば読者を突き放してしまう。この点で、『論考』の基本姿勢はキルケゴールの実存主義に近い。『草稿』には次のような一節がある。「私以外に生物が存在しない場合、倫理は存在しうるであろうか？　もしも倫理が何か根本的なものであるなら、可能である！」（一九一六年八月二日、NB S. 174）『論考』によれば、世界は事実の総体であり、事実は全て「課題」（6.4321）である。課題である世界内部の事実を前にして態度決定し、行為するのは、単独者としてのそのつどの私であらざるを得ない。しかも、この決定の背後には、いつも事実ならざる形而上的主体が控えている。形而上的主体は、行為の原因ではない。それは、行為のたびごとに賞罰を受ける倫理的なものの担い手である。行為はそれ自体事実であり、そのつみ重ねは、事後的には、一つの人生の軌跡、思考の足跡となって事実世界に残る。他方、そのつどの行為に際して、どのような仕方で形而上的主体を我が身に引き受けたか。それは事実ならざる事柄であり、各人の人生の軌跡によって示される以外にない。

二　倫理についての後期の考え方

一九二一年の『論考』出版後、ヴィトゲンシュタインは哲学的考察を停止する。それは、一九二九年初頭にケンブリッジに戻って再開されるが、意味と論理という哲学の主題へのアプローチは、一九二九年以降、次第に形を変えていく。写像理論と論理的原子論は、やがてドグマ的なものとして放棄される[22]。写像理論と論理的原子論は、あらゆる有意味な命題を一意的に秩序付けているはずの論理的秩序がどこかにある、という前提の上に提出された考え方だった。後期ヴィトゲンシュタインは、この前提そのものを捨てる。その代わりに、個々の概念の多様な使用のあり方に注意が払われる。言葉の意味とその論理的秩序は、多様な使用のなかに求められる。こうした方針転換は、倫理についての考え方にも反映されていく。

二―一　倫理学講話

一九二九年十一月十七日、ヴィトゲンシュタインはケンブリッジで倫理についての講演（「倫理学講話」、以下「講話」と略[23]）を行った。この講演は、内容的には、『論考』の倫理についての考え方を敷衍している。だが、敷衍する観点は、既に彼の後期哲学の方針に沿ったものである。即ち、「よい」という語の使用の多様性に注意が注がれる。

「講話」は、「よい」の意味（使用）に、相対的なものと絶対的なものを区別する。前者は、「よい椅子」や「よいピアニスト」のように、一定の目的を果たしたり、一定の正確さで一定の作業が遂行できる、といった場合の使用である。「よい」をこのように使用して記述されるのは、一定の事実である。従って、「よい」という語を使わず、他の仕方での事実の記述に置き換えることが出来る（例えば、「彼はよいランナーだ」＝「彼は百メートルを十秒台で走る」）。これに対して、後者は「君はよく振る舞うべきだ」のような倫理的判断である。倫理的判断は、事実の記述には置き換えられない、と「講話」は言う（既に『論考』にあった考え方である）。

「講話」は、絶対的な意味での言語の使用例として、次の三つを挙げる。世界が実在することに対する驚き。絶対に安全であると思うこと。自らに罪があると感ずること。「講話」は、こうした言語使用が無意味であり、誤ったものだ、と言う。言語を正しく使用する、とは、そうであることもそうでないことも可能な事実を記述すること（即ち、真偽何れにもなり得る仕方で命題を語ること）、これ以外にない（やはり『論考』にあった考え方である）。だが、先の三つの例は、こうした命題になっていない。世界が実在しないことは考えられない以上、「世界が実在する」とは偽になり得ない疑似命題である。「絶対的に安全である」とは、安全でないことが不可能だ（偽になり得ない仕方で真だ）ということに等しい。また、罪悪感とは、「自らに罪がない」ということがあり得ない（必ず偽だ）、と考えることである。こうした絶対的な使用は、言語の限界（即ち、有意味な命題を語るに留まること）を超える使用である。人間は、言語の限界を超えてまで、何かを言おうとする傾向を持っている。「講話」は、こうした傾向から発生する無意味を放逐するよう提唱するのでなく、逆に、こうした傾向に深い敬意を持つ旨を告白して終わっている。[24]

絶対的な使用の三つの実例は、何れもヴィトゲンシュタイン自身が切実に経験したものばかりである。これらの実例は、キリスト教では次のような表現で言い習わされてきた。即ち、神による世界の創造。神の手に守られての安全。そして、神による私の行為の不承認（LE p.10）。「講話」は、意志という観点で倫理を敷衍してはいない。だが、講演原稿の作成に際して、[25]ヴィトゲンシュタインは哲学日記にこう記している。「なにかがよいとするなら、そのなにかは神的でもある。奇妙にも、この文章は、私の倫理を要約している。超自然的なものだけが、『超自然』を表現することができる。」（VB S. 464, WA Band 2 S. 111）この記載は、よき意志を持つことが、神の意志と一致して生きることである、とする『論考』期の倫理観を受けたものだろう。また、日記には次のような記載もある（十一月十五日）。「人間を善いことへと導くことはできない。人びとは、どこかある場所へと導かれるだけである。善は、事実の空間の外側にある。」（VB S. 464, WA Band 2 S. 113）ここにも、よき意志は事実世界の内部（「どこかある場所」）にはない、という『論考』の倫理観が反映されている。

だが、一九二九年のヴィトゲンシュタインは、個々の概念使用のあり方に着目して哲学的問題を考える後期の道への途上にある。「講話」は、「よい」の絶対的使用が、相対的な使用と類似の仕方で成立している、と見る。相対的使用は、世界内部の事実を比喩的に記述する使用である。他方、絶対的な使用は、事実を欠いた比喩の独走である。倫理や宗教の言語では、我々はこうした事実を欠いた喩えをいつも使っている、と「講話」は診断する（LE pp. 9f.）。『論考』の倫理の枠組みを、『論考』が叙述した仕方で（即ち、形而上的主体と意志についての語られ得ない事柄として）提示することは、「講話」にはもはやできない。そうした提示は、一定の語（「よい」「主体（私）」「意志」等）を一定の仕方で（哲学的に）使用するのだ、というドグマ的な使用法の決定に等しいからである。「よい」、「私」、「意志」という語は、現実には多様な仕方で使用されている。意味と論理の解明は、寧ろ、こうした多様な使用のあり方に光を当てねばならない。こうした考えに、後期ヴィトゲンシュタインは転換する。[26]

二―二　『探究』期の倫理についての考え方

「講話」は、「よい」という語の使用に、相対的なものと絶対的なものを区別しただけだった。だが、現実には、我々は語（概念）をもっと多様な仕方で使用しているだろう。ヴィトゲンシュタインの後期哲学は、語（概念）の多様な使用のあり方（文法、或いは言語ゲーム）をひとつひとつ区別し、使用が一様なものであると考えることから生ずる誤解を除去する、という方法を採る。「講話」は、こうした方法を採る第一歩であった。倫理的概念については、その後、一九三三年の草稿に次のような一節がある。「しばしば、次のように言うことができる。なにかを『よい』とか『美しい』とか呼ぶとき、それはどうしてか、と尋ねたまえ。すると、『よい』という言葉の（その場合の）特別な文法が、姿を現すだろう。」（VB S. 483）また、『哲学的文法』（一九三三年頃）は、「よい」を使った言語ゲームという観点で、次のように言う。「……（倫理的な意味における）『よい』という語の使い方は、非常に多くの、互いに同類関係にあるゲームから合成されている、と言ってよかろう。それらはそれぞれ、この語の使用の切り子面のようなものである。そしてここで一つの概念をなりたたせているものは、まさにそれら切り子面のあいだの連関、それらの同類関係にほかならない。」（PG S. 77）更に、『探究』（一九三七年頃）は、我々の日常言語概念の使用は規則で完全に縛られている訳ではない、ということを敷衍して、次のように言っている。曖昧な図形（例えば、輪郭のはっきりしない赤い長方形）に、これと「対応する」輪郭のはっきりした図形を書き重ねてみる、とする。対応する長方形は、幾つも書けるだろう。だが、輪郭のはっきりしない長方形の赤い色と、背景の色とが、境界がはっきり分からないまでに融け合っていたら？　その場合には、対応する輪郭のはっきりした図形は描けないだろう。円でも長方形でもハート形でも、何を描いても正しいし、何を描いても正しくない。「美学や倫理学で、我々の概念に対応する様々な定義を求める者は、こうした状況のうちにいるのだ。

こうした困難に直面したら、何時も次のように問うてみよ。その言葉（例えば、『よい』）の意味を、我々はどのようにして学習したか？　どんな実例を前にして？　どんな言語ゲームで？（そうすれば、この言葉が家族的類似性を持つ多くの意味を持っているに違いないことが、容易に分かるだろう。）」（PU §77）

倫理的概念のみならず、どのような概念の使用も、我々は子供の時から学習した限りのものである。一九三八年夏の『美学講義』では、次の点が指摘される。「よい」という語を子供が最初に使うのは、食べ物に対してである。空腹時に食べ物を見ると、子供は特徴的な顔の表情やしぐさ（是認の表情、しぐさ）を示すが、「よい」という語は、こうした是認の表情やしぐさをする代わりに使うべき語として、子供に学習されていく。[27] そして、更に複雑な状況で、様々な意味での「よい」という語の使用を習得していく。その結果、我々の生活の中で「よい」という語の使用が定着するのである。

この指摘は、一見すると行動主義の立場からのものである。一定の状況が与えられると、ひとは、「よい」という語を決まった仕方で使用することにより、反応する。こうした行動主義的な見方を、後期ヴィトゲンシュタインは採っているように見える。その上、後期の彼が倫理に言及した箇所は、実に少ない。そこで、彼は『論考』期の倫理観を後期になってから放棄したのだ、と解釈者の一部は主張している（例えば、ジャニクとトゥールミンはそう考えている）。[28] 確かに、後期哲学は、形而上的主体や意志という枠組みで倫理を捉えることを、明言的な形では止めた。だが、後期哲学は、『論考』の倫理観を核心部分で保持している。ただ、写像理論と論理的原子論という『論考』の考え方が、後期の言語ゲームを中心とするそれへと転換したことで、その倫理観は別の局面から照射される。このことを以下で見てみたい。

後期ヴィトゲンシュタインは、我々の言語使用を、可能な限り自然誌[29]（Naturgeschichte）の事実として見ようとする。言語ゲームの多様性という指摘も、こうした観点から出てくる。言語を学習した暁の我々は、様々な概念を使用した言語ゲームを営む。事実世界を記述するゲームだけではない。我々は、ひとりひとりが異なる価値観や宗教的信仰（或いは無信仰）を持つようになる。成長のプロセスの中で、（生まれ育った土地の文化伝統に合わせて、或いはそれへの反作用として）我々は何らかの倫理的判断基準を身につける。キリスト教（的倫理）でも、無宗教な世俗的倫理でも、或いは文化人類学者が報告する未開社会の宗教倫理でもよい[30]。これらは何れも、我々の生活に原理的には定着可能な、特徴的な言語ゲームのシステムと見なすことが出来る。我々は、倫理的語彙の学習を通して、ゆくゆくはこうしたシステムの一つを身につける。そして、そのシステムに立って、与えられた状況に応じて、何らかの倫理的判断を下し、生きていく。例えば、リースとの会話の中で、ヴィトゲンシュタインは「我々に気に入ったものが正しいのだ」というゲーリンク（ナチの幹部）の発言に言及し、「これも倫理の一種には違いない」と言っている[31]。言語ゲームとしての倫理は、自然誌の事実として観察できる。この文脈では、「倫理は世界内部の事実ではない」という『論考』の主張を後期哲学は撤回することになる。ゲーリンクの倫理も、それが道義的に許せない、という倫理も、言語ゲームの一種という点では変わりない。これら全てを自然誌の事実として（突き放して）観察しようとするのが、後期哲学の態度である[32]。

他方、ヴィトゲンシュタインが「言語ゲーム（Sprachspiel）」という用語を持ち出す場合、我々は次の点に注意する必要がある。それは、事実としての言語ゲームと、ゲームを実際に営むこととは、区別されねばならない、という点である。前者は、事実世界の内部で、時間の経過と共に進む出来事としてのゲームである。また、各人の行動に（例えば「よい」という）語の使用が定着していく学習プロセスも、前者である。これらは、つまるところ、自然誌の事実に過ぎない。これに対して、後者は、ゲームの規則に従い、実際に概念を使用すること、実際に意味を理解することである。これは、自然誌の事実に解消しきれない、人間の規範的な営みである[33]。哲学的な行動主義は、後者を前者に解消し、科学的な説明の対象にしてしまおうとする流派である。ヴィトゲンシュタインの考察は、後者の自律性を堅持する方向で進められている。その上で、規範として従われるべき文法、営まれるべき言語ゲームは多様である、と指摘するのが後期哲学の基本姿勢である。「講話」は、倫理的判断が事実判断とは異なることを指摘していたが、これは、倫理的判断の言語ゲームと、事実判断の言語ゲームという、二つの規範的言語使用のあり方を区別することに他ならない。

倫理的判断の言語ゲームは、事実記述の言語ゲームとは異なる目的で営まれる。これは、『探究』期の倫理に関する基本洞察の一つだが、『論考』期の基本洞察（倫理は事実世界から独立である、という洞察）と同一線上にある。『論考』から「講話」にかけて、倫理的判断は、事実世界の記述とならない（即ち、真偽が決定できない）が故に、無意味とされた。だが、『探究』期のヴィトゲンシュタインは、意味を真偽両極性とする立場を捨て、「意味＝（使用）目的」という立場を押し出す。[34] 倫理的判断の言語ゲームは、そのゲームを営む当事者の全生活を制御するために、大きな役割を果たす。我々は、倫理的判断を下して、現実に行為する。そして、これを繰り返して、自らの生活を全体として制御し、長期的に方向付けようとする。こうした立派な使用がある限りで、倫理的判断には、意味（即ち、使用）がある。この点で、ヴィトゲンシュタインは大きく考え方を転換させる。勿論、倫理的判断を下して行為決定をすること自体（何かを「よい」と判断し実行すること）は、各人のそのつどの決定に委ねられる。また、どの倫理システムを採用して生きるか、も各個人の自由に委ねられた問題である。この点では、『論考』期の倫理の枠組みは、『探究』期の考え方に大筋で残っている。

後期ヴィトゲンシュタインには、倫理を意志と結びつけて論じている箇所は見あたらない。だが、行為の背後に意志がある、という考え方を強く示唆する発言（一九四二年）が、リースにより報告されている。ヴィトゲンシュタインは次の様な話をした。有能な学者が、妻を捨てて研究に没頭するか、研究を諦めて妻と共にいるかを選択せざるを得なくなった場合を考えよ。キリスト教の倫理システムを採用して生きているなら、妻と共にいなければならない。だが、研究が重要な医学的発展をもたらし、人類全体の福祉に貢献するものならどうだろうか。これは倫理的なジレンマだ。しかし、その学者が自分の良心にかけて熟慮した挙げ句なら、どちらを選択することも可能だ。選択の結果、彼はよかったと思うかも知れないし、後悔するかも知れない。これが倫理的問題に対する解決なのだ。[35] この逸話を受けて、バレットは次のように解説している。ヴィトゲンシュタインがここで言う倫理とは、通常言われる倫理学（倫理学説の提出・吟味）ではなく、サルトル流の実存主義の問題に近い。逸話では「（自由）意志」という語は使われていないが、問題の所在が行為主体の自由意志に置かれているのは明らかだ、と。[36]

このバレットの論評は、大筋で正しいと思われる。しかし、彼は「意志は世界を変えることが出来る」という常識的な立場から論評している。我々は、「意志は世界を変えることが出来ない」という『論考』の立場からこの逸話を考えてみたい。この逸話では、学者の選択の結果は重要ではない、学者が熟慮の末に選択することそのもの（いわばベストを尽くすこと）が重要だ、とされている。ここには、「（倫理的判断に従った）行為の帰結は重要ではない」という『論考』の見解（6.422）が繰り返されている。倫理的な賞罰は、行為の結果にではなく、行為そのものに与えられる、と『論考』は主張した。これは、「倫理的賞罰は行為の背後にある形而上的主体に対して下される」という主張だ、と我々は解した。この『論考』の用語法を用いて、一九四二年の逸話を言い換えることができる。即ち、倫理的賞罰は、学者の行為の結果にではなく、（どのような行為を選択するにせよ）その選択の背後にある形而上的主体に対して下される（神により義とされる、或いは不義とされる）。一九四二年のヴィトゲンシュタインにとって、倫理的問題の所在は、行為の原因としての自由意志にではなく、『論考』の言う「倫理的なものの担い手としての意志」（形而上的主体）にこそ、あるのではなかろうか。事実世界でどのような行為を選択してしまうことになろうと、事実とは独立に、神に対してのみ申し開きをする意志に。そして、賞罰を受ける意志に。[37] 確かに、この逸話は短く、多様な解釈に開かれている。また、『論考』期のショーペンハウアー・キルケゴール的な用語法は、この逸話には登場していない。だが、「行為は事実世界での出来事だが、意志はその背後にある事実ならざるものである」、「事実世界での行為の背後には、事実ならざる賞罰の受け手である意志が控えている」という『論考』期の倫理観の核心部分は、この逸話に共鳴しているように思われる。

ここで、誤解を一つ防除しておきたい。倫理的判断は、(「講話」の言い回しを使えば) 主体がいわば絶対的に行い、行為へと直結する判断である。他方、後期ヴィトゲンシュタインは、自然誌的に見て実に多くの倫理システムが存在することを承認する。これは、一見すると、倫理的判断についての相対主義である。自然誌の事実として多様な倫理的システムが存在する、ということは、倫理的判断が絶対的なものだという点と、矛盾しないだろうか。否。自然誌の事実として多様な倫理的システムが存在する、ということは、我々のひとりひとりが何らかのシステムにコミットして現実に絶対的判断を下し、生活を制御する(ゲームを営む)、ということと矛盾しない。事実としての言語ゲームは、自然誌的に見て多様である。我々は、幼少時からの学習プロセスを通して、多様な言語ゲーム(倫理システムを含む)を学習していく。他方、絶対的判断とは、(自然誌の事実に還元できない) 規範的な営みとしての言語ゲームの特徴である。言語を学習した我々は、ひとりひとりいつかは何らかの倫理システムを採用し、それぞれの人生でそのつど自発的に倫理的判断を下すようになる。そのひとりひとりの立場に立つ限り、倫理的判断は、その人の生活全体の中で絶対的なものとして機能し、生活を制御しているはずである。これは、長い目で見て(時の流れとともに) 人の価値観が変わることもある、という事実とも、何ら矛盾はしない。[38]

三　ヴィトゲンシュタインの哲学的思考とオーストリアとの結びつき

意志が知性から独立である（知性に服しない）、という考え方は、西洋哲学の伝統では、オッカム、デカルトを経て、カント、ショーペンハウアー、キルケゴールへと受け継がれている。ヴィトゲンシュタインも、明らかにこの系譜の延長線上にある。当初、オッカムにあっては、意志と知性の分離は、宗教的信仰を科学的知識から分離する、という反トマスの立場に立つものであった。だが、ショーペンハウアーに至って、知性は意志に仕える下僕にまで貶められる。しかも、彼にとっては、意志は盲目なまま自己の充足のみを目指すものである。ショーペンハウアーが意志を理性から極力断絶させる見方を採ったのと同様に、キルケゴールは、神への情熱的信仰を、知解可能な事実世界のあり方から断絶させた。ヴィトゲンシュタインの倫理についての考え方は、ショーペンハウアーとキルケゴールの考え方が組み合わさったものだと言える。即ち、意志は、科学による認識が可能な事実世界を前にして、これとは独立な（いわば異次元の）もの、しかも、事実世界を変えることのできない無力なものである。にも拘わらず、倫理的なものの担い手としての意志は、主体が事実世界と向き合う態度そのものに関わり、根本的に重要な問題となる。[39]

では、このような倫理の枠組みを提出したヴィトゲンシュタイン自身は、どのような態度で生きたのか。どのような価値に支えられて生きたのか。その価値は、彼の哲学的考察とどのように関わっているのか。これに答えるには、彼の詳細な伝記が必要となる。そのような伝記は、既に幾つも公刊されている。[40] 本稿は、彼の哲学的考察を導いた価値（理想）に的を絞り、これを故郷オーストリアとの関連で簡単に特徴付けるに留めたい。

三―一　祖国と文化の共有

　ヴィトゲンシュタインは、自分の哲学的考察を理解してくれるのはごく少数の人だけだ、と考えていた。一九三一年一月十八日、再びケンブリッジに戻って著作の準備をしていた彼は、哲学日記にこう書き込んでいる。「私の書物は、ほんの小さな一団の人々（もしそれを一団と呼んでよいのなら、の話だが）のために向けられたものである。このように言ったからといって、この一団が、私の考えるところでは、人類のエリートだ、と言いたいのではない。その人々に私が向かうのは、（彼らが他の人たちと比べて優れているとか、劣っているとかの理由ではなくて）彼らが私と文化を共有する一団（mein Kulturkreis）だから、いわば私と祖国を同じくする人々（die Menschen meines Vaterlandes）だからである。この人々は、私にとって異質な他の人たちとは、違うのだ。」（VB S. 463, WA Band 3 S. 157）

　この「祖国を同じくする人々」とは、彼と同時代のオーストリアの人たちでは必ずしもない。一九三〇年頃、彼の故郷ウィーンの大学には、モーリッツ・シュリック（一八八二―一九三六）、ルドルフ・カルナップ（一八九一―一九七〇）等の、後世「ウィーン学団」と称されることになる哲学者たちがドイツ語圏各地から集まっていた。彼らは、もともと物理学等の自然科学専攻者であり、カントやヘーゲルに象徴される従来の哲学の伝統を裁ち切り、科学の方法論として哲学を再構築しようとする意図で集まった。その際の理論的指導書を、彼らは、当時刊行されたばかりの『論考』に求めた。言語の論理を明確化することで哲学的諸問題の解決を目指す、というモットーを、ウィーン学団のメンバーたちも掲げたのである。やがて、シュリック等は、『論考』の著者に接触を試みる。『論考』の出版後は哲学を止め、オーストリアでひっそり暮らしていたヴィトゲンシュタインは、この接触（一九二七年から）ののち哲学的思考を再開し、一九二九年初頭にはケンブリッジに戻ることになる。だが、やがて、シュリックとの個人的な交友以外には、学団メンバーとの接触は断たれる。その理由は、彼らがヴィトゲンシュタインと「文化を共有する一団」ではなかったからである。

一九三〇年十一月六日から八日にかけて、彼は、当時準備していた著書のために幾つかの序文の草稿(VB S. 458ff., PB Vorwort, WA Band 3 S. 111-115)を遺している。そこには、自らの著書の精神が、同時代のヨーロッパ・アメリカ文明の持つ精神とは異質なものだ、と記されている。「この文明の精神は、我々の時代の工業、建築、音楽、全体主義、社会主義に自らを表現している。この精神は、著者にとって異質であり、好感を持てない。」「(この文明の)精神は、先へ歩みを進めること(進歩)の中に、絶えずより大きな、そしてより複雑な構造を積み上げていくことの中に、自らを表現する。もう一方の精神(私の本が書かれている精神)は、どのような構造であれ、その明晰さ、透明さを追求することのうちに、自らを表現する。前者は、世界をその周縁部で、即ちその多様性のうちに、捉えようとする。後者は、世界を中心部で、その本質において、捉えようとする。だから、前者は、構築物を次から次へと並べていく、それはあたかも階段を一段一段上がっていくようなものである。後者は、自分のいるところに留まり、いつも同じものを捉えようとする。」「(ヨーロッパとアメリカの文明の)活動は、絶えずより複雑な構築物を生み出していくことである。そして、明晰ささえも、この目的のために役立つ限りのものとなっており、決して自己目的ではない。これに対して、私にとっては、明晰さ、透明さは、自己目的である。」「建物を建てることに、私の興味はない。建物を建てることができるのならば、その土台部分(Grundlagen, 基礎部分)はどうなっているのか。これについての透明な見通しを得ることが、私の関心の的なのだ。」

ウィーン学団のメンバーの哲学的興味は、まさに「絶えずより複雑な構造を積み上げていく」こと、「構築物を次から次へと並べていく」ことに向けられていた。カルナップが好例である。当時急速に発展した記号論理学の最新成果を用いて、科学的知識を合理的に再構成することが、哲学の課題だ、とカルナップは考えた。合理的再構成（rationale Nachkonstruktion）とは、（1）論理構造が明晰に見て取れる人工言語を規約する、（2）はっきりと定義された概念を使って科学的知識を人工言語で表現する、（3）我々の持っている科学的知識の総体を、僅かな公理から演繹できる定理の体系として再構成する、という三段構えの手法である。一九二八年刊の『世界の論理的構築』[41]では、感覚与件を基本語とする人工言語を規約し、更に、外界についてのあらゆる科学的知識をそれぞれ明晰に規約された人工言語で表現した上で、後者が前者から演繹できることを示す努力が成される。こうすれば、「我々のすべての科学的知識が、感覚与件についての知識に還元できる」という経験論の主張を厳密に裏付けられる、とカルナップは考えたのである。合理的再構成という手法では、新たな人工言語を目的に合わせて次々と規約していく必要が生ずる。つまり、「絶えずより複雑な構造を積み上げていく」ことで、問題の解決が図られる。カルナップの著作は、ヴィトゲンシュタインの目から見れば、ヨーロッパ・アメリカ文明の精神を具現した典型に他ならない。

これに、ヴィトゲンシュタインは反発する。カルナップの合理的再構成は、人工言語の規則を明晰に規約していくことで、なるほど構築物の見通しよい設計図を提出してはいる。だが、これでは、「絶えずより複雑な構築物を生み出していく」という「目的のために役立つ限りの」明晰さでしかない。他方、ヴィトゲンシュタインが求めるのは、自己目的としての明晰さであり、構築物の土台部分である。カルナップの構築物は、土台無しの砂上の楼閣ではないか。ヴィトゲンシュタインにとって、土台となるのは「自分のいるところ」である。それは、世界と向き合い、言語を使用して生きる我々自身が、言語を使用する限りで既に立っている地点である。（日常的にも、科学の中でも）言語を使用し、意味を理解する当事者として、我々はいつも何らかの（論理的）秩序に既に従っているはずである。この事実認識が、ヴィトゲンシュタインの問いかけの原点である。[42]その（論理的）秩序を明晰にするために、『論考』と『探究』は、確かに違った方針で臨んだ。『論考』は、「自分のいるところ」を、世界と向き合い有意味な命題を使用する形而上的主体、よき意志、悪しき意志という仕方で世界を限界付ける形而上的主体に他ならない、と考えた。『探究』期の彼は、「自分のいるところ」が、世界と向き合いながら我々が日常営んでいる言語ゲームである、という考え方を採った。しかし、「自分のいるところ」を明晰にしたいという理念的な問いかけは、前期後期を通じて不変である。それは、一九三〇年の序文草稿でも変わらない。「私が行き着きたい地点が、もしもはしごをかけて登らねばならないところであるなら、そこに行き着くのを私は断念するだろう。というのも、私が本当に行かねばならないところ、そこに私はそもそも既にいるはずだからだ。」(VB S. 460, WA Band 3 S. 112)

意味と論理は、言語を使用する限りで誰もが既に理解し従っているはずの事柄、しかも、人間である限り誰にとっても同じはずの事柄である。これを、ヴィトゲンシュタインは、「自分のいるところ」、即ち、言語を使用する当事者の視点に立って、透明に見通そうとする。こうした哲学的考察は、「よき意志で、神の名誉のために」なされたものだ、と彼は言う(一九三〇年十一月八日、PB Vorwort, WA Band 3 S. 115)。彼は、よき意志を持つ者の視点を、神に義とされる単独者の視点を土台として、論理と意味を隠れなく明晰にせんと努めるのである。この考察の目線から見れば、カルナップの営みは、「自分のいるところ」を土台として、この土台の上で使用されるべき(既存の日常言語や科学の言語とは異なる、新たな)人工言語を次々と規約していくことに過ぎない。構築物を次々と並べていくこと(合理的再構成)により科学的知識を正当化する、というカルナップの哲学の目標(認識論)は、土台を見据え続けようとするヴィトゲンシュタインの考察の姿勢(論理の明晰化)とは異質である。(43)

自分が哲学的問題を考える目線を、つまり哲学の方向性を、共有してくれる人々。それが、ヴィトゲンシュタインと「文化を共有する一団」、「祖国を同じくする人々」である。それは、彼と価値を共有する人々と言えよう。

こうした人々は、決してオーストリアの同時代人であるわけではなく、寧ろ「世界の隅々に散らばっている」(VB S. 459)。

三―二 文化的理想

一九三〇年の序文草稿で、ヴィトゲンシュタインが「文明」と「文化」という語を対立的に使っている点に注意したい。この用語法は、彼が当時愛読していたオスヴァルト・シュペングラー(一八八〇―一九三六)に由来する。シュペングラーは、主著『西洋の没落』(44)により、第一次大戦後のドイツ語圏(特にハープスブルク帝国の崩壊したオーストリア)で強い影響力を持った。「文明(civilisation)」とは、十八世紀以来の近代フランスで指導理念となった言葉である。知識を持ち、王権に服しない自律的な都市市民のあり方(civilitas)こそが、人間のあるべき普遍的な姿であり、これを実現すべく理性を信頼して社会建設を進めるべし、という理念がこの言葉の裏にはある。十八世紀末の革命も、この理念に導かれたものであった。他方、ドイツ語圏では「文明」に対抗して「文化(Kultur)」という語が指導理念として登場する。「文明」が人間の普遍性と進歩を信ずる理念であるのに対して、「文化」は民族と時代に固有であり、精神の内面に関わる理念として流布された。シュペングラーは、「文化」が一つの有機体である、と主張する。(45)「文化とは、いわば、ひとつの大きな有機的機構である。この機構は、自らに属する誰をも、その人の適所へと振り向ける。その適所を得て、人は全体の精神のなかで働くことができる。彼の力は、全く正当にも、全体という意味での彼の成功に照らして評価されうる。」(VB S. 458f., WA Band 3 S. 111)一九三〇年の序文草稿にあるこの記載は、シュペングラーの用語法をほぼそのまま受け継いだものである。

シュペングラーは、文化という有機体が、時代の移り変わりとともに生成から隆盛へ、そして没落へ、という周期を持つ、と主張した。彼の用語法では、「文明」とは「文化」の老年期に訪れる末期的な姿である。[46] ローマ文明はギリシア文化の末期的な姿であり、十八世紀に成熟に達したヨーロッパ文化（ドイツでは、ベートーヴェンやゲーテがその成熟を体現している）は十九世紀以降には文明期にさしかかった。同時代ヨーロッパ・アメリカの「文明」を形容して「文化の消失」や「非文化（Unkultur）」と呼ぶとき、ヴィトゲンシュタインはやはりシュペングラーの用語法に従っている。[47]「しかし、非文化の時代（Zeit der Unkultur）にあっては、力は分散してしまう。個々人の力は、抗力や摩擦抵抗によってすり減らされる。個人の力は、進んだ距離の長さに表現されるのではなく、せいぜい、摩擦抵抗を克服する際に発生した熱量のなかに表現されるだけだろう。」（VB S. 458f., WA Band 3 S. 111）十九世紀後半は、因果法則が世界をあまねく支配する、という自然科学的（機械論的）世界観が、欧州の人々の常識や生活の中に浸透していった時代である。既存の価値観や世界観は、「科学」と名の付くものにより次々と覆されていった。ダーウィンの進化論がキリスト教的な人間像・世界像を覆したのが最も著名な例である。人間の精神についても、これを因果法則で説明しようとする心理学が出現する。こうした因果法則万能主義は、その現実への応用としての技術の進展により、否応にも強められた。紡績業等に始まった産業革命の成果は、更に大規模な鉄鋼機械工業の出現につながった。多くの工業労働者が生まれ、科学技術の生み出す富を彼らに再配分しようとするマルクス主義が広がる。普通選挙権の付与が各国で始まり、大衆社会が成立しつつあった。「群集（Menge）」の時代にあっては、その最良の人々は自分の個人的な目標を追求するようになる、とヴィトゲンシュタインは言う（VB S. 459）。

一九三〇年の序文草稿からは、ヴィトゲンシュタインの「文化」への郷愁が伝わってくる。この草稿では、彼の哲学的思考を導く価値観（自己目的としての明晰性）が、文化消失の時代にありながら、それとは一線を画する理念として描写されている。この価値観は、彼が「祖国を同じくする人たち」と共有している一つの文化、いわば、一つの文化的理想なのである。この理想は、同時代のウィーンの大学教授たちには共有されなかった。だが、この理想の生成には、彼の生まれ育ったウィーンが大いに関係している。一九二九年十月十日、彼は哲学日記に次のような書き込みをしている。「私は、自分の文化的理想が新しいものなのではないか、即ち、シューマンの時代に合った理想、或いはシューマンの時代の理想なのではないか、としばしば考える。少なくとも、私の理想は、この理想が継続したものの一つであるように思える。だが、それは、その理想が当時実際に（歴史的に振り返って）継続したのとは、別の仕方の継続である。つまり、十九世紀の後半を除外した上でのもの、ということだ。」（VB S. 453, WA Band 2 S. 91）

この記載は、哲学日記に（前後の脈絡から独立に）ぽつりと記されたものである。従って、この箇所で言われる「文化的理想」が、あくまで古典音楽の領域での理想のことを言っているのか、それとも彼の哲学的思考を導く理想を含めての（広い意味での）文化的理想のことなのか、定かではない。だが、ヴィトゲンシュタインが当時「文化」という語をシュペングラーのように広い意味で用いていたことを考えると、後者の読みを採ることは不可能ではない。後者の読みを採るならば、一九三〇年のヴィトゲンシュタインは、自らの哲学的理想（自己目的としての明晰さ）が十九世紀半ば以前の文化的理想に連なるものだ、と考えていることになる。しかも、この理想は、作曲家シューマンの名前に結び付けられている。

このような文脈で見れば、ヴィトゲンシュタインの哲学を導く理想は、彼の好んだ十九世紀中葉以前の古典音楽（作曲家たちの多くはウィーンで活動した）が具現していたものであることになる。少なくとも、彼自身はそう考えていた、と言える。彼は、幼少時より家庭内でドイツ系（とりわけオーストリア・ウィーンの）古典音楽に親しんで育ち、こうした古典音楽が自らの人生と思考に大きな意味を持っている、と自覚していた。遺稿にも、音楽家に関する覚書が随所に見られる。ヴィトゲンシュタインは、モーツァルトやベートーヴェンが明晰さを自己目的として作曲した、と感じていたのかもしれない。言語を理解することは、曲の主題を理解することに似ている、という指摘は、彼の著作に一度ならず登場する（NB S. 130, PG S. 41, PU §527）。我々は、生活の中で言語を使用する際、何らかの秩序に従っている。それと同様に、作曲家が書き、聴衆が聴く音楽の主題も、何らかの秩序に従って構成されている。ヴィトゲンシュタインは、我々の語る言葉に注意力を集中し、その論理と意味を明晰化しようとしたのとまったくパラレルな仕方で、古典音楽を聴く際にも注意力を集中し、絶えず「楽譜が演奏される仕方の正確さを重視」[48]していたという。この文脈では、ヴィトゲンシュタインの哲学的思考を支えた価値観は、ドイツ語圏、とりわけ故郷ウィーンでの彼の生い立ちと、深く結びついていると言えよう。[49]

三—三　ユダヤ人としての自己意識

最後に、ウィーン生まれのユダヤ人としてのヴィトゲンシュタインの自己意識について触れておきたい。ルートヴィヒ・ヴィトゲンシュタインは、父親がユダヤ人、母親がユダヤ人とドイツ系オーストリア人との混血である。ルートヴィヒ自身は四分の三ユダヤ人ということになる。父方の祖父（ヘルマン・クリスティアン）は、ヘッセン北部の出身で、若い頃にユダヤ教からルター派プロテスタントへと改宗した。成長後の彼は毛織物商人となり、商売のため近隣のコルバッハへ、更にライプチヒに移り、その後（ウィーン出身のユダヤ人女性と結婚したため）ウィーンに移住した。彼は、自らがユダヤ人であるという意識を持たなかったのみならず、逆に反ユダヤ主義者となり、子供たちにユダヤ人との結婚を禁じた、と伝えられている。その子カール（ルートヴィヒの父）は、ヘルマン・クリスティアンと反目し、独立独歩で鉄鋼業を生業とする富豪となった。彼はカトリック教徒の女性（ルートヴィヒの母）と結婚してカトリックに改宗したが、謹厳なプロテスタント精神は父親から受け継ぎ、これを発揮して事業を成功させた。ルートヴィヒが生まれ育った頃、彼の家庭は、芸術を愛好する新興富裕階層としてウィーンのカトリック的な市民生活のなかにすっかり溶け込んでいた。しかし、家族の中には、自分たちがユダヤ人の血をひいていることが、隠然と意識されていたらしい。[50]

ヴィトゲンシュタインが十四歳のとき、ウィーンではオットー・ヴァイニンガー（一八八〇—一九〇三）の自殺事件があった。ヴァイニンガーはウィーンで生まれ育ったユダヤ人だが、自分自身のなかにある女性的なものとユダヤ的なものとの葛藤を通じてユダヤ教からプロテスタントに改宗し、主著『性と性格』[51]を一九〇三年に出版した。この書は、人間の性格類型論を目指しているが、人間の性格に二つの極、即ち男性的なるものと女性的なるものを区別する。男性的なるものの特徴として、天才と自我、論理性と倫理性が挙げられ、その対極の特徴としてこれらの欠如が帰せられる。更に、女性的なるものの特徴の多くは、ユダヤ的なるもの（人種的に見たユダヤ人のことではなく、性格類型の一つとしてのユダヤ的なるもの）の特徴でもある、と主張される。ヴァイニンガーは、こうした特徴の克服をイエス・キリストのなかに見出し、新約聖書に帰依する道を自ら選んだ。だが、主著出版の半年後に、彼は天才の典型と仰いだベートーヴェンの没した建物で、ピストル自殺を遂げる。

その後、『性と性格』はウィーンで四半世紀に及びベストセラーであり続けた。ヴィトゲンシュタインも、若いころから自らの姿を著者に重ね合わせるようにして、ヴァイニンガーの著作を読んでいたことが知られている。[52]ヴィトゲンシュタインの遺稿にはユダヤ性についての覚書が散見されるが、その多くがヴァイニンガーの影響を示している。[53]本稿では、覚書に最も頻繁に登場し、ヴィトゲンシュタインの文化的理想との関連で重要だと思われる一つの主題のみに、触れることにする。それは、ユダヤ人の再生産性についてである。

『性と性格』のなかでヴァイニンガーは、女性的なるものとユダヤ的なるものの特徴として、天才と自我の欠如を挙げたが、天才にある創造的行為も、ユダヤ的なるものには欠如している、と指摘されている。ヴィトゲンシュタインがユダヤ人の（そして自らの）再生産性に触れるとき、ヴァイニンガーのこうした主張が背後にあると思われる。よく知られた一九三一年記載の一節を引用しよう。

「考えるに際して、私はそもそも再生産的であるに過ぎない、と思うのには、一抹の真理があるようだ。思うに、私は思考の動機を発明したことなど一度もない。思考の動機は、いつも誰か他の人から与えられた。私はただ、それらの動機をすぐに情熱的に自分の明晰化の仕事に取り入れただけだ。このようにして、ボルツマン、ヘルツ、ショーペンハウアー、フレーゲ、ラッセル、クラウス、ロース、ヴァイニンガー、シュペングラー、スラッファが私に影響を与えた。」(VB S. 476)「自分のいるところ」、「自分が既にそこにいる」場所を、明晰にしたい。これが、ヴィトゲンシュタインの強い意志であり、同時に、彼の哲学的思考を導く価値観、文化的理想であった。だが、「自分のいるところ」をどのような観点で把握し、明晰化したらよいか。これを、我々が使用する言語の意味と論理、という観点で把握することを教えてくれた人たち、つまり思考の動機をくれた人たちは、物理学者のボルツマンやヘルツ、数理論理学者のフレーゲやラッセルであった。[54] 形而上的主体と倫理という観点で把握することは、ショーペンハウアーに教えられた。「自分のいるところ」を明晰にする、という作業は、この文脈で見れば、他人からもらった「思考の動機」を再生産することだ、と言える。自分の哲学的思考が再生産して見せた「思考の動機」の原産地は、十名に及ぶ、とヴィトゲンシュタインは自己認識しているのである。

ヴィトゲンシュタインは、自らの思考の再生産性(と彼が認める特徴)が、ユダヤ人特有のものである、と述べる。「……次のように言えるかもしれない(当たっているか否かはともかく)。即ち、ユダヤ人の精神は、たとえ一本の小さな草や小さな花ですら、自ら生み出すことはできない、だが、他人の精神から生えてきた草や花を描写して、包括的な絵をスケッチすることはできる、と。……他人の仕事を、他人が理解するよりもっとよく理解するのが、ユダヤ人の精神にとって典型的なことである。」(VB S. 476f.)

ヴァイニンガーがユダヤ的なるものの特徴を指摘した際、彼はその特徴が克服されるべきものと考えていた。

他方、ヴィトゲンシュタインがユダヤ的なる再生産性に言及する際、それは克服されるべきものとして指摘されている訳ではない。右の引用は次のように続く。「これは、悪口を申し立てているのではない。このことがすっかり明確になっていさえすれば、すべては大丈夫だ。」ヴィトゲンシュタインは、再生産性のネガティヴな面もポジティヴな面も、公平に見ようとしている。例えば、自分の再生産をポジティヴに見ようとする文脈で、彼は、自分の再生産が一種の独創である、と述べている（一九三〇―四〇頃）。「私の独創性は（もしこれが適切な言葉であるならば）、土地の持つ独創性であり、タネの持つ独創性ではないと思う。（私には、おそらく自分のタネはない。）タネを私の土地に投げ入れて見よ、そうすればタネは他のどこかの土地とは違った仕方で成長するだろう。」（VB S. 500）ヴィトゲンシュタインの再生産は、他人の思考結果を鸚鵡返しに繰り返すことではないし、ましてや他人の思考についての「研究論文」を書くことではない。それは、他人の生んだ様々な思考の動機を、（「自分のいるところ」を明晰にするという）彼自身の文脈へと置き直すことであり、やはり独創性を要求する作業である。この点で、ヴィトゲンシュタインは恰もヴァイニンガーに抗弁しているが如くである。(55)

彼は、再生産の過程で他人の思考の動機に自ら付け足したものを、「勇気」という語でも表現している。十名の人たちの思考を再生産しながら明晰化の作業を続けてきた、と述べたすぐ後に、次のような一節がある。「かつてドロービルのために頭部の彫像を作ったとき、刺激となったのはやはり本質的にはドロービルの作品だった。私の作業は、実はやはり明晰化という作業だったのだ。私が思うに、本質的なのは、明晰化の活動が勇気を持って営まれねばならない、ということだ。勇気がなければ、その活動は単なる利巧なお遊戯に過ぎなくなる。」(56)（一九三一年、VB S. 476）この一節は、一九二八年に作成した彫像が勇気ある再生産だった、と述べている。「勇気ある再生産」という形容は、ヴィトゲンシュタインの哲学的考察に対してもあてはまることが、遺稿の他の記載箇所から明らかである。(57)ヴィトゲンシュタインの哲学的再生産は、原産物である思考の動機を自らの文脈に取り込み、その帰結を恐れることなく徹底的に引いて見せたものである。その代表は、勿論『論考』である。他方、『探究』に至る思考も、当時の数理論理学の目覚しい成果に何ら影響を受けることなく、『論考』以来の自らの問いかけ（意味と論理の明晰化）を独立独歩で進め、『論考』の誤りを除去した後に出てくる帰結を徹底的に引いたものである。[58] この点でも、ヴィトゲンシュタインは、その哲学的な全営みを賭して、ヴァイニンガーに抗弁しているが如くである。

再生産は、他方、ネガティヴな側面ももち得る。ヴィトゲンシュタインは、原産物のもつ力強さが再生産により奪われるかもしれない、と指摘している。「すべての偉大な芸術の中には、野獣が存在している。しかも、手懐けられた仕方で。だが、例えばメンデルスゾーンには、それがない。すべての偉大な芸術は、その最低音に、人間の様々な原始的な本能を持っている。これらの本能は、メロディーではなく（おそらく、ワーグナーにおいてはそうだろうが）、メロディーに深さと力を与えているものだ。この意味で、メンデルスゾーンは『再生産的な』芸術家と呼べる。同じ意味で、グレーテルのために私が建てた家は、決然として繊細さを追求した産物、よい趣味の産物、（芸術等に対する）偉大な理解の表現だ。だが、根源的な生命、荒れ狂わんとする野生の生命が欠けている。健康さが欠けている（キルケゴール）、と言ってもよかろう。（温室の植物）」（一九四〇、VB S. 502f.）この箇所は、彼が一九二八年に姉マルガレーテのために建てた家が、原産物のもつ生気を欠いた再生産品だ、と述べている。[59] 再生産にあり得るこのような側面は、彼の哲学的思考にも見られるのだろうか。そうした弱い側面を、彼は自覚していたのだろうか。これは、にわかには判断できない。

ユダヤ人的な特質に、再生産性が挙げられる、という見方は、果たして一般的に妥当するだろうか。これも、にわかには判断できない。だが、これがユダヤ人的な特質についての認識という衣を借りた、ヴィトゲンシュタイン自身の自己認識であることだけは確かである。一九三一年の彼は、自らの哲学的考察が、十九世紀前半までの文化的理想（と自らが信じたもの）に従って、十人の思想家からもらった思考の動機を再生産し続ける努力である、という認識に達した。それは、この十人の思考の動機を、自らの「テンポで演奏する」（VB S. 535）努力であった。これら十人のうち、六人までがウィーンに何らかの仕方でゆかりのある人々である。[60] この文脈でも、オーストリアでの生い立ちは、確かに彼の哲学的再生産（哲学の姿勢と目標）に大きな影響を与えている、と言ってよかろう。[61]

（1）Allan Janik and Stephen Toulmin, Wittgenstein's Vienna, Simon and Schuster, 1973. 邦訳はTBSブリタニカから一九七八年刊（藤村龍雄訳）。なお、この邦訳に関しては以下の文献が適切な指示を与えている。水上藤悦「ヴィトゲンシュタインと世紀末ウィーン」（飯田隆編『ウィトゲンシュタイン読本』法政大学出版局、一九九五年、三〇―四三頁）

（2）Ludwig Wittgenstein, Tractatus logico-philosophicus, Routledge and Kegan Paul, 1922. 本文で出典箇所に言及する際には、以下TLPと略記し、節番号を記す。なお、本稿でヴィトゲンシュタインの著作に言及する場合、特別の注記がない限りSuhrkamp社刊のポケット文庫版全集（一九八四年刊）に依拠する。

（3）Ludwig Wittgenstein, Philosophische Untersuchungen, Basil Blackwell, 1953. 本文で出典箇所に言及する際には、以下PUと略記し、節番号を記す。

（4）ジャニク・トゥールミン　前掲書（邦訳）、二八二頁。

（5）『草稿』（Ludwig Wittgenstein, Notebooks 1914–16, Basil Blackwell, 1979. Suhrkamp版全集第一巻に再録。本稿で出典箇所に言及する際は以下NBと略記し、Suhrkamp版全集第一巻の頁数を記す）でヴィトゲンシュタインが実際に使っている例文（NB S. 163）。『論考』は、命題の本質を形而上的に敷衍する方針で編纂されており、有意味な命題の実例をほとんど提示していない。他方、『草稿』を見れば、ヴィトゲンシュタインが日常言語の命題を実例として、その論理構造を明確化せんと努めていることが分かる。なお、「写像理論」と「論理的原子論」という二つの呼称は、『論考』が使っている呼称ではなく、『論考』を解説した二次文献が『論考』の考え方を形容して付けたレッテルである。本稿の主題は倫理についての考え方なので、「写像理論」と「論理的原子論」の説明は極力短くしてある。詳しい説明は、『論考』か、永井均著『ヴィトゲンシュタイン入門』(ちくま新書、一九九五年)にある手頃な説明を参照して頂きたい。

(6) Arthur Schopenhauer, Die Welt als Wille und Vorstellung, 2 Bände, Suhrkamp, 1986.

(7) このショーペンハウアーの教説が多くの自己矛盾を含むものであることは、既に幾多の論者により指摘されてきた。本稿では、こうした自己矛盾点には一切立ち入らず、『論考』に与えた影響を概観するにとどめる。

(8) 古田裕清「ヴィトゲンシュタインにおける論理の経験的性格について」(『関西哲学会年報アルケー』六号、一九九八年、八一―九一頁)

(9) G.E.M. Anscombe, An Introduction to Wittgenstein's Tractatus, Hutchinson, 1959, pp. 171f. ; Cyril Barrett, Wittgenstein on Ethics and Religious Belief, Basil Blackwell, 1991, pp. 67f.

(10) Vgl. Ludwig Wittgenstein, Geheime Tagebücher, Turia und Kant, 1991, S. 69ff., S. 137ff.

(11) 第一次大戦従軍中のヴィトゲンシュタインの行動・様子の詳細については、注(10)に記した文献を参照。一九四四年、第二次大戦のノルマンディー作戦に軍医として従軍した友人ドゥルーリーに、ヴィトゲンシュタインは次のようなはなむけの言葉を贈ったという。「もし白兵戦に巻き込まれたら、ただその場に立ち尽くし、殺されるがままにされねばならない。」これは、ヴィトゲンシュタイン自身が第一次大戦従軍時に自らに対して課した言葉だ、とドゥルーリーは直感した、と伝えている (Rush Rhees (ed.), Ludwig Wittgenstein. Personal Recollections, Rowman and Littlefield, 1981, p. 163)。

(12) 『論考』期の倫理についての考え方をそのまま保持していた一九三〇年のヴィトゲンシュタインは、「神の名誉のために (zur Ehre Gottes)」と「よき意志を持って (in gutem Willen)」が同義である、と綴っている (Ludwig

Wittgenstein, Philosophische Bemerkungen, Basil Blackwell, 1964（以下PBと略記）, Vorwort)。

(13) ラッセルは、一九一九年十二月にヴィトゲンシュタインと会った後、ヴィトゲンシュタインのキルケゴール読書について次のように手紙に記している。「すべてはウィリアム・ジェームズの『宗教的体験の諸相』から始まったのだ。そして、大戦前にひとりノルウェーで過ごした冬のあいだに……そのとき彼はほとんど狂人状態だった……肥大していったのだ（不自然なことではないが）。」(Ludwig Wittgenstein, Cambridge Letters, Basil Blackwell, 1995, p. 140)「大戦前に……過ごした冬」とは、一九一三—一四年の冬のことである。第一次大戦の戦場でも、彼はキルケゴールに立ち返っている。一九一七年十一月、戦場の彼は姉ヘルミーネにキルケゴールの著書を送ってくれるよう頼んでいる。ヘルミーネは、何冊かを別便で送った、とルートヴィヒに記している（B. McGuinness, B. et al. (hrsg), Wittgenstein. Familienbriefe, Hölder-Pichler-Tempski, 1996, S. 48)。なお、ジェームズの書物は以下のもの。William James, The Varieties of Religious Experience, Longman Green, 1902.

(14) 『草稿』の中には次のような一節がある。「芸術作品とは、永遠の相の下に見られた対象である。良く生きるとは、永遠の相の下に見られた世界である。ここに、芸術と倫理の結びつきがある。」（一九一六年十月七日、NB S. 178）観想的な生活が良き生活である、とは明らかにスピノザを想起させる。この点で、スピノザに好意的に言及するショーペンハウアーから、『論考』の著者は影響を受けたに違いない。だが、『論考』の考える倫理は、当為に従いその都度の行為に至る意志に関係しており、純粋に観想的な生活とは結びつかない。この一節が『論考』に採用されなかったのは、この理由によると推測される。

(15) 「神を信じる者が、自分の周りを見回して、『私の目に映るものすべては、どこから来たのだろう?』『これらはみんなどこから?』と尋ねたとする。彼は（因果的な）説明など一切聞きたくないのである。質問の眼目は、そう質問することによって自分の希望を表現することなのだ。つまり彼は、ありとあらゆる説明に対して、一つの態度を表明しているわけである。……さてその態度は、どのような具合に彼の生活にあらわれるのだろうか。それは、次のような態度である。ある事柄をまじめに考えるのだが、一定の段階を超えるとまじめには考えなくなり、『別のことをもっとまじめに考えるべきだ』と断言する、そういう態度なのである。」（VB S. 570f.）つまり、いつまでも神と自分との対峙に目を奪われ続けるのではなく、よき意志で行為するよう心を砕け、ということである。この引用は、ヴィトゲンシュタインの死の直前である一九五〇年に記載された覚書であり、彼の倫理観の核心部分が終生変わることがなかったことの傍証となろう。

（16）我々は、『論考』の整合性ある解釈を行おうとする限り、『草稿』に手がかりを求める際には慎重であらねばならない。というのも、『草稿』は、ヴィトゲンシュタインがその日その日に思いついた洞察、頭に浮かんだ哲学的アイデアを哲学日記の体裁で書き込んでいったものだからである。このスタイルは、ゴットフリート・ケラーの日記を真似たものである、とヴィトゲンシュタインは後年書き記している（WA Band 2, S. 44）。この哲学的日記には、以前に記したアイデアを撤回する記述や、相互に矛盾するアイデアの記述も含まれており、完全な内的整合性を求めることはできない。寧ろ、ヴィトゲンシュタインの様々なアイデアがどのようなきっかけで出現し、どの様に洗練され展開されていったか、をフォローするための材料と見なされねばならない。（同じことは、『ウィーン版』として公刊の始まった一九二九年以降の遺稿（Ludwig Wittgenstein. Wiener Ausgabe, Springer, 1993ff.，以下WAと略記）にも当てはまる。）これに対して、『論考』はヴィトゲンシュタインが自分の判断で哲学的日記から抜粋を作り、内的整合性を付けようと努力した結果である。『論考』解釈に際しては、こうした内的整合性の解釈と、『草稿』から『論考』への哲学的アイデアの拾捨選択・展開の歴史的研究とは、異なる作業として区別されるべきだろう。

（17）主体がいかなる仕方で世界の成立の制約となるか、について、デカルト以降の近世観念論者たち（ショーペンハウアーを含む）は論じ続けてきた。『論考』も、ある意味で、この思想史的な系譜の一こまとして位置付けることが可能である。これについては、以下の拙稿を参照して頂けると幸いである。H. Furuta, Wittgenstein über logische Subjektivitat, in: Philosophisches Jahrbuch 105/I, 1998, S. 60-84.

（18）この四カ月間の記載内容を、ショーペンハウアーとの関係等の文脈で詳細に検討すれば、別に一稿を要することになろう。それ故、ここではそうした検討に立ち入ることは出来ない。そうした検討の一例として以下の文献がある。D. A. Weiner, Genius and Talent, Associated University Press, 1992.

(19)「世界の限界」という表現は、既に一九一五年五月二十三日に見られ、一九一六年七月五日に改めて登場している。だが、主体が世界の限界である、という言い方が直接的にされるのは八月二日になってからである。

(20) 形而上的主体がどの様な観点で論理と意味の成立の制約となるか、については、注(17)に記載した拙稿を参照していただければ幸いである。なお、前段の「限界」と「点」という二つの比喩についても同様である。

(21) 複数形を持たない、という点では、ハイデガーの「現存在(Dasein)」やカントの「超越論的意識(das transzendentale Bewußtsein)」についても同じことが言える。誰にとっても同じである(はずの)事柄を指して形而上的主体と言われるのである。なお、永井均の前掲書(注(5)参照)は、形而上的主体について本稿(及び注(17)に記載した拙稿)とは異なる見解を提出している。この見解についての論評は、紙幅の制約上、別の機会に譲りたい。

(22) Ludwig Wittgenstein und der Wiener Kreis, Basil Blackwell, 1967(以下WWKと略記), S. 182 f.

(23) Wittgenstein, L., Wittgenstein's Lecture on Ethics, in: Philosophical Review 74, 1965, pp. 3-12.(以下LEと略記)

(24) ここに、ウィーン学団の関係者たちとヴィトゲンシュタインの大きな違いがあったのは、周知の事実である。この点に関しては、本稿の本文三—一に若干記してある。

(25) 一九七八年に刊行された雑考集(Ludwig Wittgenstein, Vermischte Bemerkungen, Basil Blackwell, 1978. Suhrkamp版全集第八巻に所収。本文で出典箇所に言及する場合には以下VBと略記し、Suhrkamp版全集第八巻の頁番号を付す)では日付は分からないが、『ウィーン版』からは、一九二九年十一月十日から十四日にかけての何れかの日であることが分かる。

(26) 「私」という語の使用のあり方については、PB S. 88ff.、「意志」という語についてはLudwig Wittgenstein, Philosophische Grammatik, Basil Blackwell, 1969（以下PGと略記）S. 144ff., PU §611ff. 参照。また、一九三〇年十二月十七日、彼はウィーンでヴァイスマンに『論考』の当為の考え方を説明しているが、ここでも、「当為」という語がどう使用されるか、使用に意味があるのはどんな場合か、という観点で説明が為されている。「『すべし』という語は何を意味するか。子供はこれをすべし、という事は、もしそれをしなければ、しかじかの不快なことが襲ってくるであろう、ということを意味している。それは、報いと罰である。ここにおいて本質的なことは、他の人が何かを為すべく動かされる、という事である。すべしは、その背後に当人に圧力を与えるもの……罰し、報いを与える権力……が控えている時にのみ、意味があるのである。すべしは、それ自身では無意味なのである。」(WWK S. 118) この発言は、『論考』にあったショーペンハウアーのアイデアを繰り返したものである。

(27) Ludwig Wittgenstein, Lectures and Conversations on Aesthetics, Psychology and Religious Belief, University of California Press, 1966, p. 2

(28) 本稿注(4)参照。これに対して、リースらは前期後期の倫理についての考え方が一貫したものだ、と見なしている（R. Rhees, "Some developments in Wittgenstein's view of ethics", in: Philosophical Review 74, 1965, pp. 13 ff.)。

(29) この観点は、ヴィトゲンシュタインがオスヴァルト・シュペングラーを読むことを通して得たものである。ヴィトゲンシュタインのシュペングラー読書については本稿三—二でも触れているが、次の文献が詳しく扱っている。Wolfgang Kienzler, Wittgensteins Wende 1928-32, Suhrkamp, 1998.

(30) 例えば、フレーザーが『金枝編』で報告したネミ族の宗教倫理について、ヴィトゲンシュタインはこのような観点から関心を抱き、覚書を残している。

(31) R. Rhees, R., op. cit., p. 25

(32) 事実として営まれているすべての言語ゲームが、人間が生きるに際してその生に食い込む力をもっている。このことは、一部の言語ゲームが道義的に許せない、という価値判断からは独立である。ヴィトゲンシュタインの後期哲学の態度は、言語ゲームのもつこうした力を浮き彫りにすることを通して、言語記号を使用することで成立している人間精神への何らかの洞察を得ようとするもので、精神分析の試みと重なる部分を持っている。後段の注(57)参照。

(33) ゲームの学習プロセス(前者)には、ゲームを自分でやってみること(後者)が、含まれる。例えば、子供の言語学習では、子供が言葉を繰り返し自分で使用してみせ、その都度親や教師がチェックする、というステップが踏まれる。だが、これを理由として後者の自律性を否定し、後者を前者に解消して事実一元論を主張するのは、ヴィトゲンシュタインの採る立場ではない。事実としてのゲームと、規範的行為としてのゲームの違いについては、以下の拙著を参照して頂ければ幸いである。Hirokiyo Furuta, Wittgenstein und Heidegger, Königshausen und Neumann, 1996.

(34) Vgl. PU §§69, 317, 345, 363, 416, 489 etc.「意味(Sinn, sense)」にはドイツ語、英語で「(流れの)方向」というニュアンスがあり、これが真偽両極性というアイデアと結びついてフレーゲ以降のドグマとなっていたと思われる。「意味=目的」という考え方は、後期ヴィトゲンシュタインのオリジナルな考え方ではなく、既に『論考』に見られるものである(TLP 3.341, 5.47321)。ただ、『論考』では、この考え方はフレーゲのドグマに服属する仕方で定位されており、表立って重要な役割を果たしてはいない。

(35) R. Rhees, op. cit., p. 23.

(36) Cyril Barrett, op. cit., pp. 240ff.

(37) 一九四九年、ヴィトゲンシュタインは依然として倫理を賞罰と結びつけて捉えている一節を残している(VB S. 565)。

(38)「人間の性格が外界により影響を受け得る(ヴァイニンガー)、ということには何ら驚くべきことはない。というのは、それは、経験則的には(長い目で見て)人間は状況とともに変わる、というだけのことだからだ。周囲の状況が人間を、人間のなかの倫理的なものを、強いることがどうしてあり得ようか、と尋ねてみよう。答えは次のようになる。その人間は『ひとにはせねばならないことなどない』と言うかもしれないが、そうした状況下ではやはり云々の仕方で行為するだろう。『君はしなければならない訳ではない。君に（別の）抜け道を一つ教えてやろう…だが、君はその道を選ばないだろう。』」（VB S. 569）自然誌の事実として、人間の価値観は変わり得る。だが、倫理的判断は、そのつどの行為に際して後ろ盾となるものである。つまり、そのつどの行為に際しては、動かないものとしての役割を果たす。

（39）この文脈では、ショーペンハウアーやキルケゴールの先例もあり、ヴィトゲンシュタインの倫理についての考え方に独創性はない。だが、彼の考え方で興味深いのは、論理と意味についての哲学的探究と平行する形で倫理の問題を捉える点である。『草稿』は、倫理が論理と同様、世界の成立の制約だと述べている（NB S. 172）。また、『探究』の中心をなす議論（規則に従うことについての議論と私的言語批判の議論）には、意味と論理が、他者性を制約としてのみ可能となる、という洞察が含まれている。即ち、有意味な言語記号の使用は、複数の人間による言語記号の使用実践（繰り返し、積み重ね）という文脈でのみ、成立する、という洞察である。有意味な言語記号使用を通した世界の理解は、複数の人間による言語記号使用の相互コントロールを制約として可能となる。カントでは、理論哲学と実践哲学が、現象の世界と物自体の世界とに分離されて共存しているが、後期ヴィトゲンシュタインからは、他者性を可能性の根拠としてのみ理論哲学が成立する、という視座が得られる。ヴィトゲンシュタイン自身は、この視座を十分に展開しなかった。これを展開してみるのは、今後の我々の課題である。

（40）ジャニクとトゥールミンの前掲書、また以下の詳細な伝記参照。Brian McGuinness, Wittgenstein. A Life, Duckworth, 1988（邦訳はマクギネス著『ウィトゲンシュタイン』（藤本隆志他訳）法政大学出版局、一九九五年刊）。Ray Monk, Ludwig Wittgenstein. The Duty of Genius, Free Press, 1990（邦訳はモンク著『ウィトゲンシュタイン』（岡田雅勝訳）みすず書房、一九九五年刊）。

（41）Rudolf Carnap, Der logische Aufbau der Welt, Weltkreisverlag, 1928.

(42)「我々の日常言語の命題は、すべて、現にそれらがあるがままで、論理的に完全に秩序付けられている。……(我々の問題は抽象的なものではなく、おそらくはこの世で最も具体的なものである。)」(TLP 5.5563)「……我々の言語のどの命題も、『あるがままで、秩序付けられている』というのは明白だ。」(PU §98)

(43) この点は、注(33)に挙げた拙著のS. 100-113で詳しく述べた。

(44) Oswald, Spengler, Der Untergang des Abendlandes. Umrisse einer Morphologie der Weltgeschichte, dtv, 1990.(邦訳は村松正俊訳で五月書房、一九七一年刊)

(45) 邦訳三四頁以下。

(46) 邦訳四〇頁。

(47) 一九三〇年頃、友人ドゥルーリーが「歴史を型枠にはめ込むことができる、とするシュペングラーの考え方は肯んぜられない」と述べたのに対して、ヴィトゲンシュタインはそれに同意した上で、「シュペングラーは興味深い比較を持ち出している」と弁護している(Rush Rhees (ed.), Ludwig Wittgenstein (op. cit.), p. 128)。文化が生成から隆盛、そして消滅へ、という周期をたどる、というシュペングラーの見解は、正当ではないが興味深い喩えだ、とヴィトゲンシュタインは考えていたようである。なお、文化と文明を対立させるシュペングラー的な用語法は、一九四七年の次の日記記載にもうかがえる。「いつの日か、おそらくこの文明から一つの文化が発生するだろう。」(VB S. 541)

(48) ジャニク・トゥールミン 前掲書(邦訳)、二一一頁。

(49) 古典音楽家の作品受容が、ヴィトゲンシュタインの哲学的考察に大きな影響を与えた、と指摘するのは簡単なことである。この影響は、マクギネスやモンクの伝記など、多くの二次文献により扱われている。しかし、古典音楽家のどのような作品・箇所に、どのような理由で自らの哲学的・文化的理想を見いだしたのか、或いは、見いださなかったのか。そして、それが彼の哲学的考察のどのような側面にそのような仕方でつながっているのか。これを、彼の遺稿中の記載や、会話・発言の記録に基づいて具体的に指摘するのは、困難である。思想史・音楽学にまたがってこれを学際的に検討する作業は、現在までのところ行われた形跡がないが、興味深い結果をもたらすかもしれない。

(50) この事情は、注(40)に挙げた彼の伝記に詳しく叙述されている。

(51) Otto Weininger, Geschlecht und Charakter, Wilhelm Braumuller, 1903.（邦訳は竹内章訳で村松書館一九八〇年刊）

(52) 第一次大戦中の一九一六年十一月十八日付けの姉ヘルミーネからルートヴィヒへの手紙には、「あなたのヴァイニンガーの本を持ってきた。読んで、とてもよかった。私には、この本が少しはあなたの代わりになる」とある。なお、ヴァイニンガーがヴィトゲンシュタインに与えた影響については、モンクの伝記（特に邦訳一九一一二六頁）に詳しい。

(53) (一)「ユダヤ人の『天才』は聖人だけだ。最も偉大なるユダヤの思想家ですら、才能があるに過ぎない。」(VB S. 476) 天才（Genie）と才能（Talent）の違いは、ヴァイニンガーが主著で中心テーマとしたものだが、ヴィトゲンシュタインは天才と才能を覚書のなかで何度も主題化している（z. B. VB S. 464, 511, 542, 544f., 557, 558)。モンクの伝記は、とりわけ天才観に着目してヴァイニンガーとヴィトゲンシュタインの影響関係を次のような観点から叙述している。若い頃のヴィトゲンシュタインは、自分がヴァイニンガーの描写する天才たらんとする態度を取り続けた。だが、一九三〇年以降は、自分が他の有能なユダヤ人同様、才能はあるが天才ではない、という見方に転換した。

(二)「人間の性格は、外界から影響を受けることがあり得る（ヴァイニンガー）。」(VB S. 569) 性格（Charakter）は、ヴァイニンガーの主著の題名にもなっており、性格類型論を目指した彼の思考の中心テーマである。ヴィトゲンシュタインも好んで性格を主題にしており、『探究』や『心理学の哲学についての覚書（Bemerkungen über die Philosophie der Psychologie)』には性格についての覚書が多数見られる。また、ヴァイニンガー同様、音楽などの文化現象を観察する際にも「性格」という語は使われている（VB S. 466)。

(三)「ユダヤ人は、ヨーロッパの歴史的出来事に大いに貢献してきたにもかかわらず、ユダヤ人の歴史は、ヨーロッパ諸民族の歴史の中でそれに相応しい仕方で詳細に扱われることがない。その理由は、ユダヤ人がヨーロッパ諸民族の歴史の中で一種の病、疣であると感じられるから、そして、病など誰も正常な生と同列視したくはないだろうから。(そして、体内の健康な活動(たとえ痛みを伴うものであれ)と同等の権利を持ったものとして病のことを語ろうとすることなど、誰もしたくはなかろうから。)」(VB S. 478) この箇所は、『性と性格』一三章(原書四〇三頁、邦訳三三七頁以下)に呼応している。

(四)「権力と所有とは同じものではない。確かに、所有は我々に権力を与えてくれはするが。ユダヤ人には所有のセンスがない、とひとが言うとき、それは、ユダヤ人が金持ちになるのを好む、ということとうまく整合する。というのは、金はユダヤ人にとって一定の種類の権力であるからだ。だが、所有物ではない。(私は、例えば私の同族が貧乏になることを、望みはしない。というのは、私は彼らがある種の権力を持っていて欲しいと願うからだ。勿論、彼らがこの権力を正当な仕方で使用するようにも願う。)」(VB S. 479) この箇所は、『性と性格』一三章(原書四〇六頁以下、邦訳三四〇頁以下)と呼応している。

(五)「ユダヤ人が秘密を愛し、隠れて生きるのは、長い迫害を通して生み出されたものだ、としばしば言われてきた。これが正しくないのは確かだ。これに対して、この秘密を愛するという傾向が故に、このような迫害にもかかわらず未だに存在しているのだ、というのは正しい。それは、これこれの動物が、身を隠すことができる、或いはその能力があるが故にこそ、未だに絶滅していない、というのと同じことだ。」(VB S. 480) この箇所は、『性と性格』一三章(原書四〇九頁以下、邦訳三四三頁以下)に呼応している。

以上のうち、(三)—(五)については、ヴァイニンガーに指摘されるまでもなく広くユダヤ人について言われていたことであり、ヴァイニンガーの影響というのは不適切かもしれない。

(54) ボルツマンやヘルツ、フレーゲやラッセルがヴィトゲンシュタインにどのような仕方で思考の動機を与えたか、については、過去数十年に及び出版されてきた英語圏の幾多の二次文献が明らかにしてきた。その中でも、ベーカーとハッカーのコメンタリーが最も手頃で詳しい（Gordon Baker and P. M. S. Hacker, Wittgenstein. Understanding and Meaning, Basil Blackwell, 1980）。また、クラウス、ロース、ヴァイニンガーの与えた影響については、これまでのところ、ジャニクとトゥールミンの共著（注2参照）が最も手頃な解説書だろう。シュペングラーとスラッファの影響については、Wolfgang Kienzler の前掲書（注44参照）が歴史的に詳しく再構成している。

（55）独創性は、再生産性との対立で、ヴィトゲンシュタインが（おそらくはヴァイニンガーを絶えず念頭に置きつつ）こだわり続けたテーマである。一九四七年の遺稿に、美的感覚（Geschmack）と独創性を対比させた次のような一節がある（VB S. 534f.）。「『美的感覚』という能力には、有機体を作り出すことは出来ない。既に存在している有機体を、調整する（regulieren）ことが出来るだけだ。美的感覚は、ねじを弛めたり締めたりはするが、新たな時計を作り出すことはしない。美的感覚は調整する。生み出すことは出来ない。……私には美的感覚しかないのか、それとも独創性もあるのか。それは、私には判断できない。美的感覚があるのははっきりと見える。独創性は見えない。或いは、まったくもって不明瞭にしか見えない。たぶん、この通りに違いないのだ。自分が備え持っているものしか、自分には見えないものだ。自分が何であるのかは、自分には見えないものだ。人は、うそをつかなければ、それで十分に独創的だ。……それどころか、自分がそうでないものであろうとするふりをしない、このことがもう既によき独創性の始まりなのだ。」（VB S. 534f.）

（56）ドロービルは、ヴィトゲンシュタインが第一次大戦後イタリアで捕虜となっていたときに知り合ったウィーンの彫刻家である。この彫像は、ドロービルのアトリエで、一時はヴィトゲンシュタインの婚約者と見なされていたマルガリート・レスピンガーをモデルとして作られた。このいきさつについては、モンクの伝記を参照して頂きたい（モンク　前掲書（邦訳）二五六頁以下）。

（57）自らの哲学的考察が勇気ある再生産である、という形容は、精神分析の創始者フロイトに言及する箇所で見られる。「ユダヤ人の再生産性の一例として、フロイトとブロイアーを引き合いに出せるだろうか。」（VB S. 476）本文で引用した「土地のもつ独創性」についての一節には、次の一節が続く。「フロイトの独創性も、この種のもの

（注：タネの持つ独創性ではなく、土地の持つ独創性）だったのだと思う。精神分析の本当のタネは、フロイトではなく、ブロイアーに由来するのだ、と私は何時も信じていた……なぜかは分からないが。ブロイアーにあったタネの粒は、勿論、ほんのちっぽけなものだったかもしれない。勇気は、いつでも独創的だ。」（VB S. 500f.）フロイトは勇気ある再生産を行った、それゆえフロイトは独創的だ、とヴィトゲンシュタインは評価するのだが、同じ評価が自分自身の哲学的思考にも向けられているのが文脈上読み取れる。また、一九四六年には次の一節がある。「思考に値札をつけることができるかもしれない。高価な思考もあれば、安価な思考もある。ならば、思考を手に入れるための支払い手段はなにか。私が思うに、それは勇気だ。」（VB S. 524）因みに、ヴィトゲンシュタインは同郷のユダヤ人フロイトを愛読していた。彼がフロイトをどう読んだか、は大変に興味深い点であり、敷衍するには別に一稿を要する主題である。以下の文献を参照して頂きたい。Hans Rudi Fischer, Sprache und Lebensform. Wittgenstein uber Freud und die Geisteskrankheit, Athenäum, 1987 ; Paul-Laurent Assoun, Freud et Wittgenstein, PUF, 1988 ; Jacques Bouveresse, Philosophie, mythologie et pseudo-science, Edition de l'éclat, 1991.

（58）　ヴィトゲンシュタインの哲学的考察が、様々な哲学的アイデアの一つ一つについて、その帰結を徹底的に引いたものである、という解釈については、ベーカー・ハッカー前掲書（注(54)参照）を参照して頂きたい。

（59）　この家については、モンク前掲書（邦訳）二五一頁以下を参照して頂きたい。この家に関しては、次のような一節（一九四七年）も遺されている。「古い文体（スタイル）を、いわば、新しい言葉で再現することができる。古い文体（スタイル）を、言うなれば、我々の時代に合ったテンポで新たな仕方で演奏することができる。それならば、それはそもそも再生産をしているだけだ。これを、私は家を建てたときに行ったのだ。私が言いたいのは、しかし、古い文体（スタイル）に剪みを入れて形を整える、ということではない。古い形を取り上げ、新しい美的感覚に合うようにしつらえ直す、ということではない。そうではなくて、実際には（おそらく無意識に）昔ながらの言葉をそのまま語るのだ。しかも、新しい世界に属する仕方で（だからといって、必ずしも新しい世界の美的感覚にあった仕方で、ではない）、語るのだ。」（VB S. 535）この一節は、美的感覚（嗜好、Geschmack）と独創性を対比させ、自分には前者はあるが後者があるか否か分からない、と述べた一節に続いている。

(60) ボルツマンはウィーン大学の教授であった。ショーペンハウアー、ヴァイニンガー、シュペングラーについては本文で触れた通りである。また、クラウスとロースもウィーンで活躍した叙述家と建築家である(ジャニク・トゥールミン著前掲書に詳しい)。

(61) ヴィトゲンシュタインの倫理についての考え方は、彼の宗教についての考え方(彼は新約聖書の福音書に見られる精神に共感を感じていた)と深く結びついている。本稿では、紙幅の関係で、彼の宗教についての考え方を主題から外さざるを得なかった。また、一九九八年以降、ヴィトゲンシュタインの全遺稿が四枚のCDとなって公刊中である。本稿の原形は一九九七年夏に作成されたので、このCD版遺稿集を参照することが出来なかった。なお、本稿でヴィトゲンシュタインの著作から引用を行った際は、できるだけ邦訳に従ったが、一部は独自に訳出した旨、お断りしておきたい。

モラヴィアのムシルたち

早坂七緒

ミラン・クンデラ（一九二九―）は次のようなことを書いている。

一六一八年チェコの上流階級の人たちが勇気を奮いおこして、自分たちの宗教の自由を守ることを決意し、（……）プラハの城の窓から皇帝の二人の高官を投げ落とした。そこでチェコ民族をほとんど完全に絶滅に導いた三十年戦争が始まった。当時チェコ人は勇気より慎重さの方を示すべきであったろうか？　答えは容易であるように見えるがそうではない。

三百年後、一九三八年のミュンヘン会議の後、全世界はチェコ人の土地をヒトラーに捧げることに決めた。当時八倍もの強力な敵に自分たちで戦って見るべきであったろうか？　一六一八年と違って当時は勇気よりもより多くの慎重さを持っていた。チェコの占領により、何十年あるいは何百年とチェコ民族の自由の究極的喪失へとつながる第二次世界大戦が始まった。当時（……）何をなすべきであったのか？

もしもチェコの歴史を繰り返すことが可能であるなら、そのつど違うほうの可能性を試してみて、そのあとで二つの結果を比較してみればもちろんいいに違いなかろう。このような実験がないなら、あらゆる考察は単に仮説の遊びにすぎない。

（……）チェコの歴史はもう一度繰り返すことはない。ヨーロッパの歴史もそうである。チェコとヨーロッパの歴史は人類の運命的未経験が描き出した二つのスケッチである。歴史も個人の人生と同じように軽い、明日はもう存在しない舞い上がる埃のような、羽のように軽い、耐えがたく軽いものなのである。（1-283）

ここでクンデラが念頭に置いているのは、Einmal ist keinmal（一度はものの数に入らない）という「回帰というものが存在しない」世界である。その対極にあるのはニーチェのいう「永劫回帰」という「もっとも思い荷物」（1-8）だ。前者では存在は軽くなり、後者では耐えがたく重くなる。もうひとつの可能性は「未経験の惑星」つまり「すべての人がもう一度生まれてくる惑星」であって、「やりなおしの星」だ。そこでは人々は「地球上で過ごした自分の人生、そこで得たあらゆる経験を十分に意識している。そして多分さらにもうひとつの惑星があって、そこではわれわれ誰もが前の二つの人生の経験をもって三度目の生を受ける。（……）オプティミストとは第五の惑星における人類の歴史が血で汚されることがより少なくなっていると考える人である。ペシミストとはそう思わない人である」（1-284）。

ここでクンデラの考察は途切れている。だが右の設定に乗りつづけてみよう。第二の惑星で、地球上でしたのとは「別な風に」決断してみる。第三の惑星ではまた別な風に行動してみる……。おそらくチェコの運命は第十番目の実験でも、悲惨なものになるのではないだろうか？　主人公トーマシュの人生もまた、不名誉と汚辱と零落の総量に変わりはないのではないだろうか？　それでも百％の絶望にはなかなか到達しないだろう。個々の局面、行為の順列組合せは無限に近くあるのだから、可能性を尽くすまでは、一抹の希望は抱きうる。しかしかりに「永遠」の時間と無限の記憶量が与えられたならば、数兆番目の星の上で遂に可能性は尽き、「いかなる決断をしても破滅と零落しかない」事実ないし摂理が絶望と直結する。それでも次のN＋1番目の惑星で「よし、もう一度」と生きることはできるのだろうか？　この「やりなおしの果ての絶望」とくらべたら、ニーチェのいう「永劫回帰」は、それほど絶望的に感じられないのではないだろうか？　つまり後者は、選び取ったものに徹底的に責任をもつという雄々しさの気風を帯びているのに対して、前者においてはもはや能動性には何の意味も残らないほどに、選択が無意味になっている。

こう考えてみると、「やりなおしの惑星」にあらざるこの地球上でわれわれが生きてゆけるのは、この生が未経験のものだからだということになる。われわれは選択を誤る、いや選択を誤ったように思う。「正解の選択肢」がどこかにあるのか、それとも実はどこにもないのか、それすら分らない。

“Es könnte auch anders sein”（別な風でもありうるのに）というローベルト・ムシル（一八八〇―一九四二）の有名な一文は、クンデラとムシルの類縁性を想わせるけれども、それぞれが考えている内容はかなり異なっている。クンデラは圧政と反抗、つまり一九六八年八月のソヴィエト軍によるチェコスロバキア占領以降の「正常化」の弾圧、圧政に対する行動と思想を主に念頭に置いている。ムシルの方は、一九一八年のオーストリア＝ハンガリー帝国の崩壊以前の、旧ハープスブルク帝国の市民であって、むしろ根拠の薄弱となった国家や市民生活、ひいては思考や感覚のパターンについて「別な風でもありうるのに」と考える傾向にあった。

クンデラは、ハープスブルク帝国が瓦解したあとの、「チェコ民族の自由の究極的喪失」が苦い現実となっている世界のなかのチェコ人であり、ムシルは瓦解する直前の帝国で「自分自身の存在理由が不十分だと感じていた」（2-33）カカーニエン人の一人だった。皮肉なことに、圧政に追い詰められ、いかなる選択も意味を成さないような形で抹殺されるトーマシュを描いたクンデラは、冷戦の終結という僥倖を得て、いまも健在である。他方、あらゆる能力を誇り、可能性の実現に迷う豪気なウルリヒを描いたムシル自身は、全体主義に逐われ、「チャンスを捉えない人生がいかに危険なものか、知らなかった……」（10-918）と書き留めつつ、不遇の死を迎えている。

クンデラはモラヴィアの州都ブルノで生まれた。ムシルもまた、ブルノで幼少年期をすごしたが、父方の三代前はモラヴィアのチェコ人だったのだ。(1) ムシルの祖父マティアスは、モラヴィアの寒村リヒタジョフの古い農家から出て、軍医となりグラーツで農場を経営した。父アルフレートは工学を修めてブルノの工科大学の学長になっている。ローベルトは自分が「半分はズデーテン・ドイツ人の血統で、四分の一は、名前が示すようにチェコ系である」(3-5) と記しているが、自分がチェコ人だとは毫も思っていなかったらしい。(2) オーストリア人であることは、民族性をもたぬことなのだ (4-23)。「オーストリアの本質は中心でなく、周縁である」(5-14) というロートの言葉に従えば、モラヴィアにもオーストリアの本質を見ることができるだろう。しばらくこの地方の来歴と特徴とを概観してみようと思う。

一　モラヴィア

モラヴィアは、あまり言及されることのない土地である。オーストリアの歴史を通読しても、ボヘミア、ハンガリー、スロヴァキアなどに比べて実に登場回数が少ない。登場してもマサリク（一八五〇—一九三七）やムハ（ミュシャ一八六〇—一九三九）の出身地として、という形が多い。オロモウツ（Olomouc）近郊のプシーボル（Příbor = Freiberg）は、かのフロイト（一八五六—一九三九）の生地である。エンドウをさまざまに掛け合わせて遺伝の可能性を追究したメンデル（一八二二—八四）の修道院はブルノ［モラヴァの州都］にある。そもそもモラヴィアの語源はモラヴァ（morava、ドイツ名 March）川であって、ポーランド国境のズデーテン山地のクラリツキ・スネズニク（一四二三メートル）山に源を発し、南下してオロモウツの南でベチヴァ（Becva）川と合

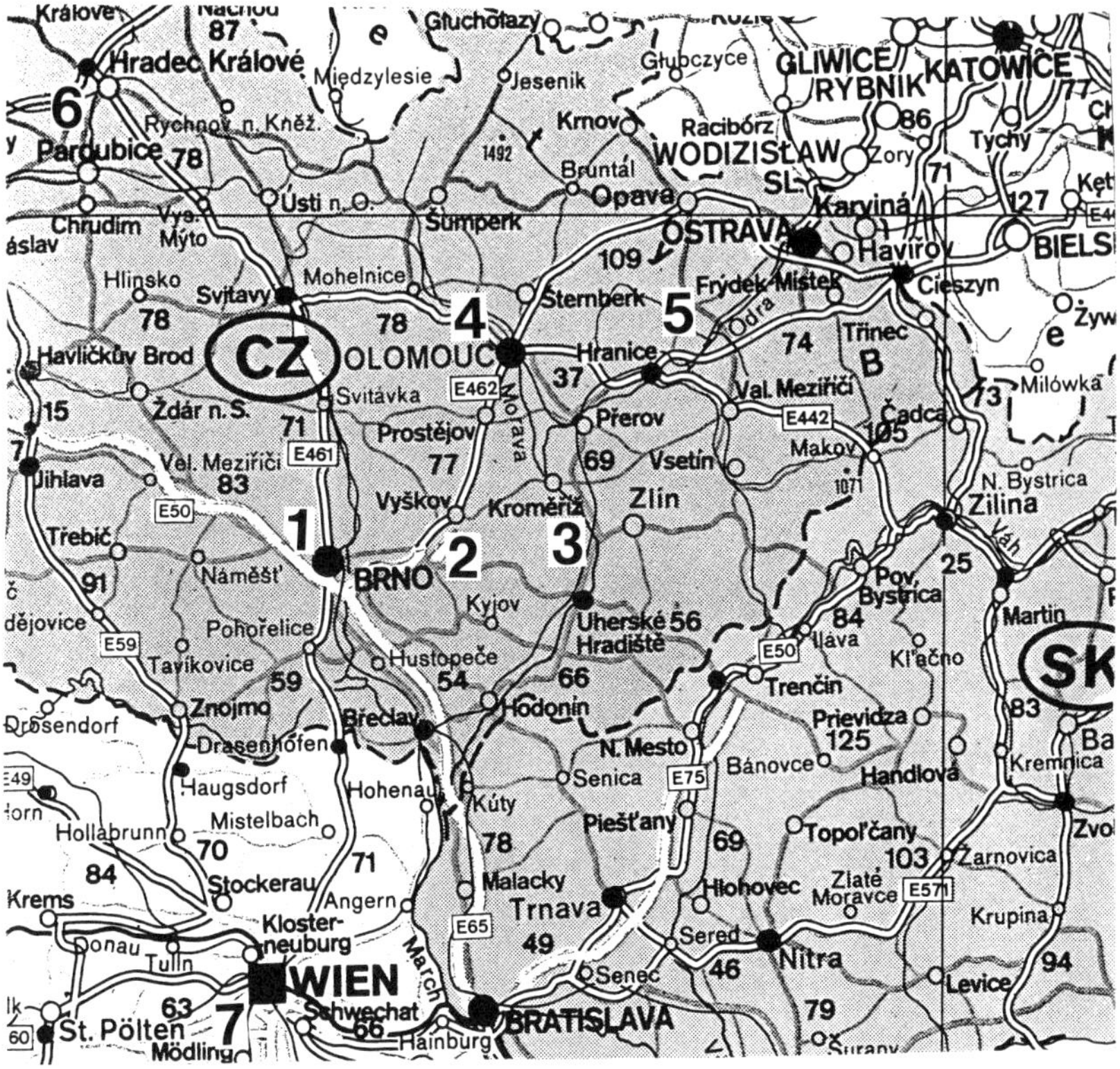

モラヴィア地図

1．ブルノ　2．ヴィシコフ　3．クロミェジェーシ　4．オロモウツ
5．フラニーチェ　6．ケーニッヒグレーツ　7．ウィーン

流し、さらに南下しつつスロヴァキアとの国境を形成し、ブラティスラヴァの西でドナウ河に合流する。現代の地図でウィーンから逆に北上する形で主要都市をたどっていくと、まず国境のミクロフまで五十キロほど。そこからブルノまで五十八キロである。ブルノから北東のヴィシコフ (Vyškov) まで二十キロ、そこからオロモウツまでさらに五十八キロ。オロモウツから東へ三十七キロのところにフラニーチェ [Hranice, 旧ドイツ名 Mährisch-Weißkirchen リルケやムシルが学んだ全寮制の陸軍実科学校があった] があり、そこからポー

ランド国境近くの町オストラヴァ（Ostrava）まで約五十五キロある。さらに北東方向に国境を越えれば、旧ガリシアとなり、北北西に七十キロほども行けばオシフィエンチム［Oświęcim，旧ドイツ名 Auschwitz］に至る。有名な古戦場もある。オロモウツから北西に約百八十キロのところにケーニッヒグレーツ（Hradec Králové）があり、またブルノの東二十キロにはアウステルリッツ（Slavkov）がある。

歴史的に見てみよう。五十万年前の直立猿人の痕跡から始まってケルト人、[3] ローマ人、ゲルマン民族、スラブ民族、[4] ドイツ人やフランドル人、ユダヤ人などが次々に移住したり放逐されたりした模様で、基本的にはヨーロッパ大陸の多くの土地とそう異なってはいない。モンゴル系のアヴァール帝国［五六八年―八〇三年］につづいて、大モラヴィア王国［八二〇？―九〇二年］が登場したが、マジャール人に王国が滅ぼされたあとほぼ千年間にわたって、モラヴィアはどこか別の国の属州や一地方としてのみ存在することになる。モラヴィア王国に関して特筆すべきは、二代目のモラヴィア侯ラスチスラフ［Rastislav 在位八三〇頃―八四六年］が東フランクに対抗してビザンツ帝国と結び、宣教師コンスタンティン（キリロス）とメトディオスの兄弟にモラヴィアで教会の組織化にあたらせたのだが、その際コンスタンティンがスラヴ語の表記のために考案したのが、のちのキリル文字の原型だったということである。[5] また、オロモウツ司教区［一〇六三年―］はボヘミア大公の相続がらみの内紛やプラハの貴族勢力との対抗上、インムニテート（治外法権）を持たされるなどして、重要性を帯びるようになった。[6] フリードリヒ一世（Friedrich I. Barbarossa）がモラヴィアを帝国直属の辺境伯領（一一八二年）としたあと、十三世紀にはモラヴィアにおいても東方植民が進んだ。これは西欧、とくにドイツから植民者を招いて期限付きの免税などの優遇措置や高い自由を与えるものだった。このためチェコ人も含めた農民の地位が向上し、貴族層の増大や都市の繁栄をもたらし、ドイツ文化とのつながりが強まり、ドイツ語が有力な言語となった。フス戦争の際には「モラヴィアでは一時フス派が優勢となるが、その後はカトリックが巻返し、シレジアやラウジッツにはフス派はほとんど浸透しなかった」という（6-76）。一八四八年の三月革命の前触れの一つとして、一八二一年春に南モラヴィアで起きた隷農蜂起がある。この賦役拒否運動は「軍隊によってようやく鎮圧された」（6-199）。隷農制度は、一八四八年の革命の重要課題の一つだった。モラヴィアの領邦議会には、選挙による農民議員が多く選出され、「農民議会」と称されたという。七月の憲法制定帝国議会で審議が始まり、ほとんど否決の憂き目にあう見込みだったが、九月のツィスライタ［ライタ川以西のハープスブルク領］隷農制廃棄の勅令（Grundentlastung）によって廃止された。しかし能率の劣るロボット（労役）から賃金労働に移行することによる農業生産性の向上は、意外に小さかったという。(7)

ウィーン十月革命が勃発してから、皇帝と宮廷はオロモウツに避難し、帝国議会はモラヴィアのクロミェジェーシ（Kroměříž・ヴィシコフの東約十キロ）に移っていた。ここで練られた憲法の最終草案は、信じがたいほど急進的であった。(8)

「すべての主権は人民から生じ、憲法の定めに従って行使される」「帝国のあらゆる民族は、平等の権利を持つ。各民族は、その民族性全般、とりわけ国語を保持する不可侵の権利を有する。……」議会は二院制で、下院は直接選挙による、というものであった（7-156）。ヨーゼフ・レートリヒ［Redlich, Josef 一八六九―一九三六。法律家、政治家、ウィーン大教授、衆議院議員、大蔵大臣などを歴任］はこれを、かつてオーストリアに提示された憲法のうちで最高のものだ、と断言したという。オーストリアは「惜しいチャンスを逃した」のであり、「ハプスブルク帝国衰亡史」の著者アラン・スケッドも「もしこの憲法を試しに施行していたら、帝国が平和に発展する基盤になったのではないか、という感がぬぐえないのである」と記している（7-157）。結局、一八四九年三月七日、政府は軍隊によって議会を解散し、同時に欽定憲法を公布して、旧体制を維持した。その経緯についてはいろいろな説があるようだが、新帝フランツ・ヨーゼフが君主親政を当然としたため、という説には、ある種の感慨を覚えざるを得ない。ヨーゼフ二世の啓蒙政治の成果を、王家は結局潰さざるを得ないのだ。ルターのはるか以前の先取りともいえるフス派の先進的な運動も、各地で花開こうとする可能性をも、圧殺しつづけ、ついには己れをも壊滅させてしまうハープスブルク。光源の星自体が消滅していても光が見えつづけるように、帝国の威光を維持し信奉するという、ハープスブルクの「保守」性には、どこか忌まわしい黴の匂いがつきまとっている。

このアメリカ合衆国憲法にも比されるクロミェジェーシ憲法草案が育ったのがモラヴィアであったことは、偶然にすぎないだろうか。筆者にはなにか、一地方にすぎないこのモラヴィアに可能性を育むところがあるような気がするのである。

二　ブルノとムシル

ローベルト・ムシル（一八八〇クラーゲンフルト―一九四二ジュネーヴ）は一八九一年から九二年にかけて一年半ほどブルノに住んだ。父の転勤による移動だった。[9] ムシルは州立上級実科学校に通ったが、九二年八月二十九日に「家庭での教育の困難が原因で」（8-78）アイゼンシュタットにある陸軍下級実科学校へ転校することになる。一八九七年十二月、十七歳のムシルはそれまでの軍人教育のコースを飛び出し（父の提案による）、ほぼ六年ぶりにブルノに戻って一八九八年一月からブリュン工科大学の機械工学科の学生となる。それから一九〇二年の九月三十日まで（翌日からムシルはシュトゥットガルト工科大学の無給助手となる）の四年半が、若きムシルにとって重要な時期となる。ニーチェを読み、初めての詩作をこころみ、今に残る日記の断片『ムッシュー生体解剖師』が書かれ、いわゆる『ヴァレーリエ体験』があり（一八九九年）、「ブリュンの作家たちの朗読会」では自作

『パラフレーズ』から朗読し（一九〇三年三月）、ヘルマ・ディーツ（『トンカ』のモデル）との交情が始まり（一九〇一年）、『テルレス』の草稿も書き始められたのである。[10]

その後ムシルは、シュトゥットゥガルト、ベルリン、ウィーンと居を移して、ブルノには戻らないかに見えるが、作品を読む者にはそうは思えない。なによりもまず『特性のない男』第二巻の冒頭では父の訃報を受けた主人公ウルリヒが故郷の町に帰ってくるのだが、この町がブルノにほかならない。小説で語られる町の来歴や、郊外の『スエーデン砦への散歩』[11]（12-3-733）が章題となっていることからも、これは明らかである。小説では喪

ティヴォリ・ガッセの家。『特性のない男』第二巻のウルリヒの両親の家のモデルと思われる。

守護天使。アウグスティーナー・ガッセの家の向かいの女学校の壁に今も舞っている。

アウグスティーナー・ガッセの家の中庭に面した窓からの眺め。「ムッシュー生体解剖師」の見た光景と思われる。

中の日々を妹アガーテとともに過ごすウルリヒの充実した状態が描かれるが、この「実家」は構造の描写からみて、ムシル家がブルノで住んだ二番目の家（ティヴォリ・ガッセ二十四番地）[12]と思われる。ムシルの両親が一九二四年に相次いで息をひきとったアウグスティーナー・ガッセ十番地の家には一九九二年十月に記念銘板（チェコ語とドイツ語による）が設置されている。この家の斜め向かいにあるチェコ人のための女学校ヴェスナ[13]の壁面には大きな守護天使像があり、ムシル家の窓からよく見えたはずである。遺稿には「守護天使」と題された断片が残っており、これはのちの「静かなヴェローニカの誘惑」の萌芽と見られている。[14]

　ムシルの日記の冒頭を飾る『ムッシュー生体解剖師』を読むと、これがアウグスティーナー・ガッセの家の裏庭に面した窓から、向う側の家々を望んで書かれたものであることがわかる。

「……この時刻にぼくは好んで窓辺に立つ。はるかむこうに黒く力強い影があるが、ぼくはそれが庭園の向こうの家並みであることを知っている。そこかしこに孤立した黄色の正方形がある。――アパートメントの窓だ！　いまは人々が劇場かレストランから帰ってくる時刻である。ぼくはかれらのシルエットを黄色い正方形のなかの黒い平面として見る。ぼくはかれらが窮屈な夜会服を脱ぎ、いわば内面化するのを見る。生は、かれらにとって、いまや権利を回復したあらゆる親密な関係によって、二重になっている。」（10-3 圓子修平訳）

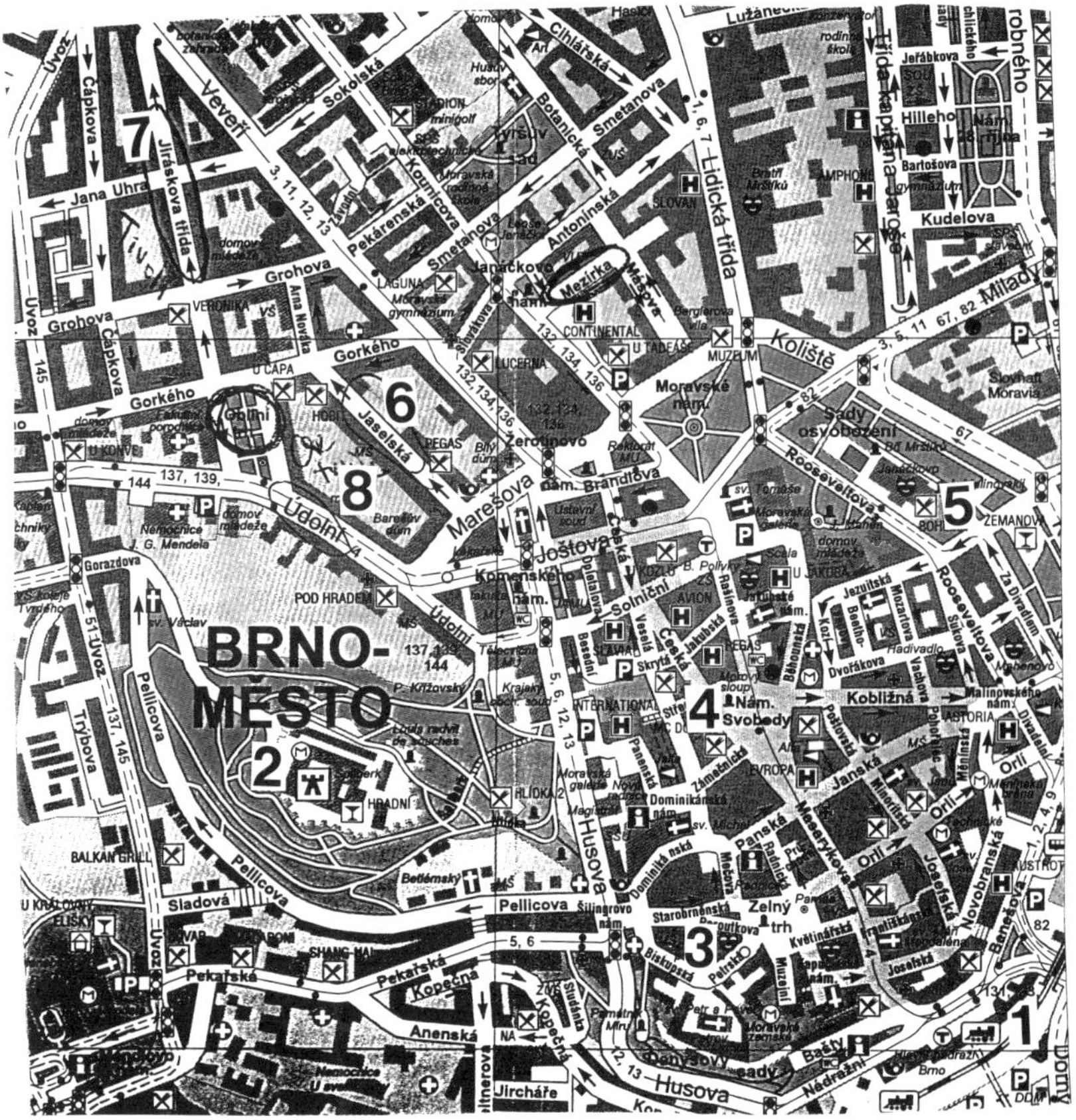

ブルノ地図
1．ブルノ駅　2．シュピールベルク　3．ペトロフ　4．自由広場
5．リング　6．アウグスティーナー・ガッセ　7．ティヴォリ・ガッセ
8．タール・ガッセ

ムシルの作品にくり返し現われる、窓辺に立つ主人公の原型が、ここブルノの両親の家で作られたといってよいだろう。一九二四年の両親の死後、ローベルトとマルタは、この住居を買い取ってブルノに定住しようと試みたのだが、困難な事情があって断念した（10-916）。

まずブルノの歴史を概観してみよう。名前は古代スラブ語のｂｒｎすなわち「土、ぬかるみ」に由来するという。実際、スヴィタヴァ川とスヴラトゥカ川とに挟まれた湿潤な土地であって、先史時代から人が住んでいた。[15] スラブ人の大モラヴィア王国の都 Staré Zámky bei Lísen が崩壊してのち、ブルノが重要な都市となった。ブルノの名前は早くも二世紀の始めに歴史に登場しており、岩棚（ペトロフ）に築かれた城と、城門を備えた保塁が記録されている。[16] 一二四三年、ヴェンツェル一世がブルノ市に最初の特権をあたえ、その後プシェミュスル二世がペトロフ丘の砦を解体して、かわりに最も高い丘の上にシュピールベルク砦を作った。ペトロフ丘には現在ペテロ・パウロ聖堂のゴシックの塔が聳えており、シュピールベルクの砦はその後監獄となり、フランスの革命家、ハンガリーのジャコバン党員、イタリアのカルボナリなど国際色豊かな囚人が閉じこめられることになる。ネストロイがしばしば滞在したのは有名な話だ。ブルノは一六四一年からモラヴィアの州都となっていた。ナポレオン戦争をきっかけに、ブルノは産業革命に突入したという。まず繊維産業が発達し、「モラヴィアのマンチェスター」と呼ばれるに至ったが、のちに機械製造の中心地となった。十九世紀の半ばには、ウィーンと同様、市壁の撤去された跡地（リング）に擬古典主義の建物がつぎつぎに建てられた。なかでもマーヘン劇場は、エジソンの助言に基づいてヨーロッパで最初に電気照明を取り入れた劇場の一つであるという。[17] 一九三〇年台には、ブルノは前衛建築の中心地だった。これは現在も二月、四月、九月に国際交易会が開かれるピサルキ地区を見ればうなずける。アドルフ・ロース（一八七〇—一九三三）もブルノの出身だった。

こうしてみると、二十歳前後のムシルが四年半住んでいたころのブルノ（当時の人口十万九千人）が、進取の気性に富み、技術革新がつぎつぎと生活の様相を変え、場合によっては「生き馬の目を抜く」ような熾烈な競争をはらんだ現代都市だったことが想像される。また実際、列車で二時間足らずでウィーンに行けるため、人々の眼は肥えていたという（13-47）。短篇『トンカ』の主人公がトンカと出会うのも、「リング」なのである。[18]

「本当のことをいうと、彼がはじめて彼女に会ったのは、ある石造りのアーケードのある大通り、「リング」でのことだった。そこの町角には士官や政府の役人たちが立っており、学生や若い商人たちが往き来し、娘たちは勤めが終えてから（物見高い連中は昼休みにも）、三々五々、腕を組んで散歩するのだった。……」（12-6-272　川村二郎　訳）

そしてトンカが「反物問屋」に勤めていたことも、商店主の息子たちの軽薄そうな様子も、「モラヴィアのマンチェスター」ブルノの当時の状況から、いかにも無理のない設定であることが分るのだ。

「それは、たくさんの娘たちを倉庫番として雇っている大きな商店だった。彼女は巻いた反物を点検し、見本の請求に応じて、それに該当するものを捜し出すのが仕事だった。（……）だがそれから、商店主の息子たちが思い出された。そのうちのひとりは、先端がちぢれている栗鼠のような口ひげをたくわえて、いつもエナメル靴をはいていた。彼がどんなに上品だったか、何足靴を持っているか、トンカはことこまかに話すことができた。」（12-6-273　川村訳）

主人公の寝たきりの祖母の介護のために、わずかな金で住み込み女中として雇われたトンカは、貧しいチェコ人で、ドイツ語の語彙も少ない。主人公と二人してのピクニックで「彼女の故郷の民謡」を歌うトンカは、「彼にまず歌の文句を原語で歌ってきかせ、それからドイツ語に訳してみせた」（12-6-276）。したがって作者自身の投影とみなされる主人公はチェコ語を解さないことになる。ムシルの三代前のマティアス・ムシルは同じモラヴィアのチェコ人の農民の出だったのに、である。

テイラーの「ハプスブルク帝国」には興味深い記述がある。一九一〇年の調査で、モラヴィアではドイツ人が三〇パーセント、チェコ人が七〇パーセント（ドイツ人六十万人、チェコ人百五十万人）だった。[19] だがこの統計は「日常語・買物の言葉」が何語かによって分類されたものなので（例えばタイムスの記者がドイツ人に分類された）、正確に民族の頭数に対応したものではないらしい。都市におけるドイツ人の「人工的多数派工作」（4-388）により、「ドイツ人」に分類されるスラブ人も多かったと思われる。

「ドイツ人というのは、階級の名となっていた。それは本質的には商人を意味した。（……）それが都市の技術を実践する人すべてに拡張された。つまり作家、学校教師、事務員、弁護士にである。チェコ人、ルーマニア人、またはセルビア人である農民の息子で企業心のある者は、都市に入りこみ、ドイツの技術を学び、彼の仲間の小売商に対してドイツ語を話した。その子供たちは父の農民言葉を軽蔑し、その孫たちはやすやすと国家的な仕事に就き、かつて彼らがドイツ人でなく都市住民でなかったことを忘れてしまった」（4-26f.）

リヒタジョフ村を出て軍医となった祖父マティアス、ブリュン（ブルノ）工科大学学長となった父アフルレートをもつローベルト・ムシルは、まさにテイラーの描く三世代のパターンを実践していると見てよいだろう。当時、ハープスブルクでは支配民族と被支配民族とがはっきりと分かれていた。

支配民族＝マジャール人、ドイツ人、ポーランド人、イタリア人

被支配民族＝スラブ諸民族（ポーランド人以外）、ルーマニア人

そのなかで、チェコ人は知的な生活をもち、資本主義産業を拡大させて、中間階級の民族になったという。(4-37f.)「トンカ」の主人公とトンカとは、被支配民族から抜け出して「ドイツ人」になった者と、被支配民族のまま都市のプロレタリアートになったチェコ人との、落差のある出会いを演じているのだ。[20]

さて、ブルノでのムシルの生活はどうだったのか? まず住居を確かめておこう。一家がブルノに来たとき、最初はアウグスティーナー・ガッセ(現ヤセルスカ)二十番地(当時は十八番地)に住み、次いでティヴォリ・ガッセ(現ジラスコヴァ通り)二十九番地に移り住んだ。一八九四年から九七年まではタール・ガッセ(現ウドルニ)二十四番地に。ついで再びアウグスティーナー・ガッセ(現ヤセルスカ)十番地に引っ越して両親は約二十六年間をこの家で過ごすことになる。[21] どの住居も旧市街区を示すリング通りのすぐ北西に伸びる、閑静な住宅街にある。現ブルノ大学も同じ区画にあり、リングに出ればすぐに工科大学も図書館も劇場も徒歩で訪れることのできる、恵まれた位置にあるといえる。なお当時、ウィーンから列車で二時間で来られるブルノが近すぎるため、大学は設置されなかったという(13-47)。しかしギムナージウムはあり、一九〇四年六月にムシルは遅れ馳せながらここのドイツ国立ギムナージウムで高校卒業資格試験に合格する。シュタイアの実科学校、アイゼンシュタットとメーリッシュ・ヴァイスキルヒエンの陸軍実科学校およびウィーンの軍事アカ

アウグスティーナー・ガッセの両親の家。入り口の右に記念銘板が見える。

デミーで教育を受けてきたムシルには、人文科学的な素養が欠けており、グスタフ・ドーナト等のブルノの青年たちとの交際において自分が「半野蛮人」（10-153）にほかならないことに気付いて愕然として以来、ムシルは「挽回の必要性」を痛感して大いに文学や芸術に親しんだ。

産業革命以来の「実務」重視の教育、くわえてイタリア統一戦争や普墺戦争の敗北から軍事教育の重視が謳われ、昨今のわが国と同様に、ラテン語を中心とする人文主義的な外国語教育を削減ないしカットし、国語教育でさえ、人格形成（ビルトゥング）を度外視して実務能力の育成を図る、という付け焼き刃の文教政策（13-17ff.）が施行されたお蔭で、ムシルのような自称「半野蛮人」ができあがったわけである。

文科系ギムナージウムには元々文学（Dichtung）を「人間を、実用にとらわれずに（zweckfrei）教育するためのきわめて高尚な機関」とみなす傾向があった。他方、実科学校では文学は「道徳的な教訓の伝達手段」だった（13-28）と「若きムシル」の著者ムーロートは述べている。それどころか、実科学校の国語の読本には次のような記述さえ見られたという、

> ドイツ民族は、太古にヨーロッパに移住してきたゲルマン民族に属している。ゲルマン民族は、戦闘的できわめて才能に富むアーリア民族から派生した。（13-29　傍点は原文隔字体）[22]

ナチスによるドイツの崩壊は、ひとりヒトラーの為せる業ではなく、数十年前の教育現場における譲歩からも準備されていたことがわかる。かくしてムシルは、自分が逸してきたものの大きさに驚き、大学生や俳優たちと交遊しはじめた。[23] ブルノの「ドイツ学生読書クラブ」と称する文学協会の催しにも参加した（13-43）。当時ブルノには三つの文学協会があり（他の二つは、「ドイツ・ジャーナリストおよび作家協会」と「『ドイツ館』協会」）平和

に共存していた。またそれぞれ最新の文学者を招き、最新の文学作品を紹介していたという。[24]

グスタフ・ドーナトの回想によれば、ムシルは「午後のシエスタの時間に、彼の出来たばかりの、叙情的で繊細な情感にあふれた詩を朗読して聞かせてくれた」という(13-43)。二人とも、自分も相手も「途方もない(芸術的な)才能の持ち主だ」と思っていた。二人はダヌンツィオ、リヒャルト・シャウカル、ペーター・アルテンベルクを読み、また「モデルネ」の作品に出くわした。「モデルネ」には「読本文芸」とはまるで反対の世界があった。美的理想は覆され、ニーチェの要求は実践され、すべての上に「非道徳的なもの」の雰囲気が漂っていた。エキゾティックでエロティックな、ユーゲント様式の飾りのたっぷり付いた新傾向は、おおいにムシルの気に入った(13-44)。彼はモラヴィアの州立図書館の借り出し人となり、「新フライエ・プレッセ」の文芸欄などを見守り続けた。超モダンな「ヴィーナー・ルントシャウ」などは自分で購読したか、友人宅かクラブで読んだ。[25]

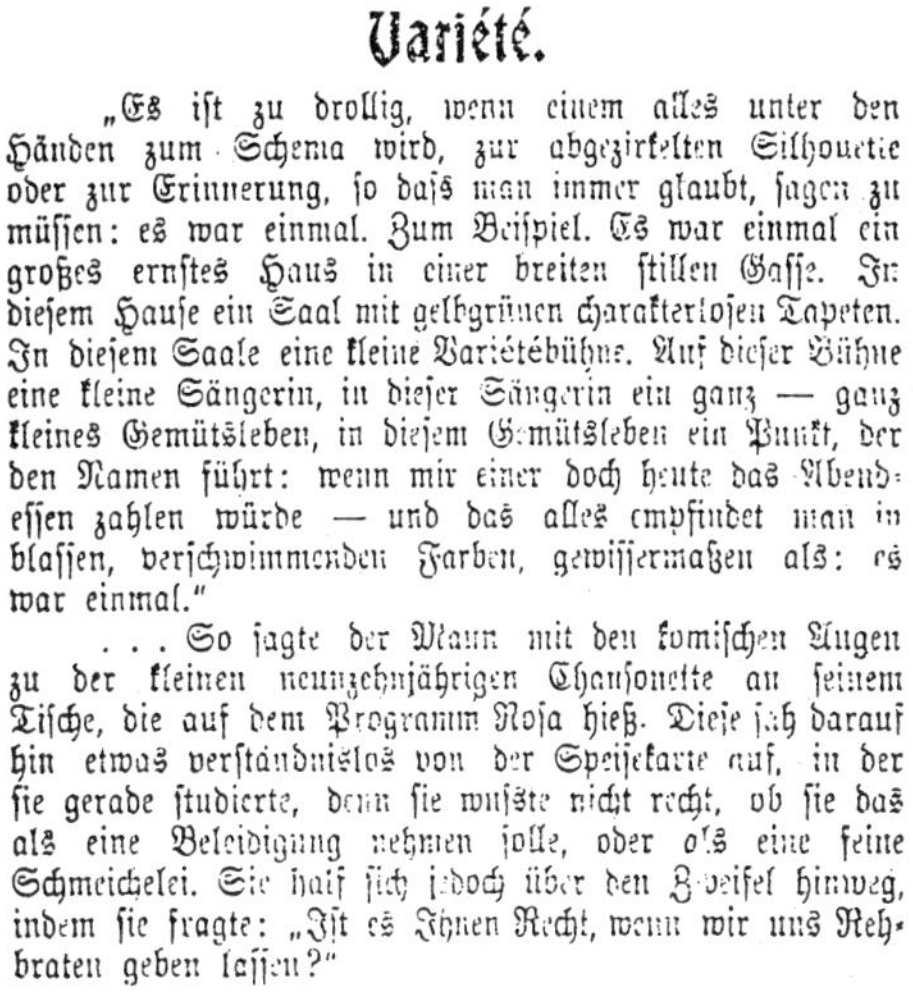

Variété.

„Es ist zu drollig, wenn einem alles unter den Händen zum Schema wird, zur abgezirkelten Silhouette oder zur Erinnerung, so daſs man immer glaubt, sagen zu müssen: es war einmal. Zum Beispiel. Es war einmal ein großes ernstes Haus in einer breiten stillen Gasse. In diesem Hause ein Saal mit gelbgrünen charakterlosen Tapeten. In diesem Saale eine kleine Variétébühne. Auf dieser Bühne eine kleine Sängerin, in dieser Sängerin ein ganz — ganz kleines Gemütsleben, in diesem Gemütsleben ein Punkt, der den Namen führt: wenn mir einer doch heute das Abendessen zahlen würde — und das alles empfindet man in blassen, verschwimmenden Farben, gewissermaßen als: es war einmal."

. . . So sagte der Mann mit den komischen Augen zu der kleinen neunzehnjährigen Chansonette an seinem Tische, die auf dem Programm Rosa hieß. Diese sah darauf hin etwas verständnislos von der Speisekarte auf, in der sie gerade studierte, denn sie wuſste nicht recht, ob sie das als eine Beleidigung nehmen solle, oder als eine feine Schmeichelei. Sie half sich jedoch über den Zweifel hinweg, indem sie fragte: „Ist es Ihnen Recht, wenn wir uns Rehbraten geben lassen?"

ブリュンナー・ノイエ・ツァイトゥング1900年4月19日号に載った「ヴァリエテ」。ムシルの作品の最初の活字化。(Drlík 氏提供)

一九〇〇年三月二十日のブリュンナー・ツァイトゥングに、「ドイツ学生読書クラブ講演会」の通知が出た。八人の作家が「ブリュンの作家たちの夕べ」を催して、みずから作品の一部を朗読するもので、「R・ムシル氏」も加わっていた。[26] この講演会は延期されたが、ドゥルリーク氏の発見したターゲスブラット紙の三月三十一日号(一九〇〇年第一五一号)によれば、三月二十九日(木)に講演会が行なわれた。

ローベルト・ムシル氏は最初の講演者として登場し、導入の挨拶をしたあと、この講演の夕べの主催者の意図するところを説明した。それからグロテスクな物語「ヴァリエテ」を朗読した。その独特な魅力に聴衆は固唾を飲んで聴き入った。（記事より抜粋）

この「ヴァリエテ」は、四月十九日の週間新聞「ブリュンナー・ノイエ・ツァイトゥング」に掲載され、おそらくムシルの作品でもっとも早く活字になったものと考えられる（14-131）。かくして一九〇二年には、この「元・野蛮人」は「未来」という雑誌のコラム記者を志願するまでになった。ムシルは散文による抒情的スケッチ「パラフラーゼン」を出版しようとしたが、ある批評家の異議にあって挫折した（13-46）。

さて「学長の御令息」ムシルは「ドイツ学生読書クラブ」だけでなく、「ドイツ学生サイクリング・クラブ」（のちにフェンシング・クラブへと発展する）委員会にも参加した。もともと狭い世間のことで、「ドイツ館協会」の会員がそのまま市の名士連を意味していた。一九〇一年の四月十四日に「ドイツ館」で開かれた「ブリュンの小児病院と愛国的救援協会のための慈善フェスティバル」に際して、「青い草紙（das Blaue Blatt）」と銘打たれた小冊子と特別号の新聞が発行されたのだが、そこにムシルの名前はなかったという。名士の御令息を忘れるはずもないので、このときムシルはフェンシングに熱中していたのだと考えるほかはない。「慈善フェスティバル参加・フェンシング・アカデミー」の公開演技のために、ムシルはスエーデン砦で腕を研いていたという。これは、彼が待ち望んでいた兵役の準備でもあった（14-131）。

ドゥルリークの「知られざるブルノ」には、一九〇五年のドイツ人とチェコ人たちの闘争（チェコ人のための大学の設立要求をめぐって）が記されている。たとえばヤナーチェクは「ドイツの」市街電車をボイコットし、パデレフスキーのピアノ演奏会はドイツ系の新聞にだけ報道され、逆にヤロスラフ・コツィアンのヴァイオリン演奏会はチェコ系の新聞だけが言及した。ブルノは二つの世界に分かれていたのであり、この収拾のつきにくい世界はムシルの「カカーニエン」像にまで影を落としているだろう、というのがドゥルリークの意見である。「ムシル自身が気づかないほど、ブルノはムシルの生涯に強烈に食い込んでいる」ようである（14-133）。

三　フラニーチェ（メーリッシュ・ヴァイスキルヒェン）[27]

ムシルは十三歳から十六歳にかけて（一八九四年九月―九七年九月）フラニーチェにあるオーストリア陸軍上級実科学校に在学した。「Wにある寄宿学校で成長した、というのは特別なお墨付きを意味していた」（12-6-8）と、のちに『陸軍生徒テルレスの惑乱』に記されるように、軍人のエリート・コースに組み込まれた施設であって、ムシルの伯父のルードルフ・ムシル（一八三八―一九二二、元帥、貴族に列せられる）、従弟にあたるカール・ムシル（一八九九―一九六七）もこのメーリッシュ・ヴァイスキルヒェン（ドイツ名）で学んでいる。ただし従妹アンネマリーの長男ゴットフリート（一九一七―四三、ロシア戦線にて戦死）が学齢に達したときには、フラニーチェはオーストリアに属していなかった。

ムシルの日記のどこにも褒め言葉は見あたらない。「MWフラニーチェ（悪魔のケツの穴）」（10-953）とか、「教育はおしなべて下士官向きだった。」「流刑人のほうがましだった。あの洗面施設（……）。便所（……）。ぼくが今きれい好きなのは、過剰補償なのだろうか？／なぜ両親は抗議しなかったのか？　いまでも分からない。畜生！」（10-936）といった具合である。

ライナー・マリア・リルケ（一八七五―一九二六）も一八九〇年九月に、この陸軍上級実科学校に進学している。しかし僅か三カ月後に「病気のため」休暇をとり、二度と戻っては来なかった（15-26f.）。「厭わしい陸軍学校」というのが、リルケの総括だった。手紙にも「野獣のような殺戮欲（これは誇張ではない）に駆られた虐待をするのに、尻込みすらしない、あの卑怯で、臆面もない冷血ぶり…」について書いている（15-29）。どうやら級友たちは、柔弱に育ったリルケに嘲笑をこめた敵意で接したらしい。

ムシルはこのようなからかいの対象にはならなかった。中編「テルレス」には次のような件がある。テルレスは文学を玩ぶことには距離をおいていたのだが、それは「そのような借り物の感傷の滑稽さにたいする、鋭敏な感性をもっていたからだ。こういう感性は、いついかなる時でも喧嘩と殴り合いに即座に応じる必要のある生活のなかで、研ぎ澄まされるものだ」（12-6-14）。リルケが中退してから三年半経っても、乱暴な校風に変わりはなかったらしい。

ギムナージウムに進学しなかったムシルは、後年この実科学校にいかに貧弱な教師連しかいなかったかを振返っている。[28] ともかく、この施設がどのようなものであったか、筆者は実際に見学したので、それを報告することにしよう。[29]

広大な敷地をもつ兵営は、フラニーチェ市の西方、幹線道路E四六二から右折して「チェコ陸軍通り」に入るとすぐのところに聳えていた。この通りに面して、ほぼ東西六百五十メートルにわたって延々と建物が続いている。その両端から南北に三百メートルほどの塀が敷地を囲んでおり、内部に広大な矩形ができている。その大部分は並木道と更地である。通りに面した建物は、ざっと三つの部分から成っている。東端にあるのが、以前の陸軍上級実科学校で、現在は兵役義務者の兵営に使われている。本館が真ん中で、マリアテレージア・イエローに塗られて聳え立っている。西側にある大きな四角形は、以前の騎兵幼年学校である。これらは一八六三年から六五年にかけて造られ、一八七六年に廊下やホールによって連結された。旧陸軍上級実科学校の北側五十メートルほどのところに、聖バルバラ教会がある。これは鉱夫と砲兵の守り神だそうだ。同様に本館から北側に離れたと

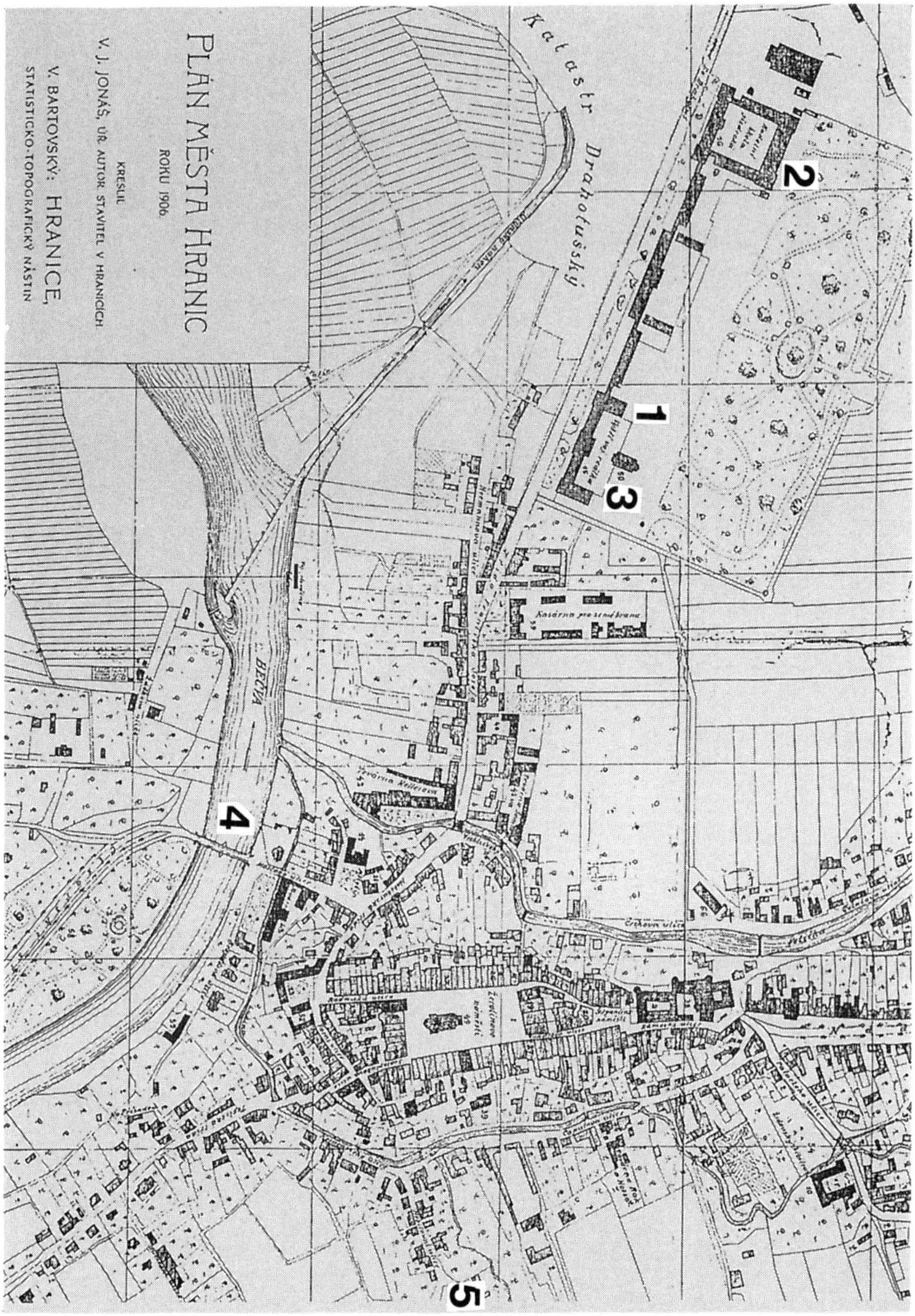

1906年のフラニーチェ。
1．陸軍上級実科学校　2．騎兵幼年学校　3．聖バルバラ教会
4．唯一の橋　5．駅に向う道

ころに、新館があり、将校たちが三カ月の研修のために滞在するという。以前は本館と、実科学校のあいだに食堂があった。本館と騎兵幼年学校との間には、体育館、フェンシング・ホール、ゲオルク・ホール、それに接続して鏡の間がある。入り口や曲り角には警備の兵がおり、さすがに警戒は厳重である。[30]

はじめに聖バルバラ教会（一八六五建立）を見学。そう大きくはないがたっぷりと装飾が施されていた。白い半円アーチ模様フリーズが、一階と二階、二階と三階のあいだを走っており、壁面はあざやかなマリア・テレージア・イエローに塗られていた。内部の格天井や、青く塗られた壁面――組合せ文字でＩＨＳが浮き出ている――は、往時の煌びやかさを忍ばせる。祭壇画は修復されたばかりに見えた。陸軍生徒たちは週に一度はミサに出なければならなかった。戦争中は教会は大いに賑わい、戦後にはふたたび閑散とするのだった。社会主義政権の時代は、この聖バルバラ教会は物置として傷むに任された。二、三年前から、ここは市の唯一のコンサートホールとして活用されているという。

本館に移る。これは三棟の切妻造りの塔と、それを繋ぐ二棟の四階建ての家から成っている。四階の庇の下に、白い半円アーチ模様フリーズが走っている。隅柱の上端にはすべて、コリント式の半柱頭が突き出している。屋根の上には奇妙な柱がある。二メートルほどの高さで先端にアザミのような刺が立っているものだ。切妻の面の真ん中にトレサリーのような装飾がある。胴蛇腹が、各階の境目を走っており、その凸部の下には、かつての黄色が残っていた。これら細部のすべてが、この建物が権威ある正式の様式にしたがって建てられた兵営であることを物語っている。

本館の、以前のままの寝室に案内された。前室には洗面所と湯沸器まであったが、これは最近導入されたものだろう。次の間には四台の簡素な低いベッドがあった。二台ずつ壁に沿い、頭部と頭部を接して置かれていた。足元に石炭でいっぱいの木箱。隅のほうに白いストーブがあった。部屋の中央に質素なテーブルと四脚の椅子。

壁に開いている通路を通ると、となりの大きな部屋に達する。ここにも四つのベッドとストーブが一つある。それぞれのベッドに一つずつ小さな戸棚が付いている。私物入れであろう。ベッドの足元の位置には、入念に畳んだ掛け布団があった。よく磨かれた緑色の床は光っていた。白い漆喰壁と相俟って、どの部屋も清潔で、兵舎らしく簡素に見えた。残念ながら旧実科学校の建物内部は見られなかったが、目下兵役義務者が入営中ということで、諦めるしかなかった。

フラニーチェの旧陸軍上級実科学校。庭園の側から撮影したもの。

図書室は、もともと他の建物にあったのが引っ越してきたものだった。チェコ語版の『テルレス』もあり、貸し出しカードをみると何度か借り出されていた。ムシルが小説で述べていたような蔵書（軍隊生活の滑稽譚など）にはお目にかかれなかった。説明によると、一九一五年（第一次世界大戦中）にドイツ人たちはフラニーチェから去っていった。そのあと、チェコ人のギムナージウム教師たちがここで授業をしたが、その間にドイツ語の書籍は散逸してしまったと考えられる。

廊下を通って正面玄関に向う。腰板は肩の高さまであり、床面はタイルで美しく覆ってある。その両端には小さな、青い縁取りのあるタイルが続いており、それらの小タイルには一つ置きに白い花、青い花が描きこまれている。中央の大きめのタイルには紺色の斜めの線が入っており、それらの組合せにより、大きな菱形が繰り返されている。玄関に通ずるドアにはトップライトがあり、花模様がついているので薔薇窓のように見える。これらはすべて元のままであるという。

正面は立派なものだった。三階にバルコニーがあり、一、二階から伸びた装飾柱がしっかりと支えている。扉には四つの紋章があった。チェコ（ボヘミア）、モラヴァ（モラヴィア）、スレッコ（シレジア）、そして再びチェコであった。かなり幅広い土地が、建物と大通り（チェコ陸軍通り）を隔てていた。

つぎにゲオルク・ホールに入った。上方の壁に大きなレリーフがあり、聖ゲオルクが龍を退治していた。頭の高さまで、彫刻のある腰板が黒光りして張り巡らされていた。以前は将校たちのサロンであったようだ。すぐ隣が鏡の間で、これは他の部屋とはまったく雰囲気が違っていた。柱もフリーズもルネッサンス様式で、白く塗られ、金で縁取りされていた。三連のシャンデリアが広間の豪華さを高めていた。柱の間にかけられた鏡は奥行を演出していた。乃木将軍（後述）もおそらくこの広間で歓待されたのだろう。

体育館は妙に細長い建物で、肋木が壁高く続いていた。天井は四角い梁によって一メートル間隔に区切られており、交互に赤と青の花模様が消え残っていた。これもオリジナルである。小さな兵器博物館もあった。大砲や地形図のほかに、ロケットエンジンの模型もあった。一九六〇年から一九八九年までここはスカッド・ロケットの基地であった。ソ連軍が導入したのだ。それ以前は砲兵隊の基地であった。いずれもよく訓練された、優秀な兵員を必要とする。この兵営は、政体は交替しても常に、中部ヨーロッパにおける重要な軍事基地であり続けている。

最後に食堂を訪問した。もともとは三つの食堂があったが、現在はこの一つだけが営業している。入り口から配膳台までながい手摺りが続いており、兵役義務で入営している若者たちがにぎやかに列を成して入ってきた。すべては清潔だったが、設備等は百年前とはだいぶ違っているだろう。

以上で兵営の見学は終るが、ムシルが滞在していた頃のオーストリアの軍事教育について概観しておきたい。当時は四年制の陸軍下級実科学校が四校（各校一学年一学級、五十名）あり、三年制の上級実科学校は一校（一学年三学級、各五十名）、すなわちこのメーリッシュ・ヴァイスキルヒェン校だけであった。一八九一年一月には、生徒総数は四百六十二名であった（15-36f.）。標準的な軍人コースは以下のとおりだった。まず小学校四年生をまともな成績で卒業すると、陸軍下級実科学校へ進学する。四年後に上級実科学校へと進学する。それから二年制の軍事アカデミーに進む。ここを総合で「良」以上の成績で卒業すれば、少尉になれた。「可」であれば士官に、「不可」であれば伍長（下士官）となった。だから、ムシルが軍事教育を受けた事情も見えてくる。ムシルは「パパはルドルフ伯父さんのことを考えてそうしたのだ。計算では、十九歳半でぼくは少尉で、自活できるわけだ。手ごろな学資を出すだけで、ぼくは将来の不安のない裕福な男になるって寸法だ」とメモしている。後年、ムシルが記した覚え書きによるとローベルトの母は厳格で癇癪持ちだった。それに対してローベルトが荒れ狂った。親子三人が、別々に暮らすほうがいいと同意して、ローベルトは陸軍実科学校へ進学したのである。ところが実科学校はそれほど理想的なところではなかった。

教員のレベルは低かったが、その原因は学校が辺鄙な田舎にあったためだけではない。「裏口システム」ともいうべき制度があって、たとえば退役軍人が、必要な学歴なしに、時には高校卒業資格すらなくとも、教員となれたのである（13-33）。市民の雇用は意図的に避けられた。全教員が軍人なのである。「教育は（……）まったく下士官向きのものだった。助手や学級軍曹（そしてこいつとぼくの対立）」（10-936）とムシルも日記に記している。たしかに、一八七四年のA・フォン・ヴルンプ中佐の命により、実科学校でもギムナージウムと同等のカリキュラムで教えることになってはいた。だが陸軍生徒たちは、さらに「軍事的技能と訓練」および「特殊専門知識と特殊技能」を鍛えなければならなかった。これは夏休みを犠牲にしてやるほかなかった。実科学校は七年制でギムナージウムより一年短かったため、ラテン語のかわりに現代外国語が教えられた。[31] アイゼンシュタットの下級実科学校も含めて五年間も寄宿生活をしたムシルが、この非人文主義的教育を受けながら、後年いかにして作家となれたのか、不思議というほかはない。ここでの日課は、五時起床（冬期は六時）、朝食、授業。午後の授業のあと四時か五時に日々命令（日曜日は二時）、「続いておやつ、体操または音楽または自習。八時に夕食、九時に就寝」であった（15-39）。授業のない午後には、生徒たちは士官の監視のもとで散歩することができた。優秀な上級実科学校生は単独で外出してもよかったので、ムシルもきっと独りで散歩をしたであろう。なにしろアイゼンシュタットでは三十四人中三番、つぎに四十三人中二番、つぎに四十三人中三番であった。メーリッシュ・ヴァイスキルヒェンでは一八九四／九五年に四十四人中六番、つぎに四十八人中五番（二重衿筋）。九五／九六年と、九六／九七年の一学期には、四十四人中十一番か十二番（一重衿筋）だった。最後の学期には九番だった（二重衿筋）。教師所見のムシルは「まじめ、野心的、がんばり屋」だった（9-208f.）。[32]

さてこの兵舎を明治時代にすでに視察した日本人がいる。乃木希典は一九一一年七月十二日（つまり「殉死」の一年前）、英国のジョージ五世の戴冠式に列席した帰りにフラニーチェに立ち寄った。ムシルが卒業してから十四年経っているが、学校にそれほど変わりはなかったものと思われる。十二日朝、ウィーンのインペリアル・ホテルを発った乃木一行はテレージアニッシェ・アカデミーを訪問してから、列車で出発し、十四時ごろメーリッシュ・ヴァイスキルヒェンに到着した。生徒たちの競馬を観戦したのち、学校で催された夜九時からの晩餐会とひきつづいての舞踏会に招待された。翌十三日は八時から学校見学。校長が案内して、講堂、共同寝室、生徒のフェンシング、体操、音楽、ローンテニス、自転車、障害物馬術などを見学した。その印象は以下のとおり。

「一、教育方法　兵棋ニ現地ヲ現ハセル Relief ヲ使用スル如キ、地形学ニ於テ現地ノ模型ヲ出シ之ヲ曲線図ニ現ハサシムル如キ、理学、化学、語学ニ至ルマテ武官ヲ以テ教官トシ成シ得ル限リ軍事ノ目的ニ適スル如ク教育セウハ墺国学校ノ特徴ナリ

二、当校学生ハ満十四歳ヨリ採用スルカ故ニ規律ノ下ニ於テ頗ル寛恕ニ且ツ逐次ニ教育セントスル情況事実ニ現レタリ

三、講堂ニ於ケル学生ノ規律ハ仏国ノ夫レニ比スレハ頗ル良好ナリ（四〜六、省略）

七、学生ノ音楽ハ音楽的思想ノ発達セル国柄トシテハ奨励ノ必要アルヘキモ少々不可思議ニ感セラレタリ（八、九、省略）

要スルニ墺国軍隊ハ決シテ戦勝ノ軍隊ナリトハ謂ヒ難カルヘキモ教育ノ制度ハ大ニ備ハレルカ如シ但シ太平無事ニ慣レタル国民トシテ些カ贅沢ニ且ツ柔懦ニ流ルルカ如キ点アルハ止ムヲ得サル所ナルヘシ」[33]

どうやら生徒たちはざわざわと落着きなく、教員も厳しく躾けてはいなかったらしい。当時の日本から見て「贅沢且つ柔懦」なのか、すでに欧州を見慣れた目にもそう映ったのかは不明である。この日誌でみるかぎり、この兵営を卒業した将校の率いる軍隊が、そう強かったとは思えない。

さて、なぜフラニーチェが軍事上の要害の地になったのか、歴史的に眺めてみよう。出典は不明だが、むかしこの町は alba ecclesia すなわち「教会の白衣」というラテン語の名をもっていた。[34] 十二世紀に「フラニーチェ」という名前が現れる。これは「境界」の意味だ。シレジアとの国境までは僅か七十キロである。フラニーチェに関する最古の記述は一一六九年に遡る。一二七六年三月四日には市となった。古い教会は旧市街にあり、十六世紀までオロモウツの修道院に属していた。「フラニーチェと近郊」[35] によれば、カルパチア山脈の末端とオーデル山地に挟まれたモラヴィア盆地には太古から商業および軍事の路が通じていた。町の大部分はベチヴァ河の右岸

に発達した。河の両岸にはフラニーチェ・カルストと呼ばれるカルスト台地が伸びている。「十五、六世紀には当地でも手工業生産が発達した。市役所やフラニーチェ城などのルネッサンス建築は当時のものである。三十年戦争の頃、町はハープスブルクへの反逆の廉で、市の特権を剝奪された。オーストリアの最初の鉄道網の完成をまって初めて、産業の発展が始まった」[36]

フラニーチェは鉄道の結節点だった。ここで乗り換えれば、ロシアにも、ポーランドにも、ベルリンにもウィーンにも行けた。たとえば乃木将軍はウィーンを十二時二十五分に発って、十六時十分にメーリッシュ・ヴァイスキルヒェンに到着した。フラニーチェはかくして、オーストリアの軍事教育施設の地となってゆく。騎兵―幼年学校の建設は一八五三年に始まった。小説『テルレス』には「それはある敬虔な寄進による土地に設立された」(12-6-8) と書かれている。あるいはこの土地もオロモウツの修道院のものだったかもしれない。しかしそれを物語る資料は筆者の手許にはまったくない。

最初、学校は「陸軍―上級―教育館」(一八五六―五七) と呼ばれた。つぎに「工兵科アカデミー」(一八五八―六九) さらに「陸軍工科学校」(一八六九―七五) となった。一八七五年になってはじめて帝・王室陸軍上級実科学校がモラヴィアに設立されたのである。[37] その敷地は市の中心部から西方に離れている。市の中心はマサリク広場であり、そこに巨大な洗礼者ヨハネ教会 (一七五四―六三) が聳えている。広場の南に面して市役所、北に面して城館がある。旧市街はヴェリチカとルディナの二つの川に挟まれている。それらの川はベチヴァ河に注ぎ、ベチヴァ河はモラヴァ河に、さらにドーナウ河に合流してゆく。フラニーチェの北にはオドラ川 (オーデル) も流れており、これはやがてバルト海に注ぐのである。それゆえ、ここにはコンクリートのオベリスクが立っており、海抜三二〇メートルというヨーロッパで最も低い分水界を示している。ベチヴァ河を一・五キロから二キロ遡ったところに有名な温泉テプリーチェがある。すでに十六世紀から賑わっていたという。[38] ここに古くからあるクラブハウスは、「ボジェナの家」「テルレスが級友と訪れる、階上に怪しげな女の住む建物」と目されている。一九〇六年の市街図をみると、駅は町のずっと東外れにあるのがわかる。すると、テルレスは両親と別れてから相当の道程を級友と歩かなければならなかったことになる。当時の人口は七千五百人だった。その三分の一は兵営のために働いており、残りの三分の二も何らかの形で兵営に関係していた。陸軍生徒たちは貴族の子弟であることが多かったので、一般の女たちは彼らと交際してはならなかった。町の娘たちと陸軍生徒等との間には、一種独特の距離感があったという。並んで歩くなどは、もってのほかであった。

四　リヒタジョフ村のムシル家

ヴィシコフから北西へしばらく入ったところにリヒタジョフ村がある。その中心の教会のすぐ近くの十四番地に、ムシルの本家があり、アーロイス・ムシル（一八六八—一九四四）[39]の胸像が壁に嵌めこまれている。ムシル家の系図は一七〇〇年頃まで遡ることができる。ローベルトから八代前はマテイ・ムシル・フォン・リヒタジョフだった。不思議な傾向があって、各世代の長男は出奔し、次男が家を継ぐのである。かくして、マテイから数えて六代目の長男マティアス（一八〇六—一八八九）は村を出てウィーンのヨゼフィーヌムで医学を修め、やがてグラーツで農場を経営する。マティアスの長男ルードルフもまた、軍人となりグラーツには戻らなかった。マティアスの三男アルフレートの長男ローベルト・ムシルもまた、ブルノを飛び出して、最後は亡命の地ジュネーブで死ぬのである。祖父マティアスの弟ヤン・トマシが実家を継ぐが、その次男フランツがまた家を継ぎ、その長男がアーロイス・ムシルで、これまたリヒタジョフには戻らなかった。筆者はムシル家の傍流も含めて百十人ほどを把握しているが、この「長男脱出」の伝統は今も生きていると言ってよい。ハープスブルクの被支配民族

Tabelle 1. (ムシル家の系図)

I. **Matěj (Matthäus) Musil von Rychtářov** (第一世代) † zwischen 31. Jan. 1694 und 21. Jan. 1715)

II. 1. ♂ Jiři Musil n. 4. 7. 1670 — 2. ♂ **Pavel (Paul) Musil im Haus Nr. 42.** Ehe 31. 1. 1694 † vor 7. 10. 1731 — 3. ♀ Marianne M. Ehe 21. 1. 1715

III. 1. ♀ Katerina M. Ehe 24. 10. 1717 — 2. ♂ **Metoděj (Method) Musil Ehe 7. 10. 1731**

IV. 1. ♀ Teresie M. Ehe 23. 12. 1757 — 2. ♂ Tomáš M. Ehe 10. 7. 1763 — 3. ♀ Anna M. Ehe 24. 10. 1764 — 4. ♂ **Karel (Karl)** M. Ehe 12. 12. 1769 Frau Teresie Sochor

V. 1. ♀ Anna M. n. 26. 6. 1773 — 2. ♀ Mariana M. n. 29. 3. 1775 — 3. ♀ Magdalena M. n. 17. 7. 1777 — 4. ♀ Anežka M. n. 1. 1. 1780

5. ♂ **František (Franz) M.** n. 27. 1. 1782. Frau : Ursula Badal verkaufte das Bauerngut Nr. 42 und übernahm den Grund Nr. 14 ("zu Badalu") — 6. ♀ Maria M. n. 11. 7. 1784 — 7. ♀ Anna M. n. 25. 7. 1787

VI. 1. ♀ Teresia M. n. 4. 6. 1803 im Haus Nr. 42 — 2. ♂ **Mathias M.** n. 10. 2. 1806, im Haus Nr. 42 +8. 10. 1889 Frau : Aloisia Haglauer n. 18. 1. 1814 — 3. ♂ **Johannes Thomas M.** n. 10. 5. 1808, im Haus Nr. 42 Frau : Barbora Vořičová n. 12. 9. 1808 14番地の家を相続

4. ♂ Augustin M. n. 27. 8. 1810 im Haus Nr. 14 — 5. ♂ Thomas M. n. 21. 12. 1812 im Haus Nr. 14 — 6. ♂ Franz M. n. 8. 4. 1816 im Haus Nr. 14 — 7. ♀ Franziska M. n. 11. 12. 1821 im Haus Nr. 14

VII-1 von VI-2. **Mathias Musil :**

1. ♂ Rudolf, n. 7. 12. 1838 † 16. 1. 1922
2. ♂ Viktor, n. 20. 7. 1840 † 2. 6. 1912
3. ♀ Hermine, n. 30. 9. 1842
4. ♂ **Alfred**, n. 10. 8. 1846 † 1. 10. 1924
5. ♂ Richard, n. 26. 10. 1848 † 1. 4. 1931

VII-2 von VI-3. **Johannes Thomas Musil**

1. ♀ Anna, n. 26. 4. 1836
2. ♂ Josef, n. 11. 3. 1838
3. ♀ Maria, n. 26. 1. 1840
4. ♂ Franz, n. 10. 10. 1843 — 5. ♂ Jakob, n. 4. 8. 1845
6. ♂ Thomas, n. 21. 12. 1847 — 7. ♀ Veronika, n. 7. 2. 1857

VIII-1. von VII-1-4. **Alfred Musil**
n. 10. 8. 1846 † 1. 10. 1924 Frau : Hermine, geb. Bergauer 18. 10. 1853 Linz † 24. 1. 1924 Brno.

1. ♀ Elsa Musil n. 15. 1. 1876 † 5. 12. 1876
2. ♂ **Robert Musil** n. 6. 11. 1880 † 15. 4. 1942

VIII-2. von VII-2-4. **Franz Musil**
n. 10. 10. 1843 +29. 4. 1930 Frau : Marie, geb. Plhal n. 29. 7. 1846 +24. 1. 1929

1. ♂ **Alois Musil** n. 30. 6. 1868 † 12. 4. 1944 Otryby
2. ♂ **Anton Musil** n. 31. 3. 1870 † 10. 9. 1947
3. ♀ Marie 1876-3. 1. 1967
4. ♀ Karla Musilová n. 7. 7. 1874 † 30. 7. 1947
5. ♂ Robert Musil, Priester n. 7. 6. 1884 † 5. 11. 1939

IX-1. von VIII-2-2. **Anton Musil**
Frau : Anna, geb. Sochorová n.6. 10. 1882 +9. 10. 1964

1. ♀ Marie, n. 21. 9. 1902 — 2. ♀ Anna, n. 24. 11. 1903
3. ♂ **Antonin** n. 1. 8. 1905 † 1982
4. ♀ Věra, n. 3. 2. 1907 — 5. ♀ Aloisie, n. 17. 12. 1908
6. ♀ Milan, n. 1. 11. 1912 † 21. 7. 1962
7. ♂ **Vladimir**, 17. 8. 1914 14番地の家を相続 1941. Frau : Marie Pudilová, n. 12. 10. 1922
8. ♀ Zita, n. 7. 5. 1917

X-1. von IX-1-3. **Antonin Musil**
Prof. Dr. Alois Musilsの著作権相続
Frau : Věra, geb. Brynychová n. 20. 11. 1917 Vyškov

1. ♂ Jiři M. n. 1941 Frau Ldena, 2 Kinder = (Jiři M. Zdena Ruzicková)
2. Antonin M. n. 1944 Frau Eva, 2 Kinder = (Eva Césadová, Petra M.)

であるスラブ人の自作農の子供が、智力と野心を梃子としていかに大世界に展開していったか、それを追跡するのが本稿の本意だったが、残念ながら紙数も尽きた。ブルノとフラニーチェの章で、目的の幾許かが果たされていたら幸甚である[40]。

文献表

1、Kundera, Milan: NESNESITELNÁ LEHKOST BYTÍ（1984）邦訳：「存在の耐えられない軽さ」千野栄一訳、集英社文庫、一九九八
2、ローベルト・ムジール：『特性のない男1』圓子修平訳、新潮社、一九六五
3、アードルフ・フリゼー編：「ムージル読本」加藤二郎・早坂七緒・赤司英一郎訳、法政大学出版局、一九九四
4、A・J・P・テイラー：ハプスブルク帝国一八〇九〜一九一八年、倉田稔訳、筑摩書房、一九八七
5、Roth, Joseph: Die Kapuzinergruft. 6. Aufl. München 1981
6、南塚信吾　編：ドナウ・ヨーロッパ史、山川出版社、1999
7、アラン・スケッド：「図説ハプスブルク帝国衰亡史」鈴木淑美・別宮貞徳訳、原書房、一九九六
8、Helmut Arntzen: Musil Kommentar. sämtlicher zu Lebzeiten erschienener Schriften außer dem Roman《Der Mann ohne Eigenschaften》München（Winkler）1980
9、Karl Dinklage: Musils Herkunft und Lebensgeschichte In: Robert Musil Leben, Werk, Wirkung. Hamburg (Rowohlt) Wien（Amalthea）1960
10、Robert Musil: Tagebücher. Hrsg. von Adolf Frisé. Reinbek bei Hamburg（Rowohlt）1976
11、Robert Musil: Tagebücher. Hrsg. von Adolf Frisé. Anmerkungen Anhang Register. Hamburg（Rowohlt）1976
12、Robert Musil: Gesammelte Werke in neun Bänden. Hrsg. von Adolf Frisé. Reinbek bei Hamburg（Rowohlt）

1978
13、Sibylle Mulot : Der junge Musil Seine Beziehung zu Literatur und Kunst der Jahrhundertwende. Stuttgart (Akademischer Verlag Hans-Dieter Heinz) 1977
14、Vojen Drlík : Robert Musil -- Brno inkognito. In : Jiří Munzar (Hrsg) : Robert Musil Ein Mitteleuropäer. Institut für Germanistik der Masarykuniversität Brno 1994
15、Kim, Byong-Ock : Rilkes Militärschulerlebnis und das Problem des verlorenen Sohnes. Bouvier Verlag Herbert Grundmann. Bonn 1973

（1）半世紀を隔てて生まれた二人の作家に共通するもうひとつの特徴を指摘しておこう。それは俗悪さ（キッチュ）ないし感受性の定式性に対する嫌悪感である。「左翼の人間を左翼の人間たらしめているのは、あれやこれやの理論ではなく、どのような理論をも大行進といわれるキッチュの一部分にしてしまうその人間の能力である」（1-326）。クンデラが認めるとおり、「たとえわれわれができる限り軽蔑しようとも、俗悪なもの（キッチュ）は人間の性（さが）に属するものなのである」（1-325）。ムシルの毛嫌いする定式性 Formelhaftigkeit のジレンマが言いあてられている。ムシルがマッハ（一八三八―一九一六、彼もモラヴィア人である）から学んだとおり、もともと定式性は、現存在の適応のための思考経済的な手段であった。ところが存在が非正統なものであるとき、存在が許しえぬものであるとき、適応の機能は、忌まわしいものとなる。それゆえクンデラは定義する、「俗悪なもの（キッチュ）の源は存在との絶対的同意である」（1-325　傍点筆者）。この「存在との絶対的同意」ができないこと、あるいは、ありえないこと、ムシルが書き続けたのはこのことではなかったろうか。この方向性が行き着くところに、「馬に近寄ると、御者の見ているところで馬の首を抱き、涙を流す」（1-362）ニーチェに認められるような、「人間中心の存在」というシステムからの訣別があるのではないか。このようなあり方は「少佐夫人の発作」によって島に渡ったウルリヒにも認められる。「彼は仲間のロバと張り合って岩山の一つにのぼったり、海と岩と空を友として海辺に横たわったりした」(2-132) のだ。ムシルの言う「別の状態」は、こうしてみると間欠的に訪れる、例外的な発作というよりは、作品全体に流れる方向性の極まるところと見るべきなのであろう。

（2） 幼少時のムシルはシュタイアの「民族混淆」のなかで過ごした。そこでは「話を交わすズデーテン系ドイツ人よりも、交際もなく隣人として暮らしたチェコ人のほうが一層親しく感じられもした」と記している。(3-5)

（3） 現在のチェコを含めたドナウ川以北では、ケルト人の一部ボイイ族が前四世紀に西から移住してきた。ボヘミアの名はこれに由来する (6-19)。

（4） 「ボヘミアやモラヴィアにスラヴ人が定着したのは六世紀ころであり、そのときこの地域は無人に近かったと思われる。しかし地名や河川名などにスラヴ人定住以前のものが残っていることなどから、ゲルマン系の住民がわずかに残っていた可能性もある。」(6-25f.)

（5） ビザンツ皇帝ミカエル三世から依頼された総主教フォティオスは、テッサロニキ出身でスラヴ語に堪能な兄弟を八六三年／八六四年にモラヴィアに派遣した (6-31)。

（6） ボヘミアではプラハ付近を拠点とするプシュミスル家 (Premysl) が九世紀から国家を築いた。モラヴィアには、オロモウツとズノイモ (Znojmo) に同家の人物が分国侯として置かれていた。ヴラチスラフ (Vratislaw) 二世は末弟ヤロミールと対立し、オロモウツ司教区を創設した。また、皇帝フリードリヒ一世［在位一一五二―九〇］は一一八二年にモラヴィアを帝国直属の辺境伯領としてボヘミアから切り離した (6-48f.)。

（7） 啓蒙改革以後、隷農蜂起は各所に起こっており、別段モラヴィアがとくに急進的だったわけではない。ハンガリーやガリツィアでの蜂起に応じて、帝国側はいくつかの勅令をだしている。一八四八年革命の重要課題が、隷農問題の解決だった。議論は、賦役の廃止にともなって、領主（貴族、聖職者、一部の市民層）に補償するかどうかに集中した。帝国議会議員三百八十三名のうち農民議員は六十一名で、無償廃棄に賛成したのは、これら農民議員と、一部のウィーンの急進派議員だけであった。隷農制廃止の勅令は、帝国政府が「君主主権の形式」に固執し、農民に「皇帝の恩寵」を思い知らせるためであった (6-199-202)。オーストリアで農民が義務づけられたのは地代の三分の一だけで、国がもう三分の一を負担し、最後の三分の一は、領主が裁判・行政業務を免除される代わりとして肩代わりした(貧民救済、寡婦・孤児の保護などの義務もなくなったので、農村の貧民層の生活条件は悪化したという)。

ロボットの場合、(領主の)農具や動物が上等なので、モティベーションのマイナスを帳消しにする。また、強制労働の効率が落ちるにしても、オーストリアにおいては全労働時間のうち、約九パーセント分だけがロボットに充てられていたので、農民解放による生産量の増加は対GNP二・四パーセントにすぎなかった(7-173f.)。

(8) 残っていた急進派は、わずかにフランツ・シュセルカやガリツィア出身のツランチシェク・スモルカから少数だった。議会のイニシアティヴを握ったのは、スラヴ・クラブ(チェコ国民主義者)であった(6-204)。

(9) ムシルの父アルフレート(一八四八年八月十日テメシヴァル―一九二四年十月一日ブルノ)の経歴を記しておく。一八六五―六七年工科大学を出てからトロイスドルフ(ドイツ)のフリードリヒ・ヴィルヘルムスヒュッテで機械設計者として研修。一八六九―七二年工科大学助手(教員)となり七三年最初の特許をとる。クラーゲンフルト機械製造(会社)社員となり、一八七五年「小規模工場の発動機――クラーゲンフルトの特殊事情を考慮しつつ」出版。一八七八年パリ万博視察(商務大臣派遣)、一八八一年九月コモタウの機械見習い実習工場長(年間特別手当二六〇〇グルデン)、一八八二年十二月シュタイアの鉄鋼産業試験場・専門学校長(年俸三〇〇〇グルデン)、一八八四年シュタイア地域産業展にてフランツ・ヨーゼフ帝よりお言葉を賜る。一八九〇年十月よりブリュン(ブルノ)工科大学教授、一八九七・九八年、一九〇五・〇六年学長、一九一七年十月二十二日貴族の称号を受ける(9-195f.)。

なお、ローベルト・ムシルの「ローベルト」は、クラーゲンフルト時代の父アルフレートの直属の上司ユーリウス・ローベルト・フィードラーから譲り受けたものと思われる(9-198)。

(10) 当時のムシルの読書は、アリストテレス(詩学)、ノヴァーリス(断片)、ドストイェーフスキ、エマソン、メーテルリンク、カント、マリー・バシキルセフ(日記)、マッハ、シラー、ダヌンツィオに及んでいる(8-78)。

(11) 現在も地名は残るが、残念ながらゴミ捨て場となっているという。(ブルノのムシル研究家ヴォイェン・ドゥルリーク氏による)

(12) 所有者であるヘルミーネ・ムシル(!)の土地台帳によれば一八九一年十月一日から一八九四年六月二十六日まで、夫妻はこの家に住んでいた(14-127)。

ブルノ市街地図ではMŠとなっている。ドゥルリークによれば女学校Vesnaである(14-126)。なおこの学校から数軒、市の中心部に寄った建物には、カレル・チャペックの記念銘板が取り付けられている。

(14) ムシルの日記の注を参照のこと。(11-980)

(15) 七万年前からここに人が住んでいた。五十万年前の直立猿人は、Stranská Skála 岩山の熊洞窟(Bärenhöhlen)に痕跡を残している。先史時代の芸術は、Pekárna の洞窟や Býčískála に見られる。(Dalibor Kusák, Marie Dohnalová: Brno a okolí. edice obrazových publikací. 1991による。)

(16) 四つの城門は Brněnská, Běhounská, Měnínská, Veslá の各市街区に通じていた。

(17) das Mahen-Theater は作家 Jiří Mahen に因んで命名された。リンク(環状道路)沿いに立つ主な建物には、Vereinhaus, Besední dům (Unterhaltungs Haus), das Kunstgewerbemuseum, die Mährische Galerie, das Janáček-Theater などがある。

(18) 著名な伝記研究家カール・コーリノーの Robert Musil Leben und Werk in Bildern und Texten. Reinbek bei Hamburg (Rowohlt) 1988では、リングと称して――誤って――自由広場(nám Svobody)の写真が挙げてある。(S. 84)

(19) 4-392訳註に「原文では、数字は合わないが、そのままにしておく」とある。

(20) 短篇「トンカ」では彼女はチェコ人の名前をもっている(「彼は歌った」あるいは「彼は野を越えてきた」という意味になる、チェコ風の奇妙な姓のひとつをもった、トンカ嬢」12-6-279)。ただし、モデルとされる「ヘルマ・ディーツ Helma Dietz」はドイツ系の名前である。筆者の手許にあるウィーン市の電話帳(九五〜九六年版)

には七十一軒のディーツ、二社のディーツ株式会社が載っている。

(21) 筆者がブルノにおいてこれらの住居を探すにあたって、新市役所の資料課および年配のブルノの女性の協力が不可欠だった。なにしろ通りのドイツ名は、一九一八年のハプスブルク崩壊のあと、チェコ名に変わり、(ヒトラーの影響については不明)第二次大戦後「スターリン通り」などのソヴィエト風の名前に変わり、一九八九年以降、再びチェコ名に変わっているので、相当の年配者でないと、たとえば「タール・ガッセ」がどこにあったのかが分らないのである。

(22) 他方、同時期の文科系ギムナージウムの読本は以下のようであった。「文学史が示しているのは、何世紀ものあいだにさまざまな民族の文学が徐々に発展してきたことである。それらの作品と著者を紹介しながら、ある民族の文化がいかにしてその言語作品に己れを表現したのかを文学史は示すのである。」(13-29)。

(23) 後年のムシルの回顧によれば「あるときわれわれ学生と俳優どもは、夜中にこれらの小路をふざけ散らしながら彷徨った」。また、ムシルは社会民主主義的新聞「民衆の友」の劇評欄を担当するところだったが、社が閉鎖されたため実現しなかった。だがムシルは劇評のため、アリストテレスの「詩学」から相当数の抜き書きを残している(13-43)。

(24) 一例を挙げれば、「ドイツ学生読書クラブ」のプログラムには、フェルディナンド・フォン・ザール、リーリエンクローン、シュニッツラー、ヘルマン・バール、リーヒャルト・デーメルの作品が載っていたという。またヘルマン・バールは一八九八年に「『ドイツ館』協会」に招かれ、シュニッツラーの「死人に口なし」とザルテンの「ヴルステルプラーター」、バール自身の「美女」から朗読したという(13-52)。

(25) 一九〇〇年五月の州立図書館の閲覧室には三十誌ばかり並んでおり、そのなかには“Pan”や“Ver Sacrum”もあったという(13-212)。

(26) 13-55。朗読する作家として、G・ドーナト、Sieg. エーレンシュタイン、R・フロイント、P・ST・グリューンフェルト、R・ムシル、A・パヴェル、F・シャーマン、E・シックの名が挙げられている。もっとも、この朗読会は事情があって延期された。

（27）第四章「フラニーチェ」は、拙論 Der Besuch der Kaserne Generál Zahálky, der ehemaligen Militär-Oberrealschule Mährisch-Weißkirchen zu Hranice. ドイツ文化、第五二号、九五～一二四頁に加筆訂正したものである。

（28）日記には国語教師だったヨーゼフ・ラッシェンドルファー少佐のことが書いてある。「命令を受け、ドイツ語の授業をするため泥縄の速成コースを受けて。文法を服務令のように暗唱して、どちらもあやふや。これがぼくの人生に多大の影響を及ぼした」（10-937）。

（29）筆者は一九九五年十二月二十日に、かつての陸軍上級実科学校メーリッシュ・ヴァイスキルヒェンを訪問した。一九八二年の夏にも訪れようとしたのだが、軽機関銃をもった歩哨が至る所におり、見学を申し出る可能性すらなかった。冷戦終結のお蔭である。見学を許可してくれたR・セドラチェク司令官、仲介の労をとってくれたV・ユラチカ市長、A・マリアネック氏に御礼申し上げる。

（30）案内役を務めてくれたミロスラフ・ラインドル中佐、チェコ語からドイツ語への通訳を務めてくれたリボル・フォルヴァルチニ君に御礼申し上げる。

（31）教育者たちは八年制に改善するよう求めたが、産業界などの利益団体から拒否された（13-19）。それゆえ、V・シュレーンドルフによる映画化「若きテルレス」で、松葉杖をついた教師が私語の罰として「ホラチウスを十回書くこと！」と命ずるのは、ありえない話である。「ラテン語」はなかったのだから。

（32）コーリノーの写真集（注18参照）に見られるムシル少年は、たしかに衿に二重のストライプの入った制服を着ている。V・シュレーンドルフの「若きテルレス」では、この衿筋を見ることはできなかった。

（33）乃木大将渡欧日誌　（陸軍砲兵中佐　吉田豊彦）、中山光勝編：乃木希典全集（下）国書刊行会、一九九四、四〇九以下

（34）Frau Dr. Libuše Hravowá（フラヴォヴァ博士）オストラヴァ大学歴史学教授による。

(35) Josef Černý, Ludvík Novotný : Hranice a okolí. Profil Ostrava. 1985. S. 25

(36) Jiří Necid, Vladimír Juračka : Hranice malý průvodce městem a okolím 1995 S. 27 なお、鉄道建設は一八四七年と推定されている。皇帝フェルディナントが「トンネルのない鉄道なんて考えられない」とのたもうたために、平地にトンネルが作られたのがこの年だったからだ。

(37) 15-35. キムの調査はウィーンの戦争文書館の情報による。また当時は兵営を見学することはできなかった。われわれが知っているように、兵営は三つの独立した部分から成っている。あるいは各種の学校は次々に代替りしたのではなく、並行して存在していたのではないだろうか。

(38) ヤナーチェクやスメタナもよく訪れたという。ここに湧いているミネラルウォーターは素晴らしい。

(39) アーロイス・ムシル、オリエント学者、ロンドン王室協会会員、神学博士、オロモウツ大、プラハ大、ウィーン大教授。ヴィシコフの博物館には、アーロイス・ムシルの部屋が保存されている。ムシル家の系図も、館長ヨルダーノ氏の尽力のお蔭である。

(40) マティアス・ムシルと、その妻アロイジア、およびその子孫については、拙稿 Robert Musils Großeltern und das Schicksal des Plachelhofs ドイツ文化、五三号、中央大学、一九九八、二九―六九頁を参照されたい。

第三部　惨禍の後で

ジョージ・タボーリのホロコースト三部作

平山令二

一　タボーリの略歴

ジョージ・タボーリ George Tabori というハンガリー出身の劇作家は、日本ではまったく知られていない。しかし、タボーリは、現在ヨーロッパ、とりわけドイツやオーストリアといったドイツ語圏で人気のある劇作家である。(1)

タボーリは、第一次世界大戦勃発の年である一九一四年に、ハンガリーのブダペストで豊かなユダヤ人家庭に生まれた。ハープスブルク帝国の終焉の時代である。その後のタボーリの経歴は、ナチの迫害にさらされたユダヤ人のひとつの典型となっている。

タボーリの父コルネリウスは歴史家でジャーナリストでもあったが、アウシュヴィッツで殺された。母エルザも強制収容所に送られるところ、からくも逃れることができた。

タボーリはブダペストでアビトゥーアを終えたあと、一九三三年にベルリンのホテルでウェイターとして働くが、ヒトラーの政権掌握とともにブダペストに戻り、両親の勧めでロンドンに亡命する。これがタボーリの命を救うことになる。ロンドンではＢＢＣで働き、開戦とともに英軍の情報将校としてバルカンや中東に派遣される。

一九四四年に最初の小説を発表したタボーリは、四五年にシナリオ作家としてハリウッドに招かれる。その後、四半世紀にわたりアメリカに滞在することになろうとは、タボーリ自身にとっても思いもかけないことだったろう。

ハリウッドでタボーリは映画や演劇の仕事に携わったが、名を知られることはなかった。ただ、著名な人たちと知り合い、ともに仕事をするチャンスを得た。トーマスとハインリヒのマン兄弟、フォイヒトヴァンガー、アドルノ、シェーンベルク、フォークナーなどと知り合い、チャップリンとは彼の死まで親しい友人だった。四七年には、ブレヒトの助手として「ガリレオの生涯」の初演に立ち会う。タボーリはまた、ブレヒトの最初の英訳者のひとりでもあった。

ヒッチコック、ロージーといった監督がタボーリのシナリオを映画化し、タボーリの戯曲の処女作はエリア・カザンによってブロードウェイで上演された。タボーリは次第に自ら演出するようになり、自分の劇団も持つようになった。六八年には、自作の「人食いたち」を初演した。翌年、この劇はベルリンで上演され大評判となり、ドイツに出かけたタボーリはそのままドイツにとどまることになる。ヨーロッパ帰還の理由には次のようなことも考えられる。タボーリは、ハリウッドでトーマス・マンの『魔の山』を映画化するプランを長く暖めていた。しかし、「病院を舞台にした物語、スクリーンには結核患者ばかりが登場する、というプランは、メトロ・ゴルドウィン・メイヤー社では正気の沙汰とは思われなかった」（タボーリ）ため、ただちに退けられた。ハリウッドの求める集客力のあるシナリオとタボーリの芸術性の追求とは相いれないようになっていたのだ。

ヨーロッパではまず西ベルリン、八六年からはウィーンに居住し、次々に劇作を発表し、ミュンヘン、ボーフム、ケルンなどで演出し、注目を浴び続けてきた。

タボーリの作品はブレヒトとフロイトに影響を受けたといわれ、政治風刺、辛辣なユーモア、性のどぎつい彩り、といったものが特徴である。代表的な作品には、ユダヤ人であることの意味の追求が見られるが、その基底には彼と肉親が体験したホロコーストの悲劇がある。本稿では、ホロコースト三部作ともいえる「人食いたち」(六八)、「母の勇気」(七九)、「記念日」(八二)を順次取り上げ、タボーリの劇作の特徴を形式、内容の両面から考えてみたい。

二 「人食いたち」

この劇のテーマはアウシュヴィッツ強制収容所における人肉食という衝撃的なものである。実際に、アウシュヴィッツの初代所長だったルドルフ・ヘスはその手記のなかで、極端な飢餓状態に置かれた囚人たちの間で、そのような惨事が起こったことを記している。自らの責任については、まったく棚上げした上でだが。

悲惨の極みのようなテーマなのだが、つけられた副題を読むと、テーマからくる暗鬱な予感がすぐにそらされることになる。副題は「アウシュヴィッツで死んだ小食家のコルネリウス・タボーリの思い出に捧げる」というものである。あまりにも皮肉な副題であるが、この劇が父コルネリウスのアウシュヴィッツにおける死を背景にしていることを明かしている。筋は大体次のようなものである。

第一幕

飢餓に苦しんでいるアウシュヴィッツの囚人たちが主人公である。でぶのプフィがパンを取り出したのを見て、囚人たちはプフィに襲いかかり、パンを奪い取り山分けする。プフィはそのショックで死んでしまう。プフィ襲撃に加わらなかったのはオンケルただひとりだった。プフィは、強制収容所において囚人たちが厚遇されているというカモフラージュのため、わざと太らされていたのだ。

プフィの死体を元コックのヴァイスが専門家の目付きで鑑定する。ヴァイスは医学生のクラウプに目配せする。クラウプは、遺体には病跡はないと請け合う。厚鍋が用意されるが、オンケルは「呪われるぞ」と言って止める。しかし、みなは言うことをきかず、かえって口々にオンケルを非難する。ヒルシュラーは言う。「墓地はうまいもので一杯だ。かわいらしい太った自殺者が池ごとに泳いでいる」、「レモンを口にくわえた素晴らしい豚の丸焼きを手放すのか」と。(11)

オンケルはなおも止めようとし、そんなことをすると一日二日ではなく一カ月も食べ続け、吐くほどに食べることになる、なぜならお前たちの主、神に背くことになるからだ、と脅す。しかし、みなは「黙れ、おれたちは空腹なんだ」とどなり、オンケルと他の囚人たちは取っ組み合いを始める。オンケルが持っていたナイフも奪い取られる。

場面は突然二十五年後に変わる。ただふたりだけの生き残りであるヒルシュラーとヘルタイが、強制収容所でのこの出来事を語り合っている。ふたりは合衆国に移住して、ヒルシュラーは婦人科医、ヘルタイはおもちゃ工場を経営している。ヒルシュラーは、コックのヴァイスのことも忘れてしまっていて、ヘルタイに、君は寝つきがいいんだろうな、と茶化される。ヒルシュラーは、「一度苦しんだ者は、もうそれ以上苦しみたくないから」(14)と答える。

場面はふたたび二十五年前のアウシュヴィッツにもどる。ヴァイスは調理を始める。

ジプシーは、レバーソーセージを食べたくて、真冬にもかかわらず靴を売って裸足になった、という体験を見世物風にしてみせる。その際にグロースがレバーソーセージの役を務める。ラングが赤ん坊のふりをしたり、同性愛者のヴァイスとハースは踊り出し抱きあい、次第に混乱状態になる。

オンケルは、「私と妻は上品な人間だった」(27)と強調するが、周りの騒ぎで我慢の限度を越えてしまったかのように一種の狂気にとらわれる。「交われ！　クソしろ！　小便しろ！」(28)と下品な言葉をどなる。オンケルはブダペストで医者にかかっていた思い出話をし、ここで彼がコルネリウスという名前を持っていることが明らかになる。そう、タボーリの父親の名前である。

オンケルの職業は俳優だった。オンケルは自分が古典的なヨーロッパの文化のただなかで生きていたことを語り、「私はずっときちんと生きてきた」と自負をもって言い切る。ラマゼダー少年が下手な芝居の真似を始めると、オンケルは「私の職業への侮辱だ。それどころか私の人間としての尊厳を侮辱したのだ」と激怒する。「私たちの聖なる言葉の濫用はもう我慢できない」と、文化の基盤が言語であり、言語を守ることが人間の尊厳を守ることにつながるというカール・クラウス流の言語観をオンケルは表明する。しかし、その問題は同時にユダヤ教にかかわってくる。「言葉の濫用がどんなことになるか、私には分かっている。私はバベルの塔の建設に立ち会ったのだ。言葉の濫用が広まるさまを聞いて、抗議したが、荒野に追いやられてしまった。私が神の新聞少年、つまりユダヤ人だったからだ」。(33)オンケルはヒトラーの政権奪取以来、五年間沈黙し続けた。言葉の濫用に抗議するためだった。オンケルはヒトラーの物真似をする。「ナチのやつらの言った名声、名誉、自由は、みんな『あいつらを殺せ！』という意味だったのだ」。(34)

オンケルは「アヒル共に抵抗する唯一のやり方は、できるだけアヒルに似ないようにすることだ」(39)と、ナチに対する抵抗方法を語っていた。ラマゼダー少年は、そんな抵抗方法の帰結が「飢餓」なのか、と反論する。第一幕の最後で、ラマゼダー少年は本当に死んでしまう。まだ十二歳だったのだが。オンケルは、強制収容所を生きのびる狡猾さを学ばなかったラマゼダー少年を非難するが、それはまた痛切な哀悼の言葉になっている。

第二幕

冒頭、登場した俳優たちは個人的なおしゃべりをして、小道具の点検などもする。死んだはずのプフィもラマゼダー少年も登場する。

オンケルはモーゼのように神と対話し始める。「あなたは私になにを望んでいるんだ。あなたはなぜナチの奴らに、あなたの僕《しもべ》のユダヤ人たちを苦しめさせるんだ。あなたはなぜ人々の重荷を私に背負わせるのだ。『彼らを汝の腕で運びなさい』とあなたは私に命じるが、私が彼らを孕み産んだとでもいうのか。（上の方へ耳を澄まし、なにか聞こえたかのように返事する）私はひとりでは彼らを運べない。彼らは重すぎる。そして彼らは私の前で泣いて訴える。『私たちに肉をくれるのはだれなんですか。エジプトでただで食べた魚のことを思い出しているんです。それに、キュウリ、メロン、ニンニクのこともね。今、私たちの魂は干からびてしまいました。食べ物がなにもないからです』と。」（44-45）

オンケルは、何人かの囚人たちがガス室の壁に残した「私はここにいた」という言葉を引き、このアウシュヴィッツで私はまだ人間としての誇りを持っている、神にこの悲惨さの答えを要求する、と詩篇のような形式で述べ続ける。「さらば理性の時代よ、さらば確信よ、さらば山高帽よ、誇り高き希望よ。（中略）……あるのは、ただ『今とここ』」。（47）アウシュヴィッツの現実が、自分の生きていたヒューマニズムに基づく高い文化の時代を破壊しつくしてしまったことを、オンケルは苦くも認識せざるをえない。

オンケルは見た夢を語る。それは、帰宅する夢である。囚人たちは役割分担して、その夢を演じてみせる。家のベルを鳴らす。出てきた母親は驚いて、「どこにいたの」「なぜ約束どおり火曜日にやって来なかったの」と、あたかも強制連行される以前の日常が続いているかのような質問を浴びせかける。「晩飯はなに」とオンケル役が聞くと、母は「焼肉よ」と答える。「ワインはリースリングよ」と母はつけ加える。オンケル役は「ぜいたくは言わないよ。小便まで飲んだんだから」(49)とちぐはぐな返事をする。

一方、囚人たちの間でプフィを待ってから食事を始めるべきかどうかで論争がもちあがる。プフィの肉を食べる食事にプフィ自身を参加させるかどうかを議論する、というこれまたナンセンスなブラック・ユーモアというべき状況である。ところが、そこに死んだプフィ自身が登場する。プフィは、オンケルの指示に従いプフィを探しにきたプフィの息子の役割をして、オンケルが教えてやる台詞をそのまま繰り返す。「お父さんはどこにいるの」、「あんたたちは、お父さんになにをしたの」(57)とプフィの息子の役をしているプフィは他の囚人たちに問いかける。

耐え切れなくなったようにクラウプが、プフィを料理してしまったとどなる。さらに、「おれは馬鹿じゃない。肉は肉なんだ。殺人者と犠牲者しかいないとしたなら、おれは犠牲者にはなりたくない」(57)と尻をまくる。

クラウプはオーブンからナイフを取り出し、ユダヤ人を満載した列車がアウシュヴィッツに到着する直前の緊迫した出来事を語る。ユダヤ人は、貨物列車に百八十人も詰め込まれた。ハースは「羊のようにむざむざ殺されてたまるか」と考えて、終着駅のアウシュヴィッツのひとつ前の駅ソプロンで、護衛兵をナイフで刺し殺して逃亡する、という決意を語る。ところが、オンケルは「悪に逆らうな。反対の頰を出しなさい。そしられる者は幸いである。歩道を掃く者は幸いだ」とイエスの言葉のパロディーのようなことを言い、ハースの計画を止めようとする。

実際、ユダヤ人の強制輸送列車のなかでは、決死の抵抗を主張する若者グループと無抵抗を説く老人グループとの間に深刻な対立が生じたという。クラウプは、「彼が我々をシャワー室に連れて行くだろう。祈りの言葉だけで、ナイフも持たせずに」(64)と言う。「彼」とはオンケルでもあり、ユダヤの神でもあるだろう。オンケルをめぐり、とうとう囚人たちは殴り合いを始める。それは、役柄としての殴り合いにとどまらず、本気の殴り合いにまでエスカレートしていく。舞台監督が飛び出してきて、殴り合っている俳優たちを引き離そうとする。コックのヴァイスが「食事の準備ができたぞ」と告げる。あたりがシンとした一瞬、突然「選別」Selektionが始まる。働けそうな人間ともはや働けそうもない人間を選別し、働けない人間はそのままガス室に連れていかれるという生死を分かつ選別である。

親衛隊のシュレキンガーが登場する。シュレキンガーには「死の天使」という渾名がある。シュレキンガーは整列している囚人のひとりひとりに、年齢を聞いていく。聞かれた囚人はみな実際より若い年齢を答える。シュレキンガーはプフィの姿が見えないことに気づき、「私のお気に入りのでぶはどこだ」(69)と聞くが、だれも答えない。そこに肉の煮えたうまそうなにおいが漂ってくる。

場面は急転して、現在に移る。シュレキンガーはデュッセルドルフ近郊で居酒屋をやっている。シュレキンガーと息子の対話をシュレキンガー自身が演じてみせる。シュレキンガーの息子が、シュレキンガーに「お父さんは、戦争中になにをしていたの」と問い質す。戦争をテーマとした典型的な父と子の対話、論争である。シュレキンガーも、「命令にしたがっただけだ」と典型的な答えをする。

舞台はまたアウシュヴィッツにもどる。シュレキンガーはできあがった肉料理を食べるように囚人たちに命ずる。しかし、オンケルはじめだれも食べようとしない。命令違反ということで、次々にガス室へ送られる。ただ、ヒルシュラーとヘルタイだけは肉を食べ、ガス室行きをまぬがれる。ヒルシュラーとヘルタイが戦後まで生き延びることができたのは、この時に肉を食べたからなのである。

舞台に残ったシュレキンガーが肉をガツガツ食べている場面で、幕が降りる。

以上が「人食いたち」の筋である。アウシュヴィッツを舞台にした人肉食のドラマというまったく陰惨この上もない内容だが、そこにもタボーリの特徴であるブラック・ユーモアや猥雑な台詞、ナンセンスでグロテスクな身振り、といったものがおびただしく存在する。さらに注目しなければならないのは、観客がこの陰惨なドラマに感情移入しすぎないためのブレヒト流の「異化効果」があちこちにばらまかれている点である。

第一幕では、舞台が突然アウシュヴィッツから現代のアメリカに飛び、プフィの肉を食べたために生き残ることのできたヘルタイとヒルシュラーの対話になる。生き延びた者の視点が導入されるのである。この他、身振りとしてグロースがレバーソーセージを演じたり、ラングが赤ん坊を演じたり、囚人たちがいろいろな役を演じてみせるのも、観客が舞台にあまりに同化してしまうことを排除するために、舞台での出来事がまさしく演技されているということを印象づけるためのものであろう。

第二幕では、すでに冒頭から俳優が個人としての素顔をさらし、まったく個人的な会話を互いに交わす。また、プフィの肉が煮えるまでの間に、プフィその人が登場するというのもナンセンスそのものであるが、やはり観客の舞台への感情移入を妨げる工夫であろう。オンケルとクラウプの演技上の殴り合いが本物の殴り合いに移行し、舞台監督が止めに入るというのも、やはり観客の感情移入を防止するための同工異曲の設定といえよう。

ある意味でくどいほど、タボーリはこのアウシュヴィッツ・ドラマへの観客の感情移入をとどめようとする仕組みを繰り返す。

三 「母の勇気」

「母の勇気」Mutters Courage という題名が、ブレヒトの有名なドラマ「肝っ玉おっかあ」Mutter Courage のパロディーであることは一目瞭然である。その内容は、「人食いたち」が父コルネリウスのアウシュヴィッツにおける死から構想されていたように、母エルザの実体験に基づいている。母エルザもコルネリウスのようにアウシュヴィッツに送られるところだったが、奇跡的に強制輸送をまぬがれることができた。

このドラマには、普通のドラマと異なる特徴がある。それは、作者タボーリが母親の体験を物語る、という枠組みになっていることだ。それだけでなく、タボーリの語っている内容の誤りを母エルザが訂正するのである。タボーリの「語り」は、絶対的な真実を語っているのではなく、誤っている可能性がある。その前提を観客に分からせた上で、タボーリは母の類まれな体験を物語るのである。

第一場

語り手のタボーリは次のように語り始める。一九四四年の夏は、死神にとって素晴らしい収穫の年だった。母は、彼女の妹のマルタのところにトランプしに出かける途中だった。朝の十一時だった。ここで、母はすぐにタボーリの説明した当日の自分の服装に誤りがあると訂正する。父はすでに逮捕されていた。

あの日、母は出かけて行く際に、反ユダヤ主義者の管理人の妻に「ユダヤの雌ブタ」とののしられる。母は路上で高齢のふたりの警官に囲まれ、「ターボリか」（タボーリの正式な姓は、ターボリ Tábori である）と確認され、そうだと答えるとその場で逮捕される。ふたりの警官は母を市電に乗せるが、電車は満員状態で母が乗ってしまうと、ふたりの警官が乗り込むスペースはなくなってしまった。ふたりの警官は仕方なく母に「次の停留所で待って下さい」と指示を与えるしかなかった。間の抜けた話である。しかし、たとえ逃げることはできても、母にはもう隠れ場所などありはしなかった。他に仕様がなく、母は次の停留所で降り、ふたりの警官をおとなしく待つことにした。

第二場

ブダペスト西駅の巨大なガラスのドームが舞台である。ハンガリーのファシスト党である緑シャツの連中、警官、秘密警察、鉄道員らがその場に集められた四千人のユダヤ人を貨車に乗せようと忙しく動きまわっている。その大騒ぎのさなか、ひとりのドイツ人士官が端然とビロードの安楽椅子に座り本を読んでいる。

突然集められたユダヤ人はいろいろな願いを口々に言い立てる。「電話していいですか」、「お茶はどこで買えますか」、「列車の旅はどの位かかりますか」、「鉛筆を貸してください」、「食堂車は連結されていますか」。(295) いずれも、緑シャツらに冷笑的な答えを返されるだけだが。それにしても、アウシュヴィッツという絶滅収容所に送られるという現実と、そのことをまったく予想もせず、日常生活の延長としてしか今の状態を理解できないユダヤ人たちの意識とのどうしようもないギャップを示している質問の一覧表である。騒ぎがますます高じるなか、ドイツ人士官が「静かに」と一喝する。とたんに、静寂が支配する。

ユダヤ人たちが強制収容所に駆り立てられて行く大混雑の西駅だが、他方、いつものようにハンガリー市民たちが夏のバカンスを過ごすための列車も待機していた。父親や母親が子供たちの手を引き、あわただしく列車に乗り込んでいた。その光景を見ていた母は、夏休みの家族旅行を思い出した。家族旅行に出発したその同じ西駅から貨車に二百人ものユダヤ人が詰め込まれるのである。

貨車に乗ってから、母はようやくまわりの人たちを意識するようになる。母のうしろに立っていた男が突然、母の下着に手をかける。驚いた母は抵抗しようとするが、男は母の耳元に口をつけ、押し殺した声で「お願いです。これが最後の機会になるでしょうから」(300) と言って、立ったまま母の体内に押し入ってくる。しばらくしてから、男はため息をつき、静かに母のうしろから去って行く。その後、母は車両のなかを見まわしてみるが、さっきの「恋人」がだれだったのか、見分けがつかなかった。その時、母は六十歳近くだったのだが。この場面についても、語り手であるタボーリは、幼い頃に父母の性交を見たことがある、とフロイト的な「原体験」について語り、母に平手打ちを食う。

第三場

ブダペストからアウシュヴィッツへ向かう列車のなかには、四千三十一人のユダヤ人が詰め込まれていた。途中、彼らは麦の黄金色につつまれた畑のまんなかに降ろされた。のどかな午後のひとときである。まるで死の強制収容所へ引き立てられる現実を忘れるような。しかし、ケシの花を摘もうとした若者が監視兵に射殺されたことで、みなは過酷な現実に引き戻される。

煉瓦製造所の建物にユダヤ人たちは連れて行かれる。中庭で名簿の点検をするためである。西駅で指揮をしていたドイツ人士官が机を前にして、椅子に座り名簿の点検を始める。

建物のなかはユダヤ人であふれ返っていたが、母は馴染みの男に出くわす。男はアルフレード・ケレマンといって、「ターボリ・クラブ」とでもいうべき父コルネリウスの周辺のグループの一員だった。父コルネリウスはマルクス主義者だったが、隣人愛の実践家で愚か者ばかりまわりに集めて、いろいろ助けてやっていた。父のまわりにいる愚か者たちのなかで、ケレマンこそは最悪の人間だった。小柄でデブでぎょろ目の馬鹿者で、歯のない口に、火のついていない葉巻をいつもくわえていた。芸術家にして学者と自称し、ルネサンスの万能人にも劣らぬとうぬぼれていた。

そのケレマンが母を見つけると、熱に浮かされたように母に言い立てた。「ターボリ夫人、私は自分の目を信じられません。あなたはこんな所でなにをしているんですか」、「コルネリウス・ターボリの夫人がこんな所にいてはなりません」、「あんなに有名なヒューマニストの夫人がこんな豚小屋にいてはなりません」、「すぐに出ていって、抗議すべきです。家に帰るべきです」「弁解無用です」。(305-306) 異常事態のなかで精神のバランスを失ってしまっていたためか、ケレマンは母の話をなにも聞かずこう一方的にまくし立てると、母を建物のドアから外へ押し出してしまった。ドアが閉められてしまったため、母に残されたのは前に進む道だけだった。

第四場

母はたったひとりで歩き始めた。背後には、彼女を凝視するユダヤ人の八千六十の目があった。タボーリは注釈を加える。四千人、四百万人、四千万人の無名の人間のなかから抜け出した母の勇気を私はたたえずにはいられない、と。ようやく、ドイツ人士官と三人の緑シャツは母の姿に気づく。緑シャツは、「ユダヤのクソ魔女、なにを探しているんだ」と毒づく。士官は「待て」と止め、母に向かいていねいに「なにかお手伝いできますか」と尋ねる。母は「私はここにいてはならないのです。赤十字の通行パスを持っているのです」と適当に答える。三人の緑シャツはプッと吹き出す。赤十字のパスは地下工場でにせものが大量生産され、四万通も出まわっていたからだ。士官はしかし、「もし本物のパスをあなたが持っていられるとしたら、逮捕してはならないのです」と言い、「見せて下さい」と母に頼む。母は「残念ながら今手もとにないのです」、「夫と私が一つの共通パスを持っているのですが、夫は誤解がもとで逮捕されてしまったのです」と弁解する。士官は、「本当ですね」と母に確認する。母が「はい」と答える (310) と、士官は母をブダペストにもどすよう部下に指示する。

第五場

母はこうして一等車のデラックスなコンパートメントに乗せられた。ひとりっきりになってしまうと、急に恐怖感が襲ってきて、足がブルブル震えおもらししてしまった。

十年後、ロンドンの家の裏庭にあるアーモンドの木の下で、母はこうしたいきさつや教訓を紙に書きつける。「私は、ドイツ人士官を愛さねばならない――実際に愛してしまっているけど――という理由で彼を憎んでいる。結局、彼や彼の兄弟たちは、夫のコルネリウスを焼き殺した。マルタや他の親戚たち八〇人も」。(312)

コンパートメントのなかに、ドイツ兵がキャベツスープとライ麦パンを持って入ってきた。母がそのスープを半分飲んでしまった時に、ユダヤ人を乗せた貨車がアウシュヴィッツへ向けて動き出した。母は緊張がとけ、うとうとしてしまった。目が覚めると、目の前に士官が立っていた。士官は、母に一方的に自分のことを話し始める。

私の村では、教会の牧師の人気がなく、教会に通う信徒はだんだん減っていきました。牧師は、「イエスは失敗者を愛している」と言って自分を慰めていました。その私の村で、ユダヤ人が殺されました。教会に通っている信徒たちによってです。そのユダヤ人の墓があばかれるという事件が起きました。マリア昇天の日に、聖体拝受のために一ダースほどの娘が教会にやってきました。しかし、その日の聖体拝受に出されたものは、象徴としてのキリストの血と肉ではなく、本物の血と肉、すなわち殺されたユダヤ人の遺体の血と肉だったのです。牧師は「主の血と肉を食べるなら、本物を食べろ」と叫びました。(315)

士官が母に語ったのは、このような忌まわしい話だった。

列車がブダペストに到着すると、士官は母親に告げる。「あなたのパスポートを検査したら、二度目の逮捕をしなければならないでしょう。そこで私はトイレに立ちます」。

母は士官がいなくなってから列車を降りる。初めの予定通りに妹のマルタの家に向かう。マルタは、ドアのところに立っている姉を見て、「どこにいたのよ」と大声を出した。妹の夫であるユリウスは「こんなに遅くくるなんて」とどなるが、予定通りにトランプを始める。真夜中に母は賭トランプで二ペンゲ少し勝っていた。

アンチ・クライマックス的な終り方だが、淡々とした出だしの部分とうまく対応している。このように初めと終りは何気ないブダペストのユダヤ人主婦の日常を描いているのだが、その間で起きた事件は、突然の逮捕、アウシュヴィッツへの強制輸送、突拍子もない知人のうながしと母自身の勇気ある行動、それに信じられないようなドイツ人士官の寛容な態度による母のブダペストへの生還、という生と死をほんの紙一重で分かつ極限のドラマである。実際、母といっしょにアウシュヴィッツへ向かう列車に乗せられたユダヤ人四千人は、全員がガス室で殺されたと思われる。母の生還は、奇跡の積み重ねの上に成り立った大きな奇跡と呼べる類いのものである。

タボーリはしかし、そのような母の奇跡の生還を肉親としての感情移入によって描き出そうとはしていない。むしろ、距離を持って描こうとしている。そのことは、このドラマの構成から明らかである。語り手であるタボーリが全知の語り手として登場するのではなく、彼のかたわらには他ならぬ母自身が立っていて、タボーリの思い違いをひっきりなしに訂正する。これは、母の奇跡譚への観客の過度の感情移入を排除しようとする仕組であるだろう。

四　「記念日」

時は初演時の一九八三年。ヒトラーの政権獲得から五十年目の記念の年である。舞台はライン河畔の荒れ果てた墓地。ユダヤ人が多く埋葬されている。

墓地にドイツ人の若者ユルゲンが入り込んできて、墓石をネオ・ナチのスローガンやハーケンクロイツの落書きで汚す。すると、ユダヤ人の死者たちが起きあがってきて、ドイツ語の綴りの誤りやハーケンクロイツの書き間違いを指摘してやる。ユルゲンは感謝するが、指摘してくれたのが死者たちであることに気づき驚いて逃げ出す。

埋葬されているユダヤ人音楽家のアルノルトは妻のロッテに花を差し出し、初キスから五十周年になると、唇や鼻翼の欠けてしまった妻にキスする。そこにユルゲンが電話をかけてくる。「ユダヤ人を集めろ、冬が長くなりそうだから」、すなわちユダヤ人は燃料だ、とか「ユダヤ人の頭皮はランプシェイドに最適だ」(55)という残酷なユダヤ人ジョークを言う。

アルノルトとロッテが結ばれたのはヒトラーが政権を掌握し、ベルリンでたいまつ行進が行われた五十年前の晩のことだった。窓辺に立っている首相ヒトラーの姿が見られたのだった。

散髪屋のオットーとヘルムートはユダヤ人ではないが、ここに埋葬されている。ふたりは同性愛の関係にあった。ヘルムートはオットーの「妻」である。ヘルムートはひどく感受性が強く、ユダヤ人に同情していて、病院に行って割礼をしてもらおうとする。

ヘルムートは甥のユルゲンを神のように崇拝していた。ユルゲンの父親は元親衛隊員で、ロシア戦線での蛮行をユルゲンに自慢して聞かせていた。ユルゲンはネオ・ナチのグループに入り、「外国人は出て行け!」と叫んだりしていた。学校を退学させられ、アルバイトを転々とし、刑務所にも二度入ったことがある。

オットーは言う。戦後三十四年間のデモクラシーでまた同じ歌が聞こえ始めている。「二十人のユダヤ人をフォルクスワーゲンにどうやって乗せるか。二人は前の座席、三人は後ろの座席。残りは灰皿の中」。こういったユダヤ人ジョークを口にする。割礼を受けたヘルムートが精神病院から帰ってくる。オットーは精神科の教授役をして、オットーを問診する。オットーが「もう君はユダヤ人ではないね」と確認すると、ヘルムートは「はい」と答える。オットーが「もう君は女でもないね」とさらに聞くと、これにも「はい」と答える。ヘルムートはこうして精神病院での治療により、ユダヤ人である、女である、というふたつの「妄想」から「治癒」することになった。しかし、ヘルムートは言う。「病院で私は苦痛を取り除かれた。それで私はベルトで首をつった」。オットーが続ける。「ヘルムートの埋葬の日、おれは睡眠薬を飲んで風呂に入り、水死した」。(62)

アルノルトとロッテの姪のミッツィは十八歳でチック症だが、「どうしてお前をガス室で殺し忘れたんだろう」というユルゲンの手紙を受け取り、オーブンに火をつけ、頭を突っ込んで自殺した。オーブンに頭を突っ込んで死んだのは、アウシュヴィッツのガス室の代用である。

ヘルムートはユルゲンの父の元親衛隊員役をして、ユルゲンは戦犯追及の検事役をする。ユルゲンの父親役のヘルムートは、ポーランド人の囚人を射殺したり、首をつらせたり、洗面器で水死させたり、という残虐行為を認める。

ユルゲンの父親役のヘルムートは、今日はアウシュヴィッツで人体実験をして「死の天使」という異名を持つメンゲレ博士の七十歳の誕生日だ、と言い、メンゲレを「偉大な医師で最高の科学者だ」と賛美する。メンゲレは「すべての人間がブロンドの髪で青い目になるという偉大なヴィジョンを持っていた」(70)からである。

ロッテはユダヤ民族について次のように断定する。「小さいけど、嫌な民族よ。正義を今ここに求め、神のみぞ知る何処か、彼岸に求めたりはしないの。それが人生の過大評価につながるのよ。何処か彼岸ではなく、今ここの過大評価。永遠はわずか一秒しか続かないわ。天国は異教徒のために予約されていて、私たちの予約席は地獄なの。その地獄も今ここにあって、地下の何処かとか彼岸にあるわけではないわ」。(71)

ロッテはケルンの大聖堂近くの電話ボックスで電話をかける。カーニヴァルの群衆で外はあふれ返っている。ロッテはライン河が洪水になるという幻想を見る。電話ボックスが開かなくなり、ロッテは狂気におちいる。

ミッツィは強制収容所で殺害された子供の役をする。「ぼくはマルク・シュタインバウムという。(中略)十歳の時に強制収容所に入れられ、一九四四年四月三十日、十九人の他の子供たちと共に首を吊られたんだ」。(78)

アルノルトの父コルネリウスも指揮者で、今日が百二十五回目の誕生日にあたる。コルネリウスはポーランドのウーチからワーグナーに会いに行ったことがある。ワーグナーは「シュテルンさん、あなたはユダヤ人ですか」と聞くが、父は「いいえ、そういうわけでもないのです」とお茶を濁してしまう。

ヒトラー政権になっても、父コルネリウスは「わしは何も悪いことをしていないから、逃げも隠れもする必要はない」と言っていた。父はミュンヘン・オペラから盗んだ衣装を着て、ゲシュタポに出頭した。ちょうど四十年前のことである。アルノルトは言う。「先週読んだ新聞には、アウシュヴィッツで焼かれたのはパンであってユダヤ人の父親たちではない、と書かれていた。嘘っぱちだが、私は毎晩、本当に焼かれたのはパンであればいいんだが、と祈っているんだ」。(85)

そこにアルノルトの父コルネリウスの亡霊が現れる。アルノルトは父の前で指揮をしてみせる。父は「これはお前へのプレゼントだ」と言って、アルノルトに手渡す。それは、パンだった。

主としてユダヤ人の死者たちが織り成すこのドラマは、「人食いたち」や「母の勇気」と異なり、ホロコーストの時代そのもののドラマではなく、戦後ドイツを扱っている。しかし、そこで描かれているのは、第三帝国の崩壊の後もドイツにおいて反ユダヤ主義の風潮がなくなっていない、という問題である。それも、旧親衛隊員といった古いナチたちの間だけでなく、ユルゲンに代表される若い世代にもネオ・ナチという名のヒトラー崇拝者が育っている。このドラマのあちこちで引用されるユダヤ人ジョークこそ、ユダヤ人に対する偏見が敗戦によっても変わっていないことを端的に示している。このように戦後のドイツ人のホロコーストに対する精神的な態度をこのドラマでは、いくつかのタイプに分けて描いている。

旧親衛隊員であるユルゲンの父親は相変わらず反ユダヤ的な考えをしていて、戦争中の残虐行為についてもなんら反省はしていない。息子のユルゲンは学校も卒業できず、また定職につくこともなく、社会のアウトサイダーになっている。社会に受け入れられていないという不満を反ユダヤ的な蛮行によって鬱憤晴らしをしているのだ。他方、ユルゲンの叔父にあたるヘルムートは同性愛者であり、自分が男であるということに満足できていない。そのような自己同一性の喪失感が、差別されているユダヤ人に対する共感となり、ついには自らをユダヤ人に同化してしまうところまで高まる。

ホロコーストは、ドイツ人の中に反ユダヤ感情が残っている限りはまだ終了していない、というのが作者タボーリの基本的な考え方のように思われる。タボーリはいつものように辛辣すぎるほどブラックなユーモアをまき散らしているが、彼の心を突き動かしているのは、やはりホロコーストに対する激しい憤りであろう。当時の犠牲者として前面に置かれるのは、人体実験の対象となった無垢な子供たちである。その子供たちの絞殺が、子供たち自身と処刑人の双方から即物的に語られる。即物的に語られるだけに、かえって無垢の子供たちが殺されることの痛ましさが伝わってくる。戦後、オーブンに首を突っ込んで自殺したミッツィもまた無垢な子供の象徴である。障害を持ち男の子に愛されることがないと思っていたミッツィは、「なぜお前はガス室で死ななかったのだ」という卑劣な手紙を好きなユルゲンから受けとって、絶望して死ぬのである。ミッツィは無垢な心の持ち主であっただけに、卑劣な脅迫状に耐えることができなかったのだ。

ところで、「記念日」というタイトルは、いったいなんの記念日を意味しているのだろうか。それは、まず何よりもヒトラーの政権獲得五十周年を意味している。しかし、このドラマの中では、それ以外にもいろいろな「記念日」に言及されている。ロッテとアルノルトの初キスの記念日、アウシュヴィッツで人体実験をしたメンゲレ博士の誕生日、アルノルトの父コルネリウスの誕生日、といった様々な「記念日」である。つまり、「記念日」とはひとつの意味だけを持つ記念日ではないのだ。なにを「記念日」にするのかということは、戦後を生きるドイツ人の精神構造を示す指針となっている。ナチの精神構造を持ち続けるドイツ人にとっては、「記念日」とはまずヒトラーやヘス、メンゲレらの「記念日」である。反ナチのドイツ人にとっての「記念日」とは、たとえば反ナチ抵抗運動や第三帝国からの解放といった「記念日」であろう。他方、ユダヤ人にとっては、強制収容所などで肉親が殺害された日がまず「記念日」であるだろう。そのような重層的な意味がこの「記念日」という素っ気ないタイトルに含まれている。このタイトルは、そのような意味でホロコーストが戦後ドイツにおいてまだ終結していないことを示している。

この作品にも、アルノルトの父親の名前としてコルネリウスというタボーリ自身の父親の名前があげられている。「アウシュヴィッツで焼かれていたのはユダヤ人ではなく、パンなのだ」といういわゆる「歴史修正主義者」たちの「アウシュヴィッツの嘘」を逆手に取ったような形で、このドラマの最後にアルノルトの父コルネリウスが登場し、アルノルトにパンを手渡す。私たちは、この場面を見て、スペインの詩人ロルカの言い方を借りるならば「笑ったらいいのか、泣いたらいいのか分からない」ような心境におちいる。しかし、この場面にはやはり、屈折した形ではあるが、タボーリ自身の父コルネリウスに寄せる愛情が強く感じられるのである。あのアウシュヴィッツが幻想であったならばどんなによかったろうか、というところまでタボーリの亡き父に寄せる愛情は高まったのであろう。その幻想は、六百万人の死者につながるすべてのユダヤ人たちの報われざる願望であったのかもしれないが。

おわりに

タボーリの戯曲のうちホロコーストを扱った「人食いたち」「母の勇気」「記念日」の三作を紹介してきた。アウシュヴィッツにおける人肉食というショッキングなテーマを扱った「人食いたち」、アウシュヴィッツ行きの列車からの奇跡の生還を描く「母の勇気」、死者たちが墓場から起き上がり戦後ドイツにおける反ユダヤ主義を問う「記念日」と三作はホロコーストをテーマとしながらも、それぞれに異なった視点からの作品となっている。しかし、三作にはまた共通している点も多く目につく。ひとつ目は、「人食いたち」と「記念日」についてはそれぞれコルネリウスという名前のユダヤ人、つまりタボーリの父親と同じ名前のユダヤ人が登場し、「母の勇気」はまさしくタボーリの母が登場することである。劇中人物のふたりのコルネリウスについては、経歴などは実際の父親のそれとはまったく異なるのだが、それでも古典的なヨーロッパ文化を尊重するヒューマニストという性格づけは、実際の父コルネリウスの姿と重なっているだろう。このように見ると、三つの作品が生まれたきっかけは、アウシュヴィッツで殺害された父コルネリウスとアウシュヴィッツ行きをからくも逃れることのできた母へのタボーリ自身の個人的な思いであることが分かる。父への鎮魂歌と母への賛歌という個人的思い入れのある作品というのが、タボーリのこの三部作を特徴づけている。

もうひとつの共通点は、父母への愛情を核としていることと裏腹の視点である。父母への個人的な思いが創作のきっかけになっていることから、これらの戯曲があまりにも感情過多になってしまう危険性もあったろう。しかし、これらの作品を読んで感じるのは、むしろ正反対な印象である。タボーリは、ブレヒト流に観客が舞台に感情移入することを拒絶しようとする。そのことは、すでにそれぞれの作品のところで述べてきたが、「人食いたち」や「記念日」では、登場人物が自らの体験を物語る時、その体験を登場人物たちで役割分担し（レバーソーセージ役も含め！）演技してみせるのである。芝居という演技のなかでの演技、これは観客の感情移入を拒むまさしくブレヒト的「異化効果」といえよう。アウシュヴィッツにおける人肉食というテーマが強烈な「人食いたち」では、俳優たちが素顔を見せるという「異化効果」も使われる。これら二作に比べると「母の勇気」は一番通常の芝居に近いのだが、それでも息子のタボーリが母の体験を物語るところに、母自身が立ち会って訂正を加えるという全体の枠組みが、これもまた一種の「異化効果」であるといえよう。タボーリが観客の感情移入を拒むのは、彼がホロコーストを簡単に理解できないと考えていたからである。タボーリは次のように書いている。「死者たちの苦しみに同情をかきたてようとすることは、死者を侮辱することになるだろう。(中略)ホロコーストは、涙とはまるでかかわりのない出来事なのだ」[(2)]。

タボーリのホロコーストにかかわる三部作は、このように彼の肉親にかかわる切実なテーマでありながら、過多に傾斜しようとする自らの「感情」と、それから距離を取ろうとするタボーリの劇作家としての「美学」や「モラル」との緊張感のうえに成り立っている特別な作品群なのである。タボーリの他のドラマにも共通する特徴ともいえる過剰なまでのブラック・ユーモアやグロテスクな身振りや露悪的なエロチシズムも、これら三部作については以上の緊張関係の文脈で理解しなければならないだろう。

タボーリのホロコースト三部作の特徴について、「異化効果」といった手法上の問題はまず目につくのだが、それでは内容上の特徴はどこにあるのだろうか。父と母という肉親の体験を核としていることは述べたが、同時に忘れてはならないのは、これらの作品の問いかける内容が、父と母への思いといった個人的なレベルにとどまっていないことである。父母が生きたのはブダペストの知的なユダヤ人家庭であるが、その文化はすでにユダヤ教の枠組みから外れ、中欧の理想主義的な文化に同化していた。たとえばシュテファン・ツヴァイクが『昨日の世界』に描いたような。そういう世界に育ったユダヤの人々が、理想主義的な文化の母胎であるはずのドイツが産んだナチという野蛮に出会った時、どういう反応を示すのか。そのような問題への関心が劇作家タボーリのなかにあったことは間違いないだろう。父も母も、ナチの蛮行のなかでも自らのそれまでの理想主義的な生き方をまったく変えようとしない。ナチとのこの上なく不幸でちぐはぐな出会いが、父の場合には悲劇に終り、母の場合には奇跡的なハッピー・エンドに終る。その経緯をながめているタボーリのまなざしには一種の皮肉さえも感じられるが、それ以上にまた決定的に崩壊させられてしまったヒューマンな文化への哀惜の情が感じられる。理想主義的な文化は野蛮で暴力的な時代にはもはや生きられない、ということをタボーリは冷徹に認識していたからこそ、父や母が体現していたような理想主義的な文化に対する喪失感はそれだけ強く感じられるのである。要するにタボーリの姿勢はアンビヴァレントなものである。

ユダヤ人と中欧の文化との出会いは、ことによったら互いの錯覚に基づくものだったのかもしれないが、文化の面で豊饒な一時代を生み出すことができた。しかし、両者の共生はナチのホロコーストによって完全に破壊されてしまった。ホロコースト三部作のなかで、父や母の体験をもとに、タボーリはユダヤ人と中欧文化の出会いの意味を根底から問うたのだった。

一　使用したタボーリのテキストは次のものである。
George Tabori : Theaterstücke I・II, Fischer, 1996.
「人食いたち」と「母の勇気」はI巻、「記念日」はII巻に収録されている。頁数は、それぞれの巻におけるものを示している。なお、タボーリは英語で執筆していて、ドイツ語訳は妻のウルズラによる。

二　タボーリの伝記については、I巻の Peter von Becker の解説、および Gundula Ohngemach : George Tabori, Fischer, 1993 に基づいている。

三　ジョージ・タボーリの作品について「母の勇気」のテレビ映画のビデオなど、資料面で飯塚公夫さんにいろいろとお世話になりました。心よりお礼申しあげます。

(1) タボーリの劇がドイツ・オーストリアでいかに人気があるか、数字で示してみよう。九〇年冬のシーズンには五百三回、九一年冬のシーズンには三十七の劇場で六百五十九回上演された。これがピークで九四年冬には二十一の劇場で二百八十二回の上演になっている。

(2) W. Schulze-Reimpell, Vom Provokateur zum Medienstar. In: Text und Kritik 133 George Tabori, S. 16.

私は別な者
――ミロ・ドール〈ライコウ・サガ〉より

初見　基

はじめに

ミロ・ドール（Milo Dor）の名が、一九八九年以降のいわゆる〈冷戦体制崩壊後〉のヨーロッパのなか、〈中部ヨーロッパ〉という地政学概念が頻繁に論じられるにつれて、それもどちらかといえば、バルカン半島の激動という不幸なかたちの問題関心に裏づけられて、一定程度の注目を浴びるに至ったことはまだ記憶に新しい。〈民族の坩堝〉と呼ばれもすれば、〈共生・共存の場〉と捉えられもするバルカンは、今日またあらたに、〈国民国家〉や〈民族〉を考察するうえで、きわめて重要な実例を提示している。そのようなユーゴスラヴィア解体をめぐる状況に向けられた彼の発言は重みをもって受けとめられた。第二次大戦中のベオグラードでナチ占領に対する抵抗運動の廉で逮捕され、戦後はソ連製社会主義はもとよりチトー率いるユーゴスラヴィアをも受け入れず、ヴィーンという異境に居を定めながら、ユーゴスラヴィアを舞台にした作品をドイツ語で発表しているという点だけでなく、イヴォ・アンドリッチをはじめとする多くのユーゴスラヴィアの作家をドイツ語圏に紹介した翻訳者としても、彼の存在は無視しがたいものだからだ。旧ユーゴスラヴィア、セルビアをいささか美化するきらいにあるペーター・ハントケの政治的に能天気な発言に厳しく対応していたのも耳目を集めた。

また、そうした時事的な関心に因らずとも、広義での〈オーストリア文学〉を考察するうえで、たとえばハープスブルク帝国周縁の南の境界に位置する〈ユーゴスラヴィア〉という観点をひとつの軸として導入することにも、ヴィーン文化に傾きがちな視野を拡張するおおきな意義があろう。

だが小論は、〈ユーゴスラヴィア〉という地政学的、歴史的、社会的観点を前面に立ててミロ・ドールを論ずるものではない。たしかにドールという人物のたどった半生に思いをはせるならば、〈ユーゴスラヴィア〉という特殊事情を背負った彼の特異性、一回性は見紛いようがない。とはいえ、ここでそうした問題意識から一定離れざるをえないのは、〈ユーゴスラヴィア〉を主題にするだけの準備がないという理由があるのはもちろんだが、それだけでなく、〈ドイツ戦後文学〉という枠内でミロ・ドールを考察したい、という関心も与っているためでもある。いや、ミロ・ドールという作家を通して、〈戦後文学〉のひとつのあり方を確認してみたい、といった方が、より正確になるかもしれない。

これをここでは、彼の代表作である〈ライコウ・サガ（Die Raikow-Saga)〉三部作のなかから見てゆくことにする。

一　ユーゴスラヴィアからヴィーンへ――その軌跡

ミロ・ドールは一九二三年にセルビア人の両親のもとでハンガリーのブダペシュトで生まれている。本名はミルティン・ドロスロヴァツ（Milutin Doroslovac)、洗礼はセルビア正教会の儀式に則って授けられたという。ブダペシュトは、医師である父親の当時の勤務地で、彼自身はここで生後の数週間を過ごしただけだった。

少年時代は、村医者の父につき従い、セルビア北部の、ルーマニアにまたがるバナート地方や、その西でハンガリーと接するバチュカ地方で過ごした。両者ともさまざまな民族の住民から成る地域として知られており、セルビア人、ルーマニア人、マジャル人、クロアチア人、モンテネグロ人、スロヴァキア人、マケドニア人、スロヴェニア人、ブルガリア人、ドイツ人などが混住していた。首都ベオグラードとは異なった、ハープスブルク二重帝国の心性に親しんで育つことができたということだ。

私が少年時代を過ごした地域は、前世紀の半ばにしばらくの間一種の自治権を得た。〔……〕オーストリア＝ハンガリー君主国はもはやなかったが、多くの痕跡がまだその片鱗を示していた。とくに、この地では通常だったさまざまな民族の混在が挙げられる。私は自分の母語以外にも、ドイツ語、ハンガリー語、ルーマニア語の音を聞くのになじんでいた。私の祖母はヴィーンで育ったギリシア人だったが、セルビア語ではうまく気持ちを表わすことができなかったので、私とはドイツ語でしゃべっていた。（ME：11）

一九三三年からは、首都ベオグラードのギムナジウムに通う。原語では〈白い都市〉を意味するベオグラードは、彼にとって必ずしも居心地の良い場所ではなかったようだ。次の引用は作中人物に向けられたものではあるが、彼本人の真情とほど遠くないと取っても大過なさそうだ。

〔……〕彼はいつもベオグラードにあってよそ者だった。彼は、一九一八年までオーストリア＝ハンガリー君主国に属していた、ドナウ河向こうの広く肥沃な平原であるバナート出身だったので、セルビア及び新ユーゴスラヴィアという国家の首都にあっては外国人と見なされた。〔……〕バナートのセルビア人はベオグラードでは《向こうからの

人》に他ならなかった。（TaU：86）

文学創作に手を染めはじめたのもこの頃で、三八年より詩を発表している。それが、「裕福な両親をもつこの息子は十六歳にして突如、マルクスの一行たりとも理解していないにもかかわらず、熱烈なマルクス主義者になった」（RnW：9）と本人も記すとおり、時代の流れのなかで政治少年に転身、四〇年には政治的理由をもって通学ができなくなったという。

ハープスブルク帝国の崩壊に伴い一九一八年に樹立された〈セルビア人・クロアチア人・スロヴェニア人王国〉は二九年に〈ユーゴスラヴィア王国〉と改称したが、ナチのバルカン進出政策のため四一年には日独伊三国同盟に引き入れられている。反ドイツ派の軍人によるクーデタの直後、ナチ・ドイツ軍はベオグラードを空爆、国内に進軍し占領、クロアチアには傀儡政権が樹立された。

こうしたなかでのパルチザンによる抵抗運動は、なにかにつけ伝説的に語られているが、ミルティン・ドロスロヴァツ少年も四一年にはここに加わっている。「一九四一年、ドイツ進軍の直後にギムナジウムを卒業したが、それにつづけてこの年の夏に、いわば教室から抵抗運動へと出立していった。」（ME：163）だが、四二年には逮捕され、四三年に移送されたヴィーンで強制労働を課せられ抑留生活を送り、四四年には再度ゲシュタポによって保護拘禁される。「命長らえたのは偶然によって」（ME：166）と彼自身述べている、こうした経験は彼の初の長編小説『休暇中の死者たち』に、拷問の場面をはじめとして濃密に書き込まれている。

戦後は、ユーゴスラヴィアに帰還せずヴィーンに残る道を選び、一九四五年から四九年まで大学で演劇学、ロマニスティクを修める。強制的に連れて来られた土地を後から自らの場として選び直すにあたり、きわめて強い動機があったというわけではないようだ。「ヴィーンにいるのは、かりそめのつもりだった。ヨーロッパを去ってアメリカへ移住するつもりだったのだ。死や破壊の後の腐敗から逃れたかっただけだ。一九四八年だったと思うが、入国許可と乗船券を入手したものの、私はヴィーンにとどまった。何か言われぬものが私を引き止めたのだ。」(ME：166f.)その後は、ヴィーン八区のヨーゼフシュタットに居を構え、半世紀あまりをこの地で送っている。

ドイツ語で文筆活動を始めるのもこの時期からで、学生雑誌をはじめに、雑誌『プラーン』などにも原稿を寄せ、四九年以降フリーの著作家となる。西ドイツの出版社とつながりを持とうと画策しているこの頃の様子を彼自身後に『白い都市』のなかに描いているが、四七年グループの主催者ハンス・ヴェルナー・リヒターも回想を残している。

一九五〇年のこと、まだ西ドイツとオーストリアの作家の間に連絡がなかった当時、ミロ・ドールは、ミュンヒェンのカフェでエーリヒ・ケストナーを捕まえる。「ミロ・ドールは長年、草稿がいっぱいに詰まった鞄を抱えて、ミュンヒェンからフランクフルトへ、そこからブレーメン、ハンブルクへと旅をしてまわっていた。」(BM：69)この草稿には、自分のものだけでなく、他のオーストリアの作家たちのものも含まれていたというのが、彼の性格を物語っている。この見知らぬ男の処置に窮したケストナーは彼に五十マルクを与えて別な人物を紹介して厄介払いした。その人物も困惑し、ドールをリヒターに紹介する。そこで、その少し前から始まっていた四七年グループの会合に彼も招かれることになったというわけだ。その後ドールの側でもリヒターをヴィーンに招待、そのおかげでリヒターはイルゼ・アイヒンガーを皮切りにして、インゲボルク・バッハマン、そしてパウル・ツェランらと芋づる式に出会う。このように、オーストリアにおける四七年グループの仲介者として彼は、無視しえない役割を果たしていた。その後も、オーストリア・ペンクラブ等作家団体の活動にも熱心に係わっている。

ドール自身は五一年と五二年のグループ会合で執筆中の『休暇中の死者』からの朗読を行なっている。そのときの〈四七年グループ賞〉は、五一年にはドールと一票差でハインリヒ・ベルが、五二年にはアイヒンガーが受賞した。

ミロ・ドールの著述活動は広範にわたっているが、『途上にて(Unterwegs)』(一九四七年)、『決死の企て(Salto mortale)』(一九六〇年)などの短編集で出された作品のおおかたは、「全短編集」と銘打たれた『ヴィーンへの旅　及び他の錯乱(Meine Reisen nach Wien und andere Verirrungen)』(一九八一年)に収められている。代表作品である長編三部作〈ライコウ・サガ〉は、一九五二年に『休暇中の死者たち(Tote auf Urlaub)』、五九年に『ただ思い出ばかり(Nichts als Erinnerung)』、そして六九年に『白い都市(Die weiße Stadt)』として発表された。著者二十九歳から四十六歳にかけてにあたる。この三作品が〈ライコウ・サガ三部作〉として出版されるのはさらに十年後の一九七九年になってである。

一種の歴史小説としては、十八世紀のフリーメーソンを扱った『我がすべての兄弟(Alle meine Brüder)』(一九七八年)、無名のユダヤ人予審判事を主人公としてサラエヴォ事件を実際の未公開調書などを丹念に調べて描いた『この前の日曜日(Der letzte Sonntag)』(一九八二年、なおこの作品はdtv版では『サラエヴォの砲撃(Die Schüse von Sarajewo)』と改題されている)などが挙げられる。

それ以外にも、ラインハルト・フェーダーマン(Reinhard Federmann、一九二三—七六)との共作によって、推理小説や恋愛小説、ヴィッツ集などを刊行しており、一九五三年から六八年の間に十二冊の共著が数えられる。また、自作原作を含むテレビ映画台本を数多く手がけてもいる。こうした領域での活動において、一般読者・視聴者にはより馴染みがあるようだ。

さらに、前述したとおり、イヴォ・アンドリッチ（一八九二―一九七五年）、ミロスラフ・クルレジャ（一八九三―一九八〇年）といったユーゴスラヴィアの現代作家作品のセルボクロアチア語からのドイツ語訳、ほかにロシア語からの翻訳などにも携わっている。

近年では、ドールの「文学的遺言」と言われる『乗る船を間違えて――ある自伝の断片（Auf dem falschen Dampfer. Fragmente einer Autobiographie）』（一九八八年）を出した他、ヴァルトハイムのナチ歴が社会的問題として議論を呼んだ際には積極的に攻撃に加わり、そこから『地下室の死体　クルト・ヴァルトハイム博士に対する抵抗の証拠書類（Die Leiche im Keller. Dokumente des Wiederstandes gegen Dr. Kurt Waldheim）』（一九八八年）を編集、また、『さらば、ユーゴスラヴィア　ある崩壊の記録（Leb wohl, Jugoslawien. Protokolle eines Zerfalls）』（一九九三年、増補新版一九九六年）といったかたちで、時事的な動きに声をあげている。一九九七年には、〈ライコウ・サガ〉の主人公だったムラデン・ライコウが老いた姿で再登場して、〈外国人排斥〉を声高に唱えるイェルク・ハイダー率いるオーストリア自由党の躍進という現在のオーストリアの政治状況を踏まえた、悲観的な近未来が描かれた小説『ヴィーン、一九九七年七月（Wien, Juli 1999）』が出された。

二　〈ライコウ・サガ〉

ミロ・ドールの〈ライコウ・サガ〉は、作者自身の経験が多く投影されていると考えられる男性ムラデン・ライコウをめぐる物語だ。もっとも、「サガ」と称されていることからも察しのつくように、一人の主人公の成長過程を追ってゆく、あるいは、一人の主人公の内面をめぐり深く沈潜してゆく、といった、近代小説の構えとは少し違ったところに作品の力点は置かれているように思える。とはいうものの、また、大河小説と呼ばれうるような、ゆったりとした叙事的な流れを享受するには、まだ間もない過去の事実に密着しすぎてもいる。構成は三作でいささかの違いはあるが、どれにおいても、時間の経過をたどる息の長い筆致で一人の人物を追ってゆくかたちを採らず、場面・登場人物の異なる挿話が積み重ねられ、ときとして回想も差し挟まれることにより奥行きを拡げ、ひとつの作品を形成してゆこうとする点では共通している。三作ともテレビ映像化されている一因に、こうした手法がそれに適していたという点もあったかもしれない。

以下では、この三作の概略を紹介することにする。ちなみに、三作を〈ライコウ・サガ〉として見る場合、著者自身は舞台となっている時代順に、第二次大戦前の『ただ思い出ばかり』、戦中の『休暇中の死者たち』、戦後の『白い都市』と並べるが、一作目から二作目の間に七年、二作目と三作目の間には十年という隔たりがある、という以上に、質的にも変化があると考えるため、ここでは成立年代順に並べることにする。

1 『休暇中の死者たち』

ミロ・ドールの二冊目の著書になるこの長編小説が出版されたのは一九五二年のこと、だが作品そのものは五〇年にはすでに成立していたという。まだ戦争の記憶も生々しい時期にあってオーストリアの出版社はこの政治的作品を引き受けることを忌避したため、西ドイツの出版社をようやく見つけるまでに二年間を費やさざるをえなかった（cf., BM: 47）。

ともあれ、現行版で五百頁近い嵩をもつこの作品が、戦後の彼が文学という営為に向かう動機、その切実さを、もっとも直截かつ鮮明に表わしているとは、おそらく多くの読者が認めるところだろう。

たしかにこれをまったくの前提なしに、ひとつの〈純粋な文学作品〉、創作として読むならば、物足りなさを感じることは否めない。素朴なもの言いが許されるとするなら、喫驚するような人間観察の鋭さや、途轍もない精神の飛躍があるというわけではないからだ。そのような刺激を期待するならばむしろ凡庸に映るかもしれない。

この作品の第一の挙げるべき特性は、そこでの写実の多くが、作者の実体験に裏づけられているというところにある。もちろん、ここで書かれているとおりを、作者が実際に体験したかどうかが問題なのではない。彼自身の実体験の特異さに依って、それを素材とすることではじめてこの作品が成立しえている、それも、体験に距離を置き、変形・脚色といった操作を加える余地が少ないまま、それをかなりの程度に生のまま出さざるをえない、ということだ。

もちろんこのことを、いまこの作品の弱点としてあげつらいたいわけではない。ヴォルフガング・ボルヒェルト、ハインリヒ・ベル、ハンス・エーリヒ・ノサックといった作家らが、戦後間もなく発表した作品群と同様に、体験の直截性が露わなままに提示されている点をとりあえず指摘しておきたいだけだった。


まず、表面的に見て、作品が供している世界そのものはいたって平明だ。

構造としては、全知の語り手が三人称主語を用いて過去形で語る小説だ。全編における主人公はムラデン・ライコウだが、場面によっては、彼の父親スレテン、母親ミロスラヴァ、恋人のレパ、ムラデンの同志、仲間を裏切ったかつての同志、セルビア特殊警察官、さらには、ムラデンとは直にまみえることのない人物もが、その都度語りの焦点の中心人物となっている。

筋立ては、相互に必ずしもつながらない幾多の挿話が並べられているが、回想が差し挟まれ時間の遡られる箇所は少なからずあるものの、基本的には継起的に配置されており、そしてなによりムラデン・ライコウの〈生〉という主軸はしっかりと据えられているため、錯綜した感じを与えない。

ムラデン・ライコウは、ギムナジウムで「共産主義青年同盟」を組織、ナチに占領された後のベオグラードで抵抗運動に加わっているが、根っからの政治人間というわけではない。むしろ、「武器に対しては武器で応えなくてはならない。言葉だけではテロルに対する闘争においてあまりに薄弱だ。」(TaU：13) という時代のなかで、行為の人間であることを余儀なくされているといった態だ。

ナチに追随・協力したセルビア官憲の弾圧は厳しさを増し、捕らえられた者たちには残忍な拷問が加えられ、その自白をもとに次々と新たな逮捕者を出す、という悪循環が繰り広げられている。ムラデンも、逮捕された同志が口を割ったため、ある日ついにファシストの手に落ちる。だが、ゲシュタポとセルビア官憲たちによる度重なる拷問にも屈せず彼は他の同志の名を明かすことなくもちこたえる。

彼にとっての〈敵〉はしかし、ナチ、セルビア官憲ばかりではなかった。獄中で完全黙秘を押し通して誰一人同志を売り渡すことがなかったにもかかわらず、共産党の側は「党の権威を侵害した」(TaU：205) 彼に「裏切り者」の烙印を押す。独ソ不可侵条約を批判したため「トロツキスト」として党を除名され、パルチザン陣営から締め出された末、どこへも行き場のないままみすみすファシストに殺された、恋人レパの兄ミリヤを擁護する発言が咎められたのだった。

肉体的には拷問による瀕死の状態を何度もくぐり抜け、ほとんど奇跡的に処刑も免れ、自殺の企てすら経ながら、また精神的には志を同じうするはずの側からさんざん裏切り者呼ばわりされつつ、ムラデンは、やがてヴィーンへ移送され、この地で強制労働を課せられる。

ちなみに、現実との対応ということでひと言付け加えておくなら、同様に拷問を生き延びた歴史上の実在人物であるミルティン・ドロスロヴァツ自身は、作中人物と違って実は仲間を裏切っていたのではないか、という風評も囁かれていたという。しかし、ムラデン・ライコウと同じく仲間の名前を挙げることをせず秘密を守り切ったために、逮捕の輪が彼のところでくい止められた、ということがこの小説で伝えられているのと同じ史実が、一九八四年に出された当時の抵抗運動についての浩瀚な研究書のなかではじめて諸々の資料によって学問的に確認されたとのことだ（BM：25f.）。その点にかぎらず、少なくともムラデンに関わる記述の多くが、確認できる範囲での作者自身の経験とほとんど一致している。また、作中実名で登場する元セルビア特殊警察官が、この小説の英訳が引き金となってカナダで逮捕された（cf., KLG）というような話も伝えられている。

それはともかくとして、本書を紹介する文章などに接すると、もっぱら拷問場面やそれに対する主人公の〈英雄的態度〉ばかりが強調されがちだが、実際にはそれと劣らぬ比重をもって、〈抵抗運動〉の側に対しても違和感、嫌悪感が表明されていることを見逃してはならない。そこで、やがて訪れるナチの敗北、終戦も、ムラデンにとって、そして彼の恋人レパにとって、解放を意味しないのだ。

レパは、ナチに替わってベオグラードを圧えた、かつては同じ陣営で戦っていた人々たちに今度は捕らえられる。「いま彼女は、すでに三年前に閉じこめられたのと同じ牢獄につながれた。房が違っているだけだった。」（TaU：397）「あのときとまったく同じだ、という思いがレパの脳裏をよぎった。逮捕、拷問そして死。」（TaU：409）

「人民の自由と我々が築こうとしている社会主義、これは個々人の生よりもおおきなものだ」（TaU：427）という価値観を抱くかつての同志に対してレパは次のような辛辣な像をいだく。

歴史の機関車だって！　とレパは思い浮かべ、レーニンの言葉が自分の目の前に呼び起こす像に愕然とした。薄暗い殺風景な地帯を人がいっぱい乗った列車が疾駆してゆく。曲がり角にさしかかるたびに、不安げな叫びをあげ、かっと目を見開き何人かが転がり落ちていった。本当を言うならば落ちたのではない。車掌たちに突き落とされたのだ。そして重たい車輪が彼らを踏み砕いてゆく。列車のなかで突然騒ぎが起きた。一群の乗客がナイフをかざして車掌たちに襲いかかったのだ。つかみ合いのなかで女性が数人床に突き飛ばされ踏みつけられた。車掌たちが倒され女性たちの死骸が外に放り出されると、反乱者たちは機関車にのぼり機関士と火夫を殺した。男たちの一人が機関車の操縦を受け持ち、もう一人が石炭をシャベルで燃えさかるかまに投げ入れる。機関車は轟音をたてて突き進む。他の反乱者たちが車掌の役を受け持ち、従わない乗客を投げ落とす。機関車は狂ったように殺風景な地帯を疾駆する。曲がり角にさしかかるたびに、不安げな叫びをあげ、かっと目を見開き新たに乗客が転がり落ちていった。そして重たい車輪が彼らを踏み砕いてゆく。主人は機関車のほうだ。操縦手には方向を変えられない。そして車掌は、自分たちが放り出されないために乗客たちを次々放り出してゆかなくてはならない。機械は、それを新たに操作しようとする者に、その前にいた者にも強いていたのと同じ運動を押しつける。機械が権力であって、それを持った者はその奴隷だ。

（TaU：428f.）

たしかに、〈社会主義〉の難点を取り沙汰する言辞としては、いまとなってはありきたりとすら言えるだろう。だが、その理論水準というようなことではなく、体験の直截性においてこうした言葉が吐かれている点は斟酌しておいて良い。

一種の幻滅の思いは作中でムラデンをも襲っている。だがそれは、レパの場合とでは違ったかたちでではあるが。

ヴィーン市街に進駐してきたソヴィエト兵によって、ムラデンの知り合いの民間女性も強姦される。それに対して、それが収容所であろうとこの地の住民だった以上は皮肉にも敗北者の側に位置することになり、その立場からはナチに対する抵抗者といえどもそうした無体をも黙過するしかない。「彼はもう長いこと赤軍の神聖さなど信じていなかったにもかかわらず、いまはじめて裏切られたような感じを受けた。」（TaU：476）ムラデンは、それに対する心理的報復を、ナチ将校未亡人と寝ることによって果たそうとする。

いま俺は、ナチの男の下で歓喜の声をあげていた女に手玉に取られている。こいつはいまも男のことを思ってるのだろうか？　きっとそうだろう。でも、他に男がいないときにだけだ。俺がナチに投獄されていたのを知ってるのだろうか？　《ずいぶんいろいろな目にあわれたのですね。ホーファーさんから伺いましたけど。》俺の考えを見透かすかのように女は言った。だからわざと俺を自分の住まいに連れてきたのだ、自分の亭主の敵を。なんだって敵を？　亭主と同じ意見をもっていたわけじゃないんだろう。しばしばいっしょに寝たところで、めったにいっしょに死ぬものではない。床のなかでよくわかり合っていたにしても相手と意見が同じである必要はない。それとも女の場合は別だろうか？　女たちはそのときどきの相手と意見を同じくするものだ。もちろんすべての、じゃない。ヒトラーの恋人が明日にはロシアかアメリカの将軍の恋人になっていることもある。優しくしてくれさえすれば、誰と寝ようが女にはどうでもいいんだ。この女が俺にほほえみかけているように。［ロシア兵に強姦された］ランカもロシアの少佐にこんなふうにほほえんだのだろうか？（TaU : 479f.）

こうした箇所に対しては厳しい批判もある。たとえば、「この著作［＝『休暇中の死者たち』］で女性たちはしばしば性の対象としてのみ現われる。この観点を、ドールの他の著作におけるほとんどの男性主人公たちも取っているが、どれにあっても語り手によってこれが相対化されていない。」(Cornelius Hell の KLG における記述)というように。ミロ・ドールの作品全般に向けられた指摘としては、決して的はずれと思えないことは、後で触れる。だが、いま引いたような作品最終部での彼の振る舞いを見るとき、もう少し別の取り方も可能だろう。

つまり、ここの前までだったなら、拷問に屈することなく、また硬直した共産党の指針に妥協することもない、鉄の意志と信念をもつ永遠の抵抗者、といったムラデン・ライコウ像が定着しえていた。しかし彼とてそのような〈英雄〉ではありえない。そうした麗しい英雄像をこうした箇所は足元から掘り崩している。

そもそも、ムラデンが生き延びえたこと自体が、彼の意志や信念、不屈の精神に帰されたりしていない。この異様な時代のなかにあって、すんでのところである者は殺され、ある者は殺されず生き延びる。ほんのわずかな偶然に左右された一線が、全か無かのあまりにおおきな相違を生じさせる境目を為している。死んでいった者を思うとき、生き延びた者は自分を英雄視などできはしないだろう。

死者への思い、本書を書かせる衝迫を、そう名づけても良いのではないか。そもそもムラデンが抵抗運動を継続するにあたっても、こう述べられていた。「安寧に生きてゆけるには彼はあまりに多くのことを見てきてしまった。彼には死んだ友人たちを裏切ることはできなかった。」（TaU : 11）生き延びた者は、死んでしまった者に、償還できない罪責を背負う。死者とは、軽々しく連帯などできない相手、生きている者にとっての絶対的他者としてしかありえない。

本書に盛り込まれた著者の体験が読者になんらかの切実さを喚起するとするなら、ファシズムやスターリニズムに対する告発の故というだけではおさまるまい。この小説では、〈敵〉にも〈味方〉にも多くの死者が出る。これらの死者を前にしたとき生き延びた者が抱く居心地の悪さ、苦々しさ、むしろそうした截然と処理できかねる割り切れない思いこそが、この作品に独特の陰翳を与えているように思える。

本書の末尾ではムラデンの夢が叙されている。夢のなかで彼はいまだ追われる者だ。すぐそこまで追跡者の足音が迫り、投光器の光が行き交っている。彼が逃げ込んだのは盲人ホームだった。長い廊下を手探りで扉を探しているところ、前から一人の盲人がやってくる。息を殺して生気を消すムラデンにしかし盲人は気づき、そろそろと近寄ってくる。外では投光器が閃いている。絶体絶命のムラデンは思う。「こいつの首をしめなければ。大

き な声を立てるぞ。おまわりさん、と。大きな声を立てそうだ。首をしめねば。いや。」(TaU : 483) ここで目が覚めたムラデンは、夢においても人を殺さずにすんだ。人を殺すのか、自分が殺されるのか、といった二者択一をもはや迫られずにすむ境遇にいまはいる。だが、心の深いところでは、すでに多くを殺してきているのではないか。いま生きている以上は。

ともあれ目覚めたところは、先の女性のベッドのなかで、目の前には彼女の背中があり、外の様子からすると、暗い雨模様の日になりそうな四月の朝だった。この現実をどうやってこれから生きてゆくのか、しかしこれから先の生のことなど、ひとたび、過去の死者たちと向き合わないでは考えられもしなかったのだろう。

2 『ただ思い出ばかり』

この作品では『休暇中の死者たち』の前史が描かれる。すなわち、ムラデン・ライコウが十五歳の少年のときのこと、舞台となるのは戦争前のバナート地方だ。登場人物はライコウ家三代にわたる男性が中心になるが、特定の一人に力点が置かれているわけではない。焦点を当てられる人物が章により違う、ということでは第一作と方法的に類似しているが、何本かの物語の糸がここではムラデンに収斂してゆくことにならない。恵まれた一時代を味わった旧世代がひたひたと押し寄せてくる近代化の波のなかで零落してゆく、そんなひとつの家族の歴史が紡がれていた。

この作品を著者自身は〈ライコウ・サガ〉の冒頭に置いているが、むしろ三部作の緩徐楽章を為している感がある。量的には三作中もっとも少なく(現行版では、他より広い間隔の行組で二八〇頁ほど)、舞台となる直接の時間幅は、日曜日の晩から金曜日の朝までの六日間と凝縮されている。また内容的にも決して牧歌的と呼びうる性質でない。それにもかかわらずどこか悠揚とした印象を与えるのは、回想を含めればライコウ家が六代前まで遡られて百年以上の幅があることや、大都市とは異なった地方都市や田園地帯の光景も手伝っているかもしれないし、また他二作とは違って、作者が投影されたムラデン・ライコウの経験にそれほどの重きが置かれておらず、作者が明らかに実際に体験していない事柄が主として描かれている分、それだけ〈現実〉と距離をもっていて虚構性が高いと思われる。そこから一種の余裕が生ずる余地があるのだ。そうした意味で、〈サガ〉と呼ぶのには三作のなかではいちばんふさわしいだろう。

全体はまずおおきく曜日にしたがい六章に分けられている。日曜日と金曜日はそれぞれひとつだけ、月曜日から木曜日の章にはさらに二つから五つの小見出しがあり、各小章において家族の誰かを中心に据えた光景が繰り広げられている。

ムラデンの祖父スロボダン・ライコウは、裸一貫でバナートの地に出てきた彼の曾祖父の代から営々と築かれてきた身代を一挙に失っている。自分の銀行が出資していた輸出入商社の倒産のあおりで、薪炭商、百貨店、貸家など所有していたすべてを売り払った挙げ句、銀行も破産の憂き目にあっていたからだ。それでも隠居することに甘んじず、起死回生を志している。妻が相続していた農場で大量のホップを栽培し、それをチェコに輸出し代わりにピルゼンビールを輸入しようというのだ。ここには、輸出入業者のために失ったものを同業で回復しようという意図もあった。だがその企ても、国内の大ビールメーカーの横槍によって頓挫し、窮地に追い込まれているところだ。妥協しさえすればまだ道もあるのだが、人に頭を下げることのできない性格が災いし、破産が目前に迫っている。人目を忍んでは、強いスモモ焼酎スリヴォヴィツをあおるのが数少ない楽しみのひとつとなっている。

スロボダンの六歳下の弟ドラギは、ボストンの南でイングランド出身の妻マーガレットとしがないガソリンスタンドを開いている。彼はかつて父の死後、地方の名士の家で兄と母の庇護下にいつまでもいることを煩わしく感じ、アメリカ大陸に渡った。父の遺産を元手にセントルイスで車の販売業を営み、かなりの羽振りをきかせる。立派に身を立てた姿を家族に見せるべく、アメリカでの商売をたたみ帰郷することを思い立つが、中途で気が変わり、世界漫遊の旅を敢行、財産を使い尽くし、結局故郷には、巨大なキャデラックを除けば無一文の姿で現われたのが、十三年前のことだった。その後アメリカへ戻り、現在のような暮らしに入るが、いまでは妻もスタンドも捨て去りたい気分に浸り、かつて商売を成功させたセントルイスを夢見る日々だ。

スロボダンとその妻ミリツァの間にできた二人息子のうち、サシャは競走馬の所有者だが、彼の厩舎経営をこれまで支えてくれていた友人でユダヤ人資産家ヴィリ・ヴァイスが、冒頭（日曜日）に首をつって自殺してしまう。宛名のない遺書に「赦してください。もうこれ以上は無理でした」（NaE：16）とだけ記して先立った友人の不可解な死は、サシャに心理的にも経済的にも衝撃を与える。まず、仕事を探すことなど誇りが許さない。そんなことをしたら「自分の家が没落していることを認めることになってしまう」（NaE：21）からだ。「ヴィリの死は彼にとって自分の人生を変える兆しだ」（NaE：24）と思い立ったサシャは、馬を売り払ってスペインで起きている内戦に参加する決意をする。なんらかの確固とした主義主張に基づいているわけではない。フランコ軍も感じが悪いが、共和国軍には共産主義者がいるのもおもしろくない。それでもともあれ、共和国軍のほうへ行こうと考えている。

サシャの兄スレテンの一人息子がムラデン・ライコウになる。この十五歳のギムナジウム生徒はここでは、ほろ苦い恋を味わっている。アイススケート場で見初めた少女への気持ちは片思いに終わるものの、傷心を今度は母の営む骨董品店に務めるボッサとの関係によって癒すことになる。新たな恋が成就したかに思えたそのとき、しかし彼女の父親が割って入り淡い恋はあえなく終わりを遂げさせられる。「彼は自分で生きたいと思っていた。傍観者ではなく、参加者でありたかった。［……］戦いから勝利者として出てきたかった。家を建てそれを壊したかった。子供を産み、金塊を掘り求めたかった。［……］ともかく何よりも行動をしたいのだった。」（NaE: 250f.）と、未来を志向してはいるが、スロボダン、ドラギ、サシャらと拮抗しうるだけの重みを備えているわけではなく、どちらかと言えば脇役的な存在だ。

上に述べたように、それぞれの小章で、スロボダンが六回、サシャ四回、ムラデン四回、そしてドラギとミリツァが一回ずつ、主役を演じているが、最終章は、スロボダン臨終の知らせを受けたサシャとスレテンに連れだってムラデンが汽車で祖父のいる農場に向かう場面で終わっている。

スロボダン、ドラギの兄弟は、かつてそれぞれ行動の人だったが、いまでは二人とも終幕に向かおうとしている自分の生を直視せねばならない。老いに気力が負かされそうなスロボダンにおいて、その落差はもっとも激しかった。

> 彼はここで自分がなしうることはすでにすべて行なった。これ以上繰り返す気はなかった。［……］彼は一日の消え去るときが来るのが恐かった。晩が近づいてくるにつれ、この瞬間を醒めたまま体験しなくても良いように、飲む量が増えた。［……］こうして座って待っていた。終油を授かる人のように、彼の最後のときを待った。死を待っていたのではない。何をも待っていなかった。ただ黄昏が恐かったのだ。（NaE: 259）

彼は夢想のなかで弟ドラギと向かい合う。「《俺はいつもお前のことが羨ましかったんだ。お前は自分自身の生を生きることができるんだから。》彼は言った。《自分のではない（fremd）生を俺は生きてしまった。俺はここにとどまって、堅牢なことをやってきた。けれど俺は何を為したというのか、俺は何を残したのだろう？》」

（NaE：267）

一方のドラギも安息感に満たされていたわけではない。次男として、専制的な家族で屈従を強いられるのを嫌い、自らの道を切り拓きはしたものの、異境にあって「馴染めぬ（fremd）」という思いを募らせている。名前すら、妻からは「チャーリー」と呼ばれている始末だ。「ここでは彼にはいっさいが馴染まなかった。マーガレットも彼にとっては馴染まぬものだった。馴染まぬ人々のあいだで彼女は馴染めない言語をしゃべっているのだから。」（NaE：128）しかし、故郷や自分の過去などのさまざまな物思いの果てに朝がやってきて、彼は妻の姿によって新たな元気を取り戻し、結局のところはふたたび日常生活に戻ってゆく。

またさらに、壮年のサシャにしても、人生の頂点は過ぎ越した感がある。スペインへ行く、という〈行為〉への決心にも、最初から「もしかしたら別の道があるのではないか」（NaE：25）という思いが離れない。最終章では兄スレテンにこう打ち明けている。「ぼくははじめスペインへ行って闘ってくるつもりだったんだ。でもすぐに意気阻喪してしまうなら、意味ないんじゃないかと考えた。それでここにとどまる決心をしたよ。お父さんの手伝いをするつもりだ。」（NaE：277）しかし、その前の章末尾で暗示されたスロボダンの死――この箇所のみ写実的でなく、幻想が入り混じったような記述になっている――、あるいは彼の企ての失敗を斟酌するなら、サシャのこの決意も何をも生まないことは明らかで、さほど遠くない先に一家族の没落が仄見えている。スロボダンの死、という以上に、旧世代の、〈昨日の世界〉の終わりを告知している。

他方、本作品冒頭のヴィリの不可解な死、「彼には生きてゆく気がもうなかったのだ。」（NaE：19）程度の理由にしか思いいたらぬ、ユダヤ人ヴィリの死は、もしもそれ以降の現実の歴史の経過を参照してみるときには、より大量の不可解な、強いられた死を前知らせしていると解することができるかもしれない。

そしてこれらの死との少年の出会いが、この小説の動機のひとつと考えて良いだろう。三人の家族が出てくる最終章は、基本的にはムラデンの心裡が追われている。彼は考える。「死は恐ろしく不当だ。ぼくは死にたくない。」（NaE：282）と。だがさまざまな他者の死、そして迫り来る自らの死を受け入れることが、〈成長〉ということならば、これは、作者の分身ムラデン・ライコウの、ひとつの成長の物語、そして失われたもの、失われつつあるもの、失われるであろうものへの哀惜の念が綴られた物語でもあったろう。前途の躍如とした少年には似つかわしくない、とはいえ、前へ進むときにはその裏面としてつきまとわざるをえない、次のような物思いの表白で作品は終わっていた。

すべては、ムラデンがアイスダンスを踊っていた少女をはじめて見た瞬間のように過ぎ去った。［……］すべては過ぎ去り、もはや戻ってこない。こうしたすべてがかつては生だった。それがいまではただ思い出ばかりでしかなく、だんだんと弱々しくはかなくなってゆく。（NaE：285）

3 『白い都市』

〈ライコウ・サガ〉末尾を為すこの作品が出たとき、もう戦後も四半世紀近く経っていた。そのことも与ろうか、三部作のなかではもっとも醒めた筆致であるように感じられる。この作品ではふたたびムラデン・ライコウを中心にした物語が綴られるが、この主人公に冷ややかで皮肉とも言えるような視線が投げかけられているのだ。そのことの裏面としては、作品構成上の策がもっともこらされていることも指摘できるだろう。それ自体がたんなる技術的な問題というよりは、ミロ・ドールの文学を見てゆくうえで、非本質的ではない面を呈している。

全体構成を概観するなら、全体は二十四の章、三百頁あまりから成っている。さまざまな場面が寄せ集められている、ということにかけては前二作と共通している。さらにそれがここではより徹底して行なわれていた。

冒頭の章は「作者自身とのインタヴュー」と称されていて、「作者」とムラデン・ライコウとの接触が一人称によって語られている。以下、ひとつおきの章に、だいたいその前の章で登場した誰か一人の人物との「インタヴュー」と称された数頁の比較的短い章が配され、そこでは一人称の語り手による話が綴られる。それに対してライコウを追った筋になっている章では語り手は一定していない。「作者」と思われる語り手によって三人称でムラデンが扱われる場合――ひとつの章のみ「我々」という主語が現われている――、ムラデン自身が「私」という主語で発言している場合、そしてムラデンが二人称親称で「あなた（du）」と呼びかけられている場合、というように。さらに、その章のなかで、まったく唐突に話題が転換してしまう例もしばしば見られる。

複数の視点が導入されることによって、一人のある発言は別の一人の発言によって相対化され、あるいは否定され、事実関係に齟齬を生じさせている。ここでのこうした語りの手法は、これとは明快に名指せないようなにごとかを観点・語り手を変えて輪郭を確定してゆこうというのとは少し違う気がする。むしろ、いくつかの観点からひとりの人（ムラデン）、ひとつのこと（ムラデン周辺の様子）が語られていても、それは一定の方向性に収斂することなく、ばらついた感じを残す。いやむしろ、このばらついた感触をこそこの作品は呼び出そうとしているかのようだ。

そのような形式に対応するように、『休暇中の死者たち』で前提されていたような継起的な筋がこの小説から見分けられるわけではない。

戦争を無事くぐり抜けたムラデン・ライコウは、恋人レパや両親がいるベオグラードには帰らず、ヴィーンに居を構える道を選んでいる。彼もここではすでに三十男で、「公式には作家、非公式には骨董品商」という暮らしをしている。「作家としては全然名声を得る、いわんや金を稼ぐにいたっていないので、骨董品を商うことでどうにかこうにか暮らしていた。」（WS: 18）そして、先に引いたリヒターの回想にあるように、なんとかドイツの出版社とつながりを持とうと画策したりもしている(このあたりの経緯は、実在モデル云々をあげつらう論者もいる。)。

けれど、かつて抵抗運動に身を投じていたときのような理想はもはや失われている。ギムナジウム時代の友人の言葉としてこうある。「もしかしたら彼は[……]《白い都市》を夢見たのかもしれない。けれどやがて彼はそれが輝くように白くはなく、まさに灰色であることを悟ったのだろう。多くを夢見るのはきわめて良くないことだ。」(WS: 67)

次のような彼の性格描写は、そうした幻滅感を表わしてあまりある。

いっさいの公式的なもの、現状に自足したもの、体制的なものに対する彼の反感、イデオロギーの香りに対する、プロレタリアの道徳、ブルジョアの徳、プチブルの自己満足に対する反感はどこからきているのだろう。社会の進歩だとかキリスト教的西洋といった常套句を耳にすると、彼は鳥肌立ち、たいていは吐き気をももよおすのはなぜか。ある重要で有用な行為を行なう——ときとしてそれが適切であろうとも——ことにかけて確信に満ち満ちた人間を前にするとどうして彼はぞっとするのだろう。どうして彼は、いままさに居るのとは別なところに居たい、いままさに行なっているのとは別なことを行ないたい、という逆らいがたい衝動をいつも感じているのか。(WS: 243f.)

ムラデンの生まれながらにして持ち合わせた特性である、というよりも、〈戦後〉の醜悪な光景に向けられた、より正確に言うなら、〈戦後〉にも変わらずありつづける醜悪な光景に向けられた、彼のおおいなる違和感、嫌悪感、反感を表わしていると取るべきではないだろうか。

具体的にはそれはまずもって、現在の居場所であるヴィーンに対して表明されている。パーティーでどんちゃん騒ぎをするムラデンらを実直げにやんわりと諭す警官の丸顔のなかに、かつて四四年に彼を再逮捕したゲシュタポの丸顔を見いだす。「突然彼はぎょっとした。自分は相変わらず異国（ein fremdes Land）にいるのだ、と。」（WS : 36）また、仮病によって兵役を逃れた息子のことを、「私の息子も抵抗をしました。私的にではありますが。」（WS : 38）と言ってはばからぬ小市民の描写も、いかにもといった感がある。

翻って、十年ぶりに里帰りするベオグラード、この〈白い都市〉も、もはやムラデンにとって輝かんばかりの〈白い都市〉ではなくなっている。食堂の庭に座っている彼に話しかけてきた見覚えのない少女は、「《私の兄ではなくあなたが斃れてたほうが、私にはよかった》」とだけ吐き捨て去ってゆく。そこで彼は考える。

彼女がとても愛していたらしい彼女の兄の死に、私が責任あるのかどうか、私にはわからない。［……］もしかしたら本当に責任あるのかもしれない。もしかしたらないのかもしれない。罪の輪郭を明瞭にする境界線はどこにあるのか？　どこから無罪判決ははじまるのか？　私はもはやここの人間ではない。相変わらず敵対的に感じられるよその（fremd）世界に暮らしている。私自身、人が不信感を抱かざるをえないよそ者（ein Fremder）なのだ。（WS : 243f.）

また、友人と訪れたミュンヒェンの酒場では、ナチ親衛隊の歌を高歌放吟するドイツ人たちに「ラ・マルセイエーズ」で挑発的に応え、酒場を放り出される（WS : 201）。

〈戦後〉の醜悪な光景、と言った。もちろんそこには彼自身もが含まれていよう。戦争を生き延びた以上、彼も戦後の風景のなかに立つひとりであることは断るまでもない。そこで、飲んだくれては女性にちょっかいを出して、と、お行儀よろしくない猥雑な夜の都市生活がことさらに描かれ、〈白い都市〉とのくっきりとした対照が際立たせられることにもなるのだ。誰かの死に加担していたわけでなく、どこに行っても「よそ者」としか自分を感じられなくとも、死んでいった者たちを思うなら、生き延びた者として、それだけで〈罪〉を感じざるをえない、濁りなき〈白〉ではいられない。たとえ、〈抵抗〉を敢行し、仲間を〈裏切る〉ことがなかったといっても、彼は「それにもかかわらず、私は自分の罪を感じる」（WS：166）のだ。

汚れのない〈白い都市〉、これについては、彼の友人が次のように語っている。

彼は楽園についての本を書くつもりでいます。失われた楽園、未来の楽園、天上の楽園、あるいは地上の楽園について。キリスト教徒だろうと回教徒だろうと、反動派だろうと革命派だろうと、追い求めてはみたものの夢のなか以外では到達できなかった楽園について。たしかに困難でだいそれた企てです。私が彼にそうはっきり言ってやったら、彼はこう説明していました。《白い都市》とは彼にとっては雪のヨーゼフシュタットだ、と。彼が住んでいるヴィーン八区のことです。（WS：209）

この友人が言うような楽園の本は、ムラデンによって書かれることはないだろう。〈書く〉ことはなんの贖罪にもなりはしない。むしろ、この猥雑な日常のうちにとどまらざるをえない、どこに居ても「よそ者」として、よそよそしい生を送らざるをえない、だからこそ、まさにそのような現実をそのものとして肯定しようと思い立ったのではないか。矛盾に満ちた世界で矛盾に満ちて生きてゆこう、と。

そこで〈ヨーゼフシュタットを覆う雪〉、それは汚れ散らかった路上を隠蔽する〈白〉の謂いではない。考えられているのは、この世の混乱、塵芥の散乱をそのまま抱え込み包容してくれる、そして明日には溶けてぬかるみを残すだろう、そんな灰色がかった雪ではないか。

深夜の町を歩くムラデンの内面描写も、その方向で読むことができる。

私は振り向いて雪の中の自分の足跡を見た。私のそばではそれはまだはっきりそのままだったが、いささか向こうだと少しだけ不明確ながらまだ見えていた。それが角ではもうほとんど完全に埋もれていた。私の生のなかで私が多くの過ちを犯し、罪をもっていることは知っている。多くをやり損ない、はかない身である私としてはそれらをもはや回復できないことを知っている。けれど、もうどうでもよかった。私は自由なのだ。生まれてこの方はじめて本当に自由なのだ。何を私が始め、どこへ私が行こうとも、私は自由だ。これまで私にのしかかってきたすべてが私から剝離してゆき、見えなくなった私の足跡のように雪のなかに埋没していった。私は三〇歳代半ばの、過去も未来も持たない男だ。私にあるのは、私が生きている、そして私のものではない、この瞬間だけだ。（WS : 302）

つらい過去、苛酷な体験、さらには忌まわしい錯誤の数々も、時が忘れさせてくれる、というありきたりにすぎる感懐ではあるのだが、死者たちにあまりに強く縛られていた〈生き残り〉にとって、現在こそを自分の〈場〉として生きてゆこうという思いが、おおいなる救いとなることはたしかだ。

三　「私は別な者」――〈戦後文学〉としての〈ライコウ・サガ〉

さて、〈ライコウ・サガ〉を概観してみたが、これが〈サガ〉と呼ばれるからには、三作から共通の主題を絞り込んでみせる、というようなことはしないほうが良さそうだ。眼前に広がるパノラマをそのまま見渡せば良いのだから。ただ、そこを貫いている水流の幾筋かならば、努めずとも目に入ってくる。そのひとつとして、彼の一貫した動機、何処にあってもつきまとわざるをえぬ〈よそ者・なじめぬ者〉であるという思い、すなわち「私は別な者」という意識について最後に触れておく。

アルテュール・ランボーのいわゆる「見者書簡」に記されたこの有名な言葉を、ミロ・ドールは彼の「ライコウ・サガ」三作目の『白い都市』の題詞に用いている。

改めて述べるのも野暮ながら、“Je est un autre.”なる文を、そのまま逐語的に日本語訳するのはまず不可能だ。《私》という一人称単数主語と《別な者》という述語を結んでいる繫辞が、主語と対応していない三人称単数形になっているのだから。ミロ・ドールの引くドイツ語訳ならば“Ich ist ein anderer.”

ランボー自身の文脈、その解釈から離れ、この四つの単語のみに密着して考えてみたとき、《私は〜である》という主観表現を崩す繫辞の三人称形の意味を盛り込むのなら、《私とは、第三者の目からは、私が思っているのとは別な者である。》くらいに訳せるだろうか。あるいは、《私》という主語に対して、それを規定しようとする述語は、つねにずれを生じさせる、ということならば、《私とは、それが規定されるとき、私とは別な者である。》とでもなるか。いずれにせよ、《私》は《私》である、という《自同律》に楔が打ち込まれていることだけはたしかだ。

それではミロ・ドールにあって、《私》とは、そして《別な者》とは、どのような意味を持つだろうか。それを考えるために、一九四六年に雑誌『プラーン』に掲載された、ドイツ語による実質的なデビュー作と呼んでよいだろう短編作品「道々」(後に『途上にて』に収録)の冒頭を見てみよう。

始まりはこうだった。ある春の晩、私は四階の窓辺に立って、ゆっくりと味わいながら煙草を吸っていた。その晩は、何か柔らかく透き通ったものを包み込んでいるようだった。これは心地よい感じを与えた。すべての響き、音がこれによって弱められていたからだ。それにしても澄んだ晩だった。ほとんど水晶のような。誰もがそう感じているに違いなかった。［……］すばらしかった。皆がそう感じているに違いなかった。感じる、感じる……。いま私はそれを実際感じていた。誰かがじっと執拗に観察するならば、皆がそれを感じているに違いなかった。私は彼の突き刺すような視線を背中と首筋に感じた。彼は私のすぐ側にいて、とても落ちついた態度を取っていたが、私は彼の視線を感じたのだ。そこで私は振り向いた。不意に、けれども、こんなとき誰もがそうするであるように、それがまったく自然であるかのように。私は彼を見た。本当にそこに誰かがいた。錯覚ではなかったのだ。私をそのように背後から凝視していたのは、私自身だった。私の第二版だ。(RnW : 79)

この部分が、基本的にきわめて写実的な文体で書かれていた〈ライコウ・サガ〉からはほとんど期待できない語法によっていることは、「感じる (spüren)」という動詞が、「晩」に対する漠然としたものから、「私」の「彼」の「視線」に対するそれへと滑り込まされている箇所からだけでも感知できるかと思う。〈分身〉というとりたてて珍しいわけでないモティーフがここで問題なのではない。作中に〈私〉を据えるときの戸惑いのようなもの、〈私〉と記したときに、その記している自分の後ろから自分を見ているもうひとりの〈私〉——さらに、それは無限に背後に想定してゆくことができようが——、そのような意識を〈書く〉ことにどのように取り込むか、それが問われているのだ。

つまり、作中における〈私〉、あるいは、〈私〉と名乗らないまでも、ある語り手が三人称の主人公の生を継起的に一本の線として語る、そうした〈小説〉の不可能性の意識が多くの二十世紀文学を規定していることは断わるまでもないが、この不可能性をどのようなかたちで引き受けるか、それをどう処理するか、ミロ・ドールにおいても模索されている様が見受けられる。

〈ライコウ・サガ〉にあっては、いろいろな人物のいろいろな場面を寄せ集める、という作りによって、作品の一種の断片化、視線の複数化が試みられていることはすでに見た。語りの場を散乱させ、語り手そのものが確立されていない状態を意識的に作り出している『白い都市』で、そうした方法はもっとも判りやすくなっている。しかし、どうしてこうすることが必要だったのか。作者が選んだ方法という以上に意味を見るとしたら何が言えるだろうか。

いかに〈自伝的〉作品であろうとも、作者と作中人物が〈別〉であることなら、あらためて言うまでもない。ことさらに、作中人物に対して距離を取ろうと努めるのは、しかし逆に、作者と作中人物がどのようにしても接近してしまわざるをえないから、と考えることができる。そのとき「私は別な者」という命題は、〈私が私ではない別な者になってしまう〉ということから逆転し、〈別な者〉を立てようとしてもその〈別な者が私になってしまう〉、つまり作中に据えた人物に自分が吸い寄せられてしまう事態をも示してはいないだろうか。〈体験の直截性〉ということもすでに述べた。自らの体験に距離を取ることができないまま書かざるをえない、これがミロ・ドールの戦後における〈書く〉ことのはじまりだった。それは言い換えるなら、〈死者〉という絶対的な他者の視線をあまりに強く浴びながら、戦後の第一歩を踏み出さなくてはならなかった、ということだ。

だから、彼の「別な者」とは、超越的な視点ではありえない。死者という他者の前では、〈生者は生者である〉、という自同律は崩しがたい。それにもかかわらず、と言うべきか、それだからこそ、と言うべきか、〈異なる者として、決して居心地が良いわけではない異国にとどまり、自分を迫害した者たちの言語である異言語で作品を発表する、そのような行為を取ることにより、つねに〈私〉を〈別な者〉にずらしてゆこう、というあがきとでもいうべき姿勢をミロ・ドールは示しつづけるのではないだろうか。そもそもは強いられた境遇であった〈異〉であることを逆手に取り、それを〈書く〉うえでの積極的な姿勢としていったのだ。だがしかし、いくらこのように〈別な者〉を前に立てても、それはどうしても〈私〉に同化してしまう、〈私たち〉が生者であるかぎり。

そこで彼の作品を否定的に見ようとするならば、結局〈他者〉がいない、とも言えるかも知れない。〈敵〉や嫌悪の対象となる人物にしても、それは作者によってそのように作られた人形のようにしか現われない。激しくぶつかり合い、憎悪の情が投げつけられるような生きた相手ではない。そしてそれがもっとも端的に現われるのが、これも先に触れた、彼が描く、たいていは男性登場人物の視角からしか見られない女性像、あるいは、「インド人」「ペルシャ人」「アラブ人」等と無個性的にしか表示されないような非ヨーロッパ人（z. B., WS: 41）、そしてその両方を兼ね備えたタヒチや日本、香港、マカオの女性たち（z. B., NaE: 106）だ。それというのも、敢えて弁護的に言うなら、繰り返しになるが、〈死者たち〉という絶対的な他者の存在が、現世において出会いうるような他者の姿を見失わせているから、この世の生者は彼にとって結局〈私たち〉という共犯者同士になってしまうから、とも言えないだろうか。

そしてそれにもうひと言だけ加えるなら、この死者を生み出す機構は、過去のみに属しているわけではなかった。こうした死者が出されるのを本来阻むべき〈解放〉や〈革命〉という旗のもとに為されつづけている、差別、抑圧、人間抹殺を被った死者をも見据えなくてはならない、ここに〈戦後文学〉の、そしてまたミロ・ドールの作品の負った屈折の一因も求められよう。そして〈戦後〉を支配してきたこの構造そのものは、半世紀近くを要していまようやく失せたようだ。それにつづくのがいかなる構造であるか、しかしこれはまた別の話になる。

書　誌

○本文中で引用した Milo Dor の作品（[　] 内は本文中で用いた略号）

Tote auf Urlaub.（1992, Otto Müller Verlag, Salzburg）[= TaU]

Nichts als Erinnerung.（1993, Otto Müller Verlag, Salzburg / Wien）[= NaE]

Die weiße Stadt.（1994, Otto Müller Verlag, Salzburg / Wien）[= WS]

Meine Reisen nach Wien und andere Verirrungen.（1981, Albert Langen Georg Müller Verlag, München / Wien）[= RnW]

Mitteleuropa, Mythos oder Wirklichkeit. Auf der Suche nach der grösseren Heimat.（1996, Otto Müller Verlag, Salzburg / Wien）[= ME]

○参考文献

Helmuth A. Niederle（Hg.）: Milo Dor Beiträge und Materialien.（1988, Paul Zsolnay Verlag, Wien / Darmstadt）[= BM]

Kritisches Lexikon zur deutschsprachigen Gegenwartsliteratur [= KLG] における Milo Dor の項目（55. Nlg., Stand 1. 1. 1997）

伊東孝之・直野敦・萩原直・南塚信吾監修『東欧を知る事典』（一九九三年、平凡社）

第四部　新たな展開

リーダーマッハー・シーンの展開
——新たな国民文化形成の試み

高橋慎也

本論文はオーストリアの Liedermacher シーンの展開を新たな国民文化形成運動として捉え、その形成過程と特徴とを素描することを目的としている。Liedermacher とはメッセージソングを自作自演する歌手を指すドイツ語の名称である。(1) 旧東ドイツの反体制的シンガーソングライターであったヴォルフ・ビーアマン（Wolf Biermann, 1933-）が一九六〇年代に生み出したこの名称は、一九七〇年代になるとドイツ語圏全体で流布するようになったが、音楽シーン全体における Liedermacher の人気が低下した一九八〇年代後半以降は言及されることが少なくなり現在に至っている。私はこれまで旧西ドイツとオーストリアの Liedermacher シーンの展開を歴史的に素描する論文を執筆してきたが、それを踏まえて本論文ではオーストリアの Liedermacher シーンの展開を新たな国民文化形成運動という観点から論じてみたい。(2)

「音楽の都ウィーン」という名称が日本でも定着していることからも分かるように、ウィーンを首都とするオーストリアは「音楽の国」としてのイメージを国際的に確立している。ウィーン・フィルハーモニー、ウィーン・オペラ座、またウィーン・フォルクスオーパーの公演といえば国際的な人気も高く、数ある国際音楽祭の中でもザルツブルク音楽祭は、ヘルベルト・フォン・カラヤン（Herbert von Karajan, 1908-1990）亡き後に多少の混乱があったにしろ相変わらず高い国際的評価を維持している。しかしオーストリアに与えられたこの高い評価はクラシック音楽の分野のことであり、ポピュラー音楽の分野でのオーストリアの国際的評価は極めて限られている。日本でヒットを飛ばしたオーストリア出身のポピュラー音楽の歌手はウド・ユルゲンス（Udo Jürgens, 1934-）とファルコ（Falco, 1957-1998）だけだが、ユルゲンスの『メルシー・シェリー（Merci Cheri, 1966）』のヒットは一九六六年、ファルコの『ロック・ミー・アマデウス（Rock me Amadeus, 1985）』のヒットは一九八五年のことであるから、彼らの存在は今の日本のポピュラー音楽シーンの中では忘れ去られていると言ってよい。近年は確かにウィーン生まれのミュージカル『エリザベート（Elisabeth）』が宝塚歌劇団の公演で日本でも大人気を博したが、そこからヒット曲が生まれるということもない。こうしたことからオーストリアのポピュラー音楽がオーストリアの国外で注目を浴びることはほとんどなく、この分野は日本のオーストリア文化研究の対象となることもほとんどないまま現在に至っている。しかしオーストリア国内の音楽シーンに目を転じてみると、ポピュラー音楽はクラシック音楽と並ぶ人気を獲得しているのである。そこで『もうひとつのオーストリア』という副題を持つ本叢書用のこの論文では、オーストリアのポピュラー音楽の重要な一翼である Liedermacher シーンを「もうひとつオーストリア音楽」として取り上げてみたい。

オーストリア観光局が発行しているパンフレットの表紙に今年は三人の Liedermacher の写真が掲載されている。(3) ゲオルク・ダンツァー、ヴォルフガング・アムブロス、ラインハルト・フェンドリッヒというこの三人の Liedermacher は一昨年に共同で開催した慈善コンサートの成功もあって、国際的な場面でも現在のオーストリア文化を代表する人物としての地位を獲得したわけである。(4) これは彼らが主導してきた社会批判的かつ娯楽的なポピュラー音楽がオーストリアの新たな国民文化として、国内で十分な市民権を得たことを意味している。しかしその一方で、彼らの後に続く Liedermacher が輩出しているというわけではない。現在のオーストリアのポピュラー音楽シーンでは英米独の歌手の人気が高く、オーストリア人歌手の人気は低迷気味である。こうした現在の状況から見ると、一九六〇年代後半に始まったオーストリアのLiedermacherシーンは新たな国民文化形成運動としては「誕生 → 成長 → 老化」という生命の一サイクルを終えたと見てもよいだろう。そこで本論文でもこうした観点に立って、オーストリアのLiedermacherシーンの展開を時期的に区切り、それぞれの時期が国民文化形成のどのような段階に相当するのかという点を論じてみたい。

第二次世界大戦後のオーストリアは言語文化の面で、ある特殊性を持っている。これはオーストリアが隣国ドイツと同じ言語を用いていることから生じてくる。政治・経済的に見ればオーストリアを凌ぐ大国ドイツと同じ言語を用いている以上、オーストリアの言語文化は国外では「オーストリア文化」としてよりも「ドイツ文化」として見なされる傾向が強い。しかし一九三八年のドイツへの併合によって国家としては一旦消滅した後一九五五年に至ってようやく国家主権を回復したオーストリアの国民の間には、政治・経済の分野のみならず言語文化の面でもドイツ文化とは異なるオーストリア文化を主張したいという意識が存在する。とはいえ文化市場としてのドイツの優位はポピュラー音楽の分野でも圧倒的であるから、オーストリアのLiedermacherも自分のレコードの市場として、またコンサートの開催地としてドイツを強く意識せざるを得ない。ところがドイツでの人気を優先すると、オーストリアのファンの反発を買う可能性が高くなる。逆にオーストリアでの人気を優先するとドイツや国際的な場での人気獲得を制限せざるを得ないということになる。この問題はLiedermacherがウィーン方言ないしはオーストリア方言で歌うかあるいは標準ドイツ語で歌うかという問題と深く関わっている。オーストリアのLiedermacherシーンの展開の中に見えてくるのは、オーストリアのLiedermacherが担わざるを得ないオーストリアの言語文化のこうした特殊性である。つまり戦後のオーストリアの言語文化の領域では、新たに形成されたオーストリア国民文化がドイツ語圏全域の文化へと広がり、さらに国際文化へと発展する可能性が国民感情によってかなり限定されているのである。本論文ではこうした戦後オーストリアの言語文化の特殊性についても焦点を当て、オーストリアの新たな国民文化形成運動としての Liedermacher シーンの他の国々とは異なる特徴をも明らかにしたい。

一　オーストリアの Liedermacher シーンの誕生
――新たなオーストリア国民文化の揺籃期

本章では一九六〇年代後半から一九七〇年代初頭の時期をオーストリアの Liedermacher シーンの揺籃期として取り上げ、その展開を素描したい。その際に国外と国内のどのような音楽シーンからオーストリアの Liedermacher シーンが影響を受けたのかを見てみたい。

オーストリアの Liedermacher シーンが国内である程度の注目を浴びるようになるのは一九七〇年代初頭のことである。これは、一九六〇年頃に萌芽した英語圏のフォーク・リヴァイヴァル運動、またその影響下に一九六〇年代半ばに萌芽した旧西ドイツの Liedermacher シーンに比べて十年ないしは五年ほど遅れている。つまり自作の社会批判的なメッセージソングをギターの伴奏で自演するというタイプのポピュラー音楽の分野ではオーストリアは後発国であり、外国の先進文化を輸入する形で新たな国民文化を形成し始めているのである。

世界中の先進工業国で同じような文化が同時的に台頭するためには、各国で同じような社会的基盤が形成されていることが前提となる。一九六〇年代におけるフォーク・リヴァイヴァル運動や Liedermacher シーンの台頭には次のような社会的要因が作用していると考えられる。

○一九五〇年代の経済成長を受けて、一九六〇年代には新たな文化を生み出す経済的基盤が形成されたこと
○ベビー・ブーマーと呼ばれる戦後世代が一九六〇年代に文化の生産者・受容者として成長したこと
○高等教育が大衆化し、社会批判的な青年層が一九六〇年代に大量に形成されたこと
○社会批判的な青年層が復古的社会体制や保守的思想を批判する音楽文化を求めたこと
○ピアノに代わって、携帯可能なギターがポピュラー音楽分野での主要な伴奏楽器となったこと
○SPレコードとLPレコードおよびレコード・プレーヤーが一般市民に普及したこと
○ラジオ放送とテレビ放送によってポピュラー音楽が常時放送されるようになったこと
○ポピュラー音楽の雑誌が一般市民に普及したこと
○放送局、音楽会社、音楽雑誌出版社、コンサート企画会社のタイアップによってポピュラー音楽産業が大きく発展したこと
○ラジオ・テレビの音楽放送、音楽雑誌、レコード、コンサートのタイアップによって音楽シーンの展開速度が高まったこと
○交通・通信手段の発展や音楽情報産業の発展によって、音楽文化の国際的影響関係が加速化したこと

以上のような社会的要因をまとめてみると、Liedermacherシーンの台頭には経済的要因、人口動態的要因、メディア的（情報媒体的）要因が大きく作用していると言えるであろう。戦後のオーストリアで新たなポピュラー音楽が萌芽するのが英語圏と旧西ドイツから遅れたのは、こうした諸要因の形成が遅れたからに他ならない。これはオーストリアが国家主権を回復したのが一九五五年であったこと、人口や経済力という点で英米はもとより旧西ドイツに比べても圧倒的に弱かったことに起因している。新たなポピュラー音楽の分野で後れを取ってい

た一九六〇年代のオーストリアでは音楽先進国の音楽作品の模倣による輸入と、オーストリアのポピュラー音楽伝統の復興という二つの方法を取って、オーストリアの新たな国民文化としてのポピュラー音楽の形成を始める必要があったわけである。

ここで一九六〇年代後半から一九七〇年頃にかけてのオーストリアの Liedermacher シーンの展開を素描してみよう。旧西ドイツの Liedermacher シーンが大きく台頭したのは、一九六四年から六八年にかけて音楽祭「シャンソン・フォークローレ・インターナショナル（Chanson Folklore International）」が開催され、それが放送されてドイツ国民に広く知れ渡ったことに因っている。(5) 同時期のオーストリアでは Liedermacher シーンが旧西ドイツほど大きな注目を浴びるには至らず、Liedermacher がようやくその活動を開始したばかりであった。彼らがＬＰレコードを発表し始めるのはようやく一九七〇年代の初頭に入ってからのことである。この時期に発表された主なＬＰを以下にリストアップしてみる。各 Liedermacher の冒頭に挙げたＬＰは彼らのファースト・アルバムである。(6)

アリーク・ブラウアー（Arik Brauer, 1929 Wien—）
〇『アリーク・ブラウアー（Arik Brauer, 1971）』
〇『翼を持つものはすべて舞い飛ぶ（Alles was Flügel hat fliegt, 1973）』
エリーカ・プルーハール（Erika Pluhar, 1939 Wien—）
〇『エリーカ・プルーハールが歌う（Erika Pluhar singt, 1972）』
アンドレ・ヘラー（André Heller, 1947 Wien—）
〇『ナンバー・ワン（Nr. 1, 1970）』

○『レコード（Platte, 1970）』
○『始めの頃六六―六九年（Die frühen Jahre 66-69, 1972）』
○『アンドレ・ヘラー回顧（Das war André Heller,1972）』
○『新曲（Neue Lieder, 1973）』
ゲオルク・ダンツァー（Georg Danzer, 1946 Wien―）
○『チック（Der Tschik, 1972）』
○『メイド・イン・オーストリア（Made In Austria, 1972）』
○『ハネムーン（Honigmond, 1973）』
ヴォルフガング・アムブロス（Wolfgang Ambros, 1952 Wolfsgraben in Wienerwald―）
○『他はもう何も大事じゃない（Alles andere zählt net mehr, 1972）』
○『死は悲しい（Sterben tuat weh, 1972）』
○『癖（Eigenheiten, 1973）』
○『小ファウスト（Fäustling, 1973）』……音楽劇

こうして見ると、一九七二年から七三年にかけてオーストリアのLiedermacherのＬＰがいっせいに発売されたことが分かる。彼らの内でいち早くフォーク・リヴァイヴァル運動やフランスの社会批判的シャンソンの台頭に呼応し、ウィーンの大衆音楽の伝統に即したレコードを製作したのはアリーク・ブラウアーである。彼はウィーン幻想的リアリズムの画家として国際的な名声を得る前に、ヨーロッパや中近東各国を辻音楽師として巡ってきている。また一九二九年にウィーンに生まれたユダヤ系オーストリア人である彼は、戦前のウィーン民衆歌と

ユダヤ民衆歌の影響を受けている。ブラウアーが一九六五年に発表したシングル『ブラウアーが自作の絵を歌う(Brauer singt seine Malerei, 1965)』がオーストリアの Liedermacher シーンの幕開けであった。彼が七一年に出した最初のLP『アリーク・ブラウアー』の大ヒットによって、オーストリアの Liedermacher シーンは大きく台頭することになる。ブラウアーに影響を与えたのは、彼が辻音楽師として回った国々の民謡、フランスのシャンソンと戦前のウィーンの民衆音楽である。(7) こうして国際的なポピュラー音楽シーンとオーストリアの伝統的な民衆音楽を結び付けることによって新たなオーストリアのポピュラー音楽を国民文化として形成するといったステップが踏み出される。

一九六〇年代後半にはまた、一九四六年生まれのベビー・ブーマー世代に属するゲオルク・ダンツァー、一九四七年生まれのアンドレ・ヘラーも音楽活動を開始している。ダンツァーは六〇年代後半から、英米系のフォークソングおよびロック音楽から影響を受けたレコードを発表しているが、一九七五年の最初のヒットまでは Liedermacher としてはほとんど無名のままに留まっている。アンドレ・ヘラーは戦前のドイツ・シャンソンやカバレット音楽に影響を受けたレコードを一九七〇年以降に次々と発表して一定の知名度を獲得する。ヘラーの経歴で注目すべきなのは、六七年にオーストリア第三放送局でディスクジョッキーを担当し、海外の新しい音楽に大きな影響を受けた点である。七二年には、女優として有名で当時ヘラーと結婚していたエリーカ・プルーハール(一九三九年生まれ)が戦前のシャンソンを吹き込んだレコードを発表して注目を集める。またダンツァーやヘラーよりも若い世代のヴォフルガング・アムブロス(一九五五年生まれ)が七一年に最初のシングル・ヒット『ホーファー氏(Da Hofa, 1971)』を発表してファンを獲得している。こうして一九六〇年代後半に胎動し始めたオーストリアの Liedermacher シーンは一九七〇年代の初頭になってようやくポピュラー音楽の分野で注目を集め始めるのである。

以上、オーストリアのLiedermacherシーンの揺籃期を素描したのを受けて、次にその特徴を挙げてみたい。

(1) 英米、フランス、ドイツといったメッセージソングの分野での先進国の影響を受け、その輸入を図っている点：ブラウアーは戦後のフランスの社会批判的なシャンソンの影響を受けている。ダンツァーはランディー・ニューマン（Randy Newman. アメリカのシンガーソングライター）の影響を受けている。またアムブロスはロンドンのレコード店で働きながら、英米のフォーク音楽とロック音楽を、特にボブ・ディラン（Bob Dylan）の音楽を吸収している。

(2) 戦前のドイツのシャンソン音楽の復興を図っている点：ヘラーは戦前のドイツのシャンソンを吹き込んだレコードを発表し、プルーハールがヘラーの協力の下に発表したLPも戦前のドイツのシャンソンをカヴァーしたものである。

(3) 戦前のウィーンの民衆音楽の影響を受けている点：ブラウアーの最初のLPは、イディッシュ民謡や戦前のウィーン・ユダヤ人街の民衆音楽の影響を受けている。

(4) 戦後のオーストリアのカバレット・シャンソンの影響を受けている点：ヘラーはウィーンのカバレット・ソングへの共感を表明し、その後はカバレティストのヴェルナー・シュナイダー（Werner Schneyder, 1937–）やヘルムート・クヴァルティンガー（Helmut Qealtinger, 1928–1986）と共同の作品を発表している。

(5) オーストリアの公共放送局の音楽活動と結びついている点：ヘラーはオーストリア第三放送局のディスクジョッキーとして音楽活動を開始している。

(6) 各Liedermacherが正規の音楽教育を受けていない点：学歴的に見るとブラウアーはウィーン造形大学出身、プルーハールは演劇学校出身、ヘラーは中学校卒、ダンツァーとアムブロスはウィーン大学中退であり、みな専門の音楽教育を受けているわけではない。つまり音楽教育という点ではアマチュアの人間が Liedermacher シーンをリードしたわけである。

(7) 人気がオーストリア国内に限定されている点：ブラウアーの最初のLPを唯一の例外として、この時期にオーストリアの Liedermacher が発売したレコードの人気は、オーストリア国内に限定されている。(8)

(8) ウィーン方言と標準ドイツ語の歌詞が混在している点：先に挙げたLPのすべてが私の手許にあるわけではないが、手許にある七枚のLPの歌詞を見てみるとウィーン方言と標準ドイツ語の両方の歌詞が用いられている。

以上のように一九七〇年代初頭になってようやく、現代社会を批判ないしは風刺するメッセージソングを、音楽教育という点ではアマチュアの歌手がギター伴奏で物語るという新しいタイプのポピュラー音楽文化がオーストリアでも一定のファンを獲得し始めるのである。つまりこの時期に、英米のフォーク・リヴァイヴァル運動、フランスの社会批判的なシャンソンという先進地域の音楽文化を輸入して、オーストリアの国民文化として定着させようとする試みが一定の成功を収め始める。新たな国民文化の形成には先進的な外国文化に伝統的な国民文化を結び付けることによって先進的外国文化を国民文化にしてゆくというプロセスが必要となる。オーストリアの Liedermacher は言語表現の点ではウィーン方言を使用し、音楽表現の点ではオーストリアの民衆音楽を継承することによってこうした必要性を満たそうとしている。ウィーン方言の歌詞とウィーン民衆音楽的なメロディーという二つの要素が、この時期以降のオーストリアのメッセージ・ソングの大きなメルクマールとなる。

オーストリアの Liedermacher としていち早くオーストリアと旧西ドイツに名を知られるようになったブラウアーのこの時期の作品を以下に紹介してみよう。

Schwarz und Weiß（1973）

作詞・作曲：A・ブラウアー

Er schaut ganz kurz nur deine Haut an
Und denkt, die Haut ist viel zu braun.
Er will nicht wissen, was du noch kannst.
Er schenkt nur hellen Händen Vertaun.
Es könnte sein, daß gerade diese Hand
　Heute abend Geige spielt.
Es könnte sein, daß gerade diese Hand
Heute abend Geige spielt.

Er sieht nur schwarz und weiß die ganze Welt,
Die Zwischentöne sieht er nicht.
Weil ihm das Schwarz und Weiß viel leichter fällt,
Er hat zu wenig Licht.

Er schaut ganz kurz nur dein Gesicht an
Und denkt, die Nase ist viel krumm.

白と黒

彼はほんのちょっと君の肌をみる
そして、この肌は茶色すぎる、と思う。
君がこれからできることを彼は知ろうともしない。
彼が信用するのは白い手だけだ。
まさにこの茶色い手が今晩バイオリンを
　弾くかもしれないのに。
まさにこの茶色い手が今晩バイオリンを
弾くかもしれないのに。

彼は全世界を白黒二色でしか区別しない、
中間色は彼には見えないのだ。
それは白黒二色のほうが彼にはずっと楽だからだ、
彼の光は乏しすぎるのだ。

彼はほんのちょっと君の顔を見る、
そして、この鼻は曲がりすぎだ、と思う。

Er will nicht wissen, was du alles weißt,
Er schaut sich nicht einmal nach dir um.
Es könnte sein, daß gerade das die Nase
　Von dem Doktor ist,
Der heute nacht die erste Hilfe bringt,
Wenn er unterm Auto liegt.

Er sieht nur schwarz und weiß die ganze Welt,
Die Zwischentöne sieht er nicht.
Weil ihm das Schwarz und Weiß viel leichter fällt,
Er hat zu wenig Licht.

Er schaut ganz kurz nur deinen Kopf an
Und denkt, der Schopf ist viel zu lang.
Er will nicht wissen, wer du bist,
Und denkt, du hast zum Bösen einen Hang.
Es könnte sein, daß gerade diesen Schopf
　Morgen früh die Muse küßt.
Es könnte sein, daß gerade das der Kopf

君がどんな知識を持つのか、彼は知ろうともしな
い。彼は君の方に振り向きもしない。
まさにこれが医者の鼻
　かもしれないのに。
彼が車の下敷きになった時、
今夜、最初に救助の手を差し伸べてくれる医者の。

彼は全世界を白黒二色でしか区別しない、
中間色は彼には見えないのだ。
それは白黒二色のほうが彼にはずっと楽だからだ、
彼の光は乏しすぎるのだ。

彼はほんのちょっと君の頭を見る、
そして、この髪の毛は長すぎる、と思う。
君がどんな人間かということを、彼は知ろうともしない。
そして、君が悪の仲間だと思う。
まさにこの髪の毛に
　早朝、芸術の女神がキスするかもしれないのに。
まさにこの頭が

vom Mesias ist. 神メシアの頭かもしれないのに。

Er sieht nur schwarz und weiß die ganze Welt, 彼は全世界を白黒二色でしか区別しない、
Die Zwischentöne sieht er nicht. 中間色は彼には見えないのだ。
Weil ihm das Schwarz und Weiß viel leichter fällt, それは白黒二色のほうが彼にはずっと楽だからだ、
Er hat zu wenig Licht. 彼の光は乏しすぎるのだ。

言語表現という点ではブラウアーは標準ドイツ語とウィーン方言の両方を用いている。作品のテーマがウィーンに関連している場合にはウィーン方言を用い、より一般的なテーマの場合には標準ドイツ語を用いて作詞するケースが多い。『白と黒』というこの作品が標準ドイツ語で書かれているのは、そのテーマが人種差別批判という一般的なものだからであろう。ブラウアーの七〇年代初頭の二枚のLPが旧西ドイツ国内でもヒットしたのは、言語表現の面でウィーン的でありかつ標準ドイツ的であるという両面性を持っていたことにも因ると言えよう。『白と黒』の人種差別批判の描写は人道主義的で穏当である分、やや紋切り型で独創性に乏しい印象がある。この歌をブラウアーはきれいなテノールで伸びやかに歌っている。上品な仕上がりの作品で力強さには欠けるが、古き良き Liedermacher 創成期の伸びやかさを感じさせる点では、どこか懐かしい曲である。この曲はフランスの社会批判的なシャンソンのドイツ語版と見なすことができる。

二　オーストリアの Liedermacher シーンの確立
——新たなオーストリア国民文化の確立期

本章では一九七〇年代初頭から七〇年代半ばまでの時期をオーストリアの Liedermacher による新たなポピュラー音楽文化の確立期と位置づけ、この時期の Liedermacher シーンを素描し、その特徴を挙げてみたい。
まずこの時期に発表された各 Liedermacher の主なLPをリストアップしてみる。

E・プルーハール
○『ポートレート（Portrait, 1974）』
○『人生あれこれ（So oder so ist das Leben, 1974）』
○『エリーカ・プルーハールの愛の歌（Liebeslieder der Erika Pluhar, 1975）』
○『エリーカ・プルーハールのウィーンの歌（Wienerlieder der Erika Pluhar, 1977）』

A・ヘラー
○『詩的な音（Poetic sound, 1975）』
○『夕べの国（Abendland, 1976）』

G・ダンツァー
○『おい、見ろよ（Jö schau, 1976）』

W・アムブロス

○『ヴァッツマンが呼ぶ（Der Watzmann ruft, 1974）』……音楽劇
○『中央墓地万歳！（Es lebe der Zentralfriedhof, 1975）』

一九七〇年代前半には各 Liedermacher のレコードが視聴者の大きな注目を浴びたり、ダンツァーやアムブロスがシングル・ヒット出すようになり、Liedermacher のオーストリア国内での人気が高まってゆく。つまりこの時期にオーストリアの社会批判的なメッセージソングはひとつの音楽ジャンルとして国内での地歩を築いたと見ることができる。具体的に見てみると、七五年に出したＬＰ『エリーカ・プルーハールの愛の歌』がオーストリアのみならず旧西ドイツでもヒットし、プルーハールは女優としてのみならずシャンソン歌手としても人気を確立する。[9] ヘラーもまた旺盛な音楽活動やレコード発表によって注目を集め続けている。ダンツァーは七五年にようやく最初のヒット曲『おい、見ろよ』によって歌手としての人気を得るようになる。アムブロスは友人のヨーゼフ・プロコペッツ（Josef Prokopetz, ?–）と共作の音楽劇『小ファウスト』や『ヴァッツマンが呼ぶ』などを発表した後、七五年にはＬＰ『中央墓地万歳！』、七六年にはシングル『スキー（Schifoan, 1976）』が大ヒットし国内の人気を不動のものにしている。

この時期のオーストリアの Liedermacher シーンの特徴をまとめると以下のようになろう。

(1) 歌詞のテーマのオーストリア化が進んだ点：プルーハール、ダンツァー、ヘラーおよびアムブロスの作品のテーマとしてウィーンの文化やオーストリアの代表的なスポーツが取り上げられ、歌詞のオーストリア化が進んでいる。

(2) 音楽ジャンルの面でオーストリアの伝統的民衆音楽との結合が進んだ点：プルーハールはいわゆる「ウィ

ーンの歌（Wienerlied）」の伝統に連なる作品を、アムブロスはオーストリアの伝統的な民衆音楽ジャンルである「音楽劇（Singspiel）」に連なる新作を発表している。

(3) オーストリア文化の伝統的な特性を引き継いでいる点：直接的な表現を避け、アイロニーを含んだ間接的な表現を好むのがオーストリアの伝統的な国民性である。旧西ドイツの Liedermacher の作品が政治批判を直接に表現する傾向が強いのに対し、オーストリアの Liedermacher のものは批判をアイロニーに包んで間接的に表現する傾向が強い。

一九七〇年代の半ばになるとプルーハール、ヘラーのLPが一定の評価を得、ダンツァーのシングルがヒットし、さらにアムブロスのシングルが大ヒットしたことによって、Liedermacher の作品がオーストリア国内では新たなポピュラー音楽として確立されてくる。またウィーン方言による作詞、ウィーン民衆音楽を継承した作曲というスタイルが試行錯誤を経て確立され、オーストリア Liedermacher の作品が国民文化として定着したのもこの時期と見てよいだろう。

この時期のアムブロスの代表的ヒット曲を以下に紹介して、その特徴を見てみたい。

Es lebe der Zentralfriedhof（1975）　中央墓地万歳
作曲・歌：W・アムブロス
作詞：J・プロコペッツ

Es lebe der Zentralfriedhof　中央墓地万歳
und alle seine Tot'n　そこに眠る死者たちも万歳

da Eintritt is für Lebende
heut ausnahmslos verbot'n
Weu da Tod a Fest heut gibt
die ganze lange Nacht
und von die Gäst ka anziger
a Eintrittskarten bracht

入場は生きている人には
今日は例外なく禁止
死神が今日、一晩中
お祭りをやるから
客はみんな
入場券不要だから

Wanns Nacht wird über Simmering
kummt Leb'n in die Tot'n
und drüb'n beim Krematorium
tan's Knochenmark abbrat'n
Durt hint'n bei der Mamorgruft
durt stehngan zwa Skelette
die stess'n mit zwa Urnen an
und saufen um die Wette

ジメリング地区に夜が来ると
生者は死者に変わる
向こうの火葬場では
骨髄が燃え上がり
後ろの大理石の墓では
二体の骸骨が立っている
骨壺で乾杯し
飲みっぷりを競っている

Am Zentralfriedhof is Stimmung wia's seit Lebtag
  no net war
weu alle Tot'n feiern heute seine ersten hundert Jahr

中央墓地では気分は、生まれたときから
  一度も無かったくらいに盛り上がっている
死者がみんな今日、墓地創設一〇〇周年を祝っているから。

Es lebe der Zentralfriedhof
die Szene wirkt makaber
de Pfarrer tanz'n mit de Hurn
und Judn mit Araber
Heut san alle wieder lustig
heut lebt alles auf
Im Mausoleum spielt a Band
die hat an Wahnsinns-Hammer drauf

中央墓地万歳
その光景を見るとぞっとするぞ
司祭は娼婦と踊り
ユダヤ人はアラブ人と踊っている
今日はみんなまた楽しそう
すべてが生き返る
霊廟の中ではバンドが演奏している
それは狂ったようなリズムをたたき出す

Am Zentralfriedhof ist Stimmung. . .

中央墓地では気分は……

Es lebe der Zentralfriedhof
auf amoi macht's an Schnalzer
da Moser singt's Fiakerliad
de Schrammeln spiel'n an Walzer
Auf amoi is die Musi still
und alle Aug'n glänzen
weu dort drüb'n steht der Knochenmann
und winkt mit seiner Sens'n

中央墓地万歳
突然パチッと指が鳴る
モーゼが辻馬車乗りの歌を歌う
シュランメル楽団がワルツを奏でる
突然、音楽が止む
目がみんな輝く
向こうに骸骨男が立って、
大鎌を振っているからだ

言語表現の面ではこの曲はウィーンの下町方言で書かれている。このように七〇年代半ばには、多様なウィーン方言がポピュラー音楽の表現言語として成熟してくるのである。内容的に見ると、この曲はいわゆるメッセージ・ソングではなく、ウィーン文化やウィーン名所をパロディー風に表現した愉快な歌である。「司祭と娼婦、ユダヤ人とアラブ人が一緒に踊る」という表現にある程度の批判性が感じられるが、それほど強いものではない。この作品はパロディー表現を得意とするウィーン民衆劇の伝統に連なり、音楽的にはロック音楽の中にワルツを盛り込んでいる点で、外国の音楽文化とオーストリアの音楽文化が融合したまさに新しいタイプのオーストリア・ポピュラー音楽の典型とみなすことができる。これをアムブロスは強いウィーン訛りのアクセントでリズミカルに愉快そうに歌っている。英米系のポピュラー音楽がウィーンの民衆音楽文化の伝統と結びついてヒットした点で、この曲は英米系のポピュラー音楽がオーストリア国民文化として定着したことを物語っていると捉えることができる。

三　オーストリアの Liedermacher シーンの拡大期
――確立されたオーストリア国民文化のドイツ語圏全体への拡大期

一九七〇年代の後半から一九八〇年頃の時期になるとオーストリアの Liedermacher の数が増えると共に、ファン層がオーストリアを越えて東西ドイツにも拡大し始める。[10] こうしてオーストリアの Liedermacher シーンはオーストリアの国民文化としての地歩を確立した後、ドイツ語圏全体の文化へと拡大して行く。本章ではこうした展開を素描してみたい。まず各Liedermacherがこの時期に発表した主なLPを以下に挙げてみよう。

A・ブラウアー

○『一気に七つ（Sieben auf einen Streich, 1978）』……音楽劇

E・プルーハール

○『プルーハール、ビーアマンを歌う（Pluhar singt Biermann, 1979）』

E・ヘラー

○『もうたくさん（Basta, 1978）』

○『よりによってヘラー（Ausgerechnet Heller, 1979）』

G・ダンツァー

○『心に響く（Unter die Haut, 1977）』

○『ほんの少しの希望（Ein wenig Hoffnung, 1978）』

○『精神病院（Narrenhaus, 1978）』

W・アムブロス

○『希望がない（Hoffnunglos, 1977）』

○『眠っているように（Wie im Schlaf, 1978）』

○『雪のように白い（Weiß wie Schnee, 1980）』

ルートヴィッヒ・ヒルシュ（Ludwig Hirsch, 1946 Weinberg in Steiermark–）

○『灰黒色の歌（Dunkelgraue Lieder, 1978）』

○『来い、大きな黒い鳥よ（Komm großer schwarzer Vogel, 1979）』
シュメッターリンゲ（邦訳：「蝶」、Schmetterlinge, 1969年Wienで結成）
○『プロレタリアート受難曲（Proletenpassion, 1976）』……音楽劇
○『秋の旅―時代状況への歌（Herbstreise. Lieder zur Lage, 1979）』

七四年に初めてのコンサートをケルンで開き、その後も旧西ドイツでのファン層を広げていったプルーハールは、旧東ドイツを追放された反体制歌手のヴォルフ・ビーアマンの歌を吹き込んだLP製作によって七〇年代後半以降、メッセージソング歌手としての政治的姿勢を明確にしてゆく。一九七〇年代半ばにオーストリアでの人気を確かなものにしたダンツァーは一九七九年に旧西ドイツで大規模なコンサート・ツアーを行ったが、その大成功によって西ドイツでの人気を確立した。またアムブロスはボブ・ディラン（Bob Dylan, 1941-）の曲をドイツ語でカヴァーした七八年発売のLP『眠っているように』のヒットによって南ドイツ地域での人気を確立した。また七六年にはLiedermacherバンドのシュメッターリンゲが労働者の受難劇という独特なコンセプトを持つ音楽劇『プロレタリアート受難曲』によって大きな注目を集めた。その後七〇年代の後半にシュメッターリンゲはオーストリアのみならず旧西ドイツでも数多くのコンサートを行い、旧西ドイツでもファンを獲得していった[11]。さらに俳優のルートヴィッヒ・ヒルシュがLiedermacherとしてデビューし、LP『灰黒色の歌』と『来い、大きな黒い鳥よ』によって旧西ドイツでも大きな人気を博するようになった。オーストリアのLiedermacherの人気がこのようにオーストリア国内からドイツ語圏全体に広がることによって、オーストリアのLiedermacherシーンはドイツ語圏全体の国民文化へと拡大していった。

この時期のオーストリアのLiedermacherシーンに特徴的なのは、各Liedermacherにとって音楽活動の中心

をオーストリアに置くかあるいはドイツに置くかという問題が生じた点である。人気がオーストリアからドイツに広がることによって、ドイツのファン向けには標準ドイツ語で歌詞を書く必要性が高まってくる一方で、自作のオーストリア性を活かすためにはウィーン方言の歌詞を維持する必要があるという二律背反の要請が発生する。プルーハールやダンツァーが標準ドイツ語の歌詞とウィーン方言の歌詞を使い分けることによってこの問題を解決したのに対し、アムブロスはかたくなにウィーン方言を使い続けている。またシュメッターリンゲの『プロレタリアート受難曲』は全編標準ドイツ語で統一されている。人気がドイツ語圏全体に広がることによって、言語表現の点ではオーストリアのメッセージソングの歌詞が標準ドイツ語とウィーン方言とに分裂して行く傾向が顕著となる。この分裂は、七〇年代の後半にオーストリアの言語文化の抱える大きな問題として浮上してくる。プルーハールがビーアマンの作品を吹き込んだLPを発表したことは彼女の「脱オーストリア化」の試みとすら捉えることができる。このLPに添付されているビーアマン宛てのメッセージからは、オーストリアだけでなくドイツ語圏全体にメッセージを発してゆこうというプルーハールの心意気が伝わってくる。また八〇年頃からはダンツァーも活動の中心をオーストリアからドイツへと移動させ始める。人気がドイツ語圏全体に広がることによって、自らの作品をオーストリアの国民文化の枠内に留めるか、あるいはドイツ語圏全体の国民文化として広げてゆくかという問題にオーストリアの Liedermacher は直面するのである。

一九七〇年代後半にオーストリアと旧西ドイツで、環境保護運動のカルト・ソングとなったダンツァーの歌を以下に紹介し、その特徴を見てみよう。

morgenrot（1978）　　朝焼け

作詞・作曲・歌：G・ダンツァー

alle, die kaffee ohne milch und zucker trinken,
sollen aufstehn-
alle, die im hirn nicht nach deospray stinken,
sollen aufstehn-
alle, die noch wissen, was liebe ist-
alle, die noch wissen, was haß ist-
und daß das, was wir kriegen, nicht das ist, was
wir wollen,
sollen aufstehn.

alle, die lieber selbstgedrehte rauchen,
sollen aufstehn-
alle, die zur freiheit nicht die unfreiheit der andern
brauchen, aufstehn
alle, die noch wissen, was leben ist
und daß nehmen ganz genauso gut wie geben ist-
alle, die den ganzen alten mist nicht mehr wollen,
sollen aufsfehn.

コーヒーをミルクと砂糖抜きで飲む者はみんな
立ち上がれ
髪にヘアー・スプレーの匂いをさせない者はみんな
立ち上がれ
愛とは何かまだ分かる者はみんな—
憎しみとは何かまだ分かる者はみんな—
我々が得るものが我々が欲するものではないと
分かる者はみんな
立ち上がれ

自分で紙を巻いてたばこを吸う方がいいと思う者は
みんな立ち上がれ—
自由のために他人の不自由を求めない者はみんな
立ち上がれ
人生とは何かまだ分かる者はみんな—
得る・与えるは同じ程すばらしいと知っている者は
みんな、とうの昔のがらくたはもういらないと思う
者はみんな立ち上がれ

kinder, das sind ja schon ganz schön viele,	子供たちよ、朝焼けを待つ者はもう
die da warten auf das morgenrot-	こんなにも多い—
jeden tag ein paar mehr und die plastiksonne ist tot.	日ごとに少しずつ増え、プラスチックの太陽は没した。
Du träumst von einer revolution, doch ich will nicht,	君は革命を夢見る、けれど私は
daß ein tropfen blut fließt-	血が一滴だって流れるのは望まない—
also tu deinen teil dazu	だから自分なりに力を尽くし、
und gib acht, daß du gut bist.	善良であるように心してくれ。
alle, die hier keine bogen machen um die pfützen, aufstehn-	ここで水溜まりを避けないで進む者はみんな立ち上がれ—
alle, die ihr geld nicht als macht zur unterdrückung nützen, aufstehn,	自分の金を抑圧の手段として用いない者はみんな立ち上がれ、
alle, die noch ihren verstand haben	まだ分別を持つ者はみんな
und die rechts noch ein linke hand haben,	ぶきっちょな者はみんな
daß die gaben auf erden gerecht verteilt werden,	地上の恵みが公平に分け与えられるよう欲する者は
sollen aufstehn.	みんな立ち上がれ
alle, die gegen atomkraftwerke sind, sollen aufstehn-	原発に反対する者はみんな立ち上がれ—

wer gegen sprengstotf ist in der hand von einem
　kind, soll aufstehn,
alle, die ihr unbehagen
dauernd mit sich herumtragen,
die ihr leben nicht ohne licht verbringen wollen,
sollen aufstehn.

子供が爆薬を手にすることに反対する者はみんな
　立ち上がれ
不快感をずっと
抱えつづけている者はみんな
人生を光のないまま過ごすまいと思う者はみんな
立ち上がれ

kinder, das sind ja schön ganz schon viele,
die da warten auf das morgenrot-
jeden tag ein paar mehr und die plastiksonne ist tot.
du träumst vom verlornen paradies-
doch es führt kein weg dorthin zurück, drum
　verlaß dich drauf,
wir baun ein neues auf - stück für stück.

子供たちよ、朝焼けを待つ者はもう
こんなにも多い—
日ごとに少しずつ増え、プラスチックの太陽は没した。君は失楽園を夢見る—
けれどそこに戻る道はない、だから
　目指すんだ、
自分たちが新しい楽園を築いて行くことを—一歩一歩。

この歌は言語表現的にも内容的にもオーストリア的特性を持っていない。環境保護のためのメッセージソングという点では環境保護先進国のドイツにふさわしい曲とみることができる。この歌が旧西ドイツでも環境保護運動のカルト・ソングとなり得たのはやはり、歌詞がダンツァーの作品にしては珍しく標準ドイツ語で書かれていたことにも因るのだろう。この歌はユートピア志向でありながら現実感覚に即した内容を持ち、かつリズミカルで歌いやすい。戦闘的というよりもむしろ人道主義的なかなり楽天的な内容だが、これも七〇年代の環境保護運動のカルト・ソングとしてはプラスの特性だったのだろう。標準ドイツ語のこの歌をダンツァーは鼻にかかった独特のハスキー・ヴォイスでウィーン訛りのアクセントで歌っている。標準ドイツ語という点ではドイツ語圏全体に向けられているが、ウィーン風の歌い振りという点ではオーストリア的な色彩を持つこの作品は、ドイツ的特性を主としオーストリア的特性を従とした新たなタイプのオーストリア国民文化作品と見なすことができる。

四　オーストリアの Liedermacher シーンの拡散期

——ドイツ文化へと拡大したオーストリア国民文化の拡散期

人気という点ではオーストリアの Liedermacher シーンは一九八〇年前後に頂点を迎えるが、その後人気にばらつきが出始めると共に、音楽的な方向性もますます多様になってくる。まず八〇年頃から八五年頃までに各 Liedermacher が出した主なＬＰを以下に列挙してみよう。

Ｅ・プルーハール

○『かさぶた（Narben, 1981）』
○『途中（Unterwegs, 1981）』
○『人生について（Über Leben, 1982）』
○『それにもかかわらず（Trotzdem, 1982）』

○『トリオ（Das Trio, 1984）』

A・ヘラー

○『魔法にかけられて（Verwunschen, 1981）』
○『声を聞く（Stimmenhören, 1983）』
○『道化の歌（Narrenlieder, 1985）』

G・ダンツァー

○『嵐の前の静けさ（Ruhe vor dem Sturm, 1981）』
○『今しかない（Jetzt oder nie, 1982）』
○『などなど（Und so weiter, 1983）』
○『人のぬくもり（Menschliche Wärme, 1984）』
○『白馬（Weiße Pferde, 1984）』

W・アムブロス

○『アウグスティン（Augustin, 1981）』……音楽劇
○『自己意識（Selbstbewußt, 1981）』
○『最後のダンス（Der letzte Tanz, 1983）』
○『人生の意味（Der Sinn des Lebens, 1984）』

L・ヒルシュ

○『天まで高く（Bis zum Himmel hoch, 1982）』……音楽劇
○『心の底まで（Bis ins Herz, 1983）』

R・フェンドリッヒ（Reinhard Fendrich, 1955 Wien-）
○『僕はあんな人たちの一人に絶対なりたくなかった（Ich wollte nie einer von denen sein, 1980）』
○『そしてみんな変わってしまった（Und alles is ganz anders word'n, 1981）』
○『一と四の間（Zwischen eins und vier, 1982）』
○『ほんの少しの時間（A winzig klaner Tropfen Zeit, 1983）』
○『逃げ出せ（Auf und davon, 1983）』
○『夜のウィーン（Wien bei Nacht, 1985）』
シュメッターリンゲ（蝶々）
○『最後の世界（Die letzte Welt, 1982）』
○『道化の歌（Narrenlieder, 1985）』

右記のLPリストからも推定できるように、オーストリアのLiedermacherシーンの多彩さという点では一九八〇年代前半が一番である。一九八〇年から八五年までのドイツのLPチャートを見てみるとダンツァーは三枚、アムブロスは五枚、ヒルシュは三枚、フェンドリッヒは二枚がチャート・インしている。[12] オーストリアのLiedermacherのチャートLP全体の枚数としては、これもまた一番である。一方でオーストリアのLiedermacherとしてのまとまりはこの頃から失せ始める。一九八〇年代前半にはオーストリアのLiedermacherシーンのみならず、ドイツ語圏全体のLiedermacherシーンが拡散し始めている。これは各Liedermacherの音楽活動が独自性を強めたこと、ロック音楽の分野から新たなタイプのLiedermacherが参入したこと、またドイツ語でメッセージソングを歌うという行為がロック歌手によって取って代わられたことなどに起因している。この時期になるとブラウアーの音楽活動はあまり目立たなくなる。その一方でプルーハールは一九八〇年代には女性の自立をテーマとした自作の歌詞による歌を積極的に発表するようになる。ヘラーの活動の中心は園芸ショーなど各種イベントの企画に移り、音楽活動は停滞するようになる。ダンツァーは一九八四年以降、活動の中心をドイツに移してしまう。アムブロスの人気は一九八〇年初頭にはドイツ・オーストリアで頂点に達し独自の音楽スタイルを確立するが、一九八〇年代半ばからは次第に人気を失って行く。代わって一九八〇年代以降に大きな人気を博した Liedermacher はラインハルト・フェンドリッヒである。彼は現代風俗を巧みに風刺した作品で、次々とヒット曲を生み出し八〇年代のオーストリアのスーパー・スターの一人になってゆく。このように八〇年代のオーストリアの Liedermacher シーンは旧西ドイツにも人気を広げ、作品的にも多彩になった分、全体としては拡散していったのである。

ドイツ語圏のポピュラー音楽史上では一九八〇年前後はいわゆるジャーマン・ニュー・ウェイブ（German NewWave, Neue Deutsche Welle）の大流行期に当たり、ドイツ語で歌うロック歌手が大人気を博した時期である。ポピュラー音楽の支配的なスタイルがドイツ語圏でも、物語性の強い歌詞を特徴とする Liedermacher 系から物語性の希薄な歌詞を用いるロック系に代わってゆく。ジャーマン・ニュー・ウェイヴの台頭を受けて、八〇年代半ばからは、ネーナの『ロック・バルーンは九九（99 Luftballons, 1983）』やファルコの『ロック・ミー・アマデウス（Rock me Amadeus, 1985）』のような、ドイツ語圏を越えるスーパー・ヒットが出現するようになる。[13] こうしたロック系のワールド・ヒットに押されて、Liedermacher シーンは影が薄くなってゆくのである。

フェンドリッヒのメッセージソング『僕はあんな人たちの一人に絶対なりたくなかった』とファルコのワールド・ヒット『ロック・ミー・アマデウス』の歌詞を比較することによって Liedermacher 系の歌詞と、ワールド・ヒットとなったロック系の歌詞の特徴を見てみよう。

Ich wollte nie einer von denen sein（für Krista）(1980)

作詞・作曲・歌：R・フェンドリッヒ

Ich wollte nie einer von denen sein,
die sich von fremden Zungen ihre Weisheit stehlen,
dressierte Ohren mit schlechtkopierter Klugheit quälen,
die in den Spiegeln der Vernunft sich selber sehn
und Unzulänglichkeiten niemals eingestehn.

Die nie im Leben aufbegehren,
sich mit jedem arrangieren,
die verdammt in ihrer Mittelmäßigkeit.
Die auf ausgetretnen Wegen keinen Schritt
zuweit bereun,
Ich wollte nie einer von denen sein,

Ich wollte nie einer von denen sein,
die sich mit vorgewärmter Sicherheit begnügen

僕はあんな人たちの一人に絶対なりたくなかった（クリスタに）

僕はあんな人たちの一人に絶対なりたくなかった、
彼らは、他人の口から賢しげな言葉を盗んできたり、
専門家の耳を他人のへりくつを下手にまねして悩ましたり、理性の鏡の中に自分の姿を映して見ているのに自分の未熟さを決して認めようとしないのだ。

彼らは人生で反抗するということを全く知らず、
誰とでもうまくつきあってゆき、
中途半端な世界に押し込まれ、
石橋を歩いて、そこから
一歩も踏み外さなくても後悔しない、
僕はあんな人たちの一人に絶対なりたくなかった、

僕はあんな人たちの一人に絶対なりたくなかった、
彼らは用意周到に準備された安全な世界に甘んじ、

und überängstlich ihre dicken Häute pflegen,
verbittert lebenslänglich ihre Kreise ziehn,
mit toten Augen ahnungslos im Dunkeln stehn.
Die eingebettet in Schablonen,
sich in Bequemlichkeiten sonnen.
Ständig wiederkäuend, niemals hungrig sind.
Die auf ausgetretnen Wegen keinen Schritt
　zuweit bereun,
Ich wollte nie einer von denen sein,

分厚い肌を細心に手入れし、
ひねくれて一生、同じことを繰り返し、
死んだ目をしてぼんやりと暗闇に立っている。
彼らは型にはめられて、
気楽な世界で日光浴をし、
いつも同じものを食べ、決して空腹を感じることがない。石橋を歩いて、そこから
　一歩も踏み外さなくても後悔しない、
僕はあんな人たちの一人に絶対なりたくなかった、

この歌詞は標準ドイツ語で書かれており、言語表現の点でオーストリア的な性格は持っていない。また内容の点でもオーストリア的特性は持たず、人間の自由と自立の確保という普遍的なテーマを取り上げている。メロディーはスローなバラード調で、音楽的に見てもオーストリア的な特徴を持ってはいない。歌詞がドイツ語であるという点以外では、ドイツ性を感じさせない作品である。ドイツ語圏の Liedermacher のスーパー・スターによる作品ではあるが、この種の作品がドイツ語の歌詞のままでドイツ国外で受容される可能性はまずない。

次にファルコのワールド・ヒット曲がどんな特徴を持っているのかを見てみよう。

Rock me, Amadeus（1985）　ロック・ミー・アマデウス
作詞：R・ボランド、F・ボランド（R. und F. Bolland）

作曲：同上、ファルコ　歌：ファルコ

Rock me, Rock me, Rock me,
Rock me, Amadeus.

Er war ein Punker.
Und er lebte in der großen Stadt.
Es war in Wien, war Vienna,
Wo er alles tat.
Er hatte Schulden, denn er trank.
Doch ihn liebten alle Frauen.
Und jede rief:
Come on and rock me, Amadeus

Er war Superstar.
Er war so populär.
Er war so exaltiert.
Because er hatte Flair.
Er war ein Virtuose.

彼はパンクだった
そして彼は大都市で暮らしていた
ウィーンでのことだった、つまりヴィエンナだ
そこで彼は何でもやった
彼には借金があった、酒飲みだったからだ
けれど女はみんな彼を愛した
そしてどんな女もこう叫んだ――
Come on and rock me, Amadeus

彼はスーパースターだった
彼は人気があった
彼はとてもエキセントリックだった
独特の雰囲気を持っていたからだ
彼は名人だった

War Rockidol.
Und alles rief:
Come on and rock me, Amadeus

Es war um 1780.
Und es war in Wien.
No plastic money anymore
Die Banken gegen ihn.
Woher die Schulden kamen,
war wohl jedermann bekannt.
Er war ein Mann der Frauen.
Frauen lieben seinen Punk.

Er war Superstar.
Er war so populär.
Er war so exaltiert.
Genau das war sein Flair.
Er war ein Virtuose.
War Rockidol.

ロックのアイドルだった
そしてみんながこう叫んだ―
Come on and rock me, Amadeus

一七八〇年頃のことだ
そしてウィーンでのことだった
No plastic money anymore
銀行は彼と対立した
どこから借金が生まれたのかは
たぶん誰にも分かっていた
彼は女たちの人気者だった
女たちは彼のパンクを愛した

彼はスーパースターだった
彼は人気があった
彼はとてもエキセントリックだった
まさしくそれこそ彼独特の雰囲気だった
彼は名人だった
ロックのアイドルだった

Und alles rief:
Come on and rock me, Amadeus

そしてみんながこう叫んだ―
Come on and rock me, Amadeus

この曲には英語版もあるが、ドイツ語版でも英語版でも歌詞の内容はさほど重要性を持っていない。ラップ調のダンス音楽として歌われ、歌詞は早口に語られるからである。英語とドイツ語が混じっている点で、言語表現の点では異種混交（ハイブリッド）タイプの歌詞である。また本来は社会批判性の強いラップ音楽の形式を取りながら、歌詞には物語性も批判性もなく全体としては娯楽的なダンス音楽となっている。この曲のヒットには映画『アマデウス（Amadeus, 1984, 米）』の国際的なヒットが貢献している。モーツァルトという国際的に流通しているオーストリアのイメージを借用し、ラップという最新流行の音楽を取り入れ、映画という他の娯楽産業を利用したことがこの作品をワールド・ヒットにした要因であろう。『ロック・ミー・アマデウス』という作品はオーストリアのポピュラー音楽作品が世界の音楽文化作品となるための必要条件を示してくれる。

このようにドイツ語で書かれたポピュラー音楽作品は英米系の流行音楽の形式を取り入れ、ドイツ・オーストリア的特性を混ぜ合わせた軽い内容の歌詞を持つダンス音楽に仕上げることによって初めてワールド・ヒットするという傾向を持つ。ドイツ語圏の Liedermacher の作品がドイツを越えて国際的な音楽市場にまで達しなかったのは、言語表現の点では歌詞がドイツ語で且つ物語性の強い内容を持ち、音楽表現の点では流行のダンス音楽にそぐわないということが大きな理由であるように思える。英語に翻訳して自分の歌を歌う Liedermacher が出現しなかったこともドイツ語圏の Liedermacher の人気がドイツ語圏に留まった理由でもあろう。国際的なポピュラー音楽市場でのドイツ語の劣勢が、ドイツ語圏の Liedermacher の人気を制約しているのである。さらには内容的にも音楽的にもドイツ語圏の固有性を持ちながら普遍的であるような作品を Liedermacher が生み出し得なかったことが国際的なヒット曲の欠如につながったとも言えよう。オーストリアのLiedermacherの作品は八〇年代の初頭に、ドイツ語圏全体の国民文化としての地位を確保はしたが、国民文化の枠を越えて国際文化となることはできなかったのである。八〇年代前半はドイツ語圏のロック音楽からワールド・ヒットが生まれたことによって、Liedermacherシーンの地方性が明らかになり、その国際的な広がりの限界が露呈した時期でもあった。

五　オーストリアのLiedermacherシーンの衰退期と再生期
――拡散したオーストリア国民文化の衰退期と古典化の時期

一九八〇年代の半ばにはジャーマン・ニュー・ウェイヴの波が一気に砕け、それ以降一九八〇年代の後半から一九九〇年代の初めまでドイツ語のポピュラー音楽はLiedermacher系、ロック系を問わず沈滞する。(14) また一旦は高まったネーナとファルコの人気は国際的なポピュラー音楽シーンで長続きすることはなく、一九八〇年代の後半にはドイツ語による国際的なヒット曲は出なくなってしまう。一九八〇年代後半から一九九〇年頃にオーストリアの各Liedermacherが発表したLP・CDを次に列挙してみよう。

A・ブラウアー
〇『墓場に行くために生まれる（Geburn für die Gruabn, 1988）』

E・プルーハール
〇『マリノフによるボサノバ（Bossa à la Marinoff, 1989）』

○『ウィーンの歌（Wiener Lieder, 1990）』

○『トリオ一〇年間の歌（Lieder aus 10 Jahren Trio, 1991）』

A・ヘラー

○『肉体と魂（Body & Soul, 1988）』

○『二〇年代の恋の歌（Liebeslieder der zwanziger Jahre, 1989）』

G・ダンツァー

○『少しの愛（Ein wenig Liebe, 1986）』

○『愛しき人生（Liebes Leben !, 1987）』

○『ウィーン再訪（Wieder in Wien, 1990）』

W・アムブロス

○『嵐（Gewitter, 1987）』

○『男と女（Mann und Frau, 1989）』

○『静かな炎（Stille Glut, 1990）』

○『どこよりも美しい国（Kein schöner Land, 1986）』

R・フェンドリッヒ

○『満月（Voller Mond, 1988）』

○『ときには（Von Zeit zu Zeit, 1989）』

この時期に発表されたＬＰの枚数を見る限りでは各 Liedermacher とも着実な活動を続けていると見てよいの

だが、ドイツのヒットチャートに名を連ねるのはフェンドリッヒ一人になってしまう。[15] さらに大きな問題はダンツァー、アムブロス、フェンドリッヒに続く世代の人気 Liedermacher が登場してこない点である。むろん一九八〇年代後半には女性の Liedermacher であるシュテファニー・ヴェルガー（Stefanie Werger）や男性ロック・バンドの「第一一般非保険会社（Erste Allgemeine Verunsicherung、一九七七年結成）」が登場し、一定の人気を博している。しかしヴェルガーの人気はドイツのヒットチャートを賑わすほどではないし、「第一一般非保険会社」の曲は多分に娯楽的であるから、彼らを Liedermacher バンドと見なすのは適切ではない。従ってオーストリアの Liedermacher シーン全体の展開に関して言えば、一九九〇年頃にはその衰退がはっきりしたと見てよいだろう。

その一方でオーストリアの Liedermacher が生み出した作品のいくつかは、オーストリアのポピュラー音楽作品のエヴァーグリーンとして古典作品化してきている。たとえばアムブロスの『スキー』は現在でも多くのオーストリア人に愛唱されている位に有名な曲である。また一九九七年の十二月にダンツァー、アムブロス、フェンドリッヒが開催した慈善コンサートの大成功は、彼らの人気の根強さを証明している。彼らの作品が彼らの死後もポピュラー音楽のエヴァーグリーンとしてオーストリア国民に歌い継がれるかどうかは即断できないが、現在の時点ではオーストリアの新たな国民文化の古典作品として定着しつつあると見て差しつかえないだろう。

以上、本論文では新たな国民文化形成運動という視点からオーストリア Liedermacher シーンの展開を素描してきた。最終的にはオーストリアの Liederamacher の作品はドイツ語圏の国民文化の枠を越えて、世界中で愛唱される国際文化にまで発展することはなかった。ジョーン・バエズ（Joan Baez, 1941-）が歌った『We shall overcome』や『ドナ・ドナ（Donna Donna）』など英語圏のメッセージソングが世界中に知られていることと比較すると、ドイツ語圏のメッセージソングの地方性は否めない。これは作品自体の質の問題でもあるが、また言語を巡る力関係の問題でもある。世界標準語としては英語の方がドイツ語を圧倒している以上、ドイツ語圏の歌が世界文化となるためには英語に翻訳される必要が生じる。さもなければ歌詞が重要でない音楽作品しかドイツから世界には発信できないことになる。日本においてドイツ語のポピュラー音楽がほとんど知られていないのは、ドイツのポピュラー音楽のレベルの問題もさることながら、この音楽ジャンルを日本に輸入するチャンネルが細く、この種の歌を日本語訳で歌うという可能性そのものが絶たれているからである。これからは日本におけるドイツ語圏のポピュラー音楽研究を実際の音楽活動と結びつけ、ドイツ語圏のポップスを日本の視聴者に発信する必要があろう。日本に「もうひとつのオーストリア音楽」であるポピュラー音楽を輸入すれば、新たなポピュラー音楽をハイブリッドな国民文化として日本で生み出す契機となり得る。さらに言えばこのことは、日本のポピュラー音楽をドイツ語圏に輸出する契機ともなり得るであろう。

（1） Liedermacher のより詳しい定義に関しては以下の記述を参照されたい。

それ（Liedermacher：訳註）は本来的には、ヴェーデキント（Wedekind）からケストナー（Kästner）に至る文学寄席、ドイツ労働歌、フランスのシャンソン、アメリカのプロテストソング、ブレヒト（Brecht）の政治的な歌といった様々な伝統と結合し、六〇年代以降、我々の文化生活から除いて考えることが次第にできなくなったジャンルの輪郭を描いてきた作家兼歌手のことである。

Aus：Rothschild, Thomas：『リーダーマッハー　二三人のポートレート』（"Liedermacher 23 Porträts", Fischer-Taschenbücher 2959, S. 7, 1980）

Liedermacher とはヴォルフ・ビーアマン（Wolf Biermann）がブレヒト（Brecht）の言う「もの書き（Stücke-schreiber）」という言葉に依拠して使い始めた概念である。この概念は七〇年代にポピュラーとなり歌を作る人

(!?)、つまり歌詞を書き歌を人前で歌う人を指す人に対して用いられる。一般にこの概念は商業的な意味にではなく、ポジティヴで誠実な意味に用いられる。もちろんこれは極めて広汎で曖昧な概念であり、これによって個々の人物を捉えるのは困難である。これは、トピカル・ソング（Topical Song）の歌い手（フィル・オクス Phil Ochs, ボブ・ディラン Bob Dylan, トム・パクストン Tom Paxton）、パンフレットソングの作り手（Flugblatt-lieder）（ヴァルター・モスマン Walter Moßmann, オトフリード・ハルファー Otfried Halver）、ストリート・ミュージシャン（バイオリン弾きクラウス Klaus der Geiger, クラウス・グラーベンホルスト Klaus Grabenhorst）、ブルジョワ的なシャンソン歌手（ラインハルト・マイ Reinhard Mey, ショーベルトとブラック Schobert und Black）、さらにヴォルフ・ビーアマン（Wolf Biermann）、フランツ・ヨーゼフ・デーゲンハルト（Franz Josef Degenhardt）、ハネス・ヴァーダー（Hannes Wader）、エッケス・フランク（Ekkes Frank）に対しても用いられるが、これらはほんの数例にしかすぎない。

Aus: Siniveer, Kaarel:『フォーク辞典』（"Folk Lexikon", rororo 6275, Rowolt Taschenbuch Verlag, 1981 S. 168)

（2）オーストリアのポピュラー音楽とオーストリア人の国民的アイデンティティーを論じた論文として以下のものがある。本論文はまた Larky 氏の中央大学における一九九八年九月の講演『オーストリアのポピュラー音楽とオーストリア人の国民的アイデンティティー』を参考としている。

Larkey, Edward: Constructing Identity with Popular Musik in Austria, Peter Lang, 1993.

（3）オーストリア観光局発行：Austria, 1999.

（4）この慈善コンサートに関する新聞評などの情報はオーストリア第三放送局の以下のインターネット・ホームページから入手することができる。

http://www.austria3.at/

（5）この音楽祭に関しては左記の文章を参照されたい。

ヴァルデック城で開催された音楽祭は、たぶんドイツのフォークソング運動の歴史の中で最も重要な出来事であろう。音楽祭企画者の構想では、フォークソング文化を確立するという政治的決定もまた重要な要素であった。このフォークソング文化は青年運動やその他の歌声運動の伝統を出発点と見なしてはいるものの、それに加えて自国ドイツの民主主義的歌の伝統にも源を持ち、国際的には台頭しつつあった海外のフォークソング・シーンを指針としていた。ヴァルデック城は多くの人々から、西ドイツの「ニューポート」と見なされた。

(Siniveer, Kaarel : a. a. O, S. 267)

（6） 本論文に掲載したＳＰおよびＬＰレコードのタイトルと発売年に関しては主に以下のレコード・カタログに拠った。このカタログは中古レコード用のカタログである。

Wiaderni, Robert : Der große Österreich-Katalog, Austro-Vinyl-Archiv 1999.（このカタログは Robert Wiaderni, Nestroystr. 17/13, A-2700 Wr. Neustadt, Austria 宛てに直接注文して購入する）

（7） 本論文で取り上げる各 Liedermacher に関する情報に関しては前掲の Rothschild と Siniveer の文献の他に、主に以下の文献に拠った。

Henke, Mathias : Hermes Handlexikon, Die großen Chansonniers und Liedermacher, 1987.

Edenhofer, Julia : Rock & Pop Lexikon, Franz Schneider Verlag, 1986.

Kerschkamp : Die großen Liedermacher, Moewig Verlag, 1981.

Brigl, Kathrin, Schmidt-Joos, Siegfried : Selbstredend. . . 1, rororo 5602, Rowohlt Taschenbuchverlag, 1985.

（8） ブラウアーの最初のＬＰ『アリーク・ブラウアー』は旧西ドイツでもいわゆる「金のレコード（Goldene Schallplatte)」になり、五万枚以上の売り上げを記録している。本論文ではドイツのヒットチャートの情報源として以下の文献を使用した。

Ehnert, Günter（hrsg）:

Hit Bilanz Deutsche Chart LP's 1962-1986, Taurus Press, 1988.

Hit Bilanz Deutsche Chart LP's, British Chart LP's, US Chart LP's 1987–1990. Taurus Press, 1992.
Hit Bilanz Deutsche Chart LP's, British Chart LP's, US Chart LP's 1991–1994. Taurus Press, 1996.
Hit Bilanz Deutsche Chart Singles 1956–1980, Taurus Press,1990.
Hit Bilanz Deutsche Chart Singles 1981–1990, Taurus Press, 1994.
Hit Bilanz Deutsche Chart Singles 1991–1995, Taurus Press, 1996.

(9) ドイツのＬＰヒットチャートに乗ったブルーハールの唯一のアルバムは『エリーカ・ブルーハールの愛の歌』である。商業的な人気という点ではこのＬＰが発売された一九七五年頃が彼女のピークであったと見なしてよいだろう。しかしドイツとオーストリアの中古レコード市を回ってみると、彼女のレコードは今でも店頭に多く出ている。そこから推定すれば彼女の人気は現在でも根強いと判断すべきであろう。
vgl. Hit Bilanz Deutsche Chart LP's 1962–1986, Taurus Press, 1988.

(10) vgl. Hit Bilanz Deutsche Chart LP's 1962–1986, Taurus Press, 1988.

(11) Larkey, S. 167によれば一九七六年から一九七七年にかけてシュメッターリンゲは合計百三十回のコンサートを開き、そのうちの八十回をドイツで行っている。労働組合の大会での演奏も多かったようである。以後、ドイツでのコンサートの総数は四百回を超え、『受難曲』の売り上げ枚数は三万枚に上ったとされる。

(12) vgl. Hit Bilanz Deutsche Chart LP's 1962–1986, Taurus Press, 1988.

(13) ネーナの『ロックバルーンは九九』は一九八四年のイギリスのシングル・チャートで第一位、ファルコの『ロック・ミー・アマデウス』は一九八五年のイギリスのシングル・チャートで第一位となっており、それぞれのＬＰもチャートインしている。
vgl. Hit Bilanz Deutsche Chart LP's, British Chart LP's, US Chart LP's 1987–1990.
Hit Bilanz Deutsche Chart LP's, British Chart LP's, US Chart LP's 1991–1994.
Hit Bilanz Britische Chart LP's 1962–1986.

(14) vgl. Hit Bilanz Deutsche Chart LP's, British Chart LP's, US Chart LP's 1987-1990. Hit Bilanz Deutsche Chart LP's, British Chart LP's, US Chart LP's 1991-1994.

(15) vgl. Hit Bilanz Deutsche Chart LP's, British Chart LP's, US Chart LP's 1987-1990.

感情の氷河化
――ミヒャエル・ハネケの世界

スザンネ　西村　シェアマン

中央ヨーロッパの巨大な帝国だったオーストリア（約六十七万平方キロメートル、人口約五千三百万人）は、第一次世界大戦（一九一四―一八）後に国土が分割され、そのシンボルであった帝政も廃止され、経済的・政治的に脆弱な共和国（北海道とほぼ同じ八万三千平方キロメートル、人口約七百万人）への変身を余儀なくされた。その後、華々しい過去の遺産を活用しながら、オーストリアは観光産業を拡充して行き、世界で最も有名な観光地の一つにまでなった。観光産業にとっては、一般的に流通している良いイメージを守ることが極めて大切である。そして、外国で広まっているオーストリアのイメージとは、アルプスとドナウ川という風景の美しさに加えて、〈音楽の都〉ウィーンに代表される音楽である。観光地に必要不可欠な政治的安定、治安は、こうした全体的に明るい雰囲気を表象することに向けられている。

ドイツと並んで、二十世紀における二つの大戦の責任を担うべきであるオーストリアは、一九四五年以後も、比較的好意的なイメージを保って来たに違いない。国際政治の分野で、オーストリアが戦争責任を否定することはないが、こと観光の分野ではそうしたマイナス・イメージを強調しないのは当然だろう。

そうしたナショナル・イメージを形成するに当たって、オーストリア映画も大きな役割を果したことは間違いない。一九三〇年代のトーキー初期から、オーストリア映画は、ウィーンを始め、ドナウ川やアルプスを舞台にしながら、恋愛物や喜劇で音楽を巧みに使用していた。

この時期には、新しい要素である〈サウンド〉から最大の効果を引き出すために、映画製作を行っているどの国でも、ミュージカル・コメディーというジャンルが盛んになった。〈サウンド〉が無声映画に新しく付け加えたのは、音楽と登場人物の台詞であると見なされ、現実音の演出などはその後に発見されたものであった。音楽の場合、伴奏音楽よりも、ディエジェーズ内の音楽、登場人物の歌唱のような音源の示されるものが優先された。無声映画でスポークン・タイトルとして提示された台詞は、発声に代わることによって、素早いギャグの応酬が可能になった。更に付け加えるならば、一九二〇年代末の世界大恐慌を契機にして、観客は映画に現実逃避的な内容を求め、喜劇というジャンルが盛んになったことも忘れることは出来ない。

過ぎ去った大戦の負い目を抱いていた一九二〇年代のオーストリアにとって、残された国土の美しい風景や、豪華な宮殿で輝く首都ウィーンに象徴される帝国時代の遺産は、大きな慰めであったと思われる。従って、大衆文化である映画に、こうした要素が挿入されるのは当然であったし、トーキー初期に求められたジャンル（音楽映画や喜劇）を形成するための条件も揃っていたのである。

一九三〇年代の作品の中では、特にヴィリ・フォルスト監督の『未完成交響楽』Leise flehen meine Lieder（一九三三年）、『たそがれの維納』Maskerade（一九三四年）、『ブルグ劇場』Burgtheater（一九三六年）や、『維納物語』Operette（一九四〇年）が有名である。これらの作品は、まだ存在理由の定められていなかった揺籃期のオーストリア共和国の新しいイメージの出発点となり、現在の日本でも、これらの映画をこよなく愛するオールド・ファンが存在している。

しかしながら、ヴィリ・フォルストは例外的な天才であって、数少ない才能に支えられて来た映画産業は、一九五〇年代には慢性的な人材不足に悩まされた。ユダヤ教に属している人・政治思想の異なる人（共産主義者）・ジプシー・同性愛者・障害者などに対するナチ政権の迫害は、オーストリア文化には手痛い損失になったのである。戦後になっても、一九二〇年代における経済的な亡命者（移民）と、ナチ時代の政治的な亡命者の大半は、罪を犯した母国に戻らなかったし、ドイツの状況も似たようなものである。オーストリアで映画に従事した人々は、ハリウッド映画を支えていた。

補　説

ハリウッドで活躍した監督には、六つのアカデミー賞に輝いたビリー・ワイルダー（一九〇六年生、代表作『失われた週末』The Lost Weekend、一九四五年、マリリン・モンロー主演の『お熱いのがお好き』Some Like It Hot、一九五九年、ジャク・レモンとシャーリー・マクレーン主演の『アパートの鍵貸します』The Apartment、一九六〇年）を始め、フリッツ・ラング（一八九〇―一九七六、代表作スペンサー・トレイシー主演の『激怒』Fury、一九三六年、『暗黒街の弾痕』You Only Live Once、一九三七年、『復讐は俺に任せろ』The Big Heat 一九五三年）、オットー・プレミンジャー（一九〇五―一九八六、代表作『ローラ殺人事件』Laura、一九四四年、ジェイムズ・スチュアート主演の『ある殺人』Anatomy of a Murder、一九五九年）や、フレッド・ジンネマン（一九〇七年生、代表作フランク・シナトラ出演の『地上より永遠に』From Here to Eternity、一九五三年）がいる。その他に、作曲家のマックス・スタイナー（一九八八―一九七一、代表作『風と共に去りぬ』Gone With the Wind、一九三九年）、脚本家のヴァルター・ライシュ（一九〇三―一九八三、代表作グレタ・ガルボ主演の『ニノチカ』Ninotschka、一九四〇年、マリリン・モンロー主演の『ナイアガラ』Niagara、一九五三年）、製作者のサム・スピーゲル（一九〇三―一九八五、代表作マーロン・ブランド主演の『波止場』On the Waterfront、一九五四年）、男優のポール・ヘンリード（一九〇八―九二、代表作『カサブランカ』Casablanca、一九四二年）もいる。

このリストは包括的ではないし、ヨーロッパで有名であっても、アメリカでは成功しなかった人も少なくない。ハリウッドの黄金時代である一九四〇年代と一九五〇年代には、全体で二百人以上のオーストリア人が働いていた。

一方、人口八百万人にも満たないオーストリアの映画産業は、一九五〇年代には、年間平均二十七本の劇映画しか製作しなかった。才能の流出は現在にまで続く恒常的な現象であり、俳優のアーノルド・シュワルツェネッガーはその代表であろう。

こうした厳しい状況の中で戦後のオーストリア映画は、おおむね戦前と戦中に成功した戦略を続行しようとした。戦争責任を訴えた作品も製作されたが、美しい景色を舞台にしたミュージカル喜劇が圧倒的に多かった。皇帝フランツ・ヨーゼフ一世（一八三〇―一九一六）の人生を美化しながら、バイエルン州のエリザベト公女との恋愛物語を描いた『プリンセス・シシー』Sissi（一九五五―五七、三部作、エルンスト・マリシュカ監督）は、回顧趣味的な代表作となり、ヒロインのロミー・シュナイダー（一九三八―八二）をヨーロッパのスターに引き上げた。

外国映画においても、こうしたオーストリアのイメージは、アメリカの『サウンド・オブ・ミュージック』（The Sound of Music、一九六五年、ロバート・ワイズ監督、ジュリー・アンドリューズ主演）のような作品で誇張され引き継がれた。

こうしたイメージから脱却しようする努力は、オーストリア映画では長い間欠けていた。一九六〇年代に入ると、撮影所システムの崩壊によって、独立プロが世界中で盛んになったが、オーストリアでは実験映画が溢れ、オペレッタや美しい景色の後ろに隠れていた別の一面を垣間見せた。しかし、実験映画の影響力は極めて少なく、限定された反応しか引き起こさなかった。

劇映画の分野で、現代社会がテーマになるのは、ようやく一九八〇年代からである。例えば、イラン出身のマンスール・マダヴィ監督（一九四四年生）は、『ゆるやかな死』Ein wenig Sterben（一九八一年）で、ある独り暮らしの老人が長年住み慣れたアパートから立ち退かなければならない問題を扱った。立ち退きに反対する老人は、最後には、精神病院に運ばれてしまう。

一方、ミヒャエル・ハネケは、こうした社会批判的なテーマを、個人を超えた、オーストリア社会全体の問題とした作品を発表した。

一　ミヒャエル・ハネケ監督

一九四二年三月二十三日、ハネケはドイツのミュンヘンに生まれた。母はオーストリアの女優であるベアトリックス・フォン・デーゲンシルト、父はドイツの監督・男優であるフリッツ・ハネケ。心理学と哲学を専攻したウィーン大学在学中に、小説、映画批評、文学批評を書き始める。一九六七年から一九七一年まで、ドイツの地方テレビで編集者として勤め、一九七〇年代では、ドイツとオーストリアの舞台で、ゲーテ、クライスト、ストリンドベルイの演劇の演出に当たる。一九七三年に、テレビ映画監督としてデビュー、処女作でイギリス人のジェイムズ・サウンダーズを取り上げたのに続いて、インゲボルグ・バハマン、ペーター・ロザイ、ヨーゼフ・ロート、フランツ・カフカのような、オーストリア文学の代表的な作家の原作をドラマ化した。

こうしたテレビ作品により高く評価されたハネケは、劇映画へ進出することができた。最初の三本の劇映画、『第七の大陸』Der siebente Kontinent（一九八九年）、『ベンニ君のビデオ』Benny's Video（一九九二年）と、

『偶然の時間序列における七一個の断片』71 Fragmente einer Chronologie des Zufalls（一九九四年）は、現代社会の「感情の氷河化」Vergletscherung der Gefühle をテーマにした三部作であり、もう一つのオーストリアのかかえる苦痛を露呈した。ハネケ自身が執筆した三作とも、現実の出来事に基づいている。すべての作品は、カンヌ国際映画祭のコンペティション外で上映されたのを始め、国際的な映画賞に輝いた。

二　「第七の大陸」（一九八九年）

テレビ映画を十五年間撮って来たハネケが、一九八九年に初めて手がけた劇映画である。舞台にはオーストリアのリンツ市が選ばれた。

アンナは眼鏡の技師として働き、工場に勤務する夫のゲオルクは、監督役に昇進したばかりである。二人の娘エヴァは学校に通っている。傍目から見ると、平凡な家族であるが、問題がないとはいえない。母が死んで以来、アンナの弟アレクサンダーは精神的に不安定となっているし、娘のエヴァは喘息で苦しんでいる。ある夏休みに、ゲオルクの両親の住む田舎を訪れた後、三人は元の生活に戻ることを拒絶して、薬を飲んで一家心中を遂げてしまう。

この物語内容は、以下のシークエンスによって構成されている。

（一）　冒頭シーン：自動洗車装置　約四分
（二）　シークエンス①：登場人物の紹介、日常生活（一九八七年）　約三十分
（三）　シークエンス②：日常生活（一九八八年）　約十五分

（四）　シークエンス③：家族の自己破壊（一九八九年）　約五十分

冒頭のシーンは、クレジット・タイトルの背景として、自動洗車装置に入った自動車を見せる。車がゆっくり進むと、石鹸と水がかけられ、巨大なブラシが近づいて来て、左右と上から車を洗い、最後にドライヤーで乾かされる。機械音が喧しいので、車中の三人（ゲオルク、アンナ、エヴァ）は終始黙ったままである。車内は暗く、ブラシが近づいて来ると、無気味な脅迫感が与えられる。このシーンの最後に、車はオーストラリアの観光宣伝ポスターの前を通り過ぎる。

洗車の光景は日常生活の断片に過ぎないが、オーストリア映画の中でこれ程重苦しく描かれたのは恐らく初めてであろう。閉塞状態の家族を見せるこのシーンは、観客を圧迫し、映画全体の雰囲気を決定付けている。

シークエンス①では、一九八七年における家族の一日を紹介する。起床、朝食、出勤、就業、買物、帰宅、夕食が順を追って描かれるが、そこで展開される出来事は極くありきたりなものである。ゲオルクは出勤し、アンナは職場で老女の目を検査する。仕事の帰りに、アンナとゲオルクは一緒にスーパーで買物する。

登校したエヴァは眼が見えないと訴えるが、先生に問い詰められ、嘘であったことが露見してしまう。その夜、この奇妙な事件について、学校から連絡が入ったので、激怒したアンナは娘の頬を叩いてしまう。その後、エヴァの机の中から、新聞記事の切り抜きを見つける。「目は見えないが、孤独ではない」と書いてある。就寝時に、「淋しいの?」と尋ねたアンナは、「別に」という娘の返答に満足してしまい、本当の会話は成立しない。その後、灯りを消すと、「居間のドアを少し開けて」という娘の願いを無視して、ドアを閉めてしまう。その夜、アンナの弟がやって来て、夕食の途中で突然泣き出してしまう。アンナは弟を抱いて慰めようとする。

こうした幾つかの出来事は日常生活に波紋をもたらすが、それを具体的に描写する方法はより奇妙である。台詞は少なく、日常の範囲を超える会話はほとんどない。音楽はラジオから流れて来るものに限られている。アンナが義父母に家族の近況（弟の精神状態、夫の新しい仕事、娘の喘息）を報告した、オフ・スクリーンで読まれる手紙は、登場人物の現状を知らせているが、彼女の誠意というよりは、お義理で仕方なく書かれたようであり、項目をリスト・アップするだけの冷淡な印象を免れない。

また、非人間的な細部ばかり見せる画面も、観客に違和感を与えるだろう。最初のショットは、鳴っている目覚まし時計、ベッドの下のスリッパを突っかける足、ドアを開ける手、コーヒーを入れる手、通勤用の鞄に物を入れる手、車庫を出る車などが淡々と描かれだけである。登場人物の顔さえ見せないことによって、〈他の家族と同じ〉で、〈毎日と同じ〉生活であることが分かるのである。

そして、こうした細部によって、登場人物は特徴付けられている。例えば、朝食の時には顔の隠れたままであるゲオルクが、鞄を持って出勤し、職場に着いて初めて容貌が明かされるが、同一人物であることは、鞄によって示されている。同じように、アンナは洋服によって特徴付けられている。つまり、登場人物の性格は持ち物によって表象されているのである。

シークエンス②は、シークエンス①の半分程の長さで、翌一九八八年の一日を描いている。朝、アンナとゲオルクは愛し合うが、それ以外は普通の一日である。シークエンス①の反復であり、基本的なカメラ・アングルも似通ったもので、彼らの生活がそのまま継続していることを示している。ここでも、アンナは義父母宛ての手紙を読んでいる。ゲオルクが昇進し、弟の病気がほぼ完治したことが明らかになる。その夜、アンナとゲオルクが車で帰宅する途中、自動洗車所へ立ち寄るが、そこで突然、アンナが涙を流す。

彼女が感情を露呈するシーンを除くと、平凡な家族生活にしか見えない。仕事の上でも成功し、経済的な不満もなく、娘も平均的な生徒であるので、どちらかと言えば、やや恵まれている家族であろう。描写の反復が多く、やや退屈な印象は否定できないが、それは〈普通の家族〉の持つ意味を一層強化しているのである。

更に翌年に当たる一九八九年のシークエンス③は、作品の半分近い約五十分を占めている。休日をゲオルクの実家で過ごした後の別れを描く最初のシーンでは、極めて平和な雰囲気が支配している。しかし、その後、車は自宅へ到着し、車庫に入ると、恰もそこが罠であるかのように、扉が閉まって行く。(写真①) 登場人物が自宅に囚われ、人生に囚われたかのようでもある。

その後、アンナとゲオルクは心中へと突き進み、自分の存在を徹底的に否定して行く。オフの声では、ゲオルクが両親宛ての手紙を読んでいる。長い手紙の最初から、自殺のことが暗示され、観客の目前では、この信じ難い決定が、少しずつ明かされることになる。二人は仕事を辞めてしまい、アンナは豪華な食品を買い出し、ゲオルクは沢山の道具を購入する。それから、二人は銀行で貯金のすべてを引きおろす。銀行員の質問に対して、オーストラリアへ移住すると答える。観客はその言葉を信じたいと念じつつ、もっと恐ろしい結果を無意識に予想してしまうだろう。ゲオルクは再び自動洗車所へ行った後、車を売り払ってしまう。

目的に向かう両親に対して、娘のエヴァだけは、お腹が痛い、熱があると訴えている。しかし、両親はそれを気にしない。エヴァが絵を描く間に、手紙を読んでいるゲオルクの声は、娘も道連れにする決心を伝えながら、彼女には死は恐ろしいものでないと強調する。ここで初めて、心中の計画が明らかにされる。

豪華な夕食と朝食の後、仕事は始まる。怪我をしないように、三人

写真①

とも丈夫な靴を履き、邪魔されないように電話の受話器を外して、昨晩買った道具で家を壊し始める。書籍や絵画は切り裂かれて、燃やされる。洋服は鋏で細かく裁断される。カーテンは取り外され、レコードは割られ、抽斗の中身は外に空けられて燃やされ、写真は破かれ、鏡や家具は粉々にされる。その行動はゆっくりと静かなもので、忘れ物が何もないように丹念に行われる。破壊する人物は見えず、破壊の行為だけが黙々と描かれる。登場人物の心理は表面に現れない。最後には、娘のお気に入りの大きな水槽が、希望のように残される。（写真②）しかし、水槽に気付いたゲオルクは、娘の反対の叫びを無視して、それを壊してしまう。水が溢れ、魚は床にばたばた跳ねて死んでしまう。

写真②

映画は三十分間にわたって、こうした破壊を描き続け、逃げ道を残さない。そこに、ドアのベルが鳴る。受話器を外したために、電話局の人間が来たのだが、ゲオルクは受話器を戻す約束をして、帰してしまう。受話器を置いた途端、電話は鳴り出すが、彼は呼び鈴が聞こえないようにする。救いの道はすべて閉ざされた。最後に残されたのは、現金を小さく破いて、トイレに流す作業である。

壊され尽した家の中のテレビの前に、三人の家族は集まる。全員が睡眠薬入りの水を飲む。エヴァが最初に死に、アンナは娘を抱いて泣く。気分が悪くなったゲオルクは、薬を吐いてしまうが、もう一度薬を飲む。アンナの後、彼もこと切れる。この家族はこの世に存在しない第七の大陸へ旅立ってしまったのである。

最後のシークエンスは、この世に何の痕跡も残さないようにして、自分の存在を否定する場面である。電話のベルやドア・ベルが鳴らされ、いささかの希望が生まれても、結局それは虚しいまま終わってしまう。止めることの出来ない行動に対して、観客の恐怖感は否応なく煽られる。人生とは、書籍や写真や家具といった物理的なものなのであろうか。こうした連想から、自殺の原因を幾らかは推測出来るようになる。別れの手紙の中で、ゲオルクは「私たちが送っている人生を見て、娘も死にたくなった」と、娘の同意まで説明している。しかし、私たち観客もまた皆、彼らと同じような生活を送っているのではないだろうか。特別に悪くはない人生という考えの直ぐ後に続いて、その人生は本当に素晴らしいのであるのかという疑問が彷彿されるのである。それでも、自殺しなくとも……

ハネケは観客の手助けをしないし、映画は答えを提供しない。自動洗車装置や、事物の強調から、観客は自分で答えを探さなければならない。

三 「ベンニ君のビデオ」(一九九二年)

『第七の大陸』に続くハネケの第二作である。ニュー・ジャーマン・シネマのスターの一人、アンゲーラ・ヴィンクラーが、主人公ベンニの母親を演じているのは、余り知られていない俳優を好むハネケの作品には例外的なことである。

十四歳ぐらいのベンニは、学校の帰り道で知り合った少女を部屋に連れ込み、盗んで来た屠殺用の銃を弄んで、彼女を撃ち殺してしまう。少年は父母に事件を告白するが、両親は事件を隠すようにする。母親がベンニをエジプト旅行へ連れ出している間に、父親が死体を処理する。一家に平和な生活が戻ったようにも見えたが、ベンニは警察へ自首してしまう。

シークエンスの構成

（一）ベンニと両親（登場人物の紹介）　約十三分
（二）ベンニが少女と出会い、殺害　約十五分
（三）殺人の後、ベンニは現場をかたづける　約十二分
（四）友人や両親と会い、登校　約十五分
（五）両親に告白、事後処理の相談　約十三分
（六）旅行の準備　約六分
（七）ベンニと母のエジプト旅行　約十六分
（八）帰国後、ベンニが自首　約十五分

ベンニの両親が週末に別荘へ行っている間に、事件は起こる。何でもかんでもビデオに録画しているベンニは、自分の部屋の窓に、昼間でも黒いカーテンを降ろし、ビデオカメラを通して外の景色を見る始末。田舎の農家で豚の屠殺シーンを撮影したビデオを、少女（彼女の名前は明らかにされない）に見せるが、銃を見せびらかし始め、その銃を彼女に渡して自分を撃つように言う。しかし、彼女が撃たないので、ベンニは彼女を臆病者と呼ぶ。その後、役を入れ替わり、今度は彼女が自分を撃つように言う。ベンニが撃たないと、やはり臆病者と呼ばれる。すると、彼は本当に撃ってしまう。倒れた少女は激痛で転げ回る。その悲鳴に耐えられないベンニは、銃に新しい弾を込めて、もう一度撃つ。彼女が一層激しく叫ぶので、仕方なくこの作業を繰り返し、ようやく沈黙が訪れる。

理由もない、動機もない、偶発的な殺人。少女の悲鳴に動転したベンニも、すぐに落ち着きを取り戻し、床の

血痕を拭き、シーツを洗い、死体をタンスに隠す。一家と離れて暮らしている姉に会いに行くが、彼女は留守だ。ウィーンの町を彷徨うベンニは、通りがかりの床屋で、頭を剃ってもらう。別荘から帰った両親は、息子の頭に驚くが、その裏に隠された事実は理解しない。翌日、ベンニは両親に告白する。

真相を知った両親は、警察へ自首することも考えるが、息子の将来や自分たちの社会的な地位を考え合わせ、殺人を隠蔽することに決める。エジプト旅行の準備と旅先の場面は二十分以上費やされるが、事件らしいことは何も起こらない。しかしながら、二人が名所を見学し、海水浴を楽しんでいる間に、画面では描写されないが、残された父親が死体を小さく切り刻んで、トイレに流しているのである。こうした作業が同時に進行しているので、楽しい観光の場面が、観客には耐え難い恐ろしさを伴っている。

ウィーンへ戻ると、全ては終わったようである。ベンニの部屋では、黒いカーテンがなくなり、明るい印象を与える。父親は会社の問題について話し、母親はエジプトの暑さとベンニの日焼けについて語っている。二人は過去を精算したものと考えているが、その間に、ベンニは警察へ出頭し、死体遺棄の件についても告白している。最後に、警察の廊下で両親と擦れ違ったベンニは、一言「ごめんなさい」とだけ漏らす。

こうした壮絶な物語内容に、二つのパーティー・シーンが挿入されている。冒頭のシークエンスでは、姉が両親のアパートで招待客にネズミ講の勧誘をしている。最後のシークエンスでは、ベンニが自首する前に、次のパーティーが開かれ、今度は集金を始めている。これらの場面は、直接的には殺人と関係がないようにも思われるが、学校でベンニたちが金銭のやりとりをしている場面と呼応しながら、現代社会に蔓延する拝金主義を示唆しているのである。

ベンニが撮ったものとして作中に取り込まれているビデオ映像は、『ベンニ君のビデオ』の文体上の特徴をなし、一種のライトモティーフとなっている。ベンニが映像を介して現実に向き合うように、観客はこの作品を間接的にしか享受することが出来ないのである。映画自体が間接的な疑似体験であることは、言うまでもないが、一般的には観客の意識に上っては来ない。しかし、この映画では、ビデオ映像をフィルムに二重撮影することによって、撮影行為を対象化しているのである。現実世界の認識が間接的な知覚を介していることは、リモコンの使用や地下鉄や警察における監視カメラの映像でも強調され、とりわけベンニがしばしば見ているテレビのニュース映像は、外の世界を間接的に自宅まで届けてくれる。その一方、ベンニの両親は居間にテレビを置かないので、社会の現実を拒否しているようにも思われる。内戦、殺人、移民など世界中の問題は、絵画で埋められたこの人工的で美しい空間からは、排除されているのである。

同じように、少女の殺害場面の描写も、間接的に示されている。ベンニは三脚に乗せたビデオカメラを室内の少女に向ける。銃で撃つ直前、二人はスクリーンから消えるのだが、ビデオのモニターには写ったままである。撃たれた少女が倒れると、今度はモニター画面からも消えてしまう。観客は彼女の叫びだけを聞きながら、画面中に写った机の上の弾を取り、銃に込めて、再び画面外の彼女を撃ちに行くベンニの姿を目撃する。この行為が中断されることなく二度繰り返されるので、この固定ショットは耐え難いほど長く感じられる。殺人の具体的な描写は排除され、叫び声しか聞こえない観客の想像に委ねられているが、その方がよりおぞましさを増幅しているのである。ビデオで捉えられないものが存在しないかのように、ベンニは彼女の死体を改めて撮影する。

この殺人の場面が典型的に示しているように、伴奏音楽をほとんど使用しないで、画面と音声を独立させた演出が、ハネケ作品における文体上の特徴である。ハネケは音声を登場人物から派生させるが、肝心の登場人物が画面に写っていないことが多い。例えば、ベンニが少女と知り合う時には、音声が意図的に削除されている。カメラはビデオショップにいるベンニを店内から捉えている。彼は店の外へ出て、ショーウィンドーのモニターを見ている少女に気付き、通り過ぎた後、戻って彼女に声をかけるのだが、カメラは一貫して店内に据えられたままでである。二人の会話は店内には聞こえない。二人が通りを歩くと、カメラは遠くから彼らを追いかける。アパートに入ると、ようやく二人の会話が聞こえて来るが、その時には既に打ち解け合っている。その後で、ベンニと少女は、劇映画の暴力場面について話し始める。映画の中の血は赤い絵の具だと、ベンニは平然としている。しかし、少女が死んで血を流すと、黒ずんだ血は作り物には見えない。ベンニが彼女の死体を引き擦って行くと、白い床の上に血痕が残り、それを雑巾で拭いて行く音だけが虚しく聞こえる。掃除が終わると、ベンニは台所でミルクを飲む。ミルクを注ぐ時に、黒っぽいテーブルの上にこぼしたので、血痕と同じように雑巾で拭く。この場面は、白い床上に残された血痕の反転映像（ネガ）であり、殺人の余韻でもある。(写真③、④)

ベンニは現実を正しく把握できないだけでなく、両親を始めとする周囲の人間とうまく接触することができな

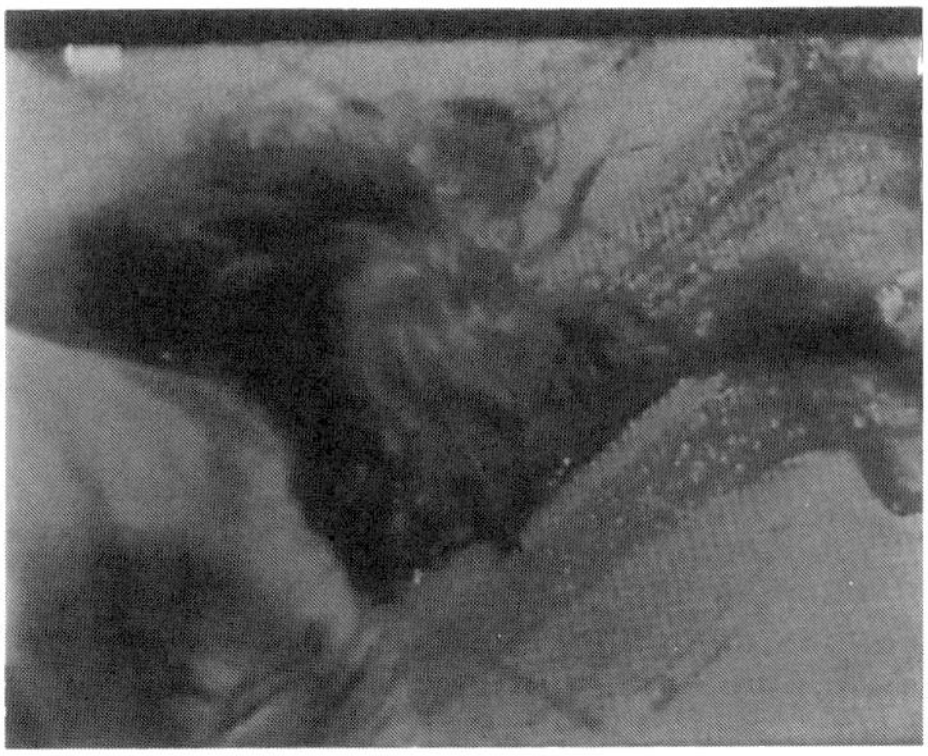

写真③

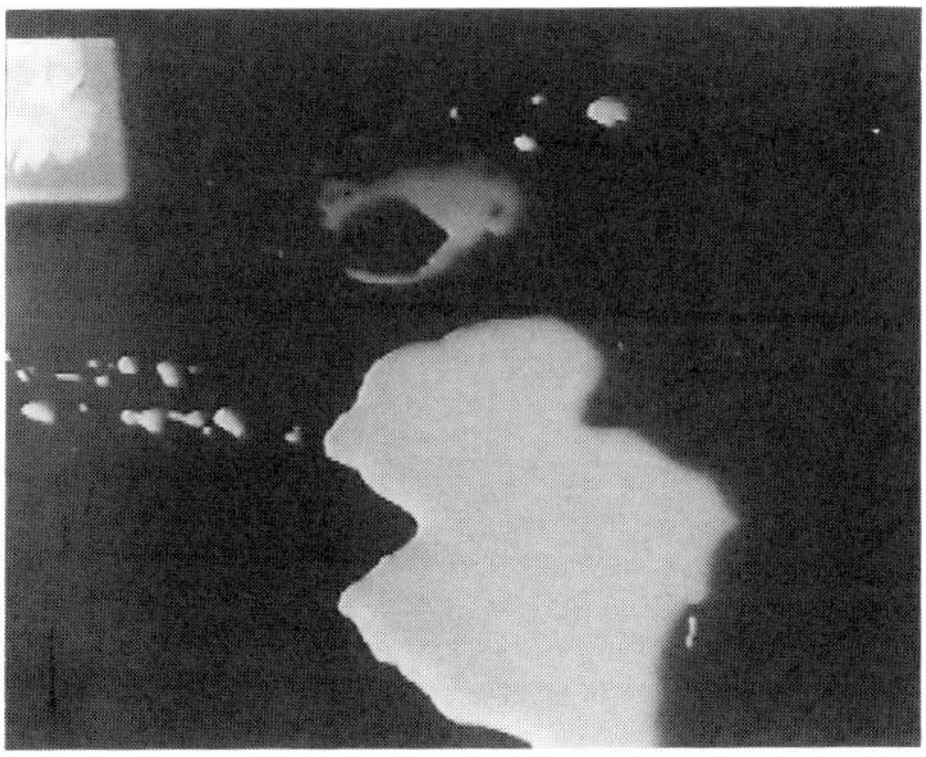

写真④

い。朝起きて来ても、朝食と早朝出勤した母の置き手紙、昼食用の小銭しか待っていない。週末になると、両親は別荘へ出かけるが、ベンニは一人でウィーンのアパートに残る。家族の間に、本当のコミュニケーションが成立していないのである。従って、殺人の告白は、両親にビデオを見せることで行われ、警察に自首する時でも、ビデオの提出ですませようとする。

けれども、両親の誤った教育のせいで、殺人を犯すようになったとか、テレビやビデオのせいだと断定するような問題の単純化や矮小化は行われない。しかしながら、答えや結論は提出されないとしても、少なくとも人間が現代社会とうまく折り合いをつけられないということは、問題として提起されているだろう。

四 「偶然の時間序列における七一個の断片」（一九九四年）

家庭内の暴力を描いた『第七の大陸』、同世代間の暴力を描いた『ベンニ君のビデオ』に続き、現代のオーストリアを舞台にした三部作の最後となる『偶然の時間序列における七一個の断片』は、社会の中の暴力をテーマにしている。

「一九九三年十二月二十三日、ウィーンの銀行支店内で、十九歳の学生マクシミリアン・Bが三人を殺害、しばらく後に頭部を撃って自殺した」というクレディットが、最初にインサートされ、結末を先取りする形で、映画が始まる。物語はその日銀行に居合わせた四人を含む八人の登場人物の生活を溯って語るものである。彼らが初めて登場する順序は、次の通りである（複数の人物が一緒に登場するシーンもあるので、シーンの総計は七十一を超える。）。

（一）　人間ではないが、テレビが映画の最初と最後に挿入され、重要な役割を果たしている。テレビの画面には絶えず、世界中のニュースが写されている。ソマリアやハイチ、北アイルランドやイスラエル、ボスニアの内戦や難民、世界中の不幸な事件の間に、マイケル・ジャクソンの私生活に関するニュースが伝えられる（テレビは五回登場）。

（二）　ルーマニアの少年が、ハンガリーからオーストリアへ不法入国し、ウィーンに到着する。その後、物乞いをしたり、盗みを働いたりして、必死に暮らしている。しかし、最後には疲れ果て、警察へ出頭し、保護を求める（少年は二十一回登場）。

（三）　新兵のベルニーは、軍隊の拳銃を盗んで、売ってしまう（五回登場）。

（四）　銀行の警備員として勤務するハンスは、現金輸送の作業に当たっている。妻のアンナとの間に、赤ん坊がいる。彼は支店で事件に遭遇する（ハンスは十回登場）。

（五）　大学生のマックスは、ピンポンの選手である。賭けゲームに勝って、仲間から拳銃を入手する。クリスマス休暇に車で実家へ帰る途中に、ガソリン・スタンドに立ち寄る。給油係に料金を支払おうとすると、釣り銭がないので、銀行で両替するように頼まれる。しかし、ＡＴＭ機は壊れているし、連休の前であるため、窓口には長い行列が出来ている。車がガソリン・スタンドに置き放しなので、銀行員に先に両替して欲しいと頼むが、断られてしまう。そこで、マックスはガソリン・スタンドに戻り、車中の拳銃を手にして、銀行で無差別殺人を犯す。その後、車へ戻り、自殺してしまう（マックスは二十回登場）。

（六）　インゲとパウルの夫婦は、子供に恵まれず、養子を探している。方々の施設を回って、試験的にアンニという少女を〈借り〉たりするが、テレビでルーマニア少年の運命を知って、彼を養子にする。事件の当日、インゲは少年を連れて、銀行へ行くが、混んでいたので、少年を車で待たせる（インゲは十回登場）。

（七）インゲとパウルの家で、アンニは養女として試験的に暮らしてみるが、夫婦に馴染まないので、施設に戻されてしまう（アンニは五回登場）。

（八）一人暮らしの老人が、年金を引き出すために、毎月一度銀行へ通っている。自宅へ届けてもらうこともできるが、老人の娘が銀行の窓口で働いているので、彼女と話をする機会になっている。事件の日、老人はいつものように銀行へ足を運ぶ（老人は八回登場）。

こうした登場人物の生活描写は、タイトルにあるように、七十一のシーンで構成されている。七十一は素数であり、一と七十一以外の数字で割ることが出来ない。つまり、この作品は多数のシーンに分割されて、各々の視点からオーストリアの現代社会を摘出してみせるのである。

ルーマニアの少年は、路上生活の見本である。地下鉄の駅や通りで眠り、ごみ箱から食料を探し出すが、周りの人は無関心。少年は公園で同じ年頃の子供が楽しそうに遊んでいるのを見る。ここでは決して強調されてはいないが、不法移民の少年とそうでない子を比較しないではいられない。少年はなぜこうした暮らしを送っているのか。突き詰めて考えれば、経済的な理由で難民となった人は、なぜ差別されているのか。より良い生活を求めることは、なぜ許されないのであろうか。

ハンスと家族は、平凡な夫婦生活を送っている。ハンスは本来優しい人間で、病気の赤ん坊が夜泣きをすると、甲斐甲斐しく世話をする。仕事も几帳面である。しかし、夫婦間のコミュニケーションは崩壊している。ある日の夕食時、ハンスは突然妻に向かって「愛している」と言う。彼女は夫の気持を計りかねて、「酔っ払っているの」と答え、二人は喧嘩になってしまう。羞恥心を覚えたハンスは妻にびんたを食わせる。

学生のマックスは仲間と話もするが、しばしば一人でピンポンの練習に熱中している。彼が機械を相手に練習しているワン・ショットは、三分間も続く。（写真⑤）普通の青年のように見えるが、殺人を犯す彼についての情報は比較的少ない。二十回も登場するにも拘わらず、その半分は殺人のシーンに当てられている。彼のアモク（発作的な無差別殺人）は説明され得ないので、むしろ社会の全体的な描写の方が優先されるのである。

子供を欲しがっているインゲとパウルは、アンニにもルーマニアの少年にも、優しく接するが、結局のところ、養子となる子供を、カタログ・ショッピングの商品のように見なしている。気にいらなければ返却可能という精神である。登場人物の中で、実は一番冷淡な人間である。

写 真 ⑤

老人は社会における孤独を訴えている。一人で暮らし、一人で食事を作り、一人で食べる。相手はテレビだけである。銀行へ行って、娘と会っても、窓口業務に追われ、碌に話し相手になってくれない。

ワン・シーンが平均一分半に満たないこの作品の中で、老人が電話をかけて、娘と孫とコミュニケーションをとろうするが、なかなか上手く通じないという、七分以上も続くあるショットは際立っている。娘や孫の姿を見せないだけでなく、彼らの話声も聞かせないで、電話に語りかける老人を捉えた極めて長いこのショットは、観客に苦痛を与えるが、一番印象に残るショットの一つでもある。（写真⑥）

事件の日、老人はきちんと身なりを整えて、孫へのクリスマス・プレセントを持って、銀行へ出かける。この支度を見るだけで、普通は家族全員が揃って祝うクリスマスにも、老人が一人でテレビの前で過ごすであろうことが分かってしまう。

これらの人物たちは、偶然に銀行へ集まるが、殺人の具体的な描写は作品からは排除されている。撃たれて倒れたハンスは、血を流しているが、その他の被害者は画面に登場しない。老人とインゲも撃たれたはずだが、混雑していたので、映画中に描かれていない別の人物であるかもしれない。しかしながら、被害者が誰であっても、結局のところ、同じことである。

彼らが事件の日に銀行へ来たのは偶然だが、この社会で誰かがアモクを行うのも偶然なのであろうか。ここでも、ハネケは答えを出さない。

写真⑥

まとめ

ハリウッド映画に代表される最先端の娯楽作品は、激しいカメラ移動や素早いショット転換に加えて、近年はCGやデジタル合成を用いた〈見た目（ルックス）〉の新しさを追い求め、ドルビー音響で効果を高めようと努めている。その一方、オーストリアに密着したハネケは、最新テクロノジーの成果を披露することよりも、映画の基本的な要素である映像と音声の機能を可能な限り広げる道に向かった。とりわけ、常に平行している映像と音声を、それぞれ独立させることで、表現力を拡大するのである。映像で示される情報は音声では省略され、音声で伝えられるものは画面外に追いやられるのである。

音声から切り離された映像は、無声映画の時代に逆行したような力強さを湛えている。特に、顔の表情による心理描写は回避される一方、クロース・アップで捉えられた小道具や些細な行為の描写によって、登場人物の性格が雄弁に肉付けられている。

エッセンスに限定され、洗練された映像には一種の美学が認められるが、ハネケの映像は普通の意味での美を構築しない。一般の商業映画では、映像に捉えられることによって、本来は醜いものさえ美化してしまう傾向がある。第三世界のスラムであっても、映画に撮られると、生命力溢れる賑やかな雰囲気を醸し出し、貧しい人々の衣服も、流行デザイナーの意匠のように見えてしまうことがある。ハネケはこうした美化を避け、粒子の粗いビデオ映像や不安定な構図のアマチュア映像のように、意図的に見にくい映像を好んで用いるのである。しかし、余計な夾雑物を見せない映像の価値は、商業的に粉飾された〈美しい〉映像に慣れ切った観客には、理解されない危険も秘めている。

古典的な劇映画では、物語内容における出来事の因果関係に従って、映像が配置されるが、ハネケはこうしたありふれた方法を拒否し、出来事を曖昧なまま放置してしまい、そこに因果関係を認めるかどうかの判断は、各々の観客に任されるのである。

ハネケの全ての劇映画では、物語内容は極めて暴力的であったり、登場人物が自殺したり殺害されてしまう。しかし、こうした暴力は、直接画面には現れないで、観客の想像力によって紡ぎ出される。数多くの暴力的な映画では、暴力に反対する自己防衛としての暴力も存在するが、ハネケの作品では、正当性の認められるような暴力は一切ない。暴力がひたすら恐怖に徹しているゆえに、ハネケの作品は極めて道徳的でもある。同じように、暴力を発生させた動機の説明も、精神分析による単純明快な解明もない。物語内容が因果関係によって構成されていないので、暴力の原因が登場人物の性格や行為に由来することもない。詰まるところ、ハネケは結論を出すことがないために、いつまでも宙吊りにされたままの不安定な作品を作り続けているのである。映画を見終わった後でも、提起された問題が解決されないので、カタルシスが得られず、観客自らがその問題に対面しなければならない。

ハネケは現代社会の無慈悲さを剝き出しにしてみせるが、それはオーストリアが抱える病巣の一面であるだけでなく、先進国に共通する問題として捉えている。テレビを始めとする人工的な映像が溢れ返り、現代社会に直接的な生の体験が欠けていること。こうした人工的な映像が暴力に満ち満ちていることで、私たちの日常生活の一部として暴力が定着してしまったこと。そして、社会の基本となる経済活動や価値観の変化、人間関係の希薄化、及びこれらの要素の相互関係。

ハネケの作品は、世界中の観客に課題を提出する。そして、こうした課題の中で描かれたオーストリアは、従来の慣れ親しんで来た古き良きイメージからは随分とかけ離れたものであるに違いない。

文献リスト

拙論「ヨーロッパの十字路・オーストリア映画の歩み」(『Film Fest Österreich オーストリア映画祭1991』川崎市市民ミュージアム、スタジオ200、一九九一年)三―四頁。

Walter Fritz: *Kino in Österreich. Der Stummfilm, 1896–1930*, Österreichischer Bundesverlag, Wien 1981.

Walter Fritz: *Kino in Österreich. Film zwischen Kommerz und Avantgarde, 1945–1983*, Österreichischer Bundesverlag, Wien 1983.

Walter Fritz: *Kino in Österreich. Der Tonfilm, 1829–1945*, Österreichischer Bundesverlag, Wien 1991.

Alexander Horwath (Hg.) : *Der siebente Kontinent. Michael Haneke und seine Filme*, Europaverlag, Wien 1991.
Rudolf Ulrich : *Österreicher in Hollywood*, Edition S (Verlag der Österreichischen Staatsdruckerei), Wien 1993.
Franz Grabner/Gerhard Larcher/Christian Wessely (Hg.) : *Utopie und Fragment. Michael Hanekes Filmwerk*, Kulturverlag Thaur, Thaur 1996.
Gottfried Schlemmer (Hg.) : *Der neue österreichische Film*, Wespennest, 1996.
Alexander Horwath/Giovanni Spagnoletti (Hg.) : *Michael Haneke*, Torino Film Festival, Turin 1998.

ミヒャエル・ハネケ監督のフィルモグラフィー

劇映画

一九七三年　その後は？（リヴァプールの後）（Und was kommt danach? [After Liverpool]）テレビ映画、ジェイムズ・サウンダーズ原作）
一九七六年　粗大ゴミ（Sperrmüll・テレビ映画）
一九七六年　池までの三つの道（Drei Wege zum See・テレビ映画、インゲボルグ・バハマン原作）
一九七九年　レミング（Lemminge・テレビ映画、二部作）
一九八三年　変奏（Variation・テレビ映画）
一九八四年　エドガー・アレンは誰だったか（Wer war Edgar Allen?・テレビ映画、ペーター・ロザイ原作）
一九八五年　シュムッツ（*Schmutz*・劇映画、パオルス・マンケア監督、台詞のみ）
一九八六年　お嬢様・ドイツのあるメロドラマ（Fräulein-ein deutsches Melodram・テレビ映画）
一九八九年　第七の大陸（Der siebente Kontinent・劇映画）
一九九一年　殺人者に対する追悼文（Nachruf für einen Mörder・テレビ映画）
一九九二年　ベンニ君のビデオ（Benny's Video・劇映画）

一九九三年　反乱（Die Rebellion・テレビ映画、ヨーゼフ・ロート原作）
一九九四年　偶然の時間序列における七一個の断片（71 Fragmente einer Chronologie des Zufalls・劇映画）
一九九五年　リュミエール社（Lumière et Compagnie・ドキュメンタリー）
一九九七年　城（Das Schloß・テレビ映画、フランツ・カフカ原作）
一九九七年　ファニー・ゲームズ（Funny Games・劇映画）

作品データ

『第七の大陸』Der siebente Kontinent
オーストリア（ヴェーガ・フィルム）、一九八九年、カラー、一一一分。
キャスト
ビルギット・ドル　（アンナ）
ディーター・ベルナー（ゲオルク）
レニ・タンツェア（エヴァ）
ウード・サーメル（アレクサンダー）
スタッフ
脚本・監督ミヒャエル・ハネケ
撮影トーニ・ペシュケ
製作ファイト・ハイドゥシュカ
音楽アルバン・ベルク
編集マリー・ホモルコヴァ

『ベンニ君のビデオ』Benny's Video
オーストリア／スイス（ヴェーガ・フィルム、ベルンハルト・ラング）、一九九二年、カラー、一〇五分。
キャスト
アルノ・フリッシュ（ベンニ）
アンゲーラ・ヴィンクラー（母）
ウルリヒ・ミューエ（父）
イングリト・シュタスナー（少女）
シュテファニー・ブレーメ（姉）
スタッフ
脚本・監督ミヒャエル・ハネケ
撮影クリスティアン・ベルガー
製作ファイト・ハイドゥシュカ
　ベルンハルト・ラング
音楽ヨーハン・ゼバスティアン・バハ
編集マリー・ホモルコヴァ

『偶然の時間序列における七一個の断片』71 Fragmente einer Chronologie des Zufalls
オーストリア／ドイツ（ヴェーガ・フィルム）、一九九四年、カラー、九九分。
キャスト
ガブリエル・コスミン・ウルデス（ルーマニアの少年）
ルカス・ミコ（マックス）

オット・グリューンマンドル（老人）
アンネ・ベンネント（インゲ）
ウード・サーメル（パウル）
ブランコ・サマロフスキ（ハンス）

スタッフ

脚本・監督ミヒャエル・ハネケ
撮影クリスティアン・ベルガー
製作ファイト・ハイドゥシュカ
編集マリー・ホモルコヴァ

第五部　民話と歴史

ワタリガラスとイラクサ
——グリムとオーストリアの昔話

飯豊道男

一　なぜワタリガラスに変身するのか

グリムの『子どもと家庭の昔話』の二十五番に、「七羽のワタリガラス」という話がある。それは「ある男に息子が七人いた」と始まる。もともとは「昔、ある男に……」と始まっていたのに、出だしの「昔、」を削ってしまったのである。グリム兄弟はあまり発端の句や結びの句に重きを置かず、昔話の特質は物語の展開そのものにあると見ていたようで、もっぱら物語をよりよい形にすることに腐心した。

七人の息子をもつ人物は「ある男」といわれるだけで、どういう身分なのか、どういう職業なのか、それを示唆する手がかりが最後までない。その結果、現在の状況からも歴史的背景からも隔てられた記号的存在が独自な舞台空間を設定することになる。

グリム兄弟が、書きとめた昔話を忠実に文字化せずに、慎重に、しかし自由に手を加えたのも文学至上主義からきている。彼らは昔話を土着性、個別性から考えずに、風媒花のように軽やかに移動する移動性、普遍性に本質があると見ていた。採話の出所は地名をあげるにとどまり、語り手の名前は出さなかった。「ある男」が示す表現法は、受け手が現実を引き比べるより物語にじかに没入することを望んでいたと考えることができる。

「七羽のワタリガラス」の男は女の子をほしがっていた。ところがやっとうまれたと思ったら、いまにも死にそうなので緊急洗礼が必要だった。父親は洗礼の水を汲みに男の子たちを井戸にやる。七人が先を争ううち、かめを井戸に落としてしまう。気をもむ父親は帰ってこない男の子たちにかっとして、「あの腕白どもはみんなワタリガラスになってしまえばいいんだ」とさけぶ。とたんに頭上で羽音がして、ワタリガラスが七羽飛び去っていくのである。

「ふた親はいまさら呪いの言葉を取り消すことができなかった。」昔話は言葉の霊力を信じた時代の産物で、言葉を軽々しく考えたり言ったりしてはいけないことを、物語を通してことあるごとに教えている。ここでもそうである。

娘はひとりっ子と思っていたのに、世間の人たちの話で七人の兄がいて、それがみんなワタリガラスになったのを知り、いても立ってもいられなくなり、救済の旅に出る。両親にもらった指環のほか、ひとかたまりのパンと小さなかめの水をもっていくという旅のスタイルは基本的に現代まで変わらない。

彼女は世界の果てに行く。この宇宙観では世界の果ては宇宙に接続しているが、太陽は熱いし、赤ちゃんを食べていたのでこわくなり、月も冷たくて、人肉くさいというのを聞いて逃げだす。星のところに行くと、金星がひよこの骨を一本くれ、これで兄たちのいるガラス山に入れると教えてくれた。

ところがガラス山にきてみると、ひよこの骨をなくしているのに気づき、小指を切って中に入る。小人が用意した兄たちの食事を少しずつ食べ、最後の盃には指環を入れた。そこへ兄たちが帰ってくる。一番下の兄が「妹が来てくれたら、みんな助かるのに」というのを聞いて、妹がとび出し、兄たちは人間の姿を取り戻したというのである。

父の呪言でワタリガラスに変身させられた兄たちは、この言葉で人間への再変身を成就した。呪いも救済も言葉なしには成立しないのである。兄たちは妹がくるまでの間、人間の言葉を発することができなかった。沈黙を強いられた時間、少くとも異質の言語しか通用しない時間と空間の中にいた。

どうして彼らはそういう異次元にいたといえるのか。

それは何よりも彼らがワタリガラスに変身させられていたからである。

ドイツのカラスにはいくつかの種類がある。ミヤマガラスは体長四十五センチ、ハシボソガラスも四十五センチ。ハイイロガラスはもう少し大きくて四十七—五十センチあって、秋にフィンランドからドイツ北東部に大挙して渡ってくる。エルベ川が渡りの自然の境界になっているが、時には西岸のハシボソガラスの地域にまで侵入してくる。

ワタリガラスは一番大型で体長が約六十四センチある。ヨーロッパ全域からアジア、アメリカというように広大な空間に棲息していたが、いまはドイツでもオーストリアでもほとんど見かけられない。ウサギ、雷鳥、ガチョウ、カモ、ニワトリのように大きい物を捕食していた。巣は岩壁に作り、木の上に作ることは少なかった。普通は単独かペアで暮らしていた。決してわが子を見捨てることがなかったが、誤解され、ワタリガラスの両親Rabenelternとか、ワタリガラスの父、ワタリガラスの母といえば子どもに愛情がない両親、父、母を意味する。いろいろ悪さをし、人間の子どもに危害を加えることもあった。反面、人間の言葉をすぐに覚え、犬のように調教することができた。また、その羽根をベッドに詰めたり、肉を塩づけにして食べたりした。ワタリガラスはかつては身近かな鳥だった。

ところで妹は兄たちを探しに行くとき、カラスが群れをなして暮らしていそうなところに行って兄たちの消息を聞かなかった。いきなり世界の果てまで行く。兄たちが鳥になったにせよ、彼女の視線は水平にのびずに、日常の居住空間とは違う上の方向に向けられていた。それは兄たちが自分と違う次元の存在になったことを初めから認識していたからとしか思えない。

ワタリガラスRabeはカラスの中でも特異な位置を占め、古来ただの鳥とは考えられていなかった。どこか神秘的な、神聖な鳥だった。東プロイセンではワタリガラスが赤ちゃんをつれてくると信じられた。よくいわれるようにコウノトリが赤ちゃんをつれてくるのではなかった。ワタリガラスはどこか神秘的な、神聖な鳥だった。生と死の深部に、それらが未分化の根源のところにかかわりがある鳥とみなされていた。

一般にはそれは生をもたらす鳥というよりも深く死のイメージと結びついていて、それが家の回りを飛べば死の前兆となった。彼らが空でさけび声を交せば戦争が始まると信じられ、悪魔や魔女はワタリガラスに変身して現れるとされた。ワタリガラスは霊的世界にかかわる鳥で、死の鳥、魂の鳥、霊魂の鳥とみなされてきた。

十二世紀のバルバロッサ、赤ひげ王が死なないで家来たちと眠っているといわれる山、キフホイザー、それより前、九世紀のカール大帝がやはり死なずに国家存亡のときまで眠っているという、オーストリアのザルツブルク近くの山、ウンタースベルク、こうした不死の伝説をもつ山の上にはワタリガラスが飛んでいて、王や皇帝にこの世の現状報告をしているという。ワタリガラスはこのように死と生のふたつの世界を往復できるのである。古代の諸民族以来ワタリガラスは神託の鳥だった。(1)

北欧神話の最高神オージンにも思考《フギン》と記憶《ムニン》というワタリガラスが従っている。二羽はオージンに世界の最新情報を報告するので、オージンの図像にはいつも二羽のワタリガラスが描かれている。しかもそのうちの一羽はくちばしに指環をくわえていた。

そういうワタリガラスのイメージはキリスト教時代になっても残り、聖マインラートにはワタリガラスがつき添っているし、中世のドイツやオーストリアで数多くの写本が出た、聖人となるオスヴァルト王伝説の図像にも二羽のワタリガラスが見られ、一羽はくちばしに指環をくわえている。それどころかギリシャ神話のケンタウロスの石のレリーフ（十、十一世紀、ケルンの博物館所蔵）にまで二羽の大きなワタリガラスが描かれており、キリスト教以前のゲルマン人の観念の中でいかにワタリガラスが大きな意味をもっていたかがうかがえる。(2)

こう見てくると昔話を構成する諸要素は恣意的なようでいて恣意的でなく、長い伝承をふまえている場合があることがわかるのである。

妹が宇宙に行ったのはこの世と違う世界に行ったことであり、兄たちがワタリガラスに変身したというのは、人間であることをやめた存在になったことを意味する。しかし動く鳥であるのはまだ可変性がある証拠だろう。邦訳では兄たちはみんな「カラス」と訳されているが、異界に行く彼らは「ワタリガラス」と訳すべきだろう。そうでなければこの物語のもつ奥行きが感得できなくなるのではないか。

兄たちがいるところがガラス山であるのも、現世のものがおいそれと行けないところであることを示している。目に見えるようでいて目に見えない、限定とも無限定ともとれる世界を表わすのに、ガラスは格好の物質である。日本の村の墓地は囲いがなく、死者と生者の世界の境界はあるようでない。地続きである。それに対しドイツやオーストリアの教会の墓地 Kirchhof も、教会から離れたところにある墓地 Friedhof も囲いの中にあって、生と死の世界は峻別されている。天国の入口にも使徒パウロがいて、天国もまた無限のようでいて限定されている。

ガラスはエジプトの物が古代ガラス器として知られているが、歴史はエジプトよりも古く、五千年あるという。(3) ガラスはその向うにあるものが見えるのに、それとは触れることができないし、それと言葉を交すこともできない。こちら側とは完全に隔絶された世界を形づくる。

しかもそこは山といわれている。平べったいガラスの世界でなく、隆起し、いわば天上に近づいている。現実に死者の埋葬地が山となっている例は世界各地に存在する。

妹はガラス山に入ろうとして金星にもらったひよこの骨をなくしたのに気づき、すぐ自分の指を切った。彼女は犠牲なしには、つまり、なんらかの「死」なしには入れない世界に入るのである。

二　オーストリアの影響

この話は一八一〇年の初稿でも、一八一二年の初版第一巻でも、「三羽のワタリガラス」というタイトルだった。それが一八一九年の第二版から突然「七羽のワタリガラス」となった。

変わったのは数だけではない。初稿や初版では、「昔、ある母親に息子が三人いた。」と始まっていたのが、第二版から、「ある男に息子が七人いた。」となった。初めは母親が変身をひき起こしていたのに、第二版から父親が変身をひき起こす話になるのである。「ヘンゼルとグレーテル」とか「白雪姫」のように、母親が子どもを殺害する話が目立つので、これは父親が損な役に回る話にして本としてのバランスを取ったようにも見える。が、それだけではない。この変化はヤーコプがウィーンに行ったことに関係があるのである。

彼はウィーン会議のドイツ側代表の随員として、一八一四年の秋から翌年の夏までウィーンに滞在し、公務のかたわら昔話の採話を呼びかけた。その成果の一つがこの変化になったのである。二十五番の話がウィーンで仕入れた話を基にするようになったことは、グリム兄弟自身の後注にある。

初稿では三人の息子は「ミサの間トランプをしていた。」初版でも「ある日曜日、ミサの間トランプをしていた。」とあって、キリスト教への不信心な行為が母親を怒らせた。それにすでに妹がうまれていた。ところがオーストリアの話を取り入れたことで、今度は妹がうまれた日の話になり、折角待望の女の子ができたのに、いつ息を引き取るかわからないような状態で生まれ、せめて死ぬ前に緊急洗礼を授けて天国に行けるようにしてやろうと父が焦るのに、息子たちは水瓶を井戸に落として帰ってこない。それで動転している父がワタリガラスになってしまえと口走る。変身への、呪いの動機づけとしてはトランプよりこの話の方が劇的緊張感があり、グリム兄弟がオーストリアの話に変えた気持ちもわかる気がする。そればかりではない。自分が生れたばかりに兄たちをそんな目にあわせたと知って、妹のまだ見ぬ兄たちへの思いは切実さを増す。

ところでこういう冒頭部分がオーストリアの話によって変わったことはわかったが、そのオーストリアの話が全体としてどんなだったのか、ドイツのと同じ展開をたどっていたのか、違う展開になったのかはわからない。資料が残っていないからである。レーオポルト・シュミットが『グリム兄弟追想一九六三年』に発表した論文「グリム兄弟とオーストリア民俗学の展開経緯」で、「ウィーンで誰がこの話（七羽のワタリガラス）を語ったのかは不明である。アンドレーアス・シューマッハーが手を加えたものと考えられよう。」といっているが、注にあげているカール・ハイディングの『オーストリアの昔話精選』の注にはそんな記述がない。ハイディングの注ではシューマッハーの名はグリムの一七九番の「泉のそばのガチョウ番の娘」に関連して出てくるにすぎない。(4)

三　オーストリアの昔話の特色

「七羽のワタリガラス」はグリム兄弟に提供された話のほかにもオーストリアに伝えられていた。ずっとあとだが、テオドーア・フェアナレケンの『アルプス諸国（オーストリア）の子どもと家庭の昔話』（一八九六年、ウィーン）にも同名の話がある。六十話あるうち四十四話がニーダーエスターライヒ州の採話で、これもヴァッハウ近くの話である。

ある女に七人の息子と一人の娘がいるが、息子たちはつまみ食いばかりしているので、クラプフェンを食われた母親がたまりかねて、「ワタリガラスみたいに盗み食いして、お前たちなんてワタリガラスになっちまえばい い」とさけぶ。そして言葉通りのことが起こる。(5)

変身の動機にキリスト教への不信心でなく、卑近な日常生活の一コマが出てくる。クラプフェンはナンとかチャパティに似た、平べったくて大きくてまるい、ヘッドで揚げた食品である。私はシュタイヤーマルク州の農家や山の牧場で、なんでもない日に御馳走になったことがある。また別な村の食堂の前に冬に「クラプフェンあります」の看板を見て入ったことがある。その店でもいつもそんな看板を出しているわけではなく、よそのところでは見たことがなかった。

話の伝承地ニーダーエスターライヒ州では、結婚式の披露宴とか収穫祭、教会開基祭にクラプフェンをこしらえるという(フランツ・マイアー＝ブルック『オーストリアの郷土料理』)。この地のクラプフェン料理の一つの名前は、一月五日の夜、つまり御公現の祝日の前夜にも糸紡ぎに行こうとしているあまりにも熱心な娘に、ペルヒト(あるいはベルヒト)の扮装をした女が現れ、これを食べてなかったら、おなかを引き裂いてやったのにといったという。(6)それに因んでいるという。ドイツの話の変身がキリスト教への信仰を問うものだったのに対し、オーストリアの話のこういうクラプフェンには信仰そのものより信仰周辺の習俗、もっといえば異教時代の習俗の残存が感じられる。オーストリアの昔話はおしなべてグリムよりも身近かな、ふだんの暮らしを大事にしているという印象がある。

妹は兄たちを救う旅に出、森の家に住む「風」から鶏の骨をもらう。この骨をガラスの城の壁に突き刺しながら窓から中に入る。兄たちの食器の一つに指環を入れ、もどってきたワタリガラスが人間の姿になるところはグリムと似ている。

ところがグリムのようにここで終らないで、兄たちはお前が七年間口をきかないでいると、自分たちは救われるのだという。妹はそれを約束する。ところが森にモミの実を採りに行って王の猟犬にみつかってしまう。何もしゃべらない彼女は牢に入れられ、ついには処刑されることになるが、そのとき七年の歳月が過ぎ、絞首台に兄たちが飛んできて彼女を救ってくれる。そして王は彼女と結婚する。

妹は言葉を失った兄たちと同じ苦しみを長年味わいつくすことによって、初めて兄たちを救うことができる。グリムの話よりも妹に対する試練は厳しい。が、変身への償いとしてはグリムよりも納得できる形になっている。

一八六六年にケルンテン州の雑誌に発表された話は「三羽のワタリガラス」といい、母の呪言で三人の息子は黒いワタリガラスになる。パンをほしがったからで、ここでもなにげない日常生活の一場面が悲劇の発端となっている。

妹がすぐあとを追うが、ここではガラス山が出てこない。異界に行く意識が稀薄になっているせいか、おしゃべりの禁止も弱化して、兄たちから七年間「はい」と「いいえ」しかいわなければ彼らを救えると聞く。

伯爵の犬が森の木の穴に入っている彼女をみつけ、城につれて行かれるところは前の話と同じだが、こちらはすぐ王と結婚ということになる。王が戦場に行っている間に彼女は男の赤ちゃんをうむ。姑と助産婦がそれを子犬とすりかえ、王に手紙で犬を殺せと迫る。王はしかし犬を殺すなという返事をよこす。同じようなことがさらに二回あって、王も妃を火あぶりにかけることにする。そのとき呪いが解けて、白馬に乗った騎者が三人、それぞれ男の子を抱いてかけつけ、伯爵夫人もものがいえるようになり、王の母が逆に処刑された。

ケルンテン州には「三頭の雄鹿と王妃のこと」という話もある。前の話よりも一年前の一八六五年に発表された話である。

三人の息子が動物に変身したきっかけがこれまでのと違う。狩人に三人の息子と一人の娘がいるのだが、娘のところに忍んできて彼女の手を吸う巨人のため、娘はやせてくる。事情を知った兄の一人が巨人を射殺し、死体

を森に埋める。そこにはえてきた花を妹が摘むと、兄たちは雄鹿に変身してしまう。(7)

この変身の仕方は十七世紀イタリアの『ペンタメロン』に「七羽の鳩」という先例がある。魔法使いを埋めたところからはえてきたローズマリーの葉を妹が取ると、兄たちが七羽の鳩になるのである。(8)

雄鹿になった三人の兄は、妹が七年ひとことも口をきかなければ救済されるという。ひとつの話に三と七という数字が出てくる。しかも兄が三人なら三年黙っていればよさそうなのに、七年という長い歳月の沈黙を課せられる。

これで救済が得られそうなのに、この話の条件はさらに過酷になる。口をきかないだけでなく、自分で亜麻を育て、紡ぎ、シャツをこしらえ、七年後鹿たちがもどってきたときにそれぞれの首にシャツをかけてくれれば、兄たちは救われるのだという。

グリムの「七羽のワタリガラス」の結びは拍子抜けするほどあっけないが、オーストリアの話は聞きごたえ、読みごたえがある。十分に償いをさせているからである。

自分の過失から兄たちを鹿に変身させた妹は、早速亜麻作りにとりかかる。彼女は何ひとつ口がきけないのに、王が見そめて結婚する。

この話でも王が戦場に行っている間に王妃が男の子をうみ、姑が雄猫とすりかえるのだが、処刑場で王妃がとびこんできた鹿たちにシャツをかけてやり、兄たちは人間の姿を取り戻し、救済が完成する。

この話で興味深いのは亜麻が出てくることである。亜麻は同じタイプのドイツの話にもイタリアの話にも出てこない。昔話にはしばしば糸紡ぎが出てくるが、糸の原料には言及しないのが常である。

かつてのヨーロッパの衣料生活を支えていたのは羊毛と麻だった。木綿が出回るようになったのは新しい。イランで発掘された亜麻の種子の年代は紀元前七千五百年から六千五百年で、メソポタミアで栽培されるようになった亜麻はヨーロッパにも入ってきた。スイスの杭上家屋の亜麻の発掘品は紀元前二千七百年と推定されている。四世紀後半に始まる民族大移動期のゲルマン人が着ていたのは亜麻製品だったし、中世南ドイツのフッガー一族も大がかりな亜麻取引きを行っていた。しかしインド木綿が知られるようになり、産業革命が起こると、手間のかかる亜麻栽培は急速に衰えていく。フランスではすでに一八七三年には亜麻栽培に補助金を出している。それでもシュタイヤーマルク州の農家の屋根裏部屋には、亜麻を梳く道具などがそっくり残されている。一九八五年に出たケルンテン州育ちの助産婦の自伝には、亜麻の繊維をこくのは農家の冬の仕事だったと書いている。衣類は女物は亜麻、男物は大麻でこしらえたという。彼女の曾祖父は農家を回って歩く機織り職人だったが、亜麻を織るほどにためるのには数年かかるので、数年置きに農家を回っていたという。曾祖父の時代というのは十九世紀だろう。少くともそのころまでは亜麻はごく身近かな存在だったろう。ドイツの場合だが、ヒトラーの時代でも亜麻の作付面積は十万ヘクタールあった(9)。

この亜麻で私が思い出すのはまたしてもペルヒトである。ペルヒトはドイツではホレおばさんに当る。十二夜の最後の夜、一月五日の夜にペルヒトが現れる。私が見たザルツカンマーグートの三人のペルヒトは顔の前面にこいただけの麻を垂らして、顔が見えないようにしていた。麻が人間の顔を隠す仮面の役割りを果たし、それをつけた女性たちを神格化するのである。ペルヒトは家々の主婦の仕事を念入りに検査する。以前は糸紡ぎも調べたという。第二次大戦後間もないころまではペルヒトのためにミルクの皿とスプーンを用意し、家族の誰かが死なないかを占った。この神聖な占いは他人には見せなかった(10)。ペルヒトは子どもをさらうこともあり、男神ヴォーダン(オージン)にも比せられ、大地母神ともみなされる。

オーストリアの昔話はこういう亜麻を通して、グリムと違い、キリスト教化されていない面が残っていることを見せる。亜麻はいつも女性と女性の仕事に密接な関係があった。人々の生活にも習俗にも深いかかわりがあった亜麻がグリムの昔話に出てこない方がふしぎな位である。

四　話を完結させるイラクサ

オーストリアの民俗生活に根ざした昔話の特徴は十九世紀ばかりでなく、現代の話にも見られる。一九四七年にハイディングはシュタイヤーマルク州で「ワタリガラスの妹」という話を聞いている。(11)

昔、ある夫婦に七人の息子と一人の娘がいた。とても貧しかった。頭から「貧しい夫婦に」といわないで、あとから「とても貧しかった」といい添えるところに、語り手の優しい心遣いが感じられる。母が死に、父親は子どもの面倒を見てもらおうと思って再婚するが、新しい母親は七人の息子が邪魔者にしか思えなくて、元気がいい息子たちをワタリガラスと呼んでののしっていたが、ある日また怒って、「このワタリガラスども、行っちまえ」とどなる。すると兄たちはたちまち黒い鳥となって飛び去った。

七歳の妹はパン一枚とナイフをもって、兄たちを探しに出る。こんなふうにナイフをもって出かけるところはいかにも山村の語りらしい。ベリーと根を食べて幾日も旅をするというのも生活感がある。グリムの「ヘンゼルとグレーテル」では、森で迷い子になった木こりの子どもたちは、「地面にあったベリーをいくつか口にしただけで、腹ぺこだった。」それに比べるとこの話の方が森のことをよく知っているといえよう。妹は弱音を吐かず、自然の中での暮らし方を心得ている。「ヘンゼルとグレーテル」では空腹でも根をかじるというような発想が出てこないのは都市の中での伝承だったからだろう。

妹がついに光り輝くつるつるの山のところにくると、突然老婆が現れ、どうしてガラス山にきたのかと訊く。こういう突然の出現は日常世界の延長上にあるところとは違う世界に来たことを示している。わけを話すと指を切って血の滴を垂らし、その上をたどって行きなさい。血が出なくなったら足の裏を切りなさいと教えてくれる。域内のテーブルには七つの皿、七つの盃があって、彼女はこの話でもそれぞれから少しずつ食べ、飲み、そこにはいない彼岸のものたちと飲食をわかち合い、共にするという象徴的な行為をする。帰ってきたワタリガラスたちが人間にもどり、兄妹は抱き合う。が、これだけでは救済は達成されない。七年間ひとことも口をきかず、その間にイラクサを集めて一人一人にシャツを作ってくれれば助かるというのである。

彼女は下山し、木の穴をねぐらとし、根と草を食べ、ナイフでつむをこしらえ、イラクサを集めては紡ぐ。すぐに王の猟犬にみつかるというふうにならないで、「数年が静かな孤独のうちに過ぎた。」と長い時間の経過があってから王との出会いの場になるのがいい。王がすぐに彼女と結婚せずに、時がたつと彼女を妃にしたというのもいい。このように古い時代の方がいい昔話を伝えているとは限らないのである。

このあと王が出陣しているときに王妃がお産をするが、初産の男の子は犬に、二度目の女の子は猫にすりかえられ、三度目の子（男女に言及していない）も動物（何の動物かに言及していない）にすりかえられる。昔話の作法通りにきちんと三回の繰り返しがあるのである。家来の誹謗で王妃が牢に入れられると、忠実な下女（侍女ではない。語り手がふだんなじんでいる農家の下女という言い方が使われている）が、イラクサの束を窓から牢に落としてくれる。

火あぶりという場面で七年が過ぎ、飛んできた七羽のワタリガラスにイラクサのシャツをかけ、ワタリガラスは立派な若者の姿に再変身する。王の信頼を裏切った家来は子どもたちの隠し場所を白状し、火あぶりとなる。

ケルンテン州の話では亜麻でシャツを作ることが課されたが、シュタイヤーマルクの話ではそれがイラクサになっている。

イラクサ Brennessel は地味な植物で、ほとんど雑草にすぎない。六、七年前だったか、私が実物を知りたいというと、オーバーエスターライヒ州の語り手の姪——といっても六十代だが——の女性が東京にそれを送ってくれ、プランターに育てていたことがある。四、五十センチに伸びたころ、何気なく葉にさわって、とびあがった。産毛のような小さな細いとげがてのひら一面に突き刺さっていて、全部取るのに苦労した。イラクサはこういう特徴をもっているので、オーストリアでは泥棒よけとか、外敵侵入にそなえてよく生垣のところに植えられている。

若葉のころは人々はスープにする。痛いトゲがあるだけではないのである。

私は以前から植物図鑑や薬草の本を買ったりもらったりして集めていたが、薬草の本には必ずイラクサが出てくる。それは万病に効くといっていいくらいの植物だからで、見かけの地味さとは大違いの敬意を表されているのである。しかしそういう本にはイラクサ織りのことが出てこない。昔話だからお遊びでこんな扱いにくい植物を出しているのか、という気もする。なんでもないようでいて辛辣なこんな植物をたくさん集めて衣料品を織るなんて、冗談にも程があると思えた。手許のブロックハウス百科事典を見てもそれについては何の言及もないし、詳しい『ドイツ俗信事典』にも出てこない。

ところがイラクサは漢字では刺草、もしくは蕁麻と書き、麻の字がついている。平凡社の百科事典には植物学のことしか出ていないが、『国語大辞典』（小学館）には「いらくさおり〔刺草織〕イラクサの茎の繊維から作った糸を紡いで織った織物。漂白したものは、絹のような光沢がある。厚く織り、冬着に用いられた。」と出ている。

イラクサでシャツを作るというのは、根も葉もないおなぐさみではなかったのである。昔話を構成するこんなささやかな要素にも、ちゃんとしたそれなりの根拠があったのである。日本だけではなかった。

手持ちの資料でドイツ語圏でのそれを証拠だててくれたのは、一九〇九年の古いマイヤー百科事典だった。これにはかなり詳しくイラクサのことが載っていた。大別するとイラクサは高さ一メートル以上になるものと、十五―三十センチのものに分かれ、イラクサの靭皮の繊維は木綿が導入する前に使われた。イラクサのより糸工場は十八世紀前半にはまだちょくちょくあった。ライプツィヒの最後の工場は一七二〇年だったという。いまは忘れられているが、かつては工場があるほどイラクサは繊維原料としてよく利用されていたのである。ここにあげられている『繊維植物としてのイラクサ』など三点の参考文献の出版年は一八七七、一八七八、一八七九年である。十九世紀に入るころにはもう新しい文献が出なくなったのだろうか。(12)

もう一冊、一九九六年にウィーンで買った本、『玄関のドアと庭の門の間の薬草、呪的植物』(一九九六年、スイス・アーラウ)にもイラクサ織りのことが出ていた(その参考文献はかなりあるが、イラクサ織りに関する専門文献は一冊もない)。著者のヴォルフ゠ディーター・シュトアルは民族植物学者、文化人類学者である。

デューラーの描いた天使がイラクサを手にしているというのは、ほかの本にも出てくるが、彼はイラクサの項の最後にグリムの四十九番「六羽の白鳥」をあげ、白鳥になった兄たちを救うため、妹が兄たちのシャツを作ろうとして集めた星の花 Sternblume はイラクサであるといっている。独和辞典ではこの花は「星形の花(きく科アスター属)」と出ている(郁文堂)。小学館の独和大辞典では「アスター、ユウゼンギク」となっているので、邦訳もえぞぎくか、ひなぎくか、ゆうぜん菊となっている。しかしそういう植物で実際にシャツを作れるのだろうか?

シュトアルはイラクサを火星に関連づけながら論を進め、「星の花」をイラクサと断定している。オーストリアにイラクサでシャツを作れという昔話があるのは知らなかったようである。

イラクサが古くから重要な繊維植物だったことは北欧に新石器時代のそういう発掘品があることでもわかるが、繊維を取り出すまでには時間がかかり、まず水にひたして発酵させ、打ち、あくで煮、麻櫛ですき、糸巻き竿にまきつける。こうした面倒な作業はすべて女の仕事であった。

シュトアルはシャツをこしらえる王妃を古代の女神になぞらえ、彼女はイラクサを通して生命の糸を編んでいるのだとしている。[13] これは魅力的な解釈だが、妹は彼岸と此岸のどちらに属するのだろうか。亜麻もイラクサも向うの世界からこちらの世界に帰ってくるときに欠かせないもので、それを着ることによってこの世の人間であることが明白になるものなのではないか。麻はペルヒトの顔を隠すのに使われたように、霊的世界と俗世の間に位置することができ、ふたつの位相をもっていた。それはこちら側から見ればあちら側の世界を現前させ、あちら側から見ればこちらの世界を目の当りにすることができた。現世の象徴が麻やイラクサなのであって、現世にもどるパスポートになるのである。

生を否定された兄たちがこの世に復帰できた土台は、ワタリガラスに変身したことにある。ワタリガラスは死の世界に黙している北欧神話のオージンやカール大帝のために遠く飛んでこの世の現況を報告した。そういう死と生のふたつの世界を往来できる鳥とみなされていたからこそ、兄たちにはワタリガラスから人間への再変身、再生の可能性があったのだろう。またワタリガラスが双方向に通じているという伝承があったのも、それが鳥類で一番聡明であることが知られていたからであり、遠く飛べたからでもあるだろう。最近のマイヤー百科事典(一九八四年)ではワタリガラスは留鳥となっている。しかし日本では冬に北海道に渡ってくるし、ワタリガラス神話に富むシベリアの神話、民俗の研究者荻原真子氏に訊いても、やはり渡るのではないかという答えが返ってくる。飯倉照平氏の御教示では中国でもカムチャツカ系、チベット系の亜種が渡鴉というらしい。それればかりではない。ドイツ生れでアメリカで活動している行動生態学者バーンド・ハインリッチ(ベルント・ハインリヒ)は、永年の観察をまとめた『ワタリガラスの謎』の中で、「かれらの行動範囲はおそらくとても広く数百キロに及ぶかもしれない」といっている。[14] やはりワタリガラスは文字通り渡るのではないか。死と生のふたつの世界にまたがるといわれるのも、霊の鳥とか、死の鳥といわれるのもこういう習性に根ざしているのではないか。兄たちがワタリガラスから再び人間の姿にもどれたのは、亜麻とかイラクサを身につけたからだった。変身はそれによって完成した。いいかえると、女性の仕事が新しい生命をよみがえらせるのである。女性が再生を果たすのである。生命の誕生には常に女性がかかわるのである。

グリムの「七羽のワタリガラス」のあいまいだった、隠されていた深層が、オーストリアの昔話をフィルターとして見えてくる。このようにグリムの昔話が時としてあいまいになるのは子どもを強く意識したせいだろう。もともとあったものを伏せたからだろう。それはみがき抜かれた文章になって読者を拡大したが、肉声が聞こえない、遠い存在の文学にもなった。それに対し、オーストリアの昔話は昔話本来の健康さをもちつづけていたといえるだろう。

（1） Graf, J./ Wehner, M.: Der Waldwanderer. München 1965. S.151.
Neuman, C.W.: Heimatleben. Leipzig 1939. S.134f.
Höpfinger・Schliefsteiner: Donauland Naturführer. Graz•Wien•Köln 1981. S.400.
Meyers Großes Konversations = Lexikon. Bd 16, Leipzig u. Wien 1909. "Rabe"
Beitl, R.: Wörterbuch der deutschen Volkskunde, Stuttgart 1974. S. 658f.
Handwörterbuch des deutschen Aberglaubens. VII, Berlin und Leipzig 1935/1936. S.437ff.

（2） Jung, E.: Germanische Götter und Helden in christlicher Zeit. München-Berlin 1939. S. 432-445.
Simek, R.: Lexikon der germanischen Mythologie. S.196 274.
Hecht, Gretelu. Wolfgang: Deutsche Spielmannserzählungen des Mittelalters. Frankfurt a. M. 1983. S. 147-

174, 221ff.
菅原邦城『北欧神話』東京書籍、昭和五九年、八八頁。

（3） 由水常雄『ガラスの道』中公文庫、昭和六三年、一四頁。

（4） Schmidt, Leopold: Die Brüder Grimm und der Entwicklungsgang der österreichischen Volkskunde. In: Denecke, L./ Greverus I-M.: Brüder Grimm 1963, Marburg 1963. S.317.
Haiding, K.: Österreichs Märchenschatz. Graz 1969. (Neue Ausgabe, Wien 1980) シュミットのS.414は誤植、正しくは旧版S.413新版S.402.

（5） Vernaleken, Th.: Kinder-und Hausmärchen in den Alpenländern. (Neudruck) Hildesheim 1980. Nr. 5.
(Reiffenstein, I.: Österreichische Märchen. Düsselderf-Köln 1979. Nr 25にもある)

（6） Maier-Bruck, F.: Vom Essen auf dem Lande. Das große Buch der österreichischen Bauernküche und Hausmannskost. Wien 1981. S. 194f.

（7） Petzoldt, L.: Märchen aus Österreich. München 1991. Nr. 10 u. Nr. 2.

（8） Basile, G: Das Pentameron, IV. Nr 8. Goldmanns TB. 864-865. München o. J.

（9） Dambroth, M. u. Seehuber, R.: Flachs. Züchtung, Anbau und Verarbeitung. Stuttgart 1988. S. 9-11.

（10） Haiding, K.: Berchtenbräuche im steirischen Ennsbereich. In: Mitteilungen der anthropologischen Gesellschaft in Wien. XCV. 1965. S. 322-338.

（11） Haiding, K.: Österreichs Märchenschatz. Nr. 28.

（12） Meyers Großes Konversations = Lexikon. Bd. 19, Leipzig u. Wien 1909. “Urtica” (Brennessel).

（13） Storl, W-D.: Heilkräuter und Zauberpflanzen zwischen Haustür und Gartentor. Aarau 1996. S. 13-42.

（14） バーンド・ハインリッチ、渡辺政隆訳『ワタリガラスの謎』どうぶつ社、一九九五年、一四頁。

ユダヤ小史のなかのウィーン

入野田　眞　右

まえがき

「オーストリアの文化を研究していくと、どうしてもユダヤ人問題に突き当り、そこに目をつぶっては先に進むことができなくなる。これほど独創的な思想家を輩出させた人種も他にない。理論的業績ではフロイト、フッサール、ケルゼン、ヴィトゲンシュタイン、マーラー。文学では周知のごとくシュニッツラー、クラウス、H・ブロッホ、J・ロートなど。この種の創造的な天才たち以外にも、あらゆる分野で——民族学だけは例外であるが——、生産的な仕事をした人々のなかに占めるユダヤ人の比率は、きわめて高い。精神分析学やオーストリア派マルクス主義などの分野ではユダヤ人の勢力は圧倒的ですらある。」

これは、W・H・ジョンストンがその著書『オーストリア文化・精神史』（邦訳『ウィーン精神』井上修一・岩切正介・林部圭一訳、みすず書房、三三頁）のなかで述べている言葉であるが、十九世紀末から二十世紀初頭にかけて開花したウィーン文化において、いかにユダヤ人、あるいはユダヤ系の人たちが大きな役割を果したか、を的確に捉えている。だが、それにしてはオーストリア史を繙いていくと、十九世紀末以降は別として、ユダヤ人の記述は、意外なほど少ないし、ほとんど見当らない。少数民族で歴史の主役だったことが少なかったせいなのかもしれないし、歴史の表に登場するほどのかれらに係る事件が起きなかったからということかもしれない。しかしジョンストンが指摘するような十九世紀末以降の文化・精神史のなかでのかれらの占める位置の大きさを考えると、かれらの歴史への登場がいささか唐突とさえ思われてくる。しかもこれほど多くの知性が一度に開花したとなると、一層その思いを強くする。一度通史でいいから、ウィーンという限られた空間のなかでのユダヤ人小史を覗いてみたいと考えていた。それによって、輩出した知性たちの歴史的な背景から、かれらの思想を胚胎したさまざまな土壌のなかのなにがしかが得られるかもしれない、と考えた。最初「小史を覗く」と気軽に考えていたのだが、書き進むにつれ、史料の多さと歴史の厚みと重さに圧倒され、歴史記述に戸惑いながら、幾度中断を考えたか分からない。小史とは言え、年月をかけて一冊の本として書かれるべきものであろう。幸いに次のような文献を得て、軽うじて書き進むことができた。それは Heinz Gstrein, Jüdisches Wien (Herold Wien・München 1984)、Hans Tietze, Die Juden Wiens 2. Aufl. (Wien 1933)、Wien, hrsg. Martha Keil (Frankfurt a. M. 1995)、Steven Beller, Wien und die Juden 1867–1938 (Wien 1993) で、主にこれらの文献に拠って記述し、Jüdisches Lexikon 5 Bde. (Frankfurt a.M. 2. Aufl. 1987) によって補った。このことを予めお断りしておきたい。これらの文献はユダヤ人によるユダヤ史なので、あるいは身贔屓があったり、片寄りがあるのかもしれない。だがそれを割り引いてもやはりユダヤ人の歴史を見てみると、権力者の側の一方的な迫害と、ユダヤ人たちの一方的な受難、苦難の歴史であったように思われる。しかもオーストリア、あるいはハープスブルク帝国の歴史から完全に脱け落ちた、あるいは黙殺された歴史であるように思える。従ってユダヤ人の手によって掘り起こされたユダヤ人の歴史は、歴史の裏面、あるいは暗部であり、それに光を当てることによって、正確な歴史像が思い浮かぶことになるのかもしれない。

一　ウィーン・ユダヤ史の初まり

ところでウィーンに最初にユダヤ人がやって来たのはローマ時代のようであるが、記録は残されていないらしい。初めて「ユダヤ人と他の商人たち」と記録されたのは、九〇六年ドナウ河のある税関の文書のなかであった。当時東方スラヴ族の産物を西欧へ輸送するその交易に従事していたと伝えられている。

ウィーンで最初に有名になったユダヤ人は、バーベンベルク家（九七六—一二四六）のレオポルト五世の造幣主任のシュロモであった。十二世紀末イギリスのリチャード獅子心王が第三回十字軍に参加して、帰途レオポルト五世に捕えられ、高額の身代金を支払わされた有名なエピソードがあるが、その身代金を基にして貨幣を鋳造する役目を仰せつかったのがシュロモであった。彼はバーベンベルク家の居城の近くに、現在のユダヤ人広場《ユーデンプラッツ》のあたりに四つの建物とシナゴーグから成る、ウィーンで最初のユダヤ人居住区を作った。だがシュロモはその後すぐ一一九六年ウィーンを通過する十字軍によって殺害されてしまうのである。だが他のユダヤ人たちは無事であった。そして十三世紀になると、ユダヤ人は宮廷によって顧問官として登用されるのが習わしとなった。一二三八年フリートリヒ二世がウィーン・ユダヤ人に寛大な特権を与えたことから、バーベンベルク家の「ユダヤ人規則」は、ドイツ中世時代において最も寛大な、最も分別に富む少数民族規制法であって、中欧、東欧全体のユダヤ人の発展に模範的な意義を持つことになった。この特権は、バーベンベルク家の断絶後も引き継がれ、その後の空位時代、更にはハープスブルク家のルドルフ王によっても保証され、ユダヤ人の殺害と墓地の冒瀆には死刑が予告されていた。このような状況であったからウィーンは十三世紀にはユダヤ民族の精神的な中心地のひとつとなった。この比較的安穏な時代は十三世紀末まで続き、ウィーンの中心部の古いユダヤ人街は、二階建の約七十の建物を有し、通りは五つを数えた。現在のヴィプリンガー通り周辺がそうであった。

だがこの融和政策にカトリック教会は手を拱いてはいなかった。一二六七年十月から二カ月に亘りシュテファン教会で第二十二回ザルツブルク管区長会議が開催され、反ユダヤ規定が討議された。この管区長会議で、もしドイツの諸領主が、一二一五年の第四回ラテラン公会議の反ユダヤ規定をザルツブルク教会区のなかの住民に周知徹底させなければ、破門すると脅した。この反ユダヤ規定では、ユダヤ人の完全な社会的、できれば空間的な隔離が要求されている。さらに角のついたユダヤ帽子の着用を義務づけ、キリスト教徒の浴場や飲食店への出入禁止やキリスト教徒を使用人として雇用することを禁止し、ユダヤ人との性交渉を禁じ、ユダヤ人と会食したり、更にユダヤ人の結婚式や祭りに参加したり、ユダヤ人から肉などの食料品を買う者は破門される。ユダヤ人にはキリスト教徒から異常に商売上搾取することは不可能にされねばならない。これに関連して諸領主に対して、かれらがこの点でキリスト教徒に敵意を持つのではなく、むしろユダヤ人にこのような圧力をかけさせないようにさせるように忠告した。更に又聖金曜日（復活祭直前の金曜日）にはユダヤ人は自宅にこもり、窓や戸を閉めること、四旬節には肉をむき出しで持ち歩かないこと、新しいシナゴーグを建てることは許されず、古い建物も拡張したり、高くすることは許されない。素朴な人々とカトリック信仰について議論してはならないし、ユダヤ人のキリスト教への改宗を妨害してはならないし、キリスト教徒をユダヤ教へ誘惑するのは更に許されることではなく、病気のキリスト教徒を訪ねてもならないし、医者に治療させてもならない、等々というものであった。

ウィーン公会議のこの教会法規は法律上の法規ではないが、ウィーンや東西ドイツのユダヤ政策の指針となって深刻な影響を与えることになる。だが当初、バーベンベルク家が断絶し、後を継いだベーメン王オタカルはこのような干渉を受け入れるつもりはなく、翌一二六八年ユダヤ人にユダヤ人の特権を保証している。一二七四年に開催された次の管区長会議が確認しているように、あの反ユダヤ法規は普段は忘れ去られ、一二八四年に開催された管区長会議もユダヤ問題をちょっと取り上げたに過ぎなかった。

にもかかわらずこの教会法規はウィーンのユダヤ人の歴史上大きな転機となった。ユダヤ人を優遇したオタカル王の支配下のウィーンやオーストリアにはユダヤ人が大量に流入し、ユダヤ人憎悪をかき立てることになったからである。だが支配者たちにとっては保護を求めてやってくるユダヤ人は特に有利な税の対象となっていた。一三一四年以来、ドイツ王をも兼ねたハープスブルク家のフリートリヒ三世（一三〇八―三〇）はウィーンのユダヤ人に人頭税を課し、一三四二年には全ドイツにこの税を導入した。その後を継いだアルブレヒト二世（一三三〇―五八）の時代に次々にユダヤ人にとって重大な事件が起る。一三三八年ウィーンから北西約七十キロのプルカウの町で、聖体凌辱事件が起った。村のユダヤ人が聖体（聖餐式のパン）を手に入れ、切ったところ、そこから血が流れ出し、不安になったユダヤ人がそれをラビの家の泉に投げ棄てた。すると水が真赤に染った。パンを豚にやろうとしたら、豚は膝を折って泣き叫んだ、というもので、この話は法王ベネディクト十三世にまで届き、ユダヤ人たちは反セム主義のヒステリーの犠牲となり、沢山の人達が焼き殺された。更に一三四八年から五〇年にかけてペストが初めて大流行したが、これを契機に全国至る処でユダヤ人迫害が誘発され、多数のユダヤ人が犠牲となった。アルブレヒト二世は、クレムスのユダヤ人殺害を厳刑に処するなど、武力で、特別な傭兵隊によってウィーンのユダヤ人を救おうと努めた。そのため彼は、「ユダヤ奴隷」と渾名されたが、ウィーンは生き残った者には比較的安全な避難所であった。かれらの教区の生活も高い水準を維持し、ウィーンのタルムード学校も高名なラビ、アブラハム・クラウスナーのもと、中世最後の全盛期を迎えて、幾多の高名なラビが輩出した。この平穏な時代も束の間、一四〇六年十一月五日、突然ウィーンの中心部のユダヤ人居住区が大火に見舞われた。シナゴークから出火し、周辺の建物に燃え移り、一帯を焼失した。この大火を機に略奪が始まり、貴重品は焼失するか、略奪された。その富裕さ故に保護されていたかれらは、一挙にその富を失い、執政者のユダヤ人保護の理由もまた失われてしまったのである。更に折悪しく、プラハ大学の学長ヤン＝フスが教会の免罪符批判を行ない、腐敗の糾弾を行なって破門され、一四一四年に公会議に召喚されて、そのまま逮捕され、翌年火刑に処せられた。ボヘミアの国民的英雄となっていたフスを信ずる者たちがフス派を形成し、教会とボヘミア国王ジギスムントに激しく抵抗し、派遣された十字軍を打ち破るなど勢い盛んで、教会も国王も手を焼いていた。ところがこのフス派にユダヤ人が武器を売っているという嫌疑がかかり、十字軍を指揮していたアルブレヒト五世は、それまでのユダヤ人保護の政策を撤回し、一四二一年二百十人のユダヤ人を捕え、財産を没収し、ドナウ河畔のエルトベルク埠頭で火刑に処した。ウィーンは一四〇六年はユダヤ人の「約束の祝福された国」と言われて、一四一七年にアルブレヒト五世は保護状を下付して「ユダヤ人都市」と名付けられていたが、数年足らずで状況は一変し、「血の国」に変ってしまった。これ以後ウィーンは「ユダヤ人のいない清潔な街」と言われ、この政策は原則的にはヨーゼフ二世の改革が行なわれる一七八二年まで続くのである。

だがマクシミリアン一世（一四九二―一五一九）の時代になると、旅行の途中滞在のユダヤ人や、近隣から市場に出入するユダヤ人が増えてきて、初めは黄色のワッペンをつけるよう布告を出すが、やがて完全にウィーンからユダヤ人を締め出すことは不可能になった。ユダヤ人なしには経済的に成り立たなくなってきていたからである。この後間もなくウィーンのユダヤ人のための例外規定が設けられ、ユダヤ人居住に先鞭をつけることになった。ウィーン在住のユダヤ人個々人に対するさまざまな特権から、「宮廷御用達のユダヤ人」の制度が生まれた。マクシミリアン二世（一五六四―一五七六）の時代の一五七一年にはすでに七家族が定住していて、かれらは市当局ではなく宮廷の下に置かれ、自由な居住権を得ていた。そのユダヤ人居住者の数は次のルドルフ二世（一五七六―一六一二）の時代に増加し、再びユダヤ教区が形成され、一六〇三年にはシナゴーグが二つに増えるまでになった。

ウィーンの宮廷御用達のユダヤ人は、フェルディナント二世（一六一九―三七）の下で最盛期を迎えた。その経済的基盤になったのは、貨幣鋳造権を授与されたことであり、一六二四年にはウィーンの造幣局の長官にユダヤ人が任命されて頂点に達した。この時代、ウィーン・ユダヤ人は、保護税、関税、三十年戦争期には「特別貢献」税を納め、その外に毎年一万グルデンか二万グルデンを調達しなければならなかった。これらのユダヤ人がいなかったら、皇帝は戦争を続けられなかったことであろう。

二　レオポルトシュタットへ

ところで、フェルディナント二世のユダヤ人保護政策は、財政的な考慮によるもので、決してユダヤ人に対する善意から取られたものではなかった。ユダヤ人街が形造られ、キリスト教の祭日にもユダヤ人は自宅に閉じ込もる必要はなくなったが、しかし皇帝は、一五一六年と一五五五年に成立したヴェネツィアとローマの悪名高いゲットーを範にして、ユダヤ人を一箇所に移住させ、ゲットー建造にふさわしい場所を選ぶように命じた。選ばれたのは、市の城壁の外で、ドナウ運河の向う岸の湿地帯ウンテラァ・ヴェルト（「下の島」の意）、現在の二区、レオポルトシュタットの一角であった。現在のタボーア通り、アウガルテン通り、マルツガッセ、シッフガッセ、クルムバウムガッセ、そしてカルメル会教会の裏側でタボーア通りに入る一角であった。ゲットーの建造はすべてウィーン・ユダヤ人の負担と労力によって行なわれた。漁師たちから土地を買い、ゲットーの壁を作り、建物を建て、一六二五年七月に全ユダヤ人が移転した。土地の拡張はなされずに、建物だけが増え続け、最初十五棟だったものが一六六九年には一三二棟にまでなり、住民も一六六九年七月現在で、一、三四六人にまでなった。一六六〇年までに学校併置の三つのシナゴーグが出来上り、大きな病院と市役所が完成した。このゲットーは、プラハのゲットーの範にならい、独自の市民裁判権を得ていて、五人の裁判官、二人の陪席判事、六人のラビの法律家、三人の会計吏が市の行政を司り、ゲットー内の自治権を得ていた。狭いところに押し込められているにもかかわらず、ウィーンのユダヤ人は、ゲットーのなかでユダヤ民族の神権政治の構想のもとでの小さなユダヤ国家を形成し、宗教的にも文化的にも活発な活動を行なっていた。又最初の都市清掃が行なわれ、塵芥運搬船が運河を遡ることになり、ウィーンの他の地区よりはるかに清潔な街であった。

ところが一六四八年ポーランドのウクライナ地方でコサックが大反乱を起こし、ポーランドは存亡の危機に直面したが、その際コサックのポグロームを恐れて難民がウィーンに流入した。ウクライナ地方からやって来たユダヤ人達は、いわゆる東欧ユダヤ人で、厳格な伝統主義のタルムード学派の人々で、ユダヤ神秘主義、ルーリア・カバラの流れを汲む人々であった。従って普通ならウィーン・ユダヤ人とウクライナからやって来たユダヤ人との間に不和や分裂が生じたであろうが、そのようなこともなく、教養と共同体の一部は守られたままであった。これを機に、東西ヨーロッパのユダヤ民族の仲介者としてのウィーンの機能が始まったのだった。

だがこのようなゲットーの自治と繁栄がそのまま黙過されているわけはなかった。すでにフェルディナント三世（一六三七―五七）は最初は保護政策を追認し、ゲットーの自治を許していたが、市参事会がゲットー行政をウィーン市役所の管轄下に置くことを決議するとそれに従い、又商人たちの要請に応じて、ユダヤ人の都心での商業活動を禁じたりした。

レオポルト一世（一六五八―一七〇五）が即位すると事態は一層悪化する。皇帝自身、自らをキリスト教の守護者と感じていただけでなく、ユダヤ人嫌いの迷信にとりつかれていたスペイン出身の王妃は、彼女の流産も宮廷建設の際の事故もすべてユダヤ人のせいにする女性だった。更に説教壇から熱心にユダヤ人に対する十字軍をウィーン市民に説き続け反ユダヤ的感情を煽っていた司教コロニッチュがいた。かくして反ユダヤ的風潮が高まり、市民達は、ユダヤ人の完全な追放と、ゲットーをレオポルトシュタットに改称するように請願し、ユダヤ人の提供している年一万グルデンの防衛費を自分達で負担することを申し出た。この請願に基づいて皇帝の調査委員会は、「ユダヤ人は損害と腐敗をもたらすだけである。皇帝や国家に対するユダヤ人の財政的貢献はキリスト教徒の辛苦の汗から創られたものに過ぎない。キリスト教徒はそのためますます公共の福祉に貢献できなくなっている。」と結論した。これにより皇帝の参事会は、一六七〇年七月二十五日までにオーストリア全土からユダヤ人は全員追放される、と決議した。約三千人のウィーン・ユダヤ人が追放され、メーレンやベーメン、更にハンガリーに逃れ、その一部は現在のブルゲンラント州に逃れた。当時この州を支配していたエスターハズィ公は歴代ユダヤ人に好意的で二百年前も難民を受け入れたが、今度も難民を引き受け、アイゼンシュタットを始め他の六カ所に収容した。現在もアイゼンシュタットには、城の傍にユダヤ人街があり、オーストリア・ユダヤ博物館が設置されている。

三　宮廷ユダヤ人とトルコ来襲

ユダヤ人の一掃されたウィーンでは、ウンテラァ・ヴェルトをレオポルトシュタットと改称し、ゲットーは言うまでもなく、いかなるユダヤ人の痕跡も消し去るために、シナゴーグもレオポルト教会に改築された。空になった三つのゲットーの建物を改築して刑務所と労作場を建てた。残ったのはロスアウにあるユダヤ人墓地だけであった。

一六七〇年ユダヤ人を追放してみたもののすぐ皇帝は防衛費に困窮することになる。オスマン・トルコがハンガリーの土着貴族を捲き込んで、一五二九年に次いで再度ウィーン侵攻の構えを見せていたからである。建前上ユダヤ人全員追放とはいうものの、レオポルト一世は、トルコとの戦いに備えて、いわゆる宮廷ユダヤ人を残しておいたのだった。なかでもザムエル・オッペンハイマー（一六三〇―一七〇三）は、宮廷御用達商人であるだけでなく、オイゲン公とも親しく、追放令の二年後には、皇帝軍の財政を一任され、納入と資金繰りに天才的な才能を発揮して、複雑な体系を編み出し、この体系によって一六八三年のトルコ軍のウィーン包囲を切り抜けることを可能にしたとまで言われた。一六七七年彼は皇帝軍への納入を一手に引き受け、その功績によって宮廷に出入自由となり、一六八二年には帝国の全食糧供給を任かされることになった。その輸送のために彼はドナウ船隊を組織したりした。だが皇帝はこれだけでは満足しなかった。彼から更に資金を引き出すために、詐欺容疑で幾度となく逮捕したりした。トルコに勝利し、後にはルイ十四世のフランスの侵攻に備えて軍隊を強化しているが、その戦費も彼の資金から出ていたのだった。彼は、資産が余りに莫大になったために次第に一般民衆の反感を買い、一七〇〇年六月二十一日オッペンハイマーの家が民衆に襲撃され、略奪された。この事件後ほどなくして彼は亡くなっている。彼の死後帝国は最大の財政危機に見舞われた。オッペンハイマーは死ぬ前に彼の後継者として女婿のザムゾン・ヴェルトハイマー（一六五八―一七二四）を指名していた。

ヴェルトハイマーは、オッペンハイマーの代理人としてたびたび宮廷に出入し、その信頼を得ることに成功して、後を継いだ翌年、皇帝から宮廷御用達商人の称号と彼の全家族の保護状を得ることができた。だが彼はオッペンハイマーの轍を踏むことなく、皇帝や国家のための調達業から手を引き、銀行と金融業に専念した。ウィーンでは彼は「ユダヤ皇帝」と噂された。あらゆる面で優れた才能を持ち、かつ深く宗教的であった彼は、ユダヤ的敬虔さと学識をもって、金融業だけでなく歴史に残る宗教的文化的活動を行なっている。ハンガリーのラビに任命され、アイゼンシュタットに「自由の家」を設立したが、この建物は現在も残っていて、「オーストリア・ユダヤ博物館」として用いられている。また彼は聖地イエルサレムやパレスチナのために寄付金を募り、財団を設立して、ウィーンとイスラエルの新しい関係を築き、これが後にヘルツルの思想に結びつくのである。

ヴェルトハイマーは、オッペンハイマーと同様子供達を他の名門ユダヤ家系の子女と結婚させ、これらの家系のユダヤ人をウィーンに呼び寄せて宮廷ユダヤ人とした。その数、十二家族に及んだ。だが、かれらのウィーン居住はあくまでその資産と名声による例外的なものであった。その代償として、かれらは、全国家予算が五百万、ないし七百万グルデンであった時代に、かれらだけで毎年二百万グルデンも負担しているのである。実に国家予算の約三分の一に相当する金額であった。これとは別にカールス教会や国立図書館建設にヒルシェル家は二十五万グルデン寄付している。その他滞在許可の延期には決まって高額が請求されるのだった。このような負担を強いながら、マリア・テレジアは「国家にとって、この民族よりひどいペストを私は知らない、詐欺、暴利……」とユダヤ人を悪しざまに罵るのであった。

一七一八年トルコとの和平条約後、サルタンの家臣のオリエント系のユダヤ人たちがウィーンに入って来て、宮廷ユダヤ人とは別のユダヤ教区を形造るが、かれらはレオポルト一世の禁令から除外されていた。いわゆるセファルディン系ユダヤ人であった。そのなかにオッペンハイマーやヴェルトハイマーと並ぶ有名な宮廷ユダヤ人ディエーゴ・タギラルがいた。シェーンブルン宮殿の建設費のうち三十万グルデンをマリア・テレジアに用立てたのは彼だった。彼は、十五世紀カトリック教会から異端としてスペイン、ポルトガルから追放され、放浪した蔑称マラーノ出身のユダヤ人であったが、財を成し、ウィーンでタバコ専売の経営権を得、またシェーンブルン宮殿の建設費の献上などの功により、男爵を授けられ、マリア・テレジアによってオランダ、イタリヤ王室の枢密顧問官に任命された。女王の信頼を得て、あるいは才覚を利かせて、彼は女王のトルコ系ユダヤ人の追放を阻止することに成功し、二区のツイルクスガッセにトルコ・セファルディン系のユダヤ人の教区と立派なシナゴーグを造営した。これらはいずれもナチスによって破壊されるまで残っていた。

ところで女帝マリア・テレジアのヤヌス的なユダヤ人政策について触れておかねばならない。彼女のユダヤ人対策は、ハープスブルグ家の代表的なユダヤ人政策だからである。彼女も初めはウィーン・ユダヤ人の完全な追放を企図とするが、財政上それが不可能だと分ると、ユダヤ人の存在を必要悪として認めて、できるだけ少人数のユダヤ人を最大限コントロールする方針に転換し、一七五三年宮廷ユダヤ人とトルコ人のための新たな条例を公布した。それによると、現在の二区、レオポルトシュタットのウンテラァ・ヴェルトのゲットーや中世時代にあったユダヤ人独自の裁判制度を認めていないし、ユダヤ人の土地取得も認めていない。宮廷に納入するすべての商品の商取引きの特権は、短期間に制限され、滞在許可の期限後は自動的に追放されることになった。又滞在延期、あるいは新たな特権を取得する場合は、その保証金の支払いが要求される、というものであった。だが実際はこの条例を適用する場合、いくつかの抜け道が用意されていた。例えばウィーンを追放されてもハンガリーで商取引きが認められるといった具合に、である。一七六四年マリア・テレジアは第二のユダヤ人条例を公布しているが、これも相変らずユダヤ人に対する深い偏見を示していた。例えばユダヤ人は家長だけ結婚でき、その他の者は結婚してはならず、個人の状況を年四回報告することを義務づけるといった最も基本的な人権の制約を含むものであった。だが女帝は、国内の絹織物、陶器といった特産品の産業の育成や手工業などの育成にユダヤ人が欠かせない存在であることを洞察していて、ユダヤ人が改宗すると、差別なく登用するなど、当時の人種偏見からすると、かなり自由な考えの持主であった。その最もいい例がヨーゼフ・ゾンネンフェルス（一七三二－一八一七）の場合である。彼は、当時ユダヤ人町として知られたメーレン地方のニコルスブルクの出身で、彼の祖父がこの地のラビで高名だったため、彼自身も「ニコルスブルクのユダヤ人」と渾名された。彼が幼少の折、父が子供たちと共に改宗し、爵位を授けられた。彼はウィーン大学で法律を学び、教授となり、後に学長を二度務めている。彼は『偏見なき人間』と題する週刊誌を発行するなど十三巻に及ぶ政治論集を刊行し、実際に拷問られた。ヨーゼフ二世の時代になると、一七八一年公布の寛容令の起草に関わり、オーストリア啓蒙主義の首唱者のひとりに数えられ、今でも市役所広場《ラートハウスプラッツ》の一角に彼の彫像が立っている。

四　ヨーゼフ二世の寛容令

一七八〇年マリア・テレジアの後を継いだヨーゼフ二世は、殊の外冷徹な啓蒙専制君主として知られ、翌一七八一年には隷民令、農奴制廃止令など矢継ぎ早やに布告を出して、貴族領主の手から農民を国家の保護下におき、中央集権的絶対王制を確立しようとし、更に同年十月十三日には信仰の自由を保証する寛容令を布告して、全宗派のキリスト教徒に法の下での平等を保証してローマ教皇の一切の干渉を排除し、教会を国家に従属させた。余りに過激な政策に驚いたピウス六世は異例とも言えるウィーン訪問によってヨーゼフ二世を説得しようと試みるが拒否され、両者の対立は、ヨーゼフ二世が修道院を閉鎖し、三万を超える修道僧を還俗させ、修道院の財産を没収したことで決定的なものとなった。ヨーゼフ二世その人は、教皇も認めているように、きわめて敬虔なカトリック教徒であったが、しかし国政においては教会の影響力を排除し、絶対君主制を徹底的に貫こうとしたのである。

ヨーゼフ二世の改革はユダヤ政策でも画期的なものであった。ヨーゼフ二世は、絶対君主制と人道主義に対する確信を抱く、啓蒙主義の心酔者であったから、宮廷や上流階級、官僚たちの根強い反ユダヤ感情にもかかわらず、彼は、ひとつは啓蒙主義的合理主義の立場から、もうひとつは国家財政を考慮して、ユダヤ人をできる限り解放し、国家のためにかれらを活用する政策をとって、一七八一年十月の全宗派キリスト教徒に対する寛容令布告の後、八二年一月二日にユダヤ教徒に対する寛容令を布告する。これには前述のゾンネンフェルスもその構想に参画している。この寛容令によってユダヤ人は今までの屈辱的な地位からようやくほぼ普通の市民としての立場を認められるようになった。自由な居住権が与えられ、ゲットーから解放されて、自由にどこにでも、今迄禁じられていた郊外にも住むことができるようになったし、今迄は日曜、祭日はキリスト教徒のために外出が禁止されていたが、それも解かれ、それに一般の飲食店に出入することもできるようになり、下男や女中を雇い入れることも可能になった。大学や芸術アカデミーもユダヤ人に開放され、法と医学のドクトル称号の取得が可能になり、医学部でユダヤ人の第一号博士が一七八九年に誕生している。又有能な生徒は特別滞在を認められ、中高校への進学が認められた。ユダヤ人の非宗教的な普通校の開設が奨励された。この学校開設許可は、ユダヤ啓蒙主義運動ハスカラ（Haskalah）のユダヤ人には歓迎された。又これまでウィーンへ外国からやってきたユダヤ人は人頭税を支払わねばならなかったが、これも廃止された。この人頭税は、ユダヤ人を家畜と同列視する偏見の象徴であったし、ユダヤ人の屈辱的な立場の象徴でもあった。このような劇的な改革によって、ウィーン・ユダヤ人の環境は、他のどの国よりも改善され、恵まれたものになった。帝国の辺境の地ガリツィアやウクライナ、ブコヴィーナなどにはそれが誇張されて伝わり、その地の若い世代の人たちは、ユダヤ村落「シュテットル」の狭隘さから、「大いなる自由」の都ウィーンへの憧憬を募らせ、絶えず魅了されて、吸引されていくようになるのである。

だがすべてがバラ色というわけにはもちろんいかなかった。市民権は相変らずキリスト教徒だけのものであり、土地の取得はどんなユダヤ人にも、たとえロートシルト家でも許されなかった。またギルドのマイスターの下で技術の習得は許されるが、マイスター試験を受験することは許されなかった。また貧乏になると寛容令による特権は消滅するのであった。失業者や未亡人がそうだった。宗教的自由に関しては、カトリック教会に対するものより一層厳しく制約されていて、ユダヤ教区を作ることさえ許されなかった。ユダヤ教に則って結婚しても、法律上は依然として独身で、生れた子は私生児になるのだった。またドイツ語を全国家の公用語にしたため、宗教的行事のみならず商取引の一切の書類はドイツ語で書かれねばならず、ラテン語と同様、ヘブライ語もイデッシュ語も禁止された。氏名もドイツ式にしなければならなかったし、兵役の義務も課せられた。

このようにヨーゼフ二世の改革は種々の制約を伴いながらも、ウィーン・ユダヤ人にとっては画期的改革であって、この施策をユダヤ人の側から支えた人たちがいた。寛容令の草案に参画したゾンネンフェルスのほかに、ユダヤ啓蒙主義者ヘルツ・ナフタリ・ホムベルク（一七四九—一八四一）とナフタリ・ヘルツ・ヴァイズル（一七二五—一八〇五）であった。かれらは、ベルリンのローゼス・メンデルスゾーン（一七二九—八六、——音楽家の祖父）の影響のもとに、伝統的な形式を破壊し、孤立したゲットー的性格を克服して、自ら進んで社会の変化に適応し、ユダヤ的本質と周囲世界を綜合して、新たなユダヤ教を創造しようとするユダヤ啓蒙主義運動ハスカラを展開し、ウィーンに「ユダヤ人の非宗教的普通校」を開設し、ユダヤ人の学校改革の原動力とした。こうしてかれらは、ウィーンを、啓蒙されたユダヤ人の故郷にし、精神的中心にしたのであった。

だがこのようなヨーゼフ二世の抜本的な改革も、次第に国内各層の不満を招き、とくにハンガリーでは急激なドイツ化に対して、ベルギーでは教会への締め付けに対して反乱が起り、彼の没後は次第に撤回されていった。農奴制廃止と寛容令だけはそのまま残されたが、形を変えて、規制が強化されていった。一七九二年後を継いだフランツ二世は、廃止された人頭税を「通関証明書税」として再び導入したし、同年悪名高いユダヤ局が開設された。これは貧しいユダヤ人のウィーン流入を阻止し、寛容されたユダヤ人を調査・監視することがその任務であった。外来のユダヤ人の滞在許可が制約され、人数も制限されたし、寛容された者への寛容税も引き上げられた。このユダヤ局は、一七九七年には廃止されたが、その業務は警察に引き継がれている。

一七九二年にはまたウィーン・ユダヤ人の代表者制度が新たに導入され、政府との交渉の窓口となった。その代表者に選ばれたのは、アルンシュタインやエスケレス、レーメル、ヘルツ、アウシュピッツといった金融資本家で、かれらは、一七八九年のフランス革命及びナポレオン遠征とその失脚というヨーロッパの動乱期に急速に資本蓄積を行ない、ウィーンの金融市場だけでなく、織物業や農産物市場でも支配的な地位を獲得していた。かくしてかれらはその財力によって次々に爵位を授けられ、それが解放と同化の通行証となった。一八一四年九月から始まったウィーン会議の厖大な費用はかれら銀行家たちがその大半を負担したといわれている。この会議中にかれらは、ユダヤ人の解放か、あるいは個人的な市民的平等を得ようと大胆にも請願書を提出するが、フランツ二世はむろんこれを受け入れることはなかった。

この金融資本家たちのなかでも、ナータン・アダム・フォン・アルンシュタイン男爵とベルンハルト・イザーク・フォン・エスケレス男爵は、夫人たちが姉妹の関係にある義兄弟であることもあって、二人の共通の銀行を持ち、数十年に亘ってウィーンの金融界で指導的役割を演じていたが、それだけでなくアルンシュタイン男爵夫人ファニィは、その賢明さ、抜きんでた教養、美貌によってウィーン・サロン界の女王と謳われ、パリのサロン界の女王レカミエにちなんでウィーンのレカミエと呼ばれ、ウィーンの社交界を魅了した。彼女のサロンには貴族や外交官、知識人、芸術家が集い、自由な雰囲気のなかで朗読会やコンサートが催され、政治について議論され、政治的、あるいは商売上の取り引きがなされる場となった。ファニィはまたグリルパルツァやベートーベンなどが無名だった頃に後援し、反ユダヤの偏見の解消に、政治的アジテーションよりはるかに大きな影響力を持っていた点で特筆されていい。このサロンは又世紀末転換期のウィーン・サロンの隆盛の萌芽とも言うべきものであった。

十九世紀初頭はヨーゼフ二世の寛容令にもかかわらず、依然としてシナゴーグの建設と教区の形成は許されず、

「代表者たち」を含めて寛容されたユダヤ人たちは、シュテルンガッセにある湿った地下室で細々と礼拝を行なわねばならなかった。一八一一年になって漸くザイテンシュテッテンガッセに礼拝場と宗教学校を設立するための建物の購入が許可され、イーサク・レーヴ・ホフマン（詩人フーゴ・フォン・ホーフマンスタールの曾祖父）などからの多額の寄付によって、一八二六年ようやく改革派ユダヤ教の寺院（シナゴーグとは呼ばれず、テンペルと言われた）とイスラエル宗教学校が建設された。同年四月九日におごそかにその落成式が行なわれ、皇帝フェルディナント一世に捧げられたのだった。十二の天窓と十二の柱を備えたドームは、華かに形造られたトーラ祭壇を臨むその長円形によって全く特別なハーモニーを映し出していた。今や内部にハーモニーを作り出し、相対立する宗教的潮流を和解させることが、このテンペルの重要な役割であった。こうしてようやくウィーンの都心にユダヤ人の精神的、宗教的中心が出来上り、同時にユダヤ人の経済活動の精神的拠り所が出来上ったのである。

このテンペルの役割に配慮して「代表者たち」から司祭兼宗教学校長として招かれたのは、イーザーク・ノーア・マンハイマー（一七九三―一八六五）であった。彼は、デンマーク・ユダヤ人の古い厳格な宗教教育を受けて成長したが、ユダヤ人解放を体験することで、ユダヤ啓蒙主義ハスカラに共鳴し、デンマーク・ユダヤ人の改革派の先頭に立って活躍していた。一八二一年一度ウィーンに来て、ウィーン・ユダヤ人がまだ、寛容されたユダヤ人として教区の形成を許されていなかった頃に、かれらの法律上の地位向上のために助言したりしていた。一八二五年このテンペルに司祭として招聘された彼は、ウィーンが中欧と東欧の交点にある地の利を活かして、これまで対立して来たユダヤ教の宗派をまとめようと尽力した。こうして彼は自ら作成した「礼拝堂規約」のなかで、改革派と伝統派両方の祭式を取り合わせた独特の「ウィーン祭式」を編み出したのである。礼拝はヘブライ語で行なわれ、説教はドイツ語で行なわれた。オルガンは使用されず、その代わり男性合唱が用いられる、というものであった。音楽はこのテンペルでは特別な役割を演ずることになった。というのも、最初の指揮者になったザロモン・ズルツァ（一八〇四―九二）は、その声のすばらしさとシナゴーグ歌唱の作曲によって、同化ユダヤ人の間でもテンペルでの礼拝が評判となるほどになり、キリスト教徒でさえ、ズルツァの歌声を楽しむために、このテンペルを訪れ、礼拝に出席する者が現われるほどであった。テンペルで歌われているような美しい歌声は、宮廷オペラでも聞くことができないと噂されていたのだった。ズルツァは七十歳の誕生日にウィーンの名誉市民として顕彰されている。

五　一八四八年「三月革命」

一八三〇年のフランス七月革命は、ウィーン・ユダヤ人の自由主義者たちに、「寛容令」の代わりに完全な解放を要求する勇気を与えた。一八四二年ヨーゼフ・フォン・ヴェルトハイマーは、ライプニッツで出版された彼の匿名の著書『歴史、法、国家利益の観点からするオーストリア・ユダヤ人』のなかで、当時のユダヤ人の要求をすべてまとめて、これまでの個々の特権の代わりに、ユダヤ人の全体的な市民権を主張したが、これは、それまでのウィーン・ユダヤ人の請願とは明らかに異なるものであった。だがヴェルトハイマーも匿名で出版せざるをえなかったように、三月革命以前は、完全な解放はむろん渇望されるものであったにしても、話題にとどまっていた。

だが、一八四八年フランス二月革命の報らせにハンガリーで独立運動が盛んになると、ウィーンでも、前年の凶作と経済恐慌によって極度に生活が困窮していたウィーン市民の間に一気に革命の気運が盛り上がり、三月早々から裁判の公開や検閲の廃止、西欧的憲法制定の要求など、いろいろな市民層から請願が相次いだ。ウィーン・ユダヤ人たちも、ユダヤ人に関わる特例の廃止を皇帝に請願している。㈠ユダヤ人税（人頭税）の廃止、㈡

（外部ユダヤ人の）滞在税の廃止、㈢マイスター称号と市民権の授与、であった。これらの請願がことごとく拒否されると、三月十三日へレンガッセの身分制議会議事堂に向って学生たちの激しいデモが行なわれた。このデモは突発的な、計画性のないもので、たまたまこのデモで、それまで全く無名だったユダヤ人の実習医アドルフ・フィッシュホーフ（一八一六―九三）が演説し、「新聞・言論の自由、教育・学習の自由、諸宗派の平等、裁判の公開、普通選挙」等を要求した。そしてこれが革命の目的となり、基本路線となった。フィッシュホーフはこれによって一躍革命の中心人物と見なされるに至った。デモは、鎮圧に出動した軍隊との間で各所で衝突が起こり、市街戦の様相を呈し、五人の犠牲者を出した。民衆の余りに激しい行動に驚いた宮廷は、反動政治の権化と見なされていたメッテルニヒを罷免し、彼はロンドンに亡命した。翌十四日に政府は検閲を廃止し、出版法の制定を布告した。次いで十五日憲法制定議会の召集を約束した。

十七日には、十三日の五人の犠牲者（そのうちユダヤ人は二名）の合同慰霊祭が催され、その墓地にカトリックの司祭、新教の牧師と共にユダヤ教のラビ、マンハイマーが共に弔辞を述べ、共通の目的のために戦う決意を披瀝し、忠実な同志の交わりを厳かに誓うかつてない印象深い場面が出現する。もうキリスト教徒と同権が認められるのも間近だという印象を与え、その希望と噂がユダヤ人の間に急速に拡がっていった。十六日にはひとりのユダヤ人学生が皇帝の御車に駆け寄り、「陛下、わたしたちあわれなユダヤ人のことをお忘れなく！」と叫ぶ事件もあり、解放への期待がユダヤ人たちを熱病のごとく興奮させていた様子がうかがえる。

だが他方でユダヤ人のこのような過熱した革命気分を危ぶみ、自重を促す者もいた。テンペルのラビ、マンハイマーは十八日説教壇からユダヤ教徒に向ってこう説くのである。「何ごとも国民と祖国のため、であって、私たちのため、ではない。他の者が同意しなければ、ユダヤ人解放、などと一言も言ってはならぬ。請願も、嘆願書も、申請も、訴えもまかりならぬ、私たちを非難させるようなことをしてはならぬ。私たちは、いつ、どこでも唯自分のことを考えよ。まず自分のことを考えよ……私たちの時代がやって来るし、必ず来る。」この苦渋に満ちた言葉には、これまでのユダヤ人迫害の歴史を知りつくした者の苦悩が滲み出ている。執政者の恣意に委ねられ、いつ風向きが一変するかもしれないことを知りつくした者の言葉であろう。ユダヤ人解放などとユダヤ人のためだけの主張を突出させれば、必ず反撥を招く。従って普遍的な人権への主張や、全般的な政治、社会改革を目指すべきだ、そうすればユダヤ人の時代もやって来る、というのであろう。このマンハイマーの主張は、四月一日の『ドイツ・オーストリア新聞』でハインリッヒ・レェーヴェによって更に強烈に表現される。「オーストリアが憲法を持とうとしている今、ユダヤ人に解放の叫びを上げさせようとする者は、諸民族発展の歴史に無知なる者か、でなければ、すでに体験ずみのユダヤ人迫害のスペクタルを渇望している者なのだ。」このマンハイマーとレェーヴの危惧は的中して、現実のものとなり、やがて反セム主義の嵐が吹き荒れることになる。

　それは、あるユダヤ人学生の、ユダヤ人の解放を求める署名活動が契機となった。最初に出たのは、クヴィリーン・エントリッヒのビラ「ユダヤ人の過去、現在――変らぬ未来」であった。彼は生涯燃えるようなユダヤ人憎悪を持ち続けた男だが、その文面は、さもユダヤ人の虐げられて来た境遇に理解を示すかのように装いながら、次第に読者の心に潜む反ユダヤ的感情を引き出し、煽っていき、もし解放が行なわれるようなことがあれば、農民や民衆が暴動を起こすだろう、と警告する。「解放だけはご免だ」というビラを書いたフーベルト・ミュラーも、ユダヤ人が歴史的にいかに抑圧されて来たか、に同情を示し、平等な人権要求には理解を示しながらも、ユダヤ人に対する旧来の偏見、牢固とした反ユダヤ感情に依拠した激しい反セム主義を展開するのである。

　一方ユダヤ人たちは、革命の中心人物と目されたフィッシュホーフを始め、数多くの者が革命の指導的な役割を演じ、推進役を務めた。急進派を結集した「民主クラブ」の多くはユダヤ人で、「ユダヤ人クラブ」と渾名されていたし、三月末に結成された「学生委員会」は民衆運動の中核を担っていたが、その委員長はフィッシュホーフであった。これも六月に「公安委員会」に衣替えされるが、その議長に選出されたのもフィッシュホーフであった。五月十七日皇帝がインスブルックに避難すると、それから三カ月間ウィーンは、この「公安委員会」の手に委ねられた。この頃から反セム主義のビラは、「民主クラブ」や「公安委員会」、急進的ジャーナリズムをユダヤ人の政治支配と結びつけて攻撃するようになり、皇帝避難後は皇帝を慕う保守的市民層に反ユダヤ、反革命を訴えて、その共感を呼び、遂にはユダヤ人の生活習慣や体型まで持ち出してユダヤ人嫌悪を訴える、いわゆる「人種論的反セム主義」へと発展していくのである。それは、ビラや煽動的著作やカリカチュアのうちに表現され、憎しみの絵や言葉で、ユダヤ人の異質性が書き立てられ、あくどい商人とか高利貸といった中世時代の悪口が再び用いられた。かつてない強烈な人種主義的特徴を帯びた反セム主義であった。かくして保守的市民層と急進派の学生・労働者の対立が深まり、八月二十四日には「公安委員会」が解散に追い込まれ、革命派は急速に勢力を失ってしまうのである。そして十月末日にウィーンの革命派は武力で完全に鎮圧されてしまう。だがそれより前に帝国議会議員に選出されていたフィッシュホーフは、憲法委員会の議長に選ばれ、反革命に敗れた後も、帝国議会をメーレンの小都市クレムジールに移して、憲法制定の討議を続け、憲法草案を作成していた。自由主義的な連邦制を取り入れた草案が政府に容認されるわけがなく、政府は独自に中央集権的な絶対主義的な憲法を作成して公布し、四九年三月議会を武力で解散させた。フィッシュホーフは逃亡の機会があったにもかかわらず、「残っていれば軍事法廷が私を裁く、逃亡すれば与論が私を裁くだろう」と言って逃亡せず、逮捕された。九カ月の拘留の後、無罪判決が言い渡され、彼はクラーゲンフルトの近郊に引きこもらざるをえなかったが、しかしウィーン・ユダヤ人には三月革命の雰囲気は打ち消しがたい残像となって残った。ずっと後の一八八六年フィッシュホーフの古希に彼を顕彰する議案がウィーン市議会に提出され、かの反セム主義者カール・ルエーガーがこう演説するのである。「この議事堂にいる諸兄の誰一人としてフィッシュホーフに及ぶ者はいない。誰一人として政治的過去、ウィーン市への功績、性格の完璧さにおいて彼に匹敵できる人はいない」と。

三月革命の挫折によって、標榜されていた自由主義と立憲主義も否定され、ユダヤ人にとっては寛容令時代へと逆戻りしてしまうのだが、しかしにもかかわらずひとつの救いがあった。それは革命の挫折した年の暮の一八四八年十二月にフランツ・ヨーゼフ一世が即位したことであった。即位後ほどなく若き皇帝はある会合での挨拶のなかで、おそらくうっかりしてだろうと言われているが、それまで永いこと禁止されていた「ウィーン・ユダヤ人教区」という呼称を用いたのである。この言葉がユダヤ人の心のなかに希望の灯を点したのであった。皇帝は「イスラエルの王皇帝陛下」と渾名されるほど親ユダヤ的な皇帝であった。ユダヤ人に卒直に同情し、キリスト教徒には、皇室へのユダヤ人の変ることなき忠誠を強調し、かれらの家族の固い団結という美徳を賞め讃え、ユダヤ人への悪口や嘲笑に耐えられないのであった。皇帝はユダヤ人との社交を好み、ユダヤ人の女優カタリーナ・シュラット（一八五三―一九四〇）の別荘でユダヤ人たちと歓談するのを好んだ。皇帝が最も信頼していたひとりがアルベルト・フォン・ロートシルト男爵であった。皇帝は公けの席で好んでこの銀行家に話しかけ、握手を求めた。このようなことはいかに高級官僚でもありえないことであった。バート・イシュルにある皇帝の別荘で話題がたまたま、イギリスのユダヤ人で、東欧で迫害されているユダヤ人の救済に奔走していたサー・モーゼス・モンテフィオーレ（一七八四―一八八五）やフランスの偉大なラビ、ツァッドック・カーン（一八三九―一九〇五）に及ぶと、彼は感激しながらこれらの人たちのヒューマニステックな心の広さを讃え、それと関連してウィーンに病院を建てたダヴィット・ポラクに言及し、彼の貢献を賞め讃えるのであった。その場に居合わせたデンマークの王子は、このような皇帝の話に大変驚き、「陛下、まさかユダヤ人びいきの方ではございませんでしょう?」と訊ねると、皇帝は、「もちろん、そうだよ」と上機嫌に答え、「これには十分な訳があるのだ。だって法王は昔からユダヤ人の最善の保護者だったのではないか。予は法王よりももっとカトリック的でないといかんのではないか。」と言ったと伝えられている。

ウィーン・ユダヤ人念願のユダヤ教区の創設も皇帝の個人的指導によるもので、一八五二年に暫定的な教区法が初めて発効している。ウィーン・ユダヤ人に法律上の同権がもたらされるのは、一八五九年イタリア戦線でオーストリアが敗北し、ネオ絶対主義体制が崩壊し、自由主義時代が再来する一八六〇年のことであった。六一年にはウィーン市議会に初めて三人のユダヤ人の議員が入り、同年アンゼルム・フォン・ロートシルトが貴族院議員に選出されている。

六 「十二月憲法」——自由な市民社会へ

一八六七年オーストリア・ハンガリー二重帝国が成立し、帝国そのものが大きく変った。この年の大晦日に、いわゆる「十二月憲法」が発布され、この憲法によって初めて全国民の法の下での平等が確立され、信仰と良心の自由、所有権の不可侵、集会・結社の自由など基本的人権が保証されることになった。ウィーン・ユダヤ人にとっては、初めて自由な市民社会へと仲間入りした記念すべき、画期的な年となった。この新憲法成立後、富裕な市民層を基盤にした自由党内閣は、カトリック教会の権限を縮小するなど自由主義的施策を押し進めてきたが、一八七三年の経済恐慌によって打撃を受けて衰退し、一八七九年のターフェ内閣が妥協と譲歩を重ねながら政権を維持するが、シェーネラーの率いるドイツ民族主義政党が抬頭する。彼は反ユダヤ主義を旗印に反カトリック、反ハープスブルクを標榜して、ドイツ帝国への併合を主張して、激しいドイツ民族主義運動を展開して人気を得るが、次第に保守層の反感をかうようになる。これらの民族主義諸政党を始め、保守的な国民の各層を新たに捉えたのが反資本主義、反社会主義を標榜したカール・ルエーガーのキリスト教社会党であった。ルエーガーは、カトリック教会とその信者に配慮し、ハープスブルク王朝に対しても忠誠心を示しながら、他方で大資本家とユダヤ人を結びつけて過激なユダヤ人攻撃を行ない、それによって自己の政治的キャリアを貫徹しようとした。

このような反ユダヤの政治状況のなか、一八六八年以降この都市の急激な発展と自由主義的施策に吸い寄せられるように全帝国内から、ブコヴィーナ、ガリツィア、ハンガリー、チェコなどから移民が押し寄せるようになり、ユダヤ人の人口は飛躍的に増大した。一八四八年三月革命以前は、特別許可された百九十七人の外に約四千人のユダヤ人がいたに過ぎず、一八五七年にはウィーン・ユダヤ人は、資料によって多少の違いはあるものの、約六千二百人、全人口に占める割合は約二・二%であった。ところが一八六九年には一挙に約四万人、六・六%、一八八〇年には約七万三千二百人、一〇・一%、一八九〇年には約十一万八千五百人、八・七%となり、一九一〇年には十七万五千三百人、八・六%にまで膨れ上がり、この増加は一九三八年のヒトラーによるオーストリア併合まで続くのである。かれらは押し並べて長いカフタンを着、ひげを貯え、訳の分らないイディッシュ語を話し、東方ユダヤ人の正統派に所属し、生活習慣も宗教も違う人々であった。かれらは、レオポルトシュタットとかつてのゲットーのあった街に住み、小売り業、サービス業、手工業で糊口を凌いだ。これら異様な人々の到来はさまざまな波紋を投げかけずにはいなかった。従来から住んでいたユダヤ人たちは、かれらを「汚い」と感じ、異邦人と感じていたし、距離を置き、かれらとのアイデンティティを拒否した。一八八八年結党された社会民主労働党の幹部は、党首ヴィクトール・アードラーを始めユダヤ人が多かったが、かれらも又東方からやって来た貧しいユダヤ人の労働運動参加を拒み、かれらをプロレタリアートと認めなかった。キリスト教社会党に至っては、その綱領の第一にユダヤ人の移住禁止を掲げて、反ユダヤ主義を一層強烈に煽ったのである。かれら東方ユダヤ人を受け入れたのは、かのテンペルのラビ、マンハイマーの後継者アドルフ・イェリネク（一八二一―九三）

の指導する「ウィーン・イスラエル教区」だけであった。当初政府の策謀もあって東方ユダヤ人の正統派の人々が「ウィーン・イスラエル教区」から分離しようとする動きがあったが、イエリネクは、故郷や国籍を考慮することなく、正式にウィーンに住所をえたユダヤ人はすべてこの教区に所属することとして受け入れたのであった。良くも悪くもウィーンではひとつのまとまった教区であり続けたのであった。ただ、トルコ・スファルディだけは、この教区から一九〇九年に独立している。

七　反セム主義の嵐とシオニズム運動

シオニズムが外ならぬウィーンで始まったことは、自由主義的なユダヤ人解放が、十九世紀末に宗教的、人種的な最悪の反セム主義へと急変したことと関係がある。反セム主義へのこの急激な変化をラビ、イェリネクの同僚で議員だったヨーゼフ・ザムエル・ブロッホ（一八五〇―一九二三）は次のように的確に描いている。「自由主義とはユダヤ人の精神的避難所であり、数千年に亘る故郷喪失後に保護してくれる港であり、祖先が徒労にも憧憬していたものの最後の充足であり、無数の苛酷さと恥辱の奴隷制度の後の自由証書であり、守護神であり、心の女王なのだ。これにユダヤ人は魂を完全に燃焼させながら仕えてきたし、このためにユダヤ人は、バリケードを築いて、国民集会で、議会で、文学で、新聞で戦ってきた。ユダヤ人は従順に権力者たちの怒りに堪えてきた。かれらの数知れぬ気まぐれや誤ち、折々の裏切り、ユダヤ人の敵への怪しい色目遣いを美しい罪人に許して来た。だがある朝目覚めてみると、金切り声のゾッとする音が彼を驚かした。それは野獣の叫びに似ていた。自分の囲りを見廻わした。すると彼の祈っていた守護神が魂を失って地面に横たわっているのだった。」(1) 長い歴史のなかで迫害に堪え抜いて生きてきた後、ようやく辿り着いたウィーンの自由主義、そして解放、それが一夜にして急変し、絶望へと突き落とされた様子がうかがえる。一八七〇年代前半からカトリック説教壇からは自由主義を「非キリスト教的、ユダヤ的」と説かれることが多くなった。『ウィーン教会新聞』も「ユダヤ自由主義」に反対するキャンペーンを張りはじめた。そしてキリスト教社会党の理論家カール・フォン・フォーゲルザング（一八一八─九〇）は、ユダヤ人と資本主義を同一視し、ウィーンの小市民にこう約束した。「ユダヤ人による悪しき商売による毎日の生活の中毒症状がなくなったとき初めてうまくいくことでしょう。」カール・ルエーガーは、激しい反ユダヤ発言を繰返して、市議会で市長に当選しながら皇帝に拒否されていたが、三度目の当選で一八九七年市長に就任している。こうしたキリスト教社会主義の反セム主義の主張とは別に、更に過激な狂信的人種差別が展開されていた。この差別観の急速な伝播に決定的な役割を果したのは、ウィーン大学医学部教授のテオドール・ビルロート（一八二九─九四）の著書『医学の教授と学習』であった。このなかで彼は、マッチ売りをして学資を稼いでいる貧しいガリツア出身のユダヤ人学生たちを罵り、こう書くのである。「ユダヤ人たちは〝ドイツ人〟とは言えない。目鼻立ちからしてはっきりと、全く外見的にもドイツ民族とは異なる民族を形成しているのだから。」この見解はウィーン学生組合に引き継がれ、一八七七年以降学生組合はユダヤ人学生の加入申込を受け付けなくなった。そして都心には「ユダヤ民族には豚のごときものがある」という貼紙が出回るようになる。ルエーガーの友人でカトリックの高位聖職者ヨーゼフ・シャイヒア（一八四二─一九二四）は、彼のユートピア小説『オーストリアは一九〇〇年以降存在しない』のなかで、「私は想い出すに、オーストリアはユダヤ人以外には恵まれなかった。ユダヤ人はウィーンではあたかもかれらが主人で、キリスト教徒は奴隷化された原住民であるかのように振舞っていた。猛獣を打ち殺すのをかれらは知っていた。強奪の人間が同じように扱われなければならないことは、残念ながら余り教育のないユダヤ人や同時代人には到底理解されそうになかった。どこへツバを吐くか、ユダヤ人以外にない。[2]」同じようなルエーガーの言葉を、村山雅人著『反ユダヤ主義』（講談

社）から借用しよう。（七八頁）

どこへ行っても、ユダヤ人しかいない。劇場へ行っても、ユダヤ人しかいない。リンク通りに行っても、ユダヤ人しかいない。コンサートに行っても、ユダヤ人しかいない。舞踏会に行っても、ユダヤ人しかいない。大学へ行っても、またユダヤ人しかいない。……われわれは、キリスト教徒が抑圧されることにたいして戦う。われわれは、かつてのキリスト教国オーストリアに代わって新しい帝国パレスチナが出現することに対して戦う。

世紀末ウィーンでの人種差別主義を最もあからさまに説いたのはイェルク・ランツ・フォン・リーベンフェルスであった。彼はその『オスタラーノート』のなかでこう言っている。「国民をユダヤ・ポグロムへともはや唆かす必要はない。ユダヤ人絶滅は遅かれ早かれ必然的にやってくる。それまで去勢用のナイフと共にユダヤ問題をタンスのなかに納っておくべきだ。」(3)

この『オスタラーノート』の熱烈な読者のひとりがアドルフ・ヒトラーだった。この当時のウィーンの反セム主義の、偏見に満ち満ちた雰囲気は、十代後半から二十代前半の多感な青年ヒトラーの心を偏見で満たしたとしても不思議ではない。「ユダヤ問題の最終解決者」としての彼の後の恐るべき行動は、当時ウィーンでシェーネラー一派やルエーガー、キリスト教社会党、教会新聞などで主張されたユダヤ憎悪や愚弄の言葉、嘲笑の言葉の首尾一貫した継続に過ぎなかったのである。

このような反セム主義の嵐は、すでに同化したユダヤ人、同化の希望を抱いているユダヤ人にも深刻な影響を与えずにはおかなかった。ドイツ語を話し、ドイツ文化の教養を積み、学識豊かな者ほどその衝撃は大きかったに違いない。オットー・ヴァイニンガー（一八八〇―一九〇三）は、ニーチェとワーグナーに影響されたきわめて才能ある青年だったと言われ、二十三歳で『性と性格』を書き、すべての人間のなかには男性的なものと女性的なもの、キリスト教的なものとユダヤ教的なものがあって、前者は倫理的、論理的、創造的であり、後者は背徳的、大勢順応主義的で、衝動依存的であると分類し、二十二歳でキリスト教に改宗するのだが、自分がユダヤ人であることに堪えられず、又彼の説の剽窃嫌疑も重なって、ヌスドルフのベートーヴェンの亡くなった家でピストル自殺して果てるのである。キリスト教的なものを理想化し、同化を願いながら、自己嫌悪に苛された末の悲劇であろう。彼の説は反セム主義たちに「ユダヤ人は生れながらの劣等民族」という主張に利用され、やがてナチスの人種主義の正当化に役立つことになってしまうのである。

シオニズムを唱導したテオドール・ヘルツル（一八六〇—一九〇四）もまた、カール・E・ショースキーも指摘しているように、実は心中に「同化の理想を宿した……教養ある自由主義者のお手本そのもの」[4]のような高い教養を積んだ人物であった。この彼がシオニズムを提唱したのは、「ユダヤの伝統への沈潜からではなく、むしろこの伝統を棄てようとする彼の努力の空しさから」だったのである。ヘルツルは、ブタペストの同化したリベラルな中流階級のユダヤ人家庭の出身であった。父親は運送業で成功し、後には銀行の重役にもなるが、一八七八年一家でウィーンに移住する。ヘルツルは、ドイツ的教養を身につけた母親の影響もあって、一般教養のギムナジュームに入学する。それは、「ユダヤ人には当然のことと考えられていた商人という生き方を実は逃れたかった」（ショースキー）からであった。この当時活躍したウィーンのユダヤ人知識人たちのほとんどは、父親がウィーンに流れ込んで、商いをしながら身を立て、家庭をもち、同化への道を探り、その息子たちは父親の生き方とは別な道を模索して学識を積み、その教養を通じて知識人として活躍したのであった。父親の世代が経済的職業から同化の道を探ったとすれば、息子たちの世代は教養を通じて知的職業から同化の道を辿ろうとしたのである。だが、その高い教養をもってしてもユダヤ人の壁は越えられなかった。当時反セム主義の吹き荒れる嵐は逆風となって、越えるに越えられなかったのだとも言えよう。大学で法律を専攻したヘルツルは、学生組合アルビアに所属していたが、組合が反ユダヤ的傾向を示したために退会を申し出ると、逆に除名された体験をもつ。一八八二年自らユダヤ人学生の組合カディマーを組織するが、この組合は、どんな同化の試みも徒労であるという認識から生れたとされる。その目的は、同化政策と対決すること、ユダヤ人の自己意識と民族意識の昂揚、そしてパレスチナ移住であった。

大学卒業後ヘルツルは間もなく、ユダヤ人であるが故に裁判官になれる見込みのないことが分り、戯作家か、ジャーナリストとして生きる道を歩んだ。こうして彼は一八九一年『ノイエ・フライエ・プレッセ』の海外特派員としてパリに赴き、そこでドレフュス事件の公判に出会い、ヨーロッパの亡命ユダヤ人の破滅の危機について、ウィーンでの確信を強められた思いがするのであった。このパリ滞在中にヘルツルはほぼ一年かけて『ユダヤ人国家』を書いている。シオニズムの理念は実は目新しいものではなく、彼以前にウィーンには存在していた。ヘルツルの生れた一年後の一八六一年、ボン生れのモーゼス・ヘス（一八一二―七五）はその著書『ローマとイエルサレム』で初めてシオニズムの思想と行動計画を構想し発表したが、何の反響もなかった。更にロシヤの医師レオン・ピンスカー（一八二一―九一）はその著書『自動解放』のなかで、ロシア・ポグロムの迫害の体験から、反セム主義は決して時間、空間と結びついた現象ではなく、社会病理的現象だとして、この病気に対する薬としてユダヤ民族が再びひとつになること、その上独立し自立して生活できるまとまった土地が必要である、と主張した。ヘルツルの『ユダヤ人国家』は、一八九六年二月二十日、ウィーンで、ユダヤ人学生組合カディマーで発表され、全組合員がシオニズムに参集し奉仕することになった。だがパレスチナにユダヤ人国家を創設するという具体案はウィーンではほとんど賛同が得られなかった。嫌いだが愛すべき、美しい都ウィーンを離れて砂漠の地で農業を営もうと希望する人などごく稀にしかいないのだった。同化したユダヤ人にとって祖国への帰還は少くともあくまで念のための最後の逃げ道に過ぎなかった。かれらの多くは事態を混乱させるだけと反対した。だが、ポグロムを逃れてやって来た東方ユダヤ人の多くは、かれらの不幸からの救いを具現するものとして彼を敬ったのである。というのも十九世紀の間ロシアやルーマニアでポグロムの脅威にさらされて来た東方ユダヤ人たちの間には、ユダヤ民族の旧約聖書の故郷への帰還を意味する「アリヤ」のシオニズムの理想が生き生きと残っていたからである。かれらのなかにはメシアの到来とまで信じる者もいた。だが定住しようとするユダヤ人のなかにはシオニズムが「ユダヤ人出てゆけ」の声を煽ることになると危惧する者もいたし、伝統的なユダヤ人のなかには「メシアの役割を簒奪する者」と非難する者もいた。

ヘルツルはこれ以後『ノイエ・フライエ・プレッセ』の文芸欄を担当し、他方でウィーンをシオニズム運動の中心地にしようと努力し、一八九七年にはシオニストの新聞『世界』を創刊する。同年八月第一回シオニスト会議がスイスのバーゼルで開催され、会議には二百名が参加した。議長にはヘルツルが選出され、世界シオニスト機構が設置されて、ヘルツルを中心にしたシオニズム運動が展開されることになった。だがこの直後、ヘルツルと『世界』誌創刊を共にした友人のなかから、ロシアのユダヤ人労働者党（いわゆる「ブント」）の影響を受けて、シオニズムをブルジョア的、植民地主義的と非難し、袂を分つ者が出るなど多難なスタートとなった。このようにシオニズムの提起はそれぞれの立場から複雑な波紋を投げかけたのである。このシオニズム運動が実を結ぶのは、一九一七年十一月英外相バルフォアが、パレスチナにユダヤ人国家を建設することを支持する旨、ロスチャイルド卿に書簡を送った、いわゆるバルフォア宣言のときであった。この宣言は一九二〇年にようやく国際的認知を受ける。ヘルツルの死後十六年後のことであった。

このシオニズムと関連して、この頃ユダヤ人の間でスポーツが盛んになり、一九〇九年スポーツ連盟「ハコアー（「力」の意味）」が結成され、一九二五年夏のウィーン横断水泳大会で優勝したのは、ほとんどユダヤ人であった。この頃体育競技でユダヤ人が余りに好成績を収めたため、反セム主義者の怒りをかう一因になっている。ユダヤ教の文化的、宗教的な面でもひとつのルネサンスが起った。一八九五年ユダヤ教の美術と歴史的記念品の収集・保存協会が、ヨーロッパで初めてユダヤ博物館を開設したのである。三千点以上の展示品があったとされるが、両大戦中に損傷し、現在ウィーン・ユダヤ博物館で修復されている。この他一九一九年にユダヤ人のためのギムナジュームが開校し、三八年まで存続していた。又レオポルトシュタットには、五つの劇場があり、イデッシュ語で上演されていた。

八　両大戦間

第一次大戦で敗北したオーストリアは、一九一八年十一月君主制を解体し、共和制に移行するが、時期を全く同じくして社民党の党首ヴィクトル・アードラーも他界した。このハープスブルク帝国の滅亡は、普通のウィーン人よりも、同化を願うユダヤ人にとって衝撃的出来事であった。アードラーの後継者になったオットー・バウアー（一八八一—一九三八）は、ユダヤ人工場主の家庭の出で、社民党の他の指導者と同様ブルジョアの出身で、完全同化の立場を代表していた。バウアーは、アードラーの政策を引き継ぎ、選挙民を慮って反ユダヤ主義を掲げ、しかもあろうことかドイツとの合邦をも政治目標に掲げていたのである。それが実現した暁にはユダヤ人も社民党員も居場所がなくなってしまうのに、である。かれらは又ハープスブルク家、特にフランツ・ヨーゼフ皇帝に限りない敬愛の念を抱いていたのだった。その点では作家ヨーゼフ・ロート（一八九四—一九三九）も又同じであった。フランツ・ヨーゼフ皇帝への敬愛の念を『ラデツキー行進曲』で作品化し、しかも東方ユダヤ難民に限りない同情の念を抱き、その悲惨さを描き、ハープスブルク帝国解体後、カトリック・オーストリアの指導のもとに連合する道を探っていた。
　このロートの期待に応えるかのように、カトリック神学者でウィーン枢機卿であったテオドール・インニッツァ（一八七五―一九五五）は、最初からユダヤ人に対する同情の念を隠すことなく、ウィーン大学教授の頃、貧しいユダヤ人学生を援助したり、学長としてキリスト教社会党の教育大臣による反セム主義的、人種差別的な介入を敢然と拒否したりした。ユダヤ人学生に対する最初の人身攻撃の際、彼は大学を一年間閉鎖すると政府に迫った。シオニストの学生組合カディマァのコンパに名誉客員として参加したりしている。彼は次第に目立ってきた同僚たちの反セム主義者と距離を置き、一九三六年七月五日ウィーンのユダヤ教のオバー・ラビ、ダヴィット・フォイヒトヴァングが亡くなった時も悔みの書簡をウィーン・イスラエル教区に送り、次のように述べている。

「人種憎悪と人種の擬神化が勝利を収めつつある時代に、私たちは祖国オーストリアの古い文化からして、私たちが人種憎悪とは別な立場に立っていることを強調しておいた方がいいと思います。主、イエス・キリストは、かれらすべてはひとつでなければならないと語られた時、ユダヤ教の同胞は除外されていなかったのです。まさに、ユダヤ人から基本的自然権が奪われている時代――あなたがたのためにだけ言うわけではないのですが、このことはもっと頻繁に言われなければなりません――このような時代だからこそ、私たちは正義と愛という大いなる言葉を念頭においていくことにしましょう。[5]」

　だが、一九二〇年代キリスト教社会党は、かつてのルエーガーのように、反セム主義的な言辞を弄し、反セム主義的な本能を煽ることによって選挙に勝利した。例えば、選挙プラカードには「金持ちユダヤ人」とか「赤い革命ユダヤ人」とか言った文言を並べ、オーストリアのワシの紋章を金袋から出て来たユダヤのヘビが絞め殺している、といった絵を掲げて、反セム主義を煽るのであった。そして当時のキリスト教徒ドイツ人の英雄像は、国民に綱をつけて引張っているユダヤ人の民衆誘惑者を深淵に突き落とすことであった。

ところで第一次大戦の戦禍を逃れて、特にロシア軍に占領されたガリツィア地方などからウィーンに大勢の難民が流入して、ウィーンのユダヤ人人口は一・五倍に膨れ上がった。かれらはブコヴィーナやガリツィアのサダゴラ（ハシディズム運動の中心地として知られている）から脱出して来たハシド派のラビたちとその信者たちで、その時まで辛うじて均衡を保ってきたウィーンのユダヤ教区は、重大な試練に直面した。再度の東欧ユダヤ人の流入によって、反セム主義者たちが活気づいただけでなく、ウィーン・ユダヤ人のなかからもかれらの伝統的服装や習慣、言語に苦々しさを感じ、自分のイメージまで損われると感ずる者も多かった。かれらは、新参者たちを軽蔑して見下していたし、イデッシュ語を原始的な俗語と嘲笑していた。すでに定着していた人々は、グスタフ・マーラーのように、「なんと、それではあの人たちと私が親戚だとでも言うのですか⁉ そんなことを証明するなんて人種論とは何と間抜けたものなのでしょう。」と感じていた。

ウィーン・ユダヤ人は大ざっぱに分けて四つのグループになった。ひとつは完全に同化して、ウィーンの文化強国の担手になった人たちであり、第二はシオニストたちを含めてウィーン・イスラエル教区に所属している人たち、第三は、トルコ・スファルディに所属する人々、第四が新たに流入してきたハシド派の人たちであった。この人たちは、フロックコートに似た黒服に、黒のソフト帽をかぶり、ヒゲを貯え、敬虔派とも呼ばれ、初めポーランドでアグダット・イスラエル（イスラエル連合）を結成したが、今やウィーンがその中心地になった。これらの貧しい難民は、病気になっても入院費用もなく、病院でも老人ホームでも受け入れてもらえなかった。

他方、反セム主義の運動は激しさを増していた。社民党ですら、ユダヤ難民やユダヤ資本家に対する煽動において一般の風潮にすり寄り、おもねっていた。一九一九年に結成された反セム主義者の連合体「ドイツ・オーストリア防衛同盟反セム主義者団体」は、一九二一年三月ウィーンで国際反セム主義者会議を開催し、約四十万人も集めた。またウィーン市民が大きな反響を示したのは、一九二三年一月の「ユダヤ人独裁に反対する法律」に賛成する集会であった。これには新聞報道によって五万とも十二万とも言われた。これより一年前の一九二二年に反セム主義者たちの神経を逆撫した小説『ユダヤ人のいない街』が出版され、ベストセラーとなり、二十四万部売りつくした。この作品は後に映画化されている。キリスト教社会党とルエーガーを揶揄した小説で、作者フーゴー・ベッタウアー（一八七七―一九二五）は、一九二五年三月十一日ナチス党員によって暗殺されている。そして同年八月第十四回シオニスト会議がウィーンで開催され、同時にコンツェルトハウスでパレスチナ展覧会が開かれたが、これは反セム主義者たちの恰好の標的となり、妨害活動によって多数の負傷者が出、二〇三名の逮捕者を出す騒乱状態のうちに終った。これを契機にインスブルックの司教は、このシオニスト会議に対する反対デモをドイツ・オーストリアのカトリック学者に呼びかけるのであった。

一九二七年一月右翼団体と社民党との間で衝突が繰り返され、社民党と労働者の敗北に終り、後退を余儀なくされた。この頃世界恐慌の波がウィーンにも押し寄せ、二大銀行が二九年、三一年と相次いで倒産し、戦後のオーストリア経済に深刻な打撃を与えた。三二年には、キリスト教社会党、護国団の支持を得てドルフース内閣が成立し、社民党と対立しただけでなく、ナチスのドイツ・オーストリア合併を目論むドイツ民族主義とも対立し、三三年ドルフースは、クーデターを起して議会を閉鎖し、独裁制を敷き、共産党と社民党の弾圧に乗り出した。労働者たちは全国ゼネストで対抗するが、敗北に終り、全政党が解散させられることになった。三四年七月二十五日、ナチスの暴徒が首相官邸を襲い、ドルフースを殺害した。一揆そのものは鎮圧されたが、ドルフースの後継者シューシュニクは、三六年七月ドイツ・オーストリア協定を承諾せざるを得なかった。この協定は、一応オーストリアへのドイツの内政干渉をうたっていたが、オーストリアはドイツ人の一国家であることを義務づけられ、反ナチス活動の禁止と逮捕中のナチ党員の釈放が誓約させられた。

一九三三年ドイツでヒトラーが政権を掌握すると、ドイツからもユダヤ難民がオーストリアに流入してくるようになった。ウィーン・イスラエル教区の社会福祉で保護される人の数が急速に増え、六万人にのぼった。そのなかには没落し、困窮に陥った芸術家、知識人、商人、自営業者もいた。これらの人たちの多くは、かつては納税者だった人たちである。一九三五年末、ウィーンには約四万八千人のユダヤ納税者がいて、うち二万五千人が商人と自営業者、一万五千人がサラリーマンと労働者、四千五百人が自由業（医師、弁護士、芸術家）で、国家公務員は六百人、市職員は百五十人に過ぎなかった。二八年の恐慌以後銀行や保険会社では大半解雇され、それはあらゆる職業に波及していった。自由業に流れ込んだユダヤ人の知識人はウィーン大学で、キリスト教社会党の教育大臣エマリッヒ・チェルマク（一八八五―一九六五）のユダヤ人排斥条項に突き当り、教師の職にも就けなかった。劇場では国際的に認められたユダヤ人芸術家だけが自己主張できるだけであった。新聞でもユダヤ人は非政治的部局やローカル局、文芸娯楽欄、芸術批評、スポーツ欄へと回された。次第に増大する定職も収入もない芸術家や知識人を教区の相互扶助だけで補うことはできなくなってきていた。かれらの拠り所として三三年フランツ・ヨーゼフ・カイ三番地にユダヤ文化会館と人民大学が設立された。その演壇では学者や女優が三八年三月まで講演したりし、控えの間ではユダヤ人芸術家の作品が展示されたりした。併合前の一年間だけで、ウィーン教区の福祉事業は、次第に貧しくなるユダヤ人のために二百万シリングを用立て、ドイツからの難民支援に十万シリング寄付している。

九　ナチス支配下のウィーン

一九三八年三月、オーストリアがナチスに併合された時、ウィーンにはまだ十七万人のユダヤ人が残っていた。三四年の調査時より九・四パーセント減少していたが、それはキリスト教社会党を始めとする反セム主義者の迫害があって、周辺の州に移住したせいと見られている。ナチスは、三月十一日すぐにユダヤ人の住居、商店、企業に闖入し、家具、貴金属を略奪し、場合によっては逮捕したりした。当日ウィーン・イスラエル教区の会長と副会長、その他名士たちが逮捕され、ダッハウ収容所に送られた。ナチスは三八年春にウィーン・ユダヤ人の数を二十五万と数えているが、これはすでに同化した者をも含めた数と考えられている。かれらはそうすることで富裕なユダヤ人の出国を促し、その後の資産の没収を狙ったのだった。三八年六月二十一日までに現金や貴金属など四百万ライヒスマルクを押収しているが、これには住居や企業の没収の額は含まれていない。戦後押収されたゲシュタポの文書によると、拘留者たちは、数百万マルクの資産を数千マルクで売るように強制されていた。

一九三八年十一月九日の夜、一斉にユダヤ人商店が襲撃された。いわゆる「水晶の夜」であった。だがこの一夜で終るはずはなかった。ユダヤ人やユダヤ人の施設に対する絶えざる襲撃や迫害が執拗にしかも頻繁に行なわれ、特にユダヤ人の人口密度の高いレオポルトシュタットが狙われ、それが次第に日常茶飯事となった。シナゴーグが破壊されて放火され、かけがえのない文化財や美術品が失われた。ユダヤ人は住居を追われ、逮捕されて集合地へ送られた。そこで虐待され、自殺に追い込まれ、殺された。かれらのうち四千六百人がダッハウ強制収容所へ送られた。

ユダヤ人を迫害し、根絶しようとする際、最も低い本能だけが荒れ狂っていたわけではなく、操縦室には冷静な打算家が坐っていて、ユダヤ人を〝物〟として見て、その処理策を練っている者がいた。最初は財産を押収した後国外に追放していたが、次第に金歯にも手を延ばし、更に毛髪や肉体を解体して石鹸を作るまでになった。その責任者はアドルフ・アイヒマンであった。彼はプリンツ・オイゲン・シュトラーセ二十二番地のパレ・ロートシルトにあった「ユダヤ人移送中央本部」の責任者で、そこで指揮をとっていた。三八年七月末までは、千五百人のユダヤ人がウィーンを去っただけだったが、併合後一年経つと九万人が去り、三九年末には十二万人がウィーンを去っている。アイヒマンはユダヤ人の強制移送のための「身請け金」をユダヤ機関から受け取っていて、その総額は百六十万ドル以上にのぼっている。彼が毎月世界のユダヤ人から脅し取っていた額は十万ドルにのぼった。

アイヒマンはこの仕事のためにウィーン・イスラエル教区の仲介者を必要とし、そのため教区は公的な合法団体としての認知を取り消されずに済んだ。ヨーゼフ・レェーヴェンヘルツの指導の下、教区は残留ユダヤ人の世話と福祉の任務を果した。ひとつの病院、六つの老人ホーム、六つの青少年ホームが窮屈な資金でまかなわれ、生徒が公立学校から追放された後は、小学校、ギムナジュームまで維持しなければならなかった。ゲットー化した後は、毎日二万四千人のユダヤ人が十五以上の給食場で給食を受けていた。非アーリア人のキリスト教徒はそれぞれの教会で世話されていた。枢機卿インニッツァはさすがに以前の勢いはなくなっていたが、しかし四〇年十二月非アーリア・キリスト教徒のために救済場を建てている。

ナチスによる街々の支配、アーリア化と強制移住はしかし「最終解決」の序曲に過ぎなかった。三九年九月二十一日ポーランドへの移送が命令され、第一波で千五百八十四名、四一年春には五千人の犠牲者が出た。四一年十一月ウィーンから死の列車が東方に向って組織的に運行され始めた。四一年末から終戦までにユダヤ教徒のウィーン人、ユダヤ系のウィーン人約四万人が、リガ、ミンスク、テレージェンシュタット、とり分けアウシュヴイッツへと送られた。ウィーン解放の前日、四五年四月十二日にもＳＳは、二区のフェルスターガッセに潜んでいた九人のユダヤ人を探し出し、壁に並べて銃殺した。

だがこのような狂気の時代にも、生命を賭けてユダヤ人家族を救った民間の人たちがいた。かれらは戦後オーストリア大統領とイスラエル大使によって顕彰されているが、このような人々の暖かな援助もあってあの破局の時代を隠れ潜んで生き抜くことができたユダヤ人が少数ながらいたし、更に収容所を生き抜いた人々が約二千人、特権を与えられた混血婚の人たちが約五千人生き残った、と記されている。(6)

むすび

第二次大戦後の歴史については稿を改めたいと思う。ただ『ウィーン―ユダヤ人街の姿』（一九九五年刊）の編者マルタ・カイルはこう記している。「あの大惨禍から今だにユダヤ教区も街も回復していない。今日ここウィーンで生活しているユダヤ人の数は教区に加入している者約七千人、加入していない者約一万人、これは戦前の十分の一である。……あの衝撃は今だに深いのだ。」

この概略的なユダヤ人小史を通観しただけでも、反ユダヤ主義、反セム主義の歴史の長さに今更ながら驚かされる。百年、二百年ではなく、十世紀にも亘って、あるいはそれ以上に亘って、その迫害は続き、ユダヤ人の忍苦が続いてきたのである。ナチスとは、ホロコーストとは一種の歴史的必然性を持っていたのではないか、とも思われる。このユダヤ人のウィーン・ユダヤ人の歴史を辿りながら、筆者の脳裡にはいつも、筆者が長年追い求めてきた作家ヘルマン・ブロッホの姿が浮んできて、ユダヤ人の歴史と重ね合うのだった。ブロッホにはこんなことがあった。第一次大戦の敗戦の折、労働者たちが大勢街頭に繰り出し、行進を始めると、カフェにたむろしていた仲間たちが一斉に外に飛び出すのだが、彼だけは蒼い顔をして内に残っているのである。人民大学の講師をし、労働組合とも幾度も団交を重ねてきた彼がなぜなのか、不思議でならなかった。彼は実は群衆の騒乱にはいつも生理的な嫌悪感を感じ、パニックに陥るのであった。この本能的な、生理的な恐怖感は、もちろん個人的な性格ということもあろうが、しかしもしかすると長い、長い迫害の歴史が彼に恐怖感を引き起させているのではないか、とも思えてくる。ブロッホの無意識層に沈潜した歴史意識が、時として浮上するのではなかったか。実は歴史の重さとはそのようなものではあるまいか。

文献目録

Heinz Gstrein, Judisches Wien, Wien / Mùnchen 1984.
Hans Tietze, Die Juden Wiens, Repr. 2. Aufl. Wien / Leipzig 1987.
Wien-Jüdisches Städtebild, hrsg. von Martha Keil, Frankfurt a.M. 1995.
Steven Beller, Wien und die Juden 1867–1938, Wien / Köln 1993.
Marsha L. Rozenblit, Die Juden Wiens 1867–1914, Wien 1989.
Jüdisches Lexikon, 5 Bde. 2. Aufl. Frankfurt a.M. 1987.
Die Mazzesinsel-Juden in der Wiener Leopoldstadt 1918–1938 hrsg. von Ruth Bechermann, Wein / Mùnchen 1984.
Felix Czeike, Historisches Lexikon Wien 5 Bde Wien 1995.
W・M・ジョンストン『ウィーン精神』1・2（井上修一・岩切正介・林部圭一訳、みすず書房、一九八六年）
カール・ショスキー『世紀末ウィーン』（安井琢磨訳、岩波書店、一九八三年）
滝川義人『ユダヤを知る事典』六版（東京堂、一九九七年）
村山雅人『反ユダヤ主義』（講談社、一九九五年）

増谷英樹『歴史のなかのウィーン』(日本エディタースクール出版部、一九九三年)
T・ヘルツル『ユダヤ人国家』(法政大学出版局、一九九一年)
今来陸郎編『中欧史(新版)』(山川出版社、一九七一年)
矢田俊隆編『東欧史(新版)』(山川出版社、一九七七年)
H・ブロッホ『ホフマンスタールとその時代』(菊盛英夫訳、筑摩書房、一九七一年)
矢田俊隆『ハプスブルク帝国史研究』(岩波書店、一九七七年)
岩波講座『世界歴史』十七巻
平田達治編『ウィーン、選ばれた故郷』(高科書店、一九九五年)
メンデル・ノイグレッシェル『イディッシュのウィーン』(野村真理訳、松籟社、一九九七年)
野村真理『西欧とユダヤのはざま』(南窓社、一九九二年)
E・フロム『ユダヤ教の人間観』(飯坂良明訳、河出書房新社、一九八〇年)
M・ブーバー『ハシディズム』(平石善司訳、みすず書房、一九九七年)

(1) Heinz Gstrein : Jüdisehes Wien S.38.
(2) Heinz Gstrein S.39.
(3) Heinz Gstrein S.40.
(4) カール・E・ショースキー『世紀末ウィーン』(岩波書店) 一八六頁。
(5) Heinz Gstrein S.48.
(6) Wien-Jüdisches Städtebild : S.39.

人名索引

凡例

1．項目は本文の実在人物名に限定して，五十音順に配列した。
2．原地読みを原則としたが，日本での慣用に従った場合がある。
3．ムージル，ムシルの例のようにいずれの読み方も誤っていない場合両方を併記した。

ア行

アイヒマン，アドルフ（1906—62）
Karl Adolf EICHMANN 383
アイヒンガー，イルゼ（1921—）
Ilse AICHINGER 231, 232
アインシュタイン，アルバート（1879—1955）
Albert EINSTEIN 102
アードラー，ヴィクトール（1852—1918）
Victor ADLER 63, 370
アドルノ，テオドーア（1903—69）
Theodor W. ADORNO 204
アムブロス，ヴォルフガング（1952—）
Wolfgang AMBROS 260, 265, 266, 267, 272, 273, 274, 277, 278, 279, 280, 285, 286, 287, 294, 295
アメリー，ジャン（1912—1978）
Jean AMÉRY 5
アラン，マルセル（1885—1969）
Marcel ALLAIN 101
アリストテレス（BC384—BC322）
ARISTOTELES 29
アルテンベルク，ペーター（1859—1919）
Peter ALTENBERG 5, 49, 53, 55, 58, 73, 179
アルブレヒト二世（1330—58）
Albrecht II 351
アルブレヒト五世（1397—1439）
Albrecht V 352
アルンシュタイン，ナータン・アダム（1748—1838）
Nathan Adam von ARNSTEIN 362
アルンシュタイン，フランツィスカ（ファニィ）（1758—1818）
Franziska (Fanny) ARNSTEIN 362
アレクサンダー大王（前 356—323）
ALEXANDER the GREAT iii, 88, 89
アンスコム
G.E.M. ANSCOMBE 121
アンツェングルーバー，ルートヴィヒ（1839—89）
Ludwig ANZENGRUBER 55, 70
アンドリッチ，イヴォ（1892—1975）
Ivo ANDRIĆ 227, 233
アンドリューズ，ジュリー（1935—）
Julie ANDREWS 304
イエス・キリスト
Jesus CHRISTUS 145
イェリネク，アドルフ（1821—93）
Adolf JELLINEK 370, 371
イプセン，ヘンリック（1828—1906）
Henrik IBSEN 40
インニッツァ，テオドール（1875—1955）
Theodor INNITZER 378, 383
ヴァイゼル，ナフタリー・ヘルツ（1725—1805）
Naphtali Herz WEISEL 361
ヴァイニンガー，オットー（1880—1903）
Otto WEININGER v, 145, 146, 147, 148, 373
ヴァーグナー，オットー（1841—1918）
Otto WAGNER 31
ヴァルトハイム，クルト（1918—）
Kurt WALDHEIM 233
ヴィトゲンシュタイン，カール（1847—1913）
Karl WITTGENSTEIN 144
ヴィトゲンシュタイン，ヘルマン・クリスティアン（1802—78）
Hermann Christian WITTGENSTEIN 144
ヴィトゲンシュタイン，マルガレーテ
Margarete Stonborough, geb. WITTGENSTEIN 148
ヴィトゲンシュタイン，ルートヴィヒ（1889—1951）
Ludwig WITTGENSTEIN iii, v, 115, 116, 121, 122, 123, 124, 126, 127, 129, 130, 131, 132, 133, 134, 135, 136, 137, 138, 139, 140, 141, 142, 143, 144, 145,

146,147,148,347
ヴィンクラー，アンゲーラ（1944—）
Angela WINKLER　*311*
ヴェルガー，シュテファニー
Stefanie WERGER　*295*
ウェルギリウス（BC70—BC19）
VERGIL　*12*
ヴェルトハイマー，ザムゾン（1658—1724）
Samson WERTHEIMER　*356,357*
ヴェルトハイマー，ヨーゼフ（1800—87）
Joseph von WERTHEIMER　*364*
ヴェルヌ，ジュール（1828—1905）
Jule VERNE　*100,101*
ヴェンツェル一世（在位 921—929）
WENZEL（Václav）I　*174*
エジソン，トーマス（1847—1931）
Thomas Alva EDISON　*174*
エスケレス，ベルンハルト・イザーク（1753—1839）
Bernhard Isaak ESKELES　*362*
エスターハズィ公（1635—1713）
Paul Fürst Esterházy von GALÁNTHA　*355*
エリーザベト公女（1837—98）
Elisabeth von BAYERN　*304*
エルンスト，マックス（1891—1976）
Max ERNST　*100,101,104*
エントリッヒ，クヴィリーン
Quirin ENDLICH　*366*
オタカル二世（1233—78）
Otakar II PREMYSL　*350,351*
オッカム，ウィリアム（1285？—1347/9）
William of OCKHAM　*136*
オッペンハイマー，ザムエル（1630—1703）
Samuel OPPENHEIMER　*356,357*

カ　行

カイザーリング，エドゥアルト・フォン（1855—1918）
Eduard Graf von KEYSERLING　*iii,49*
カイザーリング，ヘルマン・フォン（1880—1946）
Hermann Graf von KEYSERLING　*56*
カイル，マルタ
Martha KEIL　*348,384*
カザン，エリア（1909—）
Elia KAZAN　*204*
カフカ，フランツ（1883—1924）
Franz KAFKA　*iii,iv,v,79,305*
カラヤン，ヘルベルト・フォン（1908—90）
Herbert von KARAJAN　*259*
カール大帝（742—814）
CARL der GROSSE　*332*，*344*
カルデロン・デ・ラ・バルカ（1600—81）
Calderón de la BARCA　*7,9,10,14,15,16,17*
カルナップ，ルドルフ（1891—1970）
Rudolf CARNAP　*137,138,139,140*
ガルボ，グレタ（1905—90）
Greta GARBO　*303*
カーン，ツァドック（1839—1905）
Zadoc KAHN　*368*
カント，イマヌエル（1724—1804）
Immanuel KANT　*118,119,136*
キルケゴール，セーレン（1813—55）
Søren KIERKEGAARD　*116,123,126,135,136,148*
クヴァルティンガー，ヘルムート（1928—86）
Helmut QUALTINGER　*267*
クシュトライン，ハインツ（1941—）
Heinz GSTREIN　*348*
クライスト，ハインリヒ・フォン（1777—1811）
Heinrich von KLEIST　*305*
クラウス，カール（1874—1936）
Karl KRAUS　*146,207,347*
クラウスナー，アブラハム（1350—1408）
Abraham KLAUSNER　*351*
グリース，ヨーハン・ディーデリヒ（1775—1842）
Johann Diederich GRIES　*7*
グリム兄弟（Jacob GRIMM 1785—1863, Wilhelm Grimm 1786—1859）
x,329，*334*，*336*，*337*，*338*，*339*，*340*，*343*，*345*
クリムト，グスタフ（1862—1918）
Gustav KLIMT　*i,5*
グリルパルツァ，フランツ（1791—1872）
Franz GRILLPARZER　*362*
クルレジャ，ミロスラフ（1893—1981）
Miroslav KRLEZA　*233*
グレゴリウスのニュッサ（335 頃—394 頃）
Nyssa von GREGOR　*29*
クンデラ，ミラン（1929—）

Milan KUNDERA　*163, 164, 165, 166*
ゲイ=リュサック，ジョゼフ（1778—1850）
Joseph GAY-LUSSAC　*101*
ゲヴァラ，アントニオ（1480—1545）
Antonio GUEVARA　*13*
ケストナー，エーリヒ（1899—1974）
Erich KÄSTNER　*231*
ゲーテ，ヨハン・ヴォルフガング・フォン（1749—1832）
Johann Wolfgang von GOETHE　*142, 305*
ゲーリング，ヘルマン（1893—1946）
Hermann GÖRING　*132*
ケルゼン，ハンス（1881—1973）
Hans KELSEN　*347*
コツィアン，ヤロスラフ（1883—1950）
Jaroslav KOZIAN　*180*
コロニッチュ，レオポルト（1631—1707）
Leopold Karl KOLLONITSCH　*354*
コンスタンティン（826/827—869）
KŌNSTANTINOS (KYRILLOS)　*168*

サ　行

ザイペル，イグナツ（1876—1932）
Ignaz SEIPEL　*11*
サウンダーズ，ジェイムズ（1925—）
James SAUNDERS　*305*
サルトル，ジャン・ポール（1905—80）
Jean-Paul SARTRE　*134*
シェーネラー，ゲオルク（1842—1921）
Georg SCHÖNERER　*369, 373*
シェーンベルク，アルノルト（1874—1951）
Arnold SCHOENBERG　*102, 204*
ジギスムント（1387—1437）
Sigismund　*352*
シナトラ，フランク（1915—98）
Frank SINATRA　*303*
シャイヒァ，ヨーゼフ（1842—1924）
Joseph SCHEICHER　*372*
シャウカル，リヒャルト（1874—1942）
Richard SCHAUKAL　*179*
ジャクソン，マイケル（1958—）
Michael JACKSON　*317*
ジャニク，アラン
Alaan JANIK　*115, 116, 131*
シャルマッツ，リヒャルト（1879—1965）
Richard CHARMATZ　*47*
シューシュニク，クルト（1897—1977）
Kurt SCHUSCHNIGG　*380*
シュッチェ，ヨーハン・シュテファン（1771—1839）
Johann Stephan SCHÜTZE　*40*
シュテルンハイム，カール（1878—1942）
Carl STERNHEIM　*40*
シュトアル，ヴォルフ=ディーター
Wolf-Dieter STORL　*343，344*
シュナイダー，ヴェルナー（1937—）
Werner SCHNEYDER　*267*
シュナイダー，ロミー（1938—82）
Romy SCHNEIDER　*304*
シュニッツラー，アルトゥール（1862—1931）
Arthur SCHNITZLER　*ii, iii, 5, 35, 49, 347*
シュペングラー，オスヴァルト（1880—1936）
Oswald SPENGLER　*v, 31, 141, 142, 143, 146*
シューマン，ローベルト（1810—56）
Robert SCHUMANN　*143*
シュミット，カール（1888—1985）
Carl SCHMITT　*8*
シュミット，フランツ（1874—1939）
Franz SCHMIDT　*31*
シュミット，レーオポルト
Leopold SCHMIDT　*335*
シュメッターリンゲ（1969）
Schmetterlinge　*279, 280, 286*
シュラット，カタリーナ（1853—1940）
Katharina SCHRATT　*368*
シュリック，モーリッツ（1880—1936）
Moritz SCHLICK　*137, 138*
シュロモ（？—1196）
Schlomo　*349*
シュワルツェネッガー，アーノルド（1947—）
Arnold SCHWARZENEGGER　*304*
ジョージ五世（在位 1910—36）
GEORGE V　*188*
ショースキー，カール・E.（1915—）
Carl E. SCHORSKE　*374*
ショーペンハウアー，アルトゥール（1788—1860）
Arthur SCHOPENHAUER　*116, 118, 119, 120, 123, 125, 126, 135, 136, 146*
ジョンストン，ウィリアム（1936—）
William M. JOHNSTON　*347*

ジラルディ，アレクサンダー（1850—1918）
Alexander GIRARDI 31
シーレ，エゴン（1890—1918）
Egon SCHIELE 31
ジンネマン，フレッド（1907—97）
Fred ZINNEMANN 303
スーヴェストル，ピエール（1874—1914）
Piérre SOUVESTRE 101
スタイナー，マックス（1888—1971）
Max STEINER 303
スチュアート，ジェイムズ（1908—97）
James STEWART 303
ストリンドベルイ，アウグスト（1849—1912）
August STRINDBERG 305
スピーゲル，サム（1903—85）
Sam SPIEGEL 303
スラッファ，ピエロ（1898—1983）
Piero SRAFFA 146
ズルツァ，ザロモン（1804—91）
Salomon SULZER 364
ソポクレス（BC496 頃—BC406 頃）
SOPHOKLES 14
ゾラ，エミール（1840—1902）
Emile ZOLA 59
ゾンネンフェルス，ヨーゼフ（1732—1817）
Joseph von SONNENFELS 358,360,361

タ　行

ダーウィン，チャールズ（1809—82）
Charles R. DARWIN 142
タウベ，オットー・フォン（1879—1973）
Otto Freiherr von TAUBE 57
ダヌンツィオ，ガブリエーレ（1863—1938）
Gobriele D'ANNUNZIO 179
ターフェ，エドゥアルー（1833—95）
Eduard TAAFFE 369
タボーリ，ジョージ（1914—）
George TABORI vi,vii,203-225
ダンツァー，ゲオルク（1946—）
Georg DANZER 260,265,266,267,272,273,274,278,279,280,283,284,285,286,287,294,295
ダンテ（1265—1321）
Dante ALIGHIERI 100,101
チェルマク，エマリッヒ（1885—1965）
Emmerich CZERMAK 381
チトー（1892—1980）
TITO［本名 Josip Broz］ 227
チャップリン，チャールズ（1889—1977）
Charles CHAPLIN vi,204
ツヴァイク，シュテファン（1881—1942）
Stefan ZWEIG 224
ツェラン，パウル（1920—70）
Paul CELAN 231
ディエーゴ・ダギラル（1773—1835）
Diego d'Aguilar (Heinrich Pereira) 357
ティーツェ，ハンス（1880—1954）
Hans TIETZE 348
ディラン，ボブ（1941—）
Bob DYLAN 267,279
デカルト，ルネ（1596—1650）
René DESCARTES 136
デーゲンシルト，ベアトリックス・フォン
Beatrix von DEGENSCHILD 305
デーゲンフェルト伯爵夫人
Ottonie Gräfin DEGENFELD 11
デュシャン，マルセル（1887—1968）
Marcel DUCHAMP 94,95,96,100
デューラー，アルブレヒト（1471—1528）
Albrecht DÜRER 343
デリング，ウィト・フォン
Wit von Dörring これは通称で本名は Ferdinand Johann WIT 47
トゥールミン，スチーヴン
Stephen TOULMIN 115,116,131
ドストエフスキー，フョードル（1821—81）
Fjodor M. DOSTOJEWSKI 13
ドーナト，グスタフ（1878—1965）
Gustav DONATH 178,179
ドール，ミロ（1923—）
Milo DOR vi,vii,viii,227,228,231,232,233,234,239,246,252,253,254,255
ドルフース，エンゲルベルト（1892—1934）
Engelbert DOLLFUSS 380
トレイシー，スペンサー（1900—67）
Spencer TRACY 303
ドレフュス，アルフレッド（1859—1935）
Alfred DREYFUS 375
ドロスロヴァツ，ミルティン
Milutim DOROSLOVAC → Milo Dor 参照 228,230,236
ドロービル，ミヒャエル（1877—1958）

Michael DROBIL 147

ナ 行

ニーチェ，フリードリッヒ・ヴィルヘルム（1844—1900）
Friedrich Wilhelm NIETZSCHE 164, 165, 179, 373
ニューマン，ランディー
Randy NEWMANN 267
ネストロイ，ヨーハン（1801—62）
Johann NESTROY 174
ネーナ（1960—）
Nena 287, 293
乃木希典（1849—1912）
186, 188, 190
ノサック，ハンス・エーリヒ（1901—77）
Hans Erich NOSSACK 235

ハ 行

ハイゼンベルク，ヴェルナー（1901—76）
Werner HEISENBERG 110
ハイダー，イェルク（1950—）
Jörg HAIDER 233
ハイディング，カール（1906—85）
Karl HAIDING 335, 340
ハイデガー，マルティン（1889—1976）
Martin HEIDEGGER 31
ハインリッチ，バーンド
Bernd HEINRICH 344
バウアー，オットー（1881—1938）
Otto BAUER 377
バエズ，ジョーン（1941—）
Joan BAEZ 295
バッハマン，インゲボルク（1926—73）
Ingeborg BACHMANN 231
パデレフスキー，イグナツ（1860—1941）
Ignaz PADEREWSKI 180
ハネケ，フリッツ
Fritz HANEKE 305
ハネケ，ミヒャエル（1942—）
Michael HANEKE viii, ix, 301, 305, 306, 311, 314, 320, 321, 322
バハマン，インゲボルク（1926—74）
Ingeborg BACHMANN 305
バルザック，オノレ・ド（1799—1850）
Honoré de BALZAC 40
バルト，カール（1886—1968）
Karl BARTH 31
バルバロッサ（1122頃—90）
FRIEDRICH I. Barbarossa 332
バルフォア，アーサー・ジェームズ（1848—1930）
Arthur James BALFOUR 376
バレット，シリル
Cyril BARRETT 121, 134
ハントケ，ペーター（1942—）
Peter HANDKE 228
ビーアマン，ヴォルフ（1933—）
Wolf BIERMANN viii, 259, 279, 280
ピウス六世（1717—99）
Pius VI 359
ビオ，ジャン・バティスト（1774—1862）
Jean Baptiste BIOT 101
ビスマルク，オットー・フォン（1815—98）
Otto von BISMARCK 47
ヒッチコック，アルフレッド（1899—1980）
Alfred HITCHCOCK 204
ヒトラー，アドルフ（1889—1945）
Adolf HITLER ii, vii, 163, 178, 203, 217, 218, 220, 221, 222, 370, 373, 381
ヒルシュ，ルートヴィッヒ（1946—）
Ludwig HIRSCH 278, 279, 285, 286
ビルロート，テオドール（1829—94）
Theodor BILLROTH 372
ピンスカー，レオン（1821—91）
Leon PINSKER 375
ファルコ（1957—98）
FALCO 260, 287, 289, 290, 293
フィッシュホーフ，アドルフ（1816—93）
Adolf FISCHHOF 365, 366, 367
フェアナレケン，テオドーア
Theodor VERNALEKEN 335
フェーダーマン，ラインハルト（1923—76）
Reinhard FEDERMANN 232
フェルディナント一世（1793—1875）
Ferdinand I 363
フェルディナント二世（1619—37）
Ferdinand II 353
フェルディナント三世（1637—59）
Ferdinand III 354
フェンドリッヒ，ラインハルト（1955—）
Reinhard FENDRICH 260, 286, 287, 288, 294, 297
フォイヒトヴァンガー，リオン（1884—1958）

Lion FEUCHTWANGER　*204*
フォイヒトヴァング，ダヴィット（1864—1936）
David FEUCHTWANG　*378*
フォークナー，ウィリアム（1897—1962）
William FAULKNER　*204*
フォーゲルザング，カール・フォン（1818—90）
Karl von VOGELSANG　*372*
フォルスト，ヴィリ（1903—80）
Willi FORST　*302*
フォンターネ，テオドーア（1819—98）
Theodor FONTANE　*50*
プシェミュスル二世（1228—78）
Přemysl II OTAKAR　*174*
フス，ヤン（1369？—1415）
Jan HUS　*352*
フッサール，エトムント（1859—1938）
Edmund HUSSERL　*347*
ブライ，フランツ（1871—1942）
Franz BLEI　*3*
フライターク，グスタフ（1816—95）
Gustav FREYTAG　*40*
ブラウアー，アリーク（1929—）
Arik BRAUER　*264,265,266,268,269,271,278,287,293*
プラトン（BC427—BC347）
PLATON　*27,28,29*
フランツ二世（1768—1835）
Franz II　*361,362*
フランツ・ヨーゼフ一世（1830—1916）
FRANZ JOSEPH I　*169,304,368,377*
ブランデス，ゲオルク（1842—1927）
Georg BRANDES　*35*
ブランド，マーロン（1924—）
Marlon BRANDO　*303*
フリードリヒ三世（1308—30）
Friedrich III　*351*
フリードリヒ一世（1125頃—90）
Friedrich I　*168*
ブルクハルト，カール（1891—1974）
Carl Jakob BURCKHARDT　*31*
プルーハール，エーリカ（1939—）
Erika PLUHAR　*264,266,267,272,273,274,278,279,280,284,287,293*
フレーゲ，ゴットローブ（1848—1925）
Gottlob FREGE　*115,146*
ブレヒト，ベルトルト（1898—1956）
Bertolt BRECHT　*vi,vii,204,211,223*
フレミング，イアン（1908—64）
Ian FLEMING　*101*
プレミンジャー，オットー（1906—86）
Otto PREMINGER　*303*
フロイト，ジクムント（1856—1939）
Sigmund FREUD　*vi,102,166,204,347*
プロコペッツ，ヨーゼフ（？—）
Josef PROKOPETZ　*273,274*
ブロッホ，ヘルマン（1886—1951）
Hermann BROCH　*347,384,385*
ブロッホ，ヨーゼフ・サムエル（1850—1923）
Josef Samuel BLOCH　*371*
ベイコン，フランシス（1561—1626）
Francis BACON　*106*
ヘス，モーゼス（1812—75）
Moses HESS　*375*
ベッタウァー，フーゴー（1872—1925）
Hugo Maximilian BETTAUER　*380*
ベートーヴェン，ルートヴィヒ・ヴァン（1770—1827）
Ludwig van BEETHOVEN　*30,142,143,145,362,374*
ベネディクト十三世（1342—1423）
Benedikt XIII　*351*
ヘラー，アンドレ（1947—）
André HELLER　*264,266,267,272,285,287,294*
ベラー，スティーヴン（？）
Steven BELLER　*348*
ベル，ハインリヒ（1917—85）
Heinrich BÖLL　*232,235*
ヘルツ，ハインリヒ（1857—94）
Heinrich HERTZ　*146*
ヘルツル，テオドール（1860—1904）
Theodor HERZL　*357,374,375,376*
ヘンリード，ポール（1908—92）
Paul HENREID　*303*
ホッブス，トーマス（1588—1679）
Thomas HOBBES　*8*
ホフマン，E.T.A.（1776—1822）
Ernst Theoder Amadeus HOFFMANN　*37*
ホフマン，イーサク・レーヴ（1759—1849）
Isak Löw HOFMANN　*363*
ホーフマンスタール，フーゴー・フォン（1874

—1929)
Hugo von HOFMANNSTHAL *ii, iii, 3, 4, 6, 7, 8, 9, 10, 11, 12, 14, 15, 16, 17, 21, 28, 29, 30, 31, 106, 109, 363*
ホムベルク，ヘルツ・ナフタリ（1749—1841）
Herz Naphtali HOMBERG *361*
ボランド・R., ボランド・F.
R. und F. BOLLAND *289*
ボルツマン，ルートヴィヒ（1844—1906）
Ludwig BOLTZMANN *146*
ボルヒェルト，ヴォルフガング（1921—47）
Wolfgang BORCHERT *235*
ホルム，コルフィツ（1872—1942）
Korfiz HOLM *51*

マ　行

マクシミリアン一世（1492—1519）
Maximilian I *352*
マクシミリアン二世（1564—76）
Maximilian II *352*
マグリット，ルネ（1898—1967）
René MAGRITTE *105*
マクレーン，シャーリー（1934—）
Shirley MACLAINE *303*
マサリク，トーマシュ（1850—1937）
Tomáš Garrigue MASARYK *166*
マダヴィ，マンスール（1944—）
Mansur MADAVI *305*
マーラー，グスタフ（1860—1911）
Gustav MAHLER *5, 347, 379*
マリア・テレジア（1717—80）
Maria THERESIA *357, 358, 359*
マリシュカ，エルンスト（1893—1963）
Ernst MARISCHKA *304*
マルクス，カール（1818—83）
Karl MARX *142, 230*
マン，トーマス（1875—1955）
Thomas MANN *vi, 204*
マン，ハインリヒ（1871—1950）
Heinrich MANN *204*
マンハイマー，イーザーク・ノーア（1793—1865）
Isaak Noa MANNHEIMER *363, 365*
ミュラー，フーベルト（1859—？）
Hubert MÜLLER *366*
ムシル，アルフレート（1846—1924）
Alfred MUSIL *166, 176, 191*
ムシル，アーロイス（1868—1944）
Alois MUSIL *191*
ムシル，マティアス（1806—89）
Mathias MUSIL *166, 176, 191*
ムシル，マルタ（1874—1949）
Martha MUSIL *174*
ムシル，ルードルフ（1838—1922）
Rudolf MUSIL *181, 187, 191*
ムージル，ローベルト（1880—1942）
Robert MUSIL *5* ⇨ムシル参照
ムシル，ローベルト（1880—1942）
Robert MUSIL *iii, v, 163, 165, 166, 170, 172, 174, 176, 177, 178, 179, 180, 181, 182, 187, 188, 191*
ムハ（ミュシャ），アルフォンス（1860—1939）
Alphonse MUCHA *166*
メッテルニヒ，クレメンス（1773—1859）
Klemens METTERNICH *365*
メトディオス（815頃—885）
METHODIOS *168*
メンデル，グレゴール・ヨハン（1822—84）
Gregor Johann MENDEL *166*
メンデルスゾーン，フェリックス（1809—47）
Felix MENDELSSOHN-BARTHOLDY *148*
メンデルスゾーン，モーゼス（1729—86）
Moses MENDELSSOHN *361*
モーザー，コロ（1868—1918）
Koloman MOSER *31*
モーツァルト，ヴォルフガング・アマデウス（1756—91）
Wolfgang Amadeus MOZART *143, 292*
モーパッサン，ギィ・ド（1850—93）
Guy de MAUPASSANT *59*
モンテフィオーレ，モーゼス（1784—1885）
Moses MONTEFIORE *368*
モンロー，マリリン（1926—62）
Marilyn MONROE *303*

ヤ　行

ヤナーチェク，レオシュ（1854—1928）
Leoš JANÁČEK *180*
ユルゲンス，ウド（1934—）
Udo JÜRGENS *260*
ヨーゼフ二世（1741—90）
JOSEPH II *170, 352, 359, 361, 362*

ラ　行

ライシュ，ヴァルター（1903—83）
Walter REISCH　*303*
ライプニッツ，ゴットフリート（1646—1716）
Gottfried Wilhelm Freiherr von LEIBNIZ　*118*
ラスチスラフ（在位 830 頃—846）
RASTISLAV　*168*
ラッセル，バートランド（1872—1970）
Bertrand RUSSELL　*115,146*
ラング，フリッツ（1890—1976）
Fritz LANG　*303*
ランボー，アルテュール（1854—91）
Arthur RIMBAUD　*105,106,109,252*
リース，ラッシュ
Rush RHEES　*133*
リチャード獅子王（1157—99）
Richard the Lion-heart　*349*
リヒター，ハンス・ヴェルナー（1908—93）
Hans Werner RICHTER　*231,247*
リーベンフェルス，イェルク・ランツ・フォン
Jörg Lanz von LIEBENFELS　*373*
リルケ，ライナー・マリア（1875—1926）
Rainer Maria RILKE　*103,167,181,182*
ルイ十四世（1638—1715）
Louis XIV　*356*
ルエーガー，カール（1844—1910）
Karl LUEGER　*367,370,372,373,378,380*
ルドルフ二世（1576—1612）
Rudolf II　*352*
レェーヴェ，ハインリッヒ（1869—？）
Heinrich LOEWE　*366*
レェーヴェンヘルツ，ヨーゼフ（？）
Joseph LÖWENHERZ　*383*
レオポルト一世（1658—1705）
Leopold I　*354,356,357*
レオポルト五世（1157—94）
Leopold V　*349*
レートリヒ，ヨーゼフ（1869—1936）
Josef REDLICH　*169*
レモン，ジャク（1925—）
Jack LEMMON　*303*
ロザイ，ペーター（1946—）
Peter ROSEI　*305*
ロース，アドルフ（1870—1933）
Adolf LOOS　*146,174*
ロスチャイルド卿（1868—1937）
Lionel Walter ROTHSCHILD　*376*
ロート，ヨーゼフ（1894—1939）
Joseph ROTH　*vi,166,305,347,377*
ロートシルト，アンゼルム・ザロモン（1803—74）
Anselm Salomon ROTHSCHILD　*369*

ワ　行

ワイズ，ロバート（1914—）
Robert WISE　*304*
ワイルダー，ビリー（1906—）
Billy WILDER　*303*
ワーグナー，リヒャルト（1813—83）
Richard WAGNER　*148,220,374*

執筆者紹介（執筆順）

戸《と》 口《ぐち》 日《ひ》出《で》夫《お》 中央大学商学部教授

棗《なつめ》 田《だ》 光《みつ》 行《ゆき》 早稲田大学教授

小《こ》 泉《いずみ》 淳《じゅん》 二《じ》 茨城大学助教授

喜《き》多《た》尾《お》 道《みち》 冬《ふゆ》 中央大学経済学部教授

古《ふる》 田《た》 裕《ひろ》 清《きよ》 中央大学法学部専任講師

早《はや》 坂《さか》 七《なな》 緒《お》 中央大学理工学部教授

平《ひら》 山《やま》 令《れい》 二《じ》 中央大学法学部教授

初《はつ》 見《み》 基《もとい》 東京都立大学助教授

高《たか》 橋《はし》 慎《しん》 也《や》 中央大学文学部助教授

スザンネ 西村《にしむら》 シェアマン 明治大学法学部助教授

飯《いい》 豊《とよ》 道《みち》 男《お》 中央大学名誉教授

入《いり》野《の》田《だ》 眞《まさ》 右《あき》 中央大学法学部教授

ウィーン その知られざる諸相　研究叢書22

2000年3月25日　第1刷印刷
2000年3月30日　第1刷発行

編　者　中央大学人文科学研究所
発行者　中央大学出版部
代表者　辰川弘敬

192-0393　東京都八王子市東中野 742-1
発行所　中央大学出版部
電話 0426（74）2351　FAX 0426（74）2354
http://www2.chuo-u.ac.jp/up/

清菱印刷・東京製本

ISBN4-8057-5316-1

19　ツェラーン研究の現在　　A 5 判 448頁　本体 4,700円

20世紀ヨーロッパを代表する詩人の一人パウル・ツェラーンの詩の，最新の研究成果に基づいた注釈の試み．研究史，研究・書簡紹介，年譜を含む．

20　近代ヨーロッパ芸術思潮　　A 5 判 320頁　本体 3,800円

価値転換の荒波にさらされた近代ヨーロッパの社会現象を文化・芸術面から読み解き，その内的構造を様々なカテゴリーへのアプローチを通して，多面的に解明．

21　民国前期中国と東アジアの変動　　A 5 判 600頁　本体 6,600円

近代国家形成への様々な模索が展開された中華民国前期(1912～28)を，日・中・台・韓の専門家が，未発掘の資料を駆使し検討した国際共同研究の成果．

22　ウィーン　その知られざる諸相　　A 5 判 424頁　本体 4,800円

―もうひとつのオーストリア―

二十世紀全般に亙るウィーン文化に，文学，哲学，民俗音楽，映画，歴史など多彩な面から新たな光を照射し，世紀末ウィーンと全く異質の文化世界を開示する．

23　アジア史における法と国家　　A 5 判 444頁　本体 5,100円

中国・朝鮮・チベット・インド・イスラム等アジア各地域における古代から近代に至る政治・法律・軍事などの諸制度を多角的に分析し，「国家」システムを検証解明した共同研究の成果．

24　イデオロギーとアメリカン・テクスト　　A 5 判 320頁　本体 3,700円

アメリカ・イデオロギーないしその方法を剔抉，検証，批判することによって，多様なアメリカン・テクストに新しい読みを与える試み．

13　風習喜劇の変容

王政復古期からジェイン・オースティンまで

A 5 判 268頁
本体 2,700円

王政復古期のイギリス風習喜劇の発生から，18世紀感傷喜劇との相克を経て，ジェイン・オースティンの小説に一つの集約を見る，もう一つのイギリス文学史．

14　演劇の「近代」　近代劇の成立と展開

A 5 判 536頁
本体 5,400円

イプセンから始まる近代劇は世界各国でどのように受容展開されていったか，イプセン，チェーホフの近代性を論じ，仏，独，英米，中国，日本の近代劇を検討する．

15　現代ヨーロッパ文学の動向　中心と周縁

A 5 判 396頁
本体 4,000円

際立って変貌しようとする20世紀末ヨーロッパ文学は，中心と周縁という視座を据えることで，特色が鮮明に浮かび上がってくる．

16　ケルト　生と死の変容

A 5 判 368頁
本体 3,700円

ケルトの死生観を，アイルランド古代／中世の航海・冒険譚や修道院文化，またウェールズの『マビノーギ』などから浮び上がらせる．

17　ヴィジョンと現実

十九世紀英国の詩と批評

A 5 判 688頁
本体 6,800円

ロマン派詩人たちによって創出された生のヴィジョンはヴィクトリア時代の文化の中で多様な変貌を遂げる．英国19世紀文学精神の全体像に迫る試み．

18　英国ルネサンスの演劇と文化

A 5 判 466頁
本体 5,000円

演劇を中心とする英国ルネサンスの豊饒な文化を，当時の思想・宗教・政治・市民生活その他の諸相において多角的に捉えた論文集．

7　近代日本文学論　―大正から昭和へ―　A５判 360頁　本体 2,800円

時代の潮流の中でわが国の文学はいかに変容したか，詩歌論・作品論・作家論の視点から近代文学の実相に迫る．

8　ケルト　伝統と民俗の想像力　A５判 496頁　本体 4,000円

古代のドルイドから現代のシングにいたるまで，ケルト文化とその稟質を，文学・宗教・芸術などのさまざまな視野から説き語る．

9　近代日本の形成と宗教問題〔改訂版〕　A５判 330頁　本体 3,000円

外圧の中で，国家の統一と独立を目指して西欧化をはかる近代日本と，宗教とのかかわりを，多方面から模索し，問題を提示する．

10　日中戦争　日本・中国・アメリカ　A５判 488頁　本体 4,200円（重版出来）

日中戦争の真実を上海事変・三光作戦・毒ガス・七三一細菌部隊・占領地経済・国民党訓政・パナイ号撃沈事件などについて検討する．

11　陽気な黙示録　オーストリア文化研究　A５判 596頁　本体 5,700円

世紀転換期の華麗なるウィーン文化を中心に20世紀末までのオーストリア文化の根底に新たな光を照射し，その特質を探る．巻末に詳細な文化史年表を付す．

12　批評理論とアメリカ文学　検証と読解　A５判 288頁　本体 2,900円

1970年代以降の批評理論の隆盛を踏まえた方法・問題意識によって，アメリカ文学のテキストと批評理論を，多彩に読み解き，かつ犀利に検証する．

1　五・四運動史像の再検討　　A５判 564頁 （品切）

2　希望と幻滅の軌跡　　A５判 434頁 本体 3,500円
—反ファシズム文化運動—

様ざまな軌跡を描き，歴史の襞に刻み込まれた抵抗運動の中から新たな抵抗と創造の可能性を探る．

3　英国十八世紀の詩人と文化　　A５判 368頁 本体 3,010円
自然への敬虔な畏敬のなかに，現代が喪失している〈人間有在〉の，現代に生きる者に示唆を与える慎ましやかな文化が輝く．

4　イギリス・ルネサンスの諸相　　A５判 514頁 本体 4,078円
—演劇・文化・思想の展開—

〈混沌〉から〈再生〉をめざしたイギリス・ルネサンスの比類ない創造の営みを論ずる．

5　民衆文化の構成と展開　　A５判 434頁 本体 3,495円
—遠野物語から民衆的イベントへ—

全国にわたって民衆社会のイベントを分析し，その源流を辿って遠野に至る．巻末に子息が語る柳田國男像を紹介．

6　二〇世紀後半のヨーロッパ文学　　A５判 478頁 本体 3,800円
第二次大戦直後から80年代に至る現代ヨーロッパ文学の個別作家と作品を論考しつつ，その全体像を探り今後の動向をも展望する．